Hors de portée

Du même auteur
aux Éditions J'ai lu

LES LARMES ROUGES

1 – Réminiscences
2 – Déliquescence
3 – Quintessence
4 – Rémanence

VICTORIAN FANTASY

1 – Dentelle et nécromance

Prologue

Encore une de ces soirées merdiques… et la déception qui allait de pair, évidemment. Puis ce tourment, ce supplice ensuite.

Mon Dieu, elle n'y arriverait donc jamais ? Avec personne ?!

Rien. Pas un frisson, pas une once d'émotion, pas l'ombre d'un début de sentiment… rien.

Scarlett prit un instant pour observer l'inconnu étendu à côté d'elle, plongé dans un heureux sommeil. Il n'était pas mal pourtant, cette fois. Et il était gentil. Ce qui était pour elle – juste après un physique décent et une hygiène irréprochable – essentiel.

Elle y avait presque cru.

Décidément, il n'y avait rien à faire. Elle ne pouvait pas, tout simplement.

Scarlett s'écarta doucement, repoussa prudemment les draps et se leva sans bruit. Elle ramassa discrètement ses fringues, éparpillées au sol comme emportées par l'élan d'une étreinte passionnée – ce qui n'était, malheureusement, absolument pas le cas – et quitta la chambre sur la pointe des pieds. Lentement, elle referma la porte, prenant mille précautions pour ne pas réveiller l'inconnu.

Elle excellait à ce petit jeu.

Enfin… petit jeu, c'était vite dit. Ce n'était pas comme si ça l'amusait vraiment… Ce pincement au cœur, toujours le même, cette espèce de honte amère, était tellement désagréable. Scarlett s'en voulait horriblement de devoir se comporter de cette façon, mais elle n'avait pas réellement le choix.

Navrée messieurs, mais c'est une question de survie !

En fait d'inconnu, le type dans sa chambre ne l'était pas exactement. Non, en vérité, elle n'avait pas le droit de l'appeler ainsi… Mais c'était cet affreux sentiment de culpabilité qui la poussait à grossir le trait. À se juger elle-même comme ce qu'elle n'était pas.

Au fond, se contenter simplement de baiser avec un inconnu et se tirer ensuite, une fois l'affaire terminée, aurait été nettement moins dégueulasse. Non, Scarlett, elle, n'était pas ce genre de fille… elle était pire.

Elle accordait à la *victime* trois rencards, ni plus ni moins – c'était la norme après tout, c'était même très convenable, finalement – à l'issue desquels elle se laissait séduire – comprenez : conduire au lit –, puis s'enfuyait à toutes jambes et rompait tout contact.

Certains, passé la surprise de se voir plantés de la sorte par une femme, puis ignorés, de la même façon que l'auraient fait bon nombre d'hommes, y trouvaient leur compte, évidemment. D'autres se révélaient particulièrement collants. Et stupides, au point d'insister des semaines durant et de ne pas vouloir admettre qu'un petit bout de femme comme elle puisse agir de la sorte. Elle avait d'ailleurs essuyé pas mal de réflexions assez peu reluisantes. Quand ce n'était pas carrément des insultes.

Mais qu'y pouvait-elle ?

Pour réduire les risques au maximum, elle ne donnait jamais son adresse et s'appliquait à livrer, au cours de ces fameux trois rencards, que très peu d'informations sur elle.

Le compte de ses pseudo-conquêtes n'était du reste pas si élevé. En tout cas, loin d'être démentiel. La pêche aux hommes n'était pas franchement sa passion. Elle ne faisait que tenter sa chance, comme tant d'autres, imaginant que, peut-être, le dernier serait le bon. Cet homme unique, si spécial, qui lui était destiné, et qui, d'un coup de baguette magique, effacerait toutes ses angoisses et accomplirait l'exploit de parvenir à la faire rester.

Mais même dans ses rêves, ça n'arrivait pas !

Elle craignait d'être irrécupérable…

Ce soir, c'était monsieur numéro dix. Enfin, si l'on mettait de côté le numéro un. Celui-là ne comptait pas, il ne le méritait pas. Cette histoire était trop pathétique. D'ailleurs, elle l'avait oublié, cet abruti.

Dix, donc. Et pas un seul avec lequel elle avait réussi à passer la nuit.

La vieille dame aux chats, voilà ce qui la guettait. La sorcière, la folle solitaire qui sort dans la rue en robe de chambre et engueule ses voisins, rien que pour avoir un semblant de compagnie. Ça lui pendait au nez !

Bon, d'accord, elle n'avait pas de chat. Mais qui sait ? Dans un moment de faiblesse, elle finirait peut-être par y venir.

Scarlett leva les yeux au ciel à cette pensée. Il faudrait qu'elle y prenne garde tout de même. Puis elle referma la porte d'entrée de l'appartement de l'inconnu-qui-ne-l'était-pas-vraiment numéro dix et pressa le pas pour rejoindre sa voiture, garée un peu plus loin dans la ruelle à peine éclairée.

Elle s'assit derrière son volant, jeta son sac à main sur le siège passager et poussa un long soupir de soulagement.

Ouf ! Elle avait réussi !

Et merde... elle l'avait encore fait.

Elle se garait devant chez elle, pressée de se doucher et d'aller s'effondrer dans ses draps à elle, quand, tandis que l'aube commençait timidement à se lever, son téléphone portable vibra.

Re-merde, aucune chance pour que ce soit numéro dix. Et si ce n'était pas lui, à une heure pareille, ça ne pouvait être que...

Oh non...

Alors, on y était ?

Cette fois, c'était certain, on allait lui annoncer *la* mauvaise nouvelle. Celle qui n'avait que trop tardé. Inévitable. Cruelle et douloureuse. Mais une délivrance malgré tout.

La peine, déchirante, de ne pas avoir été là à cet instant précis lui broya le cœur. En même temps qu'une honte, plus profonde encore que toutes les autres, s'insinuait lentement en elle, comme un poison toxique se répandant dans ses veines.

Celle de devoir reconnaître qu'elle éprouvait bien malgré elle un certain soulagement. Après tout, le calvaire prenait fin.

Même si un nouveau, tout à fait différent, allait y succéder.

Scarlett prit son courage à deux mains et décrocha.

1

Scarlett avait besoin de cette soirée. Un besoin vital même.

Quatre mois déjà que sa mère, après de longues semaines passées clouée à un lit médicalisé, le cancer grignotant lentement son corps, gagnant du terrain jour après jour, était décédée. Quatre mois qu'elle la pleurait sans parvenir à relever la tête... ne serait-ce qu'un court instant.

Elle s'y était pourtant préparée, avait eu tout le temps nécessaire pour se faire à l'idée lorsque, presque chaque semaine depuis le début de l'année, elle faisait le voyage de Marseille jusqu'à Antony, et constatait l'avancée des dégâts, toujours plus importants. Mais le deuil était ainsi, il ne s'anticipait pas. On ne prenait pas d'avance sur lui. *Il* décidait. *Il* s'imposait, voilà tout.

Ce soir était l'occasion pour Scarlett de sortir un peu la tête de l'eau et de réintégrer le monde des vivants. Louise – une cousine éloignée qu'elle avait longtemps perdue de vue, puis retrouvée lors de l'enterrement –, l'attendait avec des amies à elle, dans un club branché, en plein centre de Paris.

Cela faisait plus d'une dizaine d'années que Scarlett n'avait pas mis les pieds à la capitale, ayant quitté la région parisienne dès la fin du lycée, une fois le bac en poche, déterminée à s'éloigner pour démarrer sereinement sa vie d'adulte.

Elle avait aimé la ville où elle avait trouvé refuge, Marseille, et son quotidien là-bas. Elle y avait un travail agréable et plein d'amis.

Mais aujourd'hui, les choses étaient différentes. Une nouvelle page venait de se tourner et elle ne pouvait plus faire marche arrière.

Depuis l'enterrement, Scarlett s'était installée dans la maison de sa mère – dont elle avait hérité – en banlieue. C'était le lieu qui l'avait vue grandir, et, curieusement, à présent, elle s'y plaisait bien. C'était chez elle. Davantage que partout ailleurs. Même les affiches kitchissimes d'*Autant en emporte le vent* placardées un peu partout sur les murs – parce que sa mère était fan, d'où son prénom – ne l'indisposaient plus. C'était pour dire...

La bâtisse était modeste. Mais elle était agréable et lui rappelait quantité de souvenirs de cette enfance et de cette adolescence qu'elle avait tant voulu laisser derrière elle. Des souvenirs heureux. Parce qu'il y avait aussi eu beaucoup de moments heureux.

Se les rappeler adoucissait sa peine. Sûrement autant que cela l'entretenait... mais peu importe.

C'était un mal nécessaire. Comme pour compenser toutes ces années où elle n'avait pas été là, auprès de sa mère. Parce qu'ici, elle se sentait proche d'elle. Mais également parce qu'il était temps de régler certaines choses, d'y faire face. Oublier n'était pas suffisant, elle s'en rendait compte dorénavant.

En retard, comme de coutume, Scarlett pressa le pas, faisant claquer ses hauts talons sur le bitume. Elle n'avait pas vraiment prévu de marcher autant et ses pieds commençaient déjà à la faire souffrir.

Un vendredi soir, trouver une place dans le quartier relevait de l'impossible !

Enfin, elle y était. Louise l'attendait, entourée d'une paire de grandes bringues blondes peroxydées, avoisinant le mètre quatre-vingt-cinq sur leurs chaussures à semelles compensées. Des répliques presque parfaites de sa cousine, ancien mannequin à succès en son temps.

Aujourd'hui, elle avait pris sa *retraite* et était une jeune divorcée à la pension des plus correctes – quoique non, tout bien considéré, le terme qui convenait, c'était *indécent*.

— Waouh, que j'aime te voir comme ça ! s'exclama cette dernière en apercevant Scarlett, une lueur ravie pétillant au fond de ses grands yeux bleus. Tu es superbe ce soir !

Louise était de ces femmes naturellement douces et gentilles, jamais avare de compliments – lesquels, de surcroît, étaient toujours sincères. Une personne que n'importe qui aurait voulue comme amie tant sa compagnie était agréable et rafraîchissante. Une personne qui avait néanmoins la tête sur les épaules et un caractère que la beauté conjuguée à la réussite n'avait nullement perverti, aussi surprenant que ce soit.

Scarlett et sa cousine venaient de monter leur propre affaire d'architecture d'intérieur. Scarlett avait les diplômes et l'expérience. Quant à Louise, elle amenait un capital et une touche supplémentaire de charme et d'élégance – atouts non négligeables en cas de négociations et autre démarchage.

Louise prit tout son temps pour détailler, d'un air appréciateur, sa cousine. Laquelle était vêtue d'une jupe crayon noire de cuir mat qui – Scarlett le savait – mettait particulièrement en valeur ses formes épanouies. Ajoutée à un cache-cœur de même teinte, tout aussi efficace que son homologue, et une paire d'escarpins qui auraient presque pu passer pour griffés.

— Merci, mais je te retourne le compliment, rétorqua-t-elle en embrassant la jeune femme, avant de se tourner vers les deux avatars de sa cousine – d'anciennes collègues, très probablement.

Louise la présenta à ses amies, qui accueillirent elles aussi son arrivée avec enthousiasme – sans doute se réjouissaient-elles à l'idée d'enfin quitter le bord de trottoir sur lequel elles avaient dû poireauter un bon moment – et ensemble, elles entrèrent dans ce fameux club.

L'ambiance y était feutrée et sombre, un faible éclairage bleuté rendait toutefois l'endroit assez froid. Snob, en fait, à bien y regarder. Scarlett avait l'habitude de sortir avec ses amis de Marseille, mais jamais dans des boîtes très sophistiquées. Aussi n'était-elle pas franchement dans son élément ici, mais tant pis. Au moins, elle ne passerait pas la soirée seule dans son canapé, c'était le principal.

Les quatre jeunes femmes s'installèrent autour d'une table et, une fois d'énormes cocktails en main – un des avantages de ce club –, commencèrent à faire un peu mieux connaissance.

Comme sa cousine, ses deux amies, Nancy et Sonia, s'avéraient bien plus sympathiques qu'elles n'en avaient l'air à première vue. En revanche, ni l'une ni l'autre n'était – ou n'avait été – mannequin.

En réalité, Nancy était journaliste pour un hebdomadaire spécialisé dans l'analyse politique d'envergure tout à fait honorable. Tandis que Sonia était photographe d'art.

Il n'y avait donc pas que les modèles qui avaient le droit d'être aussi longues, minces, et d'avoir – selon toute apparence – les seins et/ou le nez refait(s). Il s'en cachait parmi d'autres professions…

Au temps pour elle, Scarlett essaierait à l'avenir de moins se fier à ses préjugés stupides.

— Au fait, il faut absolument que je te raconte mon rendez-vous de cet après-midi, lança Louise en se rapprochant de sa cousine afin de mieux se faire entendre, le volume de la musique augmentant à mesure que la soirée avançait.

— Ça peut attendre, tu sais, l'interrompit Scarlett. On parlera boulot plus tard. On est en week-end, après tout.

Louise inclina la tête et fit une grimace semblant vouloir dire que non, ça ne pouvait attendre. À l'évidence, l'entretien avec leur premier vrai gros client ne s'était pas bien passé...

Elles s'étaient déjà occupées de quelques appartements et d'une maison. Mais récemment, c'était une grosse entreprise d'informatique – dont les bureaux se situaient dans une des tours du quartier de la Défense – qui les avait contactées.

Scarlett aurait bien entendu dû assister à ce rendez-vous avec sa cousine. Malheureusement, un accès de larmes intempestif l'avait contrainte à rebrousser chemin, tandis qu'elle était en route. Elle s'en voulait, évidemment, jamais elle ne s'était montrée aussi peu professionnelle de toute sa vie.

Louise avait assuré être capable de se débrouiller seule lorsque Scarlett l'avait appelée, catastrophée, pour lui demander de reporter l'entretien.

Mais compte tenu de son expression en cet instant, il semblait que ça ne s'était pas passé si bien que ça, finalement.

Merde... qu'allait-elle lui raconter ?

— Vas-y, je t'écoute, se ravisa Scarlett, un arrière-goût de culpabilité dans la bouche.

À ce rythme, leur affaire n'était pas près de décoller ! Un si gros client, peut-être perdu par sa faute...

non vraiment, ça n'était pas sérieux. Il fallait qu'elle se ressaisisse d'urgence.

— J'ai eu droit au grand patron, commença Louise, clignant encore des yeux de surprise. Tu le crois, ça ? Le rendez-vous, c'était avec le P-DG, rien de moins ! Un type diablement sexy, d'accord, mais détestable au possible. Trop détestable. Le charme et l'argent compensent bien des choses, il faut le reconnaître, mais certainement pas une attitude pareille. Il m'a parlé comme à une moins que rien. Il me semble même l'avoir entendu employer le mot « idiote »... Il était super fumasse, parce que c'était toi qu'il voulait voir.

Scarlett savait que c'était le risque, elle se doutait bien que ce ne serait pas un simple directeur adjoint qui se chargerait de les recevoir, même dans une boîte aussi importante. Mais personne n'était censé savoir que Louise, bien qu'associée, ne faisait, dans la pratique, que l'assister. Elle avait pourtant veillé à ce que sa cousine maîtrise les notions de base, et elle donnait plutôt bien le change d'habitude.

— C'est bizarre, s'étonna Scarlett. Pourquoi moi en particulier ? Ce n'était qu'un premier entretien, après tout.

Louise avala une gorgée de son Pink Mojito, comme pour essayer de calmer ses nerfs encore à vif de l'après-midi. Elle secoua la tête, une moue dégoûtée aux lèvres, puis poursuivit :

— J'ai dû faire le pied de grue pendant au moins une heure avant qu'on me reçoive. Remarque, j'ai eu le temps de discuter avec une des secrétaires de l'accueil, qui m'a gentiment prévenue à propos du sale caractère du type. Sur l'instant, j'ai cru qu'elle noircissait le tableau. C'est vrai, on aime rarement son patron dans ce genre de boîte. N'empêche, même après le petit briefing *attention, à vous, innocente créature, vous vous apprêtez à pénétrer dans l'antre du malin*, je n'étais pas préparée à ça !

— Pourquoi, qu'est-ce qu'il t'a fait au juste ? intervint Nancy, amusée de voir son amie autant en pétard contre un homme qu'elle avait avant tout qualifié de *diablement sexy*. Il n'est pas tombé dans le panneau, alors ? Ce gars est le seul sur terre à ne pas s'être mis à genoux devant ton charme légendaire, ô déesse parmi les déesses !

Puis elle prit un ton un peu plus sérieux et conclut en traçant une ligne imaginaire de la main :

— Te prends pas le chou, il est gay. Et certainement refoulé, d'où le comportement de gros connard.

— Han-han, nia Louise avec conviction. Je ne crois pas, non, étant donné ce que m'a raconté la secrétaire. Il paraît que Monsieur Connard enchaîne les conquêtes – original, n'est-ce pas ? Des *bombes dans mon genre*, m'a-t-elle dit. Dont certaines, parfois, après s'être fait jeter comme des malpropres, vont jusqu'à chialer à l'accueil de la société. D'où il les fait aimablement virer, bien entendu. Du pur goujat de base, en résumé. Et je suis restée hypersérieuse, attends. Pas de numéro de charme, non. Enfin, je n'ai pas sorti le grand jeu, quoi. Juste ce qu'il fallait... ou plutôt ce qu'il aurait fallu, en temps ordinaire.

— Je vois le topo, on lâche l'affaire, décida Scarlett, franchement écœurée par le portrait brossé par sa cousine.

C'était un brin excessif, d'accord. Mais elle ne se sentait vraiment pas de taille à affronter un type pareil. Surtout en ce moment. Puis, ce genre de détails scabreux sur la façon dont Monsieur Connard-Mufle traitait les femmes l'insupportait au plus haut point.

Bon, sa réaction n'était pas sans ironie, compte tenu de ses manières à elle, c'était certain. Il n'empêche qu'elle ne voulait pas avoir quoi que ce soit à voir avec cet homme. Plutôt choper la dysenterie !

— Euh, ça n'est pas envisageable, ça, contesta Louise, embarrassée. Il t'a fixé rendez-vous lundi matin, à neuf heures. Alors il va falloir t'y coller, ma vieille. C'est trop tard pour annuler sans passer pour des branques. Figure-toi qu'il m'a même menacée de parler de nous autour de lui et de nous faire (elle esquissa des guillemets imaginaires et prit un ton hautain :) « mauvaise presse », s'il n'était pas satisfait de ce second entretien. Il... m'a dit que ce n'était pas la peine que je me déplace, d'ailleurs.

— S'il n'était pas *satisfait* ? répéta Nancy, indignée. Dis donc, ce ne serait pas du chantage là ? Et il lui veut quoi au juste, à Scarlett ? (Elle se tourna vers elle :) Tu le connais ?

— Ah non, je n'ai pas encore eu ce privilège, démentit cette dernière, sarcastique, tellement peu enchantée à l'idée de pallier cette lacune.

Pourtant, elle n'avait pas le choix. Elle devrait donc en passer par là. Ce qui lui donnait la très désagréable sensation d'être coincée. Par un homme qu'elle n'avait jamais vu de sa vie. Voilà une situation pour le moins inédite... et qui ne manquait encore pas d'ironie, décidément. N'était-elle pas censée être patronne à présent ? Son propre maître, en théorie.

Enfin, tout ça, c'était avant que Monsieur Mufle-Connard – peu importe l'ordre, il remplissait les deux critères de façon équivalente, à en croire Louise – vienne mettre la pagaille là-dedans...

Sa cousine haussa les épaules et balbutia d'une voix suraiguë qui prouvait qu'elle s'était véritablement sentie blessée :

— C'est quand même elle, l'architecte d'intérieur, au bout du compte. Il savait que je n'avais pas de qualifications, tandis que Scarlett si. J'imagine qu'il s'est renseigné avant de nous rencontrer, c'est tout.

— Et c'est quel genre de boîte, exactement ? interrogea Sonia, se mêlant soudain à la conversation.

— Une grosse société de développement de logiciels de sécurité informatique, récita Louise en baissant les yeux. Un truc balaise. Qui rapporte gros au boss, d'après ce que j'ai compris. Le type est un génie. Il a créé son premier logiciel très jeune, et sans l'aide de personne. Il s'est fait tout seul, en partant de rien.

— Ce qui ne lui donne pas pour autant le droit d'être aussi con, répliqua Nancy, de plus en plus révoltée. Merde ! Il y en a marre de ces mecs qui ne se sentent plus pisser dès qu'ils ont deux sous en poche ! C'est tellement… tellement typiquement masculin, tiens ! Qu'est-ce qu'ils s'imaginent, que ça leur octroie de nouveaux droits ?! Ou des super pouvoirs, putain ?!

— Captain America, dans *Avengers*, ça, c'est un bon gros naze, observa Sonia en pouffant de rire, probablement déjà un peu ivre. Imagine ton client dans ses collants bleus à chier la prochaine fois. Aucune de ses attaques ne pourra t'atteindre, garanti sur facture !

Malgré l'absurdité de la réplique, toutes se mirent à glousser comme des adolescentes. Et Scarlett les imita. Riant de bon cœur, tandis qu'elle n'avait même pas vu le film dont il était question.

— Ouais, bah ! ton Captain America, en plus d'être ridicule, c'est un sale macho des années quarante ! renchérit la journaliste.

— Ouh là, ça y est, Nancy est lancée dans un de ses délires féministes, ricana Louise, commençant à se tenir un peu moins droite, les cocktails géants n'étant décidément pas sans conséquence. Arrêtons-la tant qu'il est temps. Sans ça, je sens qu'on va encore avoir droit à un florilège d'obscénités de son cru ! Je ne suis pas certaine que Scarlett soit prête pour ça...

La soirée se termina finalement bel et bien en délire, à cracher sur ces enfoirés d'hommes. Avant de devoir admettre, de l'avis général – enfin, plus ou moins, Nancy étant lesbienne – que tout de même, c'était difficile de s'en passer.

Scarlett rentra chez elle à pas d'heure – en taxi, c'était nettement préférable – avec des rires encore plein la tête.

Bon, elle avait aussi un peu la migraine. Son premier geste fut d'ailleurs, après avoir abandonné sac à main et talons de torture quelque part dans le couloir, d'avaler une aspirine. Malgré ça, elle ne s'était pas sentie aussi bien depuis longtemps.

Quatre mois...

Non, ça remontait à bien plus loin que ça, en fait.

2

— Oh, non… non, ce n'est pas vrai, gémit Scarlett en se frappant le front, les paupières closes d'humiliation, en plein milieu de la rue, devant l'endroit où *aurait dû* être garée sa voiture.

On était lundi, jour du rendez-vous fatidique. Et il était déjà huit heures quarante. Scarlett avait un peu traîné à se préparer. D'une part, parce qu'elle se rendait à reculons à cet entretien qui promettait d'être pour le moins déplaisant. D'autre part, parce qu'elle s'était décidée au dernier moment à sortir LE grand jeu.

D'accord, de ce côté-là, Louise, le mannequin super sexy, avait échoué. Mais ça ne voulait pas forcément dire que Scarlett ne pouvait pas au moins essayer.

Elle ne produisait pas du tout le même effet sur les hommes. C'était incontestable. Quand Louise faisait rêver, en grande partie à cause de son inaccessibilité, Scarlett, elle, plaisait tout simplement, de par sa sensualité et son charme naturels. Et elle savait qu'elle présentait bien, malgré tout.

Elle devait jouer le tout pour le tout. La menace de mauvaise pub étant un argument de poids particulièrement motivant.

Qui sait, il n'était non plus impossible que Monsieur Connard-Mufle se soit senti un peu trop attiré par Louise... Personne – et encore moins les membres de la gent masculine – ne se montrait jamais désagréable avec elle d'ordinaire.

Après tout, la secrétaire avait bien raconté à sa cousine qu'il ne sortait qu'avec des femmes de son acabit. Peut-être était-ce pour cette raison qu'il avait préféré mettre un terme – de façon plutôt abrupte, voire carrément impolie – à l'entretien. Afin de rencontrer la seconde personne. Celle qui devait forcément être moins appétissante, mais qui permettait toutefois de rester concentré.

Mais la seconde personne avait plutôt intérêt à être décente et à avoir bonne mine. D'où le temps de préparation. Scarlett devait faire plus d'efforts pour parvenir à ce but.

Quartier de la Défense. Grosse société. Bureaux perchés en haut d'une tour... tout ça était un peu flippant. Ah, et patron détestable, bien sûr, la cerise sur le gâteau !

Bref, pour être à l'aise – ou du moins, en avoir l'air –, être jolie, charmante, agréable à regarder en gros, était une nécessité de premier ordre. Voire une question de survie, si elle comptait ne pas trop détonner dans cet univers dont elle n'avait pas l'habitude.

Scarlett avait donc revêtu une autre jupe crayon noire, issue de sa grande collection. Plus sophistiquée, pourvue de gros boutons sur toute la longueur côté droit. Elle montait plus haut que celle de vendredi, jusque sous la poitrine, mettant sa taille bien dessinée en valeur et soulignant les courbes rondes et généreuses de ses hanches. Une chemise prune à manches ballons et col italien, agrémenté de petits nœuds descendant entre les seins – sur lesquels accessoirement, le tissu se tendait scandaleusement – venait parfaire l'ensemble.

Elle avait également opté pour sa paire de talons les plus vertigineux et les plus fins de sa garde-robe – les plus galères à porter aussi, cela va de soi – histoire de se donner un maximum d'aplomb. Son petit mètre soixante – bon, cinquante-huit et demi, pour être tout à fait exacte – ne risquant guère de l'aider à ne pas être d'emblée prise de haut par tout éventuel client de sexe masculin, austère et/ou mal embouché.

Elle avait l'habitude de beaucoup se maquiller – sans non plus y aller à la truelle, s'entend – et n'hésita pas pour l'occasion, à faire de son mieux. Ses yeux noirs, aux cils longs et fournis, étaient son atout majeur. Rehaussés d'un simple trait de crayon brun, ils étaient immanquables, du moins se plaisait-elle à le croire. Ajoutée à cela une petite touche de gloss rouge, relativement discret, sur des lèvres ourlées et pleines, et voilà elle ressemblait à une femme déterminée.

Cela étant, elle était peut-être parée pour jouer les pin-up gonflées à bloc d'assurance, mais elle était sans voiture, à moins de vingt minutes de son rendez-vous. Et elle ne se souvenait absolument plus des stations métros à emprunter pour aller jusqu'au quartier d'affaires où elle était attendue ! Sans compter qu'une fois encore, ses chaussures ne se prêtaient pas du tout à ce type d'exercice…

— Quelle poisse, grommela-t-elle en dégainant son portable pour appeler en catastrophe un taxi.

Comment pouvait-on être assez stupide pour oublier quelque chose d'aussi gros et important qu'une voiture ?! D'ordinaire, en soirée, elle ne buvait pas autant et n'avait pas à rentrer chez elle en taxi. Elle n'avait donc jamais à penser à récupérer son véhicule, abandonné en pleine ville…

Scarlett avait passé le samedi à soigner sa gueule de bois – elle avait vraiment dépassé ses limites l'autre soir, avec Louise et ses amies. Et le dimanche à essayer de fusionner avec son canapé, enchaînant les comédies romantiques pour s'empêcher de trop cogiter. Ni à ce rendez-vous qui la stressait plus que de raison, ni à la douloureuse absence de sa mère.

Une méthode *a priori* basique, mais qui s'avérait un peu trop efficace finalement…

Et voilà, le temps était humide, la pluie couvait, et son brushing allait ficher le camp, inévitablement. Scarlett se réfugia au pas de course à l'abri de l'auvent au-dessus de son perron et se résolut à patienter.

Quand le taxi arriva, elle était déjà en retard, et ses cheveux étaient de nouveau ondulés. Au revoir long carré lisse chocolat reflets caramel – ses deux gourmandises préférées – et bonjour effet rétro au mieux, ou… sauvage, dans le pire des cas. Pourvu que ce ne soit pas sauvage… surtout pas !

Ce fut donc avec vingt-huit minutes – ouf, elle avait évité de justesse l'inadmissible demi-heure – de retard qu'elle déboula à l'accueil, en panique totale.

Elle se racla la gorge pour se redonner contenance, inspira un bon coup, et se présenta auprès de la secrétaire.

Celle-ci ne l'invita même pas à s'asseoir quelque part, mais s'empressa plutôt de prévenir son patron. Elle raccrocha le combiné en levant les yeux au ciel, comme si elle ne supportait plus jusqu'au moindre échange verbal avec ce dernier.

— Monsieur le Croque-M… merde… ahem, M. Stern va vous recevoir tout de suite, lui apprit-elle, affreusement gênée de sa bévue.

Ainsi, c'était ça son petit surnom ici ? Ce n'était pas très seyant, ni très engageant non plus.

La secrétaire à la langue bien pendue appela une autre personne, puis à peine une minute plus tard, se tourna vers un homme en costume gris golden boy, qui se hâtait de venir à leur rencontre.

À la silhouette replète de celui-ci et à son attitude des plus avenantes, Scarlett déduisit d'emblée qu'il ne s'agissait pas de M. Mufle-Connard/Croque-Mort. Il lui serra la main avec chaleur et la conduisit un étage encore au-dessus, jusqu'au bureau du boss.

Les locaux étaient récents et la déco plutôt moderne, dans l'ensemble. En tout cas, rien n'était ni usé ni vieillot, et l'organisation des lieux semblait tout à fait correcte, à première vue.

Que venait-elle faire ici au juste ?

Le type qui était venu la chercher à l'accueil lui ouvrit une porte plus large que les autres et l'annonça. Avant de s'effacer pour la laisser pénétrer dans la fosse aux lions.

Quand le battant se referma derrière elle, Scarlett était toujours plantée à l'endroit exact où l'autre l'avait abandonnée, constatant qu'effectivement, l'homme dont avait parlé Louise avait de quoi impressionner…

Il s'était levé derrière son énorme bureau en L, au design arrondi, où trônaient pas moins de quatre écrans. Il se tenait très droit, sa longue silhouette ainsi déployée frôlant sans aucun doute le mètre quatre-vingt-quinze.

Ce gars aurait dû jouer au basket plutôt que de trifouiller des PC ! Bordel, monsieur était donc un connard, un mufle *et* un géant !

Un géant qui n'était peut-être pas exactement beau au premier coup d'œil, mais qui était incontestablement *diablement sexy*. Scarlett était obligée de donner raison à Louise sur ce point.

Il portait un costume sombre ajusté, qui révélait des hanches très étroites et des épaules larges et carrées, une chemise blanche et une cravate vert sapin. Ses cheveux, noir corbeau, étaient coiffés en arrière. Ils révélaient un front haut et rebiquaient sensuellement sur sa nuque, en un dégradé négligé qui retombait au-delà de la base de son cou. Beaucoup, beaucoup trop longs pour un homme de sa position…

Son teint était quant à lui exagérément pâle, trop pour être vraiment attirant – les heures passées derrière un ordinateur, cloîtré, sans voir la lumière du jour, laissaient des traces, tout compte fait. Mais cela ajoutait encore, aussi étrange que ce soit, à son charme.

Le plus fascinant était ce visage émacié, aux joues creuses et aux traits ciselés, d'une finesse étonnante. Son nez était droit, parfaitement dessiné, tout comme sa mâchoire, impeccable et rasée de près.

Quoique non, tout bien considéré, le plus fascinant chez cet homme, c'était son regard.

Mon Dieu, ce regard !

Clair, sans couleur précise, si ce n'était celle de l'acier, tant il était délavé. Il vous transperçait en un éclair, vous consumait par sa fraîcheur et risquait de vous broyer le cœur à trop longtemps s'y attarder.

Scarlett se sentit d'ailleurs subitement mise à nu. Et pour cause, Monsieur… non, mieux valait laisser tomber tout surnom, aucun ne pouvait lui convenir finalement. Bref, *le client* la détaillait des pieds à la tête lui aussi, la soumettant à un véritable examen, avec une telle intensité qu'elle en était dérangeante. Vraiment.

À tel point qu'elle faillit s'enfuir aussi sec.

Les incomparables yeux gris se rivèrent soudain aux siens. Et, alors qu'elle s'attendait à quelques remarques désobligeantes, mais non moins méritées, au sujet de son manque de sérieux – son retard du jour ainsi que son absence de vendredi –, l'homme cilla, comme déstabilisé. Il fronça les sourcils et marmonna :

— Scarlett...

Louise n'avait pas mentionné qu'entre autres défauts, leur client était grossier au point d'appeler ses employés par leur prénom.

Elle s'apprêtait à lui rappeler son nom de famille, lorsqu'il se racla la gorge et se passa la main sur la bouche, comme s'il regrettait sa familiarité. Avant de baisser les yeux et d'indiquer un siège devant son bureau.

— Mademoiselle Delorme, la salua-t-il enfin, avec une voix si grave et sensuelle qu'elle sonnait comme une douce caresse à l'oreille. Je vous en prie, asseyez-vous.

Ce qu'il fit lui-même. Elle le rejoignit et prit place en face de lui, se demandant combien de temps elle était restée figée comme une abrutie sur le pas de la porte.

— Je vous prie de bien vouloir excuser mon retard, commença-t-elle, de plus en plus mal à l'aise. J'ai...

— Peu importe, l'interrompit-il abruptement, classant quelques dossiers sur son bureau.

Voilà qui promettait... Pas de justifications ? Très bien, elle s'en accommoderait. D'autant plus qu'elle n'avait rien préparé qui tienne franchement la route.

Et donc, après l'avoir passée au crible durant un laps de temps indéterminé – mais en tout cas conséquent –, l'homme ne lui accordait maintenant plus un regard. Il affichait à présent un air sombre, tellement sinistre et mécontent qu'elle comprit tout à coup pourquoi Louise avait été bouleversée après son entrevue avec ce type.

Mais quel était son problème au juste ?

Le silence qui s'installa devint si pesant que Scarlett, après avoir été pourtant coupée une première fois, reprit la parole :

— Vous teniez à me voir en personne pour discuter de vos projets de réaménagements de locaux ?

— Absolument. Ce n'est d'ailleurs pas très professionnel d'envoyer votre assistante lorsqu'il s'agit de discuter les termes d'un contrat comme celui que je souhaite passer avec vous.

Nous y voilà, les remarques...

— Ce n'était qu'une première prise de contact, se défendit Scarlett, de façon un peu trop sèche pour rester dans la cordialité de mise en de telles circonstances. Il était évident que lorsque les choses se seraient précisées, je me serais déplacée. N'est-ce pas d'ailleurs ce que je fais ? Votre temps est peut-être très précieux, mais le mien l'est également, monsieur...

Oh-oh...

Le trou noir. Béant.

— Monsieur... essaya-t-elle encore, s'enfonçant davantage.

Connard ? Mufle ? Croque-mort ?

Comment s'appelait-il déjà ?

Quoi ?! Elle avait oublié ça ? Vraiment ?! Après le coup de la voiture ? Ce n'était tout de même pas possible !

— Stern, monsieur Stern, compléta-t-il en serrant les mâchoires, la fusillant alors de son incroyable regard diaphane.

Scarlett crut qu'elle allait finir congelée sous l'effet de quelques rayons envoyés par ses iris de givre et un long frisson remonta le long de son échine.

Pourquoi ce nom lui évoquait-il quelque chose ?

Quelque chose qu'elle n'arrivait pas… non, ne voulait pas se rappeler.

— Aidan, précisa-t-il en arquant un sourcil, la scrutant avec une intensité redoublée.

— Pardon, s'excusa-t-elle, embarrassée comme rarement elle l'avait été en vingt-neuf années d'existence.

Elle secoua la tête pour tenter d'oublier que ce type venait de lui donner son prénom comme s'il était indispensable, voire capital, qu'elle l'apprenne.

Il pinça ses lèvres fines et sensuelles – bordel, pourquoi fallait-il qu'absolument tout soit sensuel chez lui ?! – et laissa retomber une main lasse à plat sur son bureau.

— Le frère de Romain, ajouta-t-il encore, d'un ton aussi tranchant qu'une lame de rasoir.

3

Le frère de…

Oh, non ! Impossible. Elle ne voulait pas… non ! Elle refusait catégoriquement de se rappeler cet enfoiré qui lui avait piétiné le cœur, avant de s'en repaître.

Romain… Stern.

Lui. Son premier petit ami. L'abruti qu'elle avait décidé d'oublier. De rayer définitivement de sa mémoire. Et elle avait étonnamment bien réussi. Trop bien peut-être pour que ça ne relève pas de la psychopathologie d'ailleurs. Elle en était pleinement consciente.

Un jour, elle suivrait peut-être une thérapie – ça, elle en avait plus que besoin – ou pas. Parce qu'elle préférait encore se jeter du haut de cette tour à la con que de parler de Romain et de leur minable histoire.

Elle ne revoyait ni son visage, ni leur discussion, ne remettait rien du temps passé avec lui.

Alors son frère…

Aidan poussa un long et profond soupir de… déception ? Et un sillon vint creuser l'espace entre ses deux sourcils, comme s'il accusait le coup.

Parce qu'il s'imaginait vraiment qu'elle se souviendrait de lui ? Le frère d'un type qu'elle avait fréquenté au lycée, il y avait plus de dix ans de ça. Non, douze, pour être exact.

Il se mit ensuite à rire doucement. Un rire grave et très bas, d'amertume à peine dissimulée. Dévoilant des dents blanches parfaites, impeccablement alignées. Mais son sourire sans joie ne monta pas jusqu'à ses yeux. Ceux-là restaient incroyablement froids et durs.

— Bah, je m'en doutais un peu, se résigna-t-il, adoptant brusquement une attitude détachée, se rencognant dans son siège en cuir, la tension le quittant tout d'un coup. Cela n'a guère d'importance. Tu... Toutes mes excuses. *Vous* n'êtes pas là pour évoquer l'époque du lycée de toute façon.

— Je...

Elle s'interrompit, les mots lui manquaient.

D'horribles sensations l'envahissaient, menaçaient de la submerger. Des peurs d'enfant, incohérentes, l'étreignirent. Et, à nouveau, elle faillit s'enfuir.

Sa spécialité...

— Vous vous sentez bien, mademoiselle Delorme ? s'inquiéta aussitôt Aidan, passant de l'autre côté de son bureau en un éclair, se mouvant aussi agilement et harmonieusement qu'un félin. Désirez-vous un verre d'eau ?

Il s'était penché sur elle et paraissait sincèrement soucieux.

Mon Dieu, quelle tête devait-elle avoir au juste pour qu'il se précipite de la sorte sur elle ? Était-elle devenue verte ? Ou violette, comme sa chemise ?

Bordel, cette journée de la honte n'en finissait plus... et on n'était encore qu'en milieu de matinée !

— Non, je vous remercie, déclina-t-elle poliment, s'efforçant de reprendre son souffle. Je vais bien.

Il fronça encore les sourcils sans cesser de l'observer. Il n'avait plus l'air si méchant que ça à présent.

Soudain, une image traversa son esprit.

Un flash.

Un jeune garçon de seize ans tout en noir, errant seul dans les couloirs de leur établissement commun. N'était-il pas dans la même classe qu'elle cette année-là ? Il avait un an d'avance sur les autres. Maigre à outrance, la tête et les épaules toujours basses, les lèvres obstinément closes.

Mais ce gamin chétif, ça ne pouvait tout de même pas être lui, non ?

— On peut reporter cet entretien si vous le souhaitez, ce n'est pas grave, proposa-t-il d'une voix curieusement douce, s'éloignant d'un pas, soudain conscient d'avoir empiété plus que de raison sur son espace personnel. Mon temps n'est pas si précieux que ça, vous savez.

Euh… hein ?!

C'était quoi ce revirement à cent quatre-vingts degrés ?

Elle devait paraître à l'article de la mort pour que ce type lui dise un truc pareil !

— Non, ça ne sera pas nécessaire, vraiment, assura-t-elle. Je vais très bien. Il me semble même me rappeler un peu de vous. Mais je n'en suis pas tout à fait certaine… Vous avez beaucoup changé, n'est-ce pas ?

Cette fois, il eut un mouvement de recul.

— C'est possible, admit-il en retournant nonchalamment prendre place derrière son immense bureau.

Manifestement, il n'appréciait pas tellement la remarque. S'attendait-il à autre chose ? *A priori*, s'il était bien l'adolescent dont elle venait de se souvenir, c'était un compliment qu'elle lui adressait. Et compte tenu de son comportement avec Louise, ça lui coûtait pas mal !

Scarlett s'éclaircit la gorge, et, au prix de rudes efforts, tenta – vainement – de prendre un ton indifférent pour demander :

— Et comment va... Romain ?

Voilà, elle l'avait fait.

Elle avait prononcé son nom à haute voix, sans pour autant bloquer sa respiration. Le savoir-vivre exigeait qu'elle pose au moins la question. Même si elle espérait secrètement que la réponse mentionnerait l'un des sept cercles de l'enfer ainsi qu'une cuisson de type rôti.

L'expression d'Aidan devint tout à coup plus glaciale que jamais et quelque chose d'inquiétant, de singulièrement dangereux se dégagea de lui :

— Oh, mais il se porte à merveille. Toujours aussi sportif, toujours aussi blond également. Et toujours célibataire cependant, si toutefois cette information peut vous être utile.

Dommage pour la Géhenne...

Donc, les relations familiales, ça n'était pas vraiment ça ? Parfait, elle n'avait aucune envie d'en entendre davantage sur son ancien petit ami.

Stop, Aidan venait de dire quoi ?

Elle se serait bien défendue – la dernière précision, en vérité, il pouvait se la mettre dans un endroit bien précis de son anatomie. Mais elle n'en fit rien. Mieux valait passer au sujet suivant. Hors de question de s'attarder davantage à propos de l'enfoiré dont elle avait oublié le nom... jusqu'à très récemment.

Aidan ouvrit l'un de ses tiroirs d'un geste un peu brusque, en extirpa une liasse de papiers, qu'il jeta ensuite sur son bureau, devant elle.

— Voici le contrat que je vous propose, annonça-t-il en fixant l'un de ses écrans, comme si subitement, Scarlett était devenue totalement inintéressante. Vous aurez le loisir de l'étudier tranquillement chez vous, bien entendu. Prenez tout le temps nécessaire, je ne suis pas pressé. Et n'hésitez pas à nous contacter si vous avez des questions. Ou bien s'il y a certains points dont vous souhaiteriez discuter. Comme le budget alloué, par exemple. Sébastien va vous faire faire une première visite des locaux.

Là-dessus, le type au costume golden boy refit son apparition à la porte – sans doute The big boss venait-il d'appuyer sur un quelconque bouton caché, permettant de sonner son petit personnel.

Scarlett se leva, comprenant que l'entretien le moins banal de sa vie touchait enfin à sa fin. Mais Aidan ne l'imita pas et demeura rivé à son fichu écran, un coude sur son bureau, se frottant encore la bouche.

Quelque chose ne passait pas, selon toute vraisemblance. Mais quoi ?

Mystère...

Elle hésita à lui mettre sa main sous le nez, afin qu'il daigne la saluer comme il se devait. Mais il était si impressionnant, son attitude était tellement perturbante, qu'elle n'en eut pas le courage.

En temps ordinaire, Scarlett adorait faire la maligne avec les gens qui lui manquaient de respect et n'hésitait pas à les renvoyer dans leurs buts. Là, pourtant, elle en était tout bonnement incapable.

Elle ramassa le tas de feuilles reliées qui constituaient le contrat et, sans un mot, tourna le dos à cet homme étrange pour suivre le très simplement dénommé Sébastien.

Une fois sortie de ce grand bureau austère, à l'atmosphère à la fois glaciale et électrique, elle se sentit brusquement mieux, comme libérée, et put respirer de nouveau. Un carcan invisible s'était resserré sur elle dès son entrée dans cette pièce et l'avait oppressée tout le temps qu'avait duré l'entrevue.

Heureusement, c'était terminé. Elle n'aurait probablement pas à remettre les pieds là-bas, ou alors que très peu. Ce qui était une excellente chose.

Le tour avec Sébastien, un homme charmant, fort aimable – ce qui était assez appréciable après la douche froide qu'évoquait tout contact avec le patron –, dura un peu plus d'une demi-heure. Durant laquelle elle s'appliqua à prendre toutes les photos dont elle aurait besoin pour ensuite présenter un projet correct.

Chaque activité était regroupée par pôle, dans de grandes salles hautes de plafond, tout en open space. Son job consisterait à repenser entièrement l'espace de travail afin de l'optimiser et le rendre plus moderne.

Ce qu'il était déjà...

Le montant proposé dans le contrat, auquel elle avait tout de même jeté un coup d'œil furtif, pendant que Sébastien marchait devant elle, était assez déstabilisant en soi. Dépassant – de très loin – ce qu'elle avait osé espérer de mieux. Elle était douée, elle le savait, mais pas à ce point-là...

Et le fait d'avoir carte blanche, sans aucune contrainte sinon le budget – astronomique, lui aussi – pour améliorer quelque chose qui flirtait déjà avec ce qui se faisait de mieux, était carrément flippant !

Elle prit un taxi pour enfin récupérer sa voiture oubliée et y trouva un joli PV coincé sur son pare-brise.

Évidemment. Comment aurait-il pu en être autrement ? En fait, elle l'avait échappé belle. Elle aurait très bien pu devoir aller chercher son véhicule à la fourrière...

Scarlett se mit ensuite en route pour rentrer chez elle, confuse, étourdie par les sommes dont il avait été question ce matin. Et si troublée par Aidan... ah non, *monsieur Stern* – même si ce nom lui faisait mal, il fallait qu'elle s'y tienne –, qu'elle n'arrivait plus à le faire sortir de son esprit.

Pourtant, il lui semblait qu'elle maîtrisait bien ça, l'amnésie sélective…

Hmm, ses mains… Elles étaient magnifiques, elles aussi. Scarlett n'avait pas vraiment fait attention sur le moment, tant elle était absorbée par ce visage si particulier et ce regard, fascinant. Quoique non, il fallait le reconnaître, ce regard était carrément envoûtant.

Mais à présent, elle revoyait très nettement sa paume se poser devant elle, ses longs doigts fins, et cependant virils, s'étendre à plat sur son bureau.

Quel effet cela ferait-il, sur sa peau nue ?

Bordel !

Elle faillit piler tant cette pensée la scandalisa. C'était quoi, ça ?! Jamais elle n'avait fantasmé sur les mains d'un homme ! Et encore moins de *ce* genre d'homme !

Les mots *connard, mufle,* ainsi que *client,* lui revinrent en tête, comme pour la sauver de ce dangereux écueil, lui rappelant à qui appartenaient lesdites mains.

Mais oui, à qui en vérité ?

Pourquoi aurait-elle dû se souvenir de lui ?

Ils avaient fréquenté le même lycée, peut-être la même classe durant une année, et après ? Ils étaient nombreux déjà à l'époque. Elle était vaguement sortie avec son frère, et alors ? En dépit du fait qu'elle refusait de fouiller dans sa mémoire pour en ressortir ces piètres moments passés avec Romain, elle savait pertinemment qu'ils ne les avaient partagés que tous les deux.

Personne n'avait su qu'ils étaient ensemble. C'était un secret. Enfin, jusqu'à ce qu'ils rompent… là, tout le lycée l'avait appris.

Scarlett soupira pour chasser l'angoisse qui montait en elle. Évoquer le passé, en particulier cette année-là, la faisait souffrir. Mentalement, elle referma, puis bloqua définitivement les vannes à souvenirs.

Aidan voulait lui donner beaucoup d'argent pour un réaménagement dont il n'avait pas besoin ? Soit. Elle allait le prendre, son petit pactole. Elle ne ferait pas la fine bouche. Et point. Fin de l'histoire.

Ma foi, tant pis si ça le chiffonnait qu'elle l'ait totalement zappé !

Quand elle arriva devant sa maison, Louise l'attendait déjà, assise sur le perron, sa robe dernier cri traînant négligemment dans la poussière. Une chance pour ce sublime – et coûteux – vêtement qu'il ait cessé de pleuvoir...

Une moue préoccupée donnait à ses lèvres de poupée un pli qui aurait pu passer pour boudeur, si Scarlett ne l'avait pas si bien connue.

En l'espace de ces quatre derniers mois, elles s'étaient beaucoup vues et avaient noué des liens très forts. Des liens qui avaient pesé dans la balance quand Scarlett s'était interrogée sur son emménagement définitif dans l'ancienne demeure de sa mère.

— Alors, ça s'est passé comment ? lança Louise en se levant à l'approche de sa cousine, avant de la regarder de haut en bas (décidément !) : Non, tu n'y es pas allée dans cette tenue quand même ?!

— Si, pourquoi ? Qu'est-ce qu'elle a ma tenue ? J'ai une tache quelque part ? Un trou peut-être ? Ma jupe a craqué ou quoi ?

Scarlett commençait vraiment à croire que quelque chose clochait.

Ses cheveux ! Ça devait être ça, des boucles sauvages et d'horribles épis avaient dû remplacer son joli brushing lisse !

— Elle est très bien, la rassura aussitôt Louise, après être entrée, tandis que sa cousine lui tenait la porte. Vraiment parfaite. Chic et… choc ! Je ne suis pas sûre de t'avoir déjà vue plus à ton avantage, en fait.

— Forcément, ces dernières semaines je n'avais pas trop la tête à me pomponner…

Elle croisa son reflet dans le miroir du salon et fut surprise de trouver une chevelure, non pas impeccable – ç'aurait été un miracle –, mais au moins décente. Avec juste ce qu'il fallait d'ondulations. Effet rétro donc. Pas mal, finalement.

— Oh, bien sûr, excuse-moi, balbutia Louise.

— Il n'y a pas de mal voyons, se rattrapa Scarlett avec un sourire contrit, navrée d'avoir plombé l'ambiance malgré elle.

— Alors ? insista sa cousine, lorsqu'elles furent installées au salon, un mug de thé fumant à la main. Raconte !

Pour commencer, Scarlett sortit le contrat de son grand sac à main fourre-tout – mais classe, bien entendu – et le déposa sur la table basse, devant Louise. Qui le feuilleta rapidement, avant de hocher la tête avec un sourire remontant jusqu'aux oreilles à la vue de la somme proposée pour leur service.

— C'était… bizarre, expliqua Scarlett. Vraiment bizarre. Par moments, il a été aussi odieux que tu l'avais décrit, mais pas tout le temps qu'a duré le rendez-vous.

— C'est-à-dire ? se renseigna Louise en plissant les paupières.

— Pfff, je n'en sais rien, soupira Scarlett, son trouble refusant de se dissiper. Apparemment, on est allé au même lycée. Dans la même classe, il me semble. Mais pas plus d'une année… peut-être moins. En réalité, je n'en suis pas certaine, je ne me souviens pas vraiment de lui.

Elle préféra garder pour elle le fait qu'elle avait fricoté avec le frangin. Ça, elle ne voulait plus en parler. Jamais.

Classé, oublié, irrévocablement.

— Quoi ?! s'exclama Louise manquant de s'étrangler avec son thé, puis s'empressant de reposer son mug. Comment tu as pu *oublier* un mec comme ça ? Je veux dire, avec un physique pareil ?! Tu n'es quand même pas sérieuse ?

— Il n'était peut-être pas, à l'époque, le même qu'aujourd'hui, fit valoir Scarlett.

— C'est clair, ça doit être ça. Sinon tu l'aurais forcément remarqué. Si ce n'est plus…

Scarlett feignit d'avoir l'air enthousiaste à cette idée. Si Louise avait su qu'en ce temps-là, elle ne calculait personne, aucun garçon en tout cas, à l'exception de Romain. Elle n'avait d'yeux que pour lui, son magnifique géant, blond comme les blés…

Merde !

Elle ne devait pas penser à lui, se l'était interdit ! Et ça marchait très bien jusque-là. Alors pourquoi venait-elle de se remémorer la couleur de ses cheveux ?!

C'était à cause de l'autre ! L'autre géant, rencontré ce matin. Celui qui s'était fait une place aux forceps dans sa vie. Du reste, elle allait se débrouiller pour l'éviter au maximum. Il lui était nocif, faisait remonter trop de choses à la surface.

À côté du mug de Louise, le téléphone portable de Scarlett se mit à vibrer et un numéro inconnu s'afficha à l'écran. Sa cousine roula des yeux, s'étonnant qu'elle ne se précipite pas pour décrocher.

Ce qu'elle finit par faire, au bout de la quatrième sonnerie. Que lui arrivait-il au juste aujourd'hui ? Elle était complètement dans les nuages…

— Mademoiselle Delorme ? s'enquit une voix grave, qu'elle reconnut d'emblée, bien qu'elle ne l'ait que peu entendue.

Scarlett cessa soudain de respirer et écarta son portable, le couvrant d'une main, et se tourna vers Louise.

— Bordel de merde ! jura-t-elle. C'est lui !

4

Louise ouvrit les mains, paumes vers le ciel, comme pour indiquer une évidence :

— Ben, réponds-lui.

Scarlett resta figée, stupéfaite. Comment diable s'était-il procuré son numéro ? Puis elle se rappela qu'il figurait sur toutes leurs cartes de visite, en plus d'apparaître sur le site Internet de leur petite boîte d'architecture d'intérieur.

Louise lui arracha soudain le téléphone des mains et prit la parole à sa place :

— Qui la demande, je vous prie ?

— Monsieur Stern. Dites-lui que c'est important… et urgent.

— Très bien, je vous la passe.

Louise sélectionna le mode haut-parleur et rendit son portable à Scarlett, tout en l'observant curieusement.

— Mademoiselle Delorme ? tenta à nouveau Aidan, un léger agacement pointant dans la voix.

— Oui, c'est moi, acquiesça-t-elle, avant de reprendre, d'un ton plus rude : Que voulez-vous ? Je croyais que nous avions fait le tour ce matin. Nous étudions votre contrat, nous ne nous sommes pas encore décidées.

— J'entends bien, convint-il doucement. Au demeurant, je me permets de vous contacter pour tout autre chose. Voilà, j'ai parcouru plus en détail vos références, et je souhaiterais vous confier une seconde mission.

— Pardon ?

— Oui, voyez-vous, il s'agirait d'une maison, exposa-t-il, un peu gêné – à moins que Scarlett ne l'ait rêvé ? *Ma* maison, en réalité. J'aimerais que vous vous chargiez de l'aménager. De fond en comble, jusqu'à l'ameublement. Strictement rien n'a été fait pour l'instant à l'intérieur. J'ai pensé, après vous avoir rencontrée tout à l'heure, que ce serait également dans vos cordes. Me suis-je trompé ?

Et il n'y avait personne d'autre sur Paris et sa banlieue capable de s'occuper de ça ?

— Je ne sais pas, je dois d'abord y réfléchir, prétexta Scarlett en attendant de trouver une façon polie de décliner. Vous n'êtes pas notre seul client, et mon temps n'est pas extensible, comme je vous l'ai déjà plus ou moins fait remarquer ce matin.

Bon, on repassera pour la *façon polie*...

Ce qui, en plus, était un mensonge. Elle et Louise n'avaient aucune autre commande en ce moment. L'affaire n'en était qu'au démarrage et ne progressait que très lentement, comme souvent dans ces cas-là.

Toujours est-il qu'il fallait qu'elle refuse. Elle frissonnait rien qu'à l'idée de le revoir. Et elle n'aimait pas cette sensation. Pas plus qu'elle n'aimait l'angoisse que, malgré lui, il ravivait en elle...

Louise attira son attention tandis qu'un silence embarrassant s'installait à l'autre bout du fil, et, sans bruit, articula : « Quoi ? Mais tu es malade ?! »

Scarlett secoua la tête. C'était non !

Sa cousine pinça les lèvres de contrariété. Puis elle se jeta carrément sur Scarlett et s'arrangea, malgré la résistance de cette dernière, pour parler dans le combiné, tentant d'imiter – de manière on ne peut plus ridicule – sa voix :

— Très bien, c'est d'accord.

La mâchoire de Scarlett faillit se décrocher devant l'audace de cette pseudo-amie. Laquelle ne perdait vraiment rien pour attendre !

— Vous m'en voyez ravi, répondit aussitôt Aidan avec un petit rire bref, à peine audible, comme s'il n'était pas réellement dupe.

Ce qui faisait de lui un complice.

Et la voilà prise en otage, obligée de revoir ce type qui la mettait tellement mal à l'aise ! Merde alors ! Celle-là, elle ne l'avait pas vue venir...

— Dix-huit heures ce soir, pour vous montrer les lieux, cela vous convient ? interrogea-t-il ensuite, comme pour la forme, la question ressemblant plutôt à une sommation.

— OK, accepta Scarlett à contrecœur, complètement déboussolée.

— Très bien. Je vous prierai, d'autre part, de bien vouloir venir seule. Je me passerai volontiers des services de votre assistante.

Il allait raccrocher, la laissant estomaquée par ses aberrantes exigences, lorsqu'elle l'arrêta, se ressaisissant d'un coup :

— Euh, il me faudrait l'adresse, monsieur Stern. Vous avez oublié de me la donner.

— L'adresse ? répéta-t-il avec étonnement. Ah, oui, bien sûr. Hem, Antony, vous connaissez, je présume ? Il s'agit de notre ancienne demeure familiale, avenue d'Alembert.

Cette fois-ci, la communication fut interrompue.

Scarlett inspira profondément pour se calmer.

Comment allait-elle faire pour se rendre là-bas ? Elle n'avait pas remis les pieds dans cette maison depuis...

— Oh toi ! s'exclama Scarlett, furieuse, pointant un index accusateur vers sa cousine. Comment tu as pu me faire ça ?!

— Chérie, tu oublies que notre société est en jeu, argua Louise, sans afficher ne serait-ce que l'ombre d'un remords. Des clients comme celui-là, il ne s'en présente pas tous les jours. Pense à ce que va nous rapporter une commande pareille, en plus de l'autre, je veux dire. Sa baraque doit être immense ! Sérieux, songe à la facture qu'on va lui présenter !

Scarlett se laissa retomber contre le dossier de son canapé, dépitée. Naturellement, Louise avait raison.

Cette dernière reprit une gorgée de thé, et derrière sa tasse, ajouta, d'un air de conspiratrice :

— On dirait que *monsieur Stern* ne peut plus se passer de toi. « Et surtout pas d'assistante... », la vache ! Il craque complètement, le grand P-DG !

— Bah voyons ! C'est toi qui craques, ma vieille ! répliqua Scarlett, vexée sans vraiment savoir pourquoi. Dans quelle réalité alternative une telle chose pourrait-elle bien se produire, hein ? La collection de top models en larmes à l'accueil, ça te rappelle quelque chose ?

— Justement, les chialeuses, on s'en lasse. Comme les mannequins, d'ailleurs. Mes relations avec la gent masculine sont bien meilleures depuis que je ne le suis plus, figure-toi.

Scarlett soupira. Comment faire comprendre à Louise, pour qui absolument tous les hommes – y compris les beaux, les riches, les athlètes, les artistes, etc... la liste était encore longue – étaient accessibles, qu'elles ne jouaient pas dans la même cour toutes les deux ? Se rendait-elle seulement compte de l'absurdité de ses propos ?

Vu le petit sourire en coin qui ne la quittait plus, la réponse était clairement non.

Scarlett n'avait pas pour habitude de sortir avec des types moches, loin de là. Encore moins idiots. Aucun des dix ne l'avait été. Et elle n'était pas spécialement complexée non plus. Enfin, pas suffisamment sûre d'elle au point d'imaginer pouvoir rivaliser avec des femmes de l'acabit de Louise, mais elle n'avait pas de problème particulier avec ça.

Mais Aidan, un P-DG aux revenus probablement plutôt conséquents, génie dans son domaine, et pourvu d'un physique... comment dire ? Irréprochable ? C'était tout simplement hors de sa portée. À tel point qu'y penser était risible. Vexant en fait, c'était bien ça. Elle n'était quand même pas stupide au point d'espérer ne serait-ce qu'un instant qu'un homme comme lui s'intéresse réellement à elle.

D'ailleurs, ça lui convenait très bien ainsi. Ce n'était qu'un connard mal embouché doublé d'un mufle, après tout. Et un client, du reste !

Louise avait-elle oublié ces quelques détails ?!

Scarlett se gara dans une rue adjacente à celle de la maison des Stern. Préférant ne pas être vue seule dans sa voiture, à faire des exercices afin de maîtriser sa respiration, ainsi que les battements de son cœur, avant d'aller à son rendez-vous.

L'angoisse ne la quittait plus depuis le coup de fil d'Aidan. Non seulement elle allait encore se retrouver seule avec ce type étrange et lunatique. Mais en plus, et surtout, elle allait devoir retourner dans cette maison...

Ce qui la frappa d'abord, lorsqu'elle arriva à l'adresse des Stern, fut de découvrir Aidan en chemise, à demi assis sur le capot d'une voiture – la sienne forcément – de petits écouteurs blancs dans les oreilles. Ses longues jambes étendues devant lui, chevilles croisées, et les mains dans les poches de son pantalon. Une attitude décontractée en somme, bien différente de celle, rigide à outrance, du matin.

Le véhicule – sans être une épave, cela va de soi –, n'était pas aussi ostentatoire qu'elle aurait pu l'imaginer. Il s'agissait d'une Toyota, un modèle hybride de dernière génération, aux formes modernes, gris métallisé.

Pourquoi s'était-il garé dans la rue, tandis que plusieurs emplacements, réservés à cet effet, l'attendaient de l'autre côté du portail ? Et pour quelle raison restait-il dehors, au lieu de l'attendre chez lui ? D'autant que cette fois, elle n'était pas en retard. En avance de cinq minutes même... ce qui était assez exceptionnel pour elle.

Puis Scarlett avisa la maison.

Et là, elle ne put qu'écarquiller les yeux.

À la place de la somptueuse bâtisse bourgeoise dont elle avait de vagues souvenirs, elle aperçut, cachée entre les arbres, une demeure contemporaine tout en bois et en baies vitrées. Rien, mais alors absolument rien à voir avec l'ancienne !

À son approche, Aidan se redressa précipitamment, comme s'il ne l'avait pas attendue si tôt, et retira ses écouteurs pour les fourrer, avec son portable, dans une des poches de son pantalon.

Il avait retiré sa cravate vert foncé du matin, et défait son col, mais pas ses boutons de manchette. Ce qui était assez curieux, étant donné les températures élevées de ce mois de septembre.

Son premier réflexe, lorsqu'il croisa son regard, fut de lui adresser un magnifique sourire, dévoilant ses belles dents blanches, de petits plis apparaissant soudain aux coins de ses yeux. Tout à fait irrésistible. Émouvant, même.

Le cœur de Scarlett se mit à battre à coups redoublés, fichant subitement en l'air le peu de bénéfice obtenu grâce aux exercices de yoga.

Mais ça ne dura qu'un court instant. Très vite, Aidan se reprit et retrouva la raideur de leur première entrevue. Il inclina courtoisement – bien que froidement – la tête pour la saluer pour la deuxième fois de la journée.

— Mademoiselle Delorme, merci d'avoir accepté de me caser si rapidement dans votre emploi du temps.

— Je vous en prie, grinça-t-elle, rancunière. Ce n'est pas comme s'il m'avait vraiment été possible de refuser.

Pourquoi avait-elle dit ça ?! Elle était là maintenant. Et, comme l'avait si justement fait remarquer Louise, ce client était d'une importance capitale pour leur société. Il fallait de toute urgence qu'elle remette le filtre anti-réflexions désobligeantes qu'elle semblait avoir perdu, avant de le froisser pour de bon !

Un muscle joua sous la peau de la mâchoire d'Aidan, prouvant clairement qu'il n'appréciait que très moyennement.

Puis il haussa les épaules, comme pour lui-même, et se dirigea vers le grand portail noir.

Même la grille avait été remplacée par une autre, plus moderne…

Finalement, il n'y avait aucun risque pour que le tour de la propriété lui rappelle quoi que ce soit. Parfait.

— Votre frère et votre père savent-ils que vous souhaitez réaménager la maison familiale ?

— Non, et ils n'ont pas à le savoir, lâcha-t-il sèchement sans se retourner. Je l'ai rachetée il y a quelques années. J'en suis désormais l'unique propriétaire. Ce que je fais ici ne concerne personne d'autre que moi.

Scarlett s'arrêta sur le pas de la porte, tandis qu'Aidan sortait ses clés. L'espace d'une seconde, elle crut voir sa main trembler. La journée dans sa tour avait-elle été éprouvante ?

— Et c'est vous qui avez effectué ces... transformations, alors ? se renseigna-t-elle, curieuse.

— En effet. J'ai fait raser l'ancienne maison pour reconstruire celle-ci à la place.

Il ouvrit finalement la serrure, poussa le battant, et attendit un moment avant de l'inviter à entrer d'un geste désuet, mais galant.

— Je ne comprends pas, avoua-t-elle, laissant encore son foutu filtre de côté – ou alors il s'était mis tout seul en mode indiscrétion. Pourquoi racheter la maison de votre enfance, si c'était pour la raser ? Le but n'était-il pas de conserver, en même temps que la propriété, certains souvenirs ?

Aidan arqua d'abord un sourcil perplexe, puis eut un faux sourire, carnassier, inquiétant, comme ce matin, qui s'effaça lorsqu'il répondit :

— Pas vraiment, non.

Eh bien, elle allait galérer pour cerner les goûts d'un type aussi déroutant, ce n'était rien de le dire !

Elle se demanda une fois de plus dans quoi elle s'était embarquée quand elle découvrit l'intérieur de la maison.

Passé la vaste entrée, ils arrivèrent dans une impressionnante pièce à vivre, dont l'une des façades était entièrement vitrée, et cependant totalement vide. Le claquement des talons de Scarlett sur le parquet design, presque noir – s'il n'avait pas été recouvert d'autant de poussière – résonnait de manière presque anxiogène.

Il n'avait pas menti en disant que rien n'avait été fait. Seul un évier trônait dans la salle, côté cuisine – enfin ça, c'était ce qu'il fallait imaginer –, accompagné de quelques autres tuyaux nus d'arrivées d'eau.

Pourtant, la construction, bien que récente, ne paraissait pas dater d'hier. Leurs pas laissaient des empreintes plus nettes au sol, des toiles d'araignées avaient envahi chaque recoin, et une odeur de renfermé flottait dans l'atmosphère.

— Depuis quand les travaux sont-ils terminés ? se résolut-elle à demander, face au silence oppressant d'Aidan.

Il fit des yeux le tour de la pièce et poussa un long soupir.

— Quatre ans, environ.

5

Là, ça devenait vraiment bizarre. Aidan était bizarre… encore plus en fait, si c'était possible. Il ne se comportait plus du tout comme dans son super bureau de P-DG. Où d'ailleurs étaient passées sa magistrale cape d'arrogance et son increvable cuirasse d'aigreur ?

Peut-être les avait-il oubliées dans sa tour ?

Ainsi perdu au centre de l'immense salle à vivre, il ne paraissait plus être exactement le même homme.

Pour tenter de mettre fin à la curieuse tension qui s'était installée, Scarlett persista :

— Et… ?

— Et… ça fait bien au moins quatre ans que je ne suis pas venu, poursuivit-il d'un ton moins affirmé. Il me semblait que l'entretien ne laissait pas autant à désirer… Enfin bref, il est plus que temps de faire quelque chose, vous serez d'accord avec moi ?

— Cela va sans dire, convint-elle, un peu désolée de voir un tel lieu négligé depuis si longtemps. Mais pourquoi maintenant ? Parce que s'il s'agit de réaliser une opération financière quelconque, je ne suis pas sûre que…

— Non, l'interrompit-il en pivotant vers elle. Il n'est pas question de ça. Mon but est de m'installer ici.

Ses yeux tellement captivants, à la teinte encore indéfinie, ni verte ni bleue, mais assurément pâle, se rivèrent alors aux siens. De manière si intense que Scarlett ne put se retenir de ciller, sans parvenir à s'en détacher cependant. Cette fois, ce ne fut pas la glace qu'ils lui évoquèrent, mais autre chose… sans qu'elle puisse mettre le doigt dessus.

— Ah, très bien, balbutia-t-elle, de plus en plus déstabilisée. Dans ce cas, il va falloir m'en dire un peu plus sur… sur vous. Sur ce que vous voulez.

Elle s'arrêta, hésita un instant, puis se lança – c'était son job après tout :

— Ce que souhaite également votre compagne… ainsi que vos enfants, éventuellement. Ceux qui existent peut-être déjà, ainsi que ceux à venir.

Pourquoi était-elle aussi embarrassée de devoir lui demander ça ? Et – bordel ! – pourquoi appréhendait-elle autant sa réponse ?!

— Je n'ai rien de tout ça, révéla-t-il, le petit sillon se creusant à nouveau entre ses sourcils. Je vis seul.

Son regard, obstinément plongé dans le sien, sembla soudain vouloir ajouter : « *désespérément* seul ». Puis il se détourna brusquement pour aller ouvrir une fenêtre – ce dont la maison avait grand besoin.

Peut-être qu'il était bel et bien ce gamin finalement, celui du flash. Chétif… et si triste.

— Je ne sais pas ce que je veux, lança-t-il à la dérobée, tout en continuant à circuler autour d'elle pour aller ouvrir d'autres fenêtres et aérer la pièce au maximum. Faites ce qu'il vous plaira. Comme pour chez vous, ça me conviendra très bien.

Celle-là, on ne la lui avait encore jamais faite…

Comme pour chez elle ?! Était-elle censée faire selon ses goûts à elle ? Comment pouvait-il ne serait-ce qu'envisager que ça lui convienne ? C'était complètement idiot !

— Chez moi, ça n'a absolument rien à voir, objecta-t-elle. Déjà, c'est nettement plus petit. Et puis, je n'ai pas une maison d'architecte ultramoderne. Je regrette, monsieur Stern, mais il va falloir être un peu plus précis.

Comme il ne répondait pas, elle sortit carnet et stylo, faisant mine de prendre des notes, et hasarda :

— On pourrait peut-être procéder par élimination. Commencez donc par me dire ce que vous n'aimez pas. Couleurs, ambiances, type de mobilier… Hmm, pas d'ancien, rien que du moderne, j'imagine ?

Il haussa les épaules :

— Oui, sans doute. Franchement, je m'en fiche. Tout ce que je veux, c'est pouvoir emménager rapidement.

Scarlett laissa retomber ses bras le long de son corps, consternée :

— Mais alors, pourquoi faire appel à moi ?

Si le résultat lui était indifférent et qu'il était si pressé que ça, un peintre et une simple commande chez n'importe quel fournisseur de meubles suffisaient à ce compte-là. Scarlett était beaucoup plus chère. Et même si monsieur n'était pas franchement près de ses sous – bel euphémisme ! –, il n'était pas stupide au point de les claquer comme ça, sans raison.

— La décoration d'intérieur, ça fait bien partie de vos compétences, non ? repartit-il avec un petit sourire en coin, un peu taquin.

Oh là…

Scarlett se sentit fondre subitement.

Et comprit tout à coup pourquoi les femmes se pressaient à la porte de cet homme. Aidan Stern, quand il se donnait la peine d'afficher autre chose que du mépris, était *vraiment* séduisant.

Non, plus que ça…

Il était carrément irrésistible.

Elle secoua la tête pour se ressaisir. Elle aurait dû trouver quelque chose de percutant à répliquer – après tout, même si ce n'était pas exactement une attaque, il venait néanmoins de se moquer d'elle ! Mais ses capacités de réflexion étaient soudain tombées au point mort.

— OK, murmura-t-elle, plus pour elle-même qu'autre chose.

— Vous acceptez ? s'étonna-t-il en clignant des paupières, comme s'il avait du mal à le croire.

Elle n'avait rien dit de tel. Il fallait qu'elle prenne au moins le temps d'y réfléchir. Elle ne pouvait pas répondre comme ça, maintenant…

— Euh… oui, s'entendit-elle pourtant acquiescer.

Et elle se frappa mentalement le front.

Il ne lui avait pas encore montré la moitié de la bâtisse et ils n'avaient même pas encore parlé argent ! Bon Dieu, mais qu'est-ce qui lui était passé par la tête ?!

Elle-même avait du mal à se reconnaître. Sans doute étaient-ce toutes les émotions de la journée qui commençaient à avoir raison d'elle.

Ils terminèrent la visite sans échanger un mot de plus et Scarlett prit quelques photos. Après avoir refermé la porte d'entrée derrière eux, Aidan tendit un jeu de clefs à la jeune femme :

— Vous en aurez probablement besoin.

— Oui, merci.

— Vous êtes venue à pied, je crois, je peux peut-être vous raccompagner ? proposa-t-il sans ouvrir le portail, comme si la réponse en conditionnait l'ouverture.

— Non ! refusa-t-elle d'emblée, un peu trop vivement pour paraître naturelle toutefois. Non… je suis en voiture.

Aidan avisa la rue, à la recherche du véhicule en question, d'un air sceptique.

— Je me suis garée dans une autre avenue, un peu plus loin, se justifia-t-elle.

— Vous n'habitez pourtant pas très loin d'ici, remarqua-t-il.

Bon, là, ça devenait carrément flippant !

À moins que... bien sûr, il avait aussi son adresse. Elle figurait sur le contrat.

Sans compter qu'il prétendait la connaître depuis l'époque du lycée. Beaucoup d'élèves rentraient chez eux à pied. Et ils avaient grandi dans la même ville, apparemment. Il était tout à fait possible qu'il ait su, déjà à ce moment-là, où se situait la maison de sa mère.

— Êtes-vous en train de suggérer que je devrai faire davantage d'exercice, monsieur Stern ? s'indigna-t-elle spontanément... avant de se mordre la lèvre inférieure de mortification.

Scarlett était rarement nerveuse – en dehors des rencards pourris, elle n'avait aucune raison de l'être. Mais dès qu'elle l'était, elle se mettait à dire n'importe quoi.

Encore un bel exemple du genre...

C'était ce type. Sa simple présence, en plus de la dérouter totalement, la rendait *atrocement* nerveuse.

Il eut un mouvement de recul, leva les mains en signe de protestation, et, atterré, assura :

— Mais... pas du tout !

Intéressant, monsieur The big P-DG semblait tout à coup décontenancé à son tour. Son visage était même soudain devenu livide.

Waouh, c'était elle toute seule qui avait réussi à le mettre dans cet état-là ?!

— C'est ridicule, se défendit-il encore, jetant un regard irrité à ses propres chaussures. Je... j'observais simplement que... Bref, laissez tomber.

Aidan garda la tête basse et ouvrit la grille. Il attendit que Scarlett sorte et se posta devant son portail clos, sans un mot, raide comme un piquet.

Les au revoir cordiaux, ça n'était pas son truc, vraisemblablement.

Il paraissait… fâché ?

D'accord, elle avait fait une réflexion idiote. Mais tout de même, il n'y avait pas mort d'homme. Pourquoi réagissait-il ainsi ? Au pire, ça aurait dû être à elle de se sentir mal à l'aise, non ?

Ce que, par ailleurs, elle était.

Toujours, face à ce type.

Scarlett prit sur elle et lui présenta cette fois sa main, histoire de se quitter en de meilleurs termes qu'au matin. Même si, pour lui, ça ne paraissait pas avoir grande importance.

Il se passa alors quelque chose d'encore plus étrange que tout le reste…

Aidan considéra sa paume avec une attention particulière, une expression presque douloureuse sur le visage. Puis, tandis qu'elle s'apprêtait à laisser retomber son bras, faute de réactivité de la part de son interlocuteur, il se saisit de ses doigts. Il les pressa et… et ne les lâcha pas.

Le souffle manqua brusquement à Scarlett, qui ignorait si elle devait tolérer ce contact imposé, ou bien se débattre pour se libérer et s'enfuir en courant. Loin. Très loin de ce type instable et un tantinet tordu.

Quand bien même était-il leur seul gros client.

Quand bien même était-il diablement sexy, sa main, magnifique, chaude et douce, très agréable… sensuelle…

Sensuelle ?!

Oh-oh… elle devait s'écarter de toute urgence ! Maintenant ! Pourquoi n'y arrivait-elle pas ?

— Je me disais que, peut-être, vous auriez aimé revoir Romain ? marmonna Aidan d'une voix rauque, sans cesser d'examiner leurs mains jointes. Parce qu'il y a un mariage, ce week-end, dans ma famille. Je ne comptais pas m'y rendre, mais… Enfin, cela vous plairait-il de m'y accompagner ?

Revoir… *Romain* ?!

Le seul fait d'entendre prononcer ce nom aurait dû rompre le charme de l'instant, l'obliger cette fois à se sauver à toutes jambes. Une espèce de réflexe, comme celui qu'elle avait péniblement réprimé ce matin. Pourtant, non. Rien ne venait. Scarlett avait presque l'impression que les mots n'avaient plus prise sur elle. Sinon, comment expliquer son absence totale de réaction face à cette absurde proposition ?

Grand Dieu, elle n'avait aucune envie de revoir Romain ! L'idée même la révoltait. Comment Aidan avait-il pu imaginer qu'elle souhaitait revoir son frère ? L'avait-elle laissé entendre, sans s'en rendre compte ?

— Je ne… je ne crois pas, cafouilla-t-elle, un soupçon d'angoisse, de rancœur, et un sentiment nouveau, qu'elle n'arrivait pas à identifier, se mélangeant en elle, embrumant encore son esprit déjà gravement ralenti par… oui, par quoi ?

Les yeux d'Aidan revinrent à son visage, sa main conservant sa prise sur la sienne, comme si rien n'avait été plus naturel.

Son pouce venait-il réellement d'effleurer dans une caresse subtile la base de son poignet, ou l'avait-elle juste fantasmé ?

Une petite lueur triomphante s'alluma au fond de ses prunelles et il déclara doucement :

— C'est bien ce qu'il me semblait. Vous savez, ça l'emmerderait copieusement de me voir avec vous, à cette réception. Imaginer que son petit frère puisse sortir avec une de ses anciennes conquêtes le mettrait hors de lui. Et, convenons-en, il le mérite bien, n'est-ce pas ? Ça pourrait être... amusant, non ?

Oui... ou ridicule plutôt.

Aidan Stern, alias The big boss, était-il vraiment en train de lui proposer de l'emmener à un mariage dans sa famille, rien que pour faire enrager Romain ?

C'était tellement puéril, du grand n'importe quoi. Et elle n'était quand même pas idiote au point de croire qu'il ne lançait l'idée que dans son intérêt à elle. Il avait aussi à y gagner, clairement.

Quoi, après, ça restait à découvrir...

Pourtant, malgré la singularité suspecte de la proposition, malgré ses propres promesses de ne jamais repenser à cet ancien petit ami qu'elle haïssait plus encore que son propre père, elle était tentée. Elle devait bien l'avouer.

C'était stupide comme revanche, vraiment médiocre. Et elle allait servir d'instrument pour attiser le conflit qui, selon toute vraisemblance, opposait les deux frères.

Elle devait refuser. Non, trop dangereux. Et trop, beaucoup trop tordu !

Mais tout ce qu'elle trouva à dire fut :

— Sauf que niveau crédibilité, ça ne tient pas du tout la route, votre plan, Aidan. Qui pourrait bien croire à une telle fable ?

Merde ! Elle ne venait quand même pas de l'appeler par son prénom... si ?

Il lâcha soudain la main de Scarlett, fit un pas en arrière et entrouvrit la bouche, l'air subitement très contrarié qu'elle ait osé remettre en question la pertinence de son idée. Puis il jeta un regard de côté, souffla un bon coup, et se mit à rire, de la même manière qu'un peu plus tôt, dans son grand bureau.

Ce qui était à la fois merveilleux – son sourire n'en finissait décidément pas de l'éblouir – et un peu humiliant. Elle et lui, non seulement ça n'était pas vraisemblable, mais c'était également drôle alors ?

— Vous n'avez sans doute pas tort, lui accorda-t-il, achevant de la remettre à sa place et de rompre définitivement la magie du moment. Il faudra y mettre un peu du vôtre, faire semblant avec un minimum de conviction. Moi, je le peux, mais vous ?

Ça ressemblait à un défi ou Scarlett hallucinait-elle ?

« Moi, je le peux ? » Et voilà soudain le retour de M. Connard-Mufle ! Un retour en force, ou elle ne s'y connaissait pas !

Et en un éclair, la colère la reprit :

— Bien sûr que je le peux ! Ça va être difficile, je ne vous le cache pas. Au risque de vous surprendre, vous n'êtes pas du tout mon genre. (Oh, le beau mensonge...) Mais je vais faire de mon mieux pour donner le change et feindre de vous apprécier le temps d'une soirée. Attendez-vous à être surpris, monsieur Stern !

Trop, peut-être ?

Maintenant c'était elle qui manquait de crédibilité. Il allait rire encore et cette fois, ça ne serait plus du tout merveilleux... juste humiliant. Voire carrément insultant.

Euh, un instant. Venait-elle d'accepter ?!

Putain de merde, elle n'avait pas fait ça ?! Oh, non...

Scarlett pria tous les saints, ainsi que tous les dieux de la planète pour que ces paroles n'aient jamais franchi la barrière de ses lèvres et qu'elles n'aient été que de simples pensées.

Aidan eut un petit sourire en coin, satisfait, encore que pas totalement. Comme quoi, elle avait dû être convaincante, en fin de compte. Sans doute ne s'attendait-il pas à ce qu'elle nie avec autant de virulence son attirance pour lui. Il ne devait probablement pas être habitué. Avait-elle égratigné son ego surdimensionné de play-boy à qui aucune femme ne pouvait résister ? Imaginait-il qu'elle lui serait reconnaissante de concéder à s'afficher avec elle afin de mettre en œuvre son plan pourri ?

Plan qu'elle avait accepté, en l'occurrence.

Double merde ! Cela signifiait qu'elle allait vraiment revoir Romain ?

N'était-il pas possible de faire machine arrière ? Il devait bien exister un moyen ?

Scarlett se creusait la tête pour trouver quelque chose lorsque Aidan se pencha sur elle et frôla sa joue de ses lèvres, la plongeant dans la plus grande confusion – c'était quoi, ça, au juste ?!

— Je ne demande qu'à être surpris, murmura-t-il à son oreille, avant de se redresser et de conclure : Je viendrai te chercher chez toi samedi, à dix-sept heures. Il faudra continuer à m'appeler par mon prénom, bien entendu, et le tutoiement sera de mise. Je me permets de prendre un peu d'avance : passe une bonne soirée, Scarlett.

Là-dessus, il monta dans sa voiture et partit, la laissant abasourdie, seule, en plein milieu de la rue, plantée là comme une cruche, pour la deuxième fois – et c'était à souhaiter, la dernière – de la journée.

6

— C'est celle-ci qu'il te faut, assura Louise en présentant un cintre à sa cousine, son regard allant et venant du vêtement désigné à l'intéressée.

Scarlett jeta un coup d'œil à la robe en question. Effectivement, elle était jolie. Tout à fait dans ses goûts. Noire. Mélange de voile léger et de satin. Très chic et habillée.

— C'est une plaisanterie ? se récria-t-elle après avoir lu le prix sur l'étiquette. Mais tu m'as emmenée dans quelle boutique au juste ? Ce n'est pas vraiment dans mes moyens, tu sais.

Forcément, elle et sa cousine n'avaient pas tout à fait la même idée du budget à consacrer à une nouvelle tenue pour assister à un mariage.

Scarlett soupira.

De toute façon, c'était complètement stupide.

Quel intérêt de s'y rendre ? Elle n'avait cessé d'y penser depuis lundi soir, faillit appeler au moins une bonne quinzaine de fois – voire le double – Aidan, dont le numéro était enregistré à Stern/client.

Le « slash client » était important. Indispensable même. Pour se rappeler sa bêtise d'avoir accepté de l'accompagner à ce mariage sous le prétexte débile de prendre sa revanche sur Romain. Comme s'il y avait la moindre chance que lui se souvienne d'elle !

Comme si elle n'allait pas trembler, se sentir mal – et peut-être vomir ! – à la simple vue de cet abruti.

Non, c'était vraiment n'importe quoi ! Elle avait tout fait pour l'oublier. Tout. Et elle avait réussi. Comment avait-elle pu s'imaginer tout à coup que le revoir serait constructif ? Que ça n'allait pas tout bousiller ? Et surtout, surtout, qu'elle serait assez forte pour se confronter à lui et au passé ?!

Feindre de parader au bras de son grand P-DG de petit frère juste pour narguer cet ancien petit ami... pfff, mais quelle idée ! Une des plus tordues qu'elle ait jamais entendues.

Oh, bien sûr, c'était Aidan, qui l'avait eue. Pas elle. Pour quelle raison voulait-il *emmerder copieusement* son frangin, c'était encore autre chose...

Ce type était tellement étrange, incernable. Son visage avait beau être très expressif, elle ne parvenait pas à déchiffrer ce qu'elle y lisait. Quelle revanche avait-il à prendre, lui ? Et pourquoi se servir d'elle ? Romain avait dû laisser derrière lui des caisses entières de jeunes filles éplorées à ramasser sur le bord de sa route. Pourquoi elle en particulier ? Elle n'avait strictement rien signifié pour lui... Impossible qu'Aidan l'ait ignoré.

Scarlett reposa la robe, feignant de ne pas remarquer la moue boudeuse de Louise.

Comme si, en outre, elle était susceptible de se réjouir à l'idée de plomber l'ambiance d'un mariage où elle ne connaissait absolument personne... si ce n'était deux frangins rivaux, dont l'un d'eux était son ex et l'autre son client.

Prends-le comme un défi, un moyen de tirer un trait définitif sur le passé, s'était-elle dit et répété toute la semaine – entre deux pensées pour la main chaude d'Aidan... ou pour ses yeux... ou pour ses lèvres sur lesquelles...

Oui, bon, elle avait eu beaucoup de mal à réfléchir. Depuis lundi, son esprit refusait de se remettre à fonctionner normalement. Et cela expliquait sans doute qu'elle n'ait pas annulé avant.

Parce qu'à J-1 du samedi fatidique, elle se rendait bien compte qu'elle n'en serait pas capable. Ni de revoir Romain, ni de faire semblant d'être la petite amie d'Aidan – un défi d'une telle envergure tant ça paraissait invraisemblable ! –, et bien moins encore de risquer de ruiner la cérémonie de mariage de parfaits inconnus.

— Je dois passer un appel urgent, annonça Scarlett en sortant précipitamment de ce magasin qui n'était clairement pas pour elle – en plus d'être affreusement cher, elle n'était même pas sûre d'avoir vu passer un seul vêtement en taille 42 !

— Et tu appelles qui ? s'enquit Louise, l'air agacé, flairant probablement le désistement de dernière minute.

— Merde, c'est le répondeur, grinça Scarlett en raccrochant.

Pourtant, laisser un message aurait été nettement plus simple. Plus facile. Et beaucoup plus lâche accessoirement, à vingt-quatre heures seulement du rendez-vous.

— Dis-moi, tu n'allais tout de même pas te défiler ?

En guise de réponse, Scarlett se mordit la lèvre inférieure, plaidant coupable.

— Oh, la trouillarde que tu fais, je te jure ! s'exclama Louise. Tu n'as pas intérêt à faire ça. Si Stern rappelle, c'est moi qui décroche. Compris ?

Elles en avaient longuement parlé, Scarlett ayant quelques scrupules à – en plus du reste – sortir avec leur client le plus important. Enfin, le seul, en ce moment, par ailleurs.

Afin de ne pas s'étendre plus que nécessaire sur le pourquoi du comment, Scarlett s'était contentée d'expliquer qu'elle accompagnait Aidan à cette réception uniquement pour lui rendre service. Prétextant que, trop occupé ces dernières semaines, celui-ci n'avait guère trouvé le temps de passer en revue son interminable carnet de modèles. Bref, c'était presque professionnel, en somme…

Ou pas. Absolument pas. C'était même l'exact inverse ! Mais elle était incapable de confier la vérité à Louise. Il aurait fallu entrer dans les détails, parler de Romain…

Et ça, ça n'était pas envisageable.

— Arrête de flipper, fit Louise en lui prenant l'épaule. Tout va bien se passer. Je sais que c'est bancal comme situation, mais bon, on ne vit plus si on s'interdit tout au motif de conserver de bonnes relations de travail. Après Internet, le boulot est le deuxième lieu de rencontre pour les couples. Tu ne vas pas laisser filer une opportunité comme celle-là. Surtout qu'il n'a pas l'air si con que ça, avec toi. Et puis, au pire, s'il tente quoi que ce soit qui te déplaît, paf ! On lui colle un bon procès pour harcèlement sexuel au cul !

Scarlett songea qu'il n'y avait pas grand-chose susceptible de lui déplaire dans la large palette de ce qu'il pourrait tenter…

Oh, mon Dieu, non ! Elle était bien plus atteinte qu'elle ne croyait !

Il fallait de toute urgence qu'elle se rappelle la raison de ce rencard qui n'en était pas un. Elle n'était qu'un moyen pour Aidan de faire chier son frère.

Mouais, un genre de trophée, ou d'objet alors ?

Peu reluisant, en fin de compte. Mais – même si elle était obligée de laisser Louise dans l'ignorance –, elle devait à tout prix éviter de se faire des films. Pas question qu'elle songe à lui de cette manière ! Garder les pieds sur terre et la tête froide était primordial, Aidan et elle ne jouaient pas dans la même cour. Définitivement.

— Tu as raison, mentit-elle, s'obligeant à considérer la chose comme le défi qu'elle était, celui qui lui permettrait de tourner la page.

L'heure du rendez-vous arriva avec une rapidité extraordinaire, sans qu'Aidan n'ait essayé de la rappeler. Il était certainement trop absorbé par son travail pour se soucier de ce qu'elle lui voulait. Ou peut-être n'avait-il tout simplement pas vu qu'elle avait essayé de le joindre.

Oui, voilà, ça devait être ça…

Scarlett était fin prête lorsqu'elle se prit à espérer qu'il l'ait oubliée. Après tout, ça n'était pas totalement impossible. Sans compter que, bien qu'encore légèrement humiliant – cela dit, elle n'était plus à ça près, avec lui –, ça l'aurait malgré tout arrangée.

Elle n'avait rien pu avaler depuis la veille, avait des maux de ventre abominables et n'avait pu dormir que quelques heures dans la nuit du vendredi au samedi. Bref, elle avait à peu près autant envie d'y aller que de se casser une jambe. Ou même le coccyx, tiens ! Bouée de convalescence comprise !

Sa crise d'insomnie avait eu cela de bénéfique qu'elle lui avait permis de finaliser sa première proposition d'aménagement de la maison d'Aidan. Ce qui leur fournirait au moins un sujet de conversation, lequel ne serait pas de trop étant donné la loquacité de son cavalier pour la soirée.

Scarlett avisa son reflet dans le miroir et grimaça.

S'il ne venait pas, elle en serait peut-être soulagée… mais elle aurait fait tous ces efforts pour rien.

Finalement, elle s'était ravisée et avait acheté la robe que Louise lui avait conseillée. Laquelle existait en fait en 42 et lui allait, accessoirement, à merveille. Et même si elle n'avait pas donné sa carte de gaieté de cœur à la caisse, elle ne regrettait pas cette dépense – pourtant bel et bien inconsidérée, ce n'était pas comme si son placard était vide !

Le décolleté en V était assez profond pour attirer l'attention vers son opulente poitrine, sans pour autant trop en dévoiler, et dénudait élégamment le haut de ses épaules. La taille était marquée d'une large bande de satin noire. Et le bas partait en évasé, en une cascade de jupons légers, lesquels s'arrêtaient au-dessus du genou.

Pour l'occasion, Scarlett avait relevé ses cheveux en un chignon lâche, à la base de sa nuque, se servant astucieusement de ses ondulations pour donner à l'ensemble une touche glamour.

Sans compter qu'elle avait ressorti une autre paire de ses talons les plus vertigineux. Une qu'elle ne portait pratiquement jamais à cause du ruban façon danseuse classique qui remontait le long de la cheville et qui était particulièrement galère à nouer correctement.

Étant de nature assez peu ponctuelle, et les chaussures étant la dernière chose qu'elle enfilait avant de sortir, elle ne trouvait jamais le temps d'attacher joliment ses fichus colifichets. Du coup, si elle les avait portés deux fois en tout et pour tout, c'était déjà le bout du monde.

Aujourd'hui pourtant, elle l'avait trouvé, ce temps. Ce qui la ravissait, parce que ces escarpins étaient du plus bel effet. D'ailleurs, elle avait été prête bien avant l'heure du rendez-vous fixé par Aidan.

Le bruit de la sonnette l'arracha soudain à ses futiles et ô combien déstressantes réflexions vestimentaires. Les battements de son cœur devinrent alors si puissants qu'elle eût pu jurer les entendre distinctement.

Elle vérifia fébrilement sa montre. Aidan était pile à l'heure, tout compte fait…

Et si elle ne répondait pas, tout simplement ? Que se passerait-il ?

Parce que là, tout de suite, maintenant, elle ne se sentait plus du tout de jouer la comédie devant Romain. Elle allait se ridiculiser, à coup sûr, et c'était tout ce qu'elle allait y gagner.

Le carillon résonna une seconde fois, impatient.

Elle inspira profondément, pour se donner du courage – elle en avait bien besoin –, et se résolut à aller ouvrir.

Aidan apparut alors dans l'encadrement de la porte.

C'était très bizarre de le voir sur son perron… à la frontière de son espace personnel. Il était si grand, si classe, détonnait tellement dans ce cadre, devant la petite maison modeste et à la déco kitch de sa mère.

Ses cheveux sombres toujours peignés en arrière, il était vêtu d'un costume noir avec gilet assorti – ce qui lui donnait l'air plus guindé encore, si c'était possible –, agrémenté d'une cravate gris argent, qui s'accordait à merveille avec la teinte acier de ses yeux clairs.

Tandis qu'elle l'observait, s'interrogeant encore quant au moyen de se débiner, elle se rendit compte qu'elle aussi subissait un minutieux examen. Lequel se porta un peu plus longtemps qu'il n'était décent au niveau de sa poitrine.

Ah, les hommes… N'empêche, c'était un point pour elle.

Ce qui la fit sourire sans qu'elle y pense.

Le regard d'Aidan termina sa course et finit par remonter jusqu'à son visage.

— Tu es sublime Scarlett, maugréa-t-il en fronçant les sourcils, comme s'il lui adressait là quelque reproche, et non un compliment.

— Merci, hasarda-t-elle, sans parvenir à savoir si c'était la réponse qui convenait.

Il inspira bruyamment par le nez et sortit de la poche intérieure de sa veste un écrin de bijoutier :

— Pour la crédibilité, justifia-t-il en lui tendant l'objet.

Le sourire de Scarlett, déjà effacé, se transforma en une moue contrariée. Aidan lui offrait un bijou de qualité parce qu'il pensait que sans cela, elle ne parviendrait pas à passer pour sa petite amie ?! Bon sang, elle ne portait peut-être pas de vêtements de grands couturiers, mais enfin elle ne s'attifait pas comme une souillon pour autant ! Pour se sentir rabaissée, on pouvait toujours compter sur lui ! Il était d'une telle galanterie !

Elle attrapa la boîte d'un geste dédaigneux, l'ouvrit avec une indifférence feinte et… tenta de rester de marbre devant le splendide collier d'or blanc, orné de deux petites émeraudes taillées en forme de gouttes, encadrant une troisième plus grosse et plus subtilement ciselée, sertie de fins diamants.

Bordel !

Jamais, de toute sa vie, elle n'avait porté un truc pareil ! Fallait-il verser une caution pour la soirée ?

Aidan lui montra ses boutons de manchette, en émeraude eux aussi. Et Scarlett se sentit tout à coup très bête. Crédibles, dans le sens *coordonnés*, alors, comme s'ils s'étaient concertés auparavant ?

— Je ne suis pas expert, mais ça devrait pouvoir s'accorder avec ta tenue, qu'en penses-tu ? Tu veux bien le mettre, s'il te plaît ?

Scarlett, qui avait beaucoup de mal à s'entendre ainsi tutoyer par Aidan, alias *Stern/client*, éclata de rire :

— Oh non, sûrement pas ! J'aurais beaucoup trop peur de l'abîmer. C'est hors de question.

Elle lui rendit l'écrin, mais il repoussa sa main.

— Tu peux bien l'abîmer, il est à toi. C'est un cadeau... de remerciement. Ou bien un dédommagement. Prends-le comme tu le souhaites, mais je tiens à ce que tu le portes.

Euh... Quoi ?!

Mais enfin, qu'avait-elle fait qui justifie qu'il lui offre ce type de présent ? N'avait-il donc aucun sens de la mesure ? Un simple bouquet de fleurs aurait été amplement suffisant... déjà dérangeant même, en soi. Alors ça ?!

— Je n'accepte pas ce genre de cadeau de la part d'hommes que je connais depuis moins d'une semaine, refusa-t-elle encore, lorsqu'elle eut retrouvé l'usage de la parole. À plus forte raison dans le cas où l'homme en question est un client. Et pour rappel, je ne suis pas une escort, je ne demande aucun *dédommagement*.

La situation lui apparut alors dans tout ce qu'elle avait de grotesque. Et angoissant. Impossible à surmonter...

— C'était une erreur, je n'aurais jamais dû accepter de vous accompagner à cet événement familial, se rétracta-t-elle, pédalant à toute vitesse en arrière. Je n'ai absolument rien à y faire. Je suis désolée, mais je vais devoir...

— Ne me fais pas ça, je t'en prie, murmura-t-il, si faiblement qu'elle n'était pas certaine d'avoir bien entendu.

Des mots qui résonnaient en elle comme en écho...

Elle releva la tête et vit sur ses traits la même expression douloureuse que lundi soir, lorsqu'il avait contemplé sa main, avant d'accepter de la lui serrer. Une expression si bouleversante que son cœur se recroquevilla dans sa poitrine.

Qu'est-ce qui pouvait bien être si important pour lui ? Il n'y avait pas que Romain et son envie de le taquiner en s'affichant avec l'une de ses anciennes petites amies. Il devait y avoir autre chose… quelque chose qui n'avait rien d'un amusement.

Et, sans bien comprendre ce qui lui prenait subitement, elle lui présenta son dos.

— Merci, Scarlett, lui souffla-t-il à l'oreille en lui passant lui-même autour du cou le plus beau collier qu'elle ait jamais porté.

7

Durant le trajet en voiture jusqu'à la petite ville de banlieue où avait lieu la cérémonie, Scarlett, de plus en plus nerveuse, abreuva Aidan d'un flot de détails, probablement très ennuyeux, concernant sa première proposition d'aménagement de sa maison. Si bien qu'arrivés sur le parking de la mairie, elle ignorait toujours qui se mariait dans la famille Stern.

— Ma tante, expliqua-t-il laconiquement, refermant la portière du véhicule derrière elle, avant de préciser : La sœur d'Édouard. C'est elle qui souhaitait que je vienne.

Scarlett hocha la tête en se demandant pourquoi Aidan lui donnait le prénom de son père – était-elle censée le connaître, lui aussi ? – quand elle se rendit compte que les marches de la mairie étaient désertes.

— Est-on en retard ou en avance ? s'inquiéta-t-elle, frémissant soudain au contact de la paume chaude qu'Aidan venait discrètement de poser dans le milieu de son dos.

— J'ai jugé qu'il valait mieux arriver après tout le monde, avisa-t-il placidement. Les réactions de Romain peuvent parfois être excessives et je ne tenais pas non plus à gâcher la cérémonie.

Voilà qui était tout à fait rassurant...

L'angoisse se rappela alors au bon souvenir de Scarlett et l'écrasa tout d'un coup. Elle s'arrêta net, incapable de faire un pas de plus.

Comment allait-elle pouvoir continuer à se persuader qu'elle avait tout oublié après ça ?

Elle ne voulait pas le revoir.

Pourquoi était-elle venue ici au juste ?

Ah oui, elle s'était fait piéger par un homme dont elle ne savait rien et qui voulait l'utiliser pour une raison encore pas clairement déterminée. En tout cas, quelque chose qui valait un collier de luxe, comme celui qu'elle portait en ce moment même...

Aidan se retourna, un peu surpris, et cligna des paupières en la voyant sans doute blanche comme un linge.

— Je ne voulais pas t'effrayer, déplora-t-il, semblant sincèrement navré. Je ne le laisserai pas faire de scandale, rassure-toi. Ni te prendre à partie. Ce n'est pas le but.

Du bout des doigts, il lui effleura la joue, dans un geste qui l'envoya brusquement ailleurs, dans une autre réalité. Une réalité dans laquelle elle n'avait même plus besoin d'oublier...

Puis il ajouta :

— Si c'est tellement dur pour toi, alors on en reste là. Je te ramène chez toi. Pardon, je n'avais pas réalisé que...

— Non, refusa-t-elle, sa confiance retrouvée grâce à ce simple et bref contact. Non, ça ira très bien. Allons voir ta tante et nous amuser à faire chier un peu ce bon vieux Romain.

Une revanche. Une mince revanche, en comparaison du mal causé, mais une revanche quand même. Voilà ce sur quoi elle devait se concentrer.

Un fabuleux sourire illumina les traits fins, presque angéliques, d'Aidan.

— La cerise sur le gâteau, résuma-t-il, énigmatique.

Puis il lui prit la main avec un naturel qui la bluffa, et l'entraîna à sa suite à l'intérieur du bâtiment.

Heureusement, ils arrivèrent au moment où les invités terminaient de s'installer. Les futurs époux, une femme d'une bonne quarantaine d'années, en tailleur écru très sobre, mais raffiné, et un homme d'apparence légèrement plus jeune, tous deux debout devant le maire, retenaient toute l'attention, leur permettant de passer totalement inaperçus.

Le timing parfait, finalement.

Aidan semblait avoir tout prévu avec une grande minutie. Ce qui, l'air de rien, devenait légèrement suspect… voire inquiétant pour la suite.

Que pouvait-il bien avoir derrière la tête, en définitive ?

Parce que si agacer son frère était la cerise sur le gâteau, qu'était donc ce fameux *gâteau*, dans ce cas ?

Ils prirent place au fond de la salle et Scarlett s'efforça de rester digne et de ne pas baisser le nez – sans pour autant chercher du regard un géant aux cheveux blonds.

Cela étant, elle le trouva assez rapidement.

Avec une telle carrure, comment aurait-elle pu passer à côté ? Il était déjà costaud au lycée. Mais depuis, il s'était nettement épaissi, sa silhouette pouvant facilement soutenir la comparaison face à celle de Sébastien Chabal…

Tout devant, au premier rang, il se tenait de dos, avec les invités les plus importants. Sans doute là où aurait dû se trouver Aidan également…

Scarlett avait appréhendé cet instant toute la semaine. Pourtant, lorsqu'elle aperçut Romain de loin, rien ne se passa.

Enfin, pas exactement *rien*. En fait, elle faillit même bondir de surprise… mais, pas à cause de la vue de son ex-petit ami abhorré.

Non.

Plutôt parce qu'au même moment les doigts d'Aidan se mirent à parcourir lascivement ses reins, puis se frayèrent un chemin jusqu'à sa hanche, avant d'aller se nicher au creux de sa taille… où ils se mirent ensuite à tracer de petits cercles sensuels.

Scarlett ouvrit la bouche pour protester – le repousser aurait été bien trop risqué, avec toute cette assemblée prête à se retourner d'une seconde à l'autre –, mais Aidan, qui en avait certainement conscience, l'en empêcha.

— Chut, ça va commencer, murmura-t-il à son intention, tout en gardant le regard rivé devant lui.

Et sa main poursuivit son petit manège, comme si de rien n'était, tirant à Scarlett une vague de frissons à chaque nouveau cercle.

Donner le change… faire semblant d'être un couple… d'accord. Elle se rappelait tout ça. Mais là, est-ce que ça n'était pas pousser le truc un peu loin ? Personne ne les regardait qui plus est ! Alors pourquoi Aidan jouait-il cette comédie ?

À moins qu'il ait voulu la tester ? Ou bien s'entraîner à interpréter l'amoureux transi, un genre de répétition avant le lever de rideau ?

Mouais… N'empêche, quelle qu'ait été la raison de ces attentions, il avait l'air de pas mal en profiter, à en juger par le petit sourire en coin regorgeant de satisfaction qu'il arborait.

Une expression qui aurait dû irriter Scarlett – bon sang, se fichait-il d'elle ? –, mais qui ne fit en réalité qu'augmenter ses frissonnements... en même temps, paradoxalement, que la température ambiante. Du moins, c'était son impression.

La cérémonie débuta et tout le monde s'assit. Aidan imita les autres et cessa donc, par la force des choses, de la tourmenter.

Ouf, elle n'aurait pas pu supporter ça plus longtemps.

Non pas que ça ait été désagréable, non... en fait, elle ne se prononcerait pas là-dessus. Mais déjà, la chaleur la submergeait, menaçant de ruiner ses efforts de maquillage, et ses joues s'embrasaient, rougissant violemment. Ce qui, en temps ordinaire, avec sa peau hâlée de brune, ne lui arrivait pour ainsi dire jamais...

Au lieu de faire comme le reste de l'assemblée et essayer de se concentrer sur les paroles du maire, malgré le bruit et l'ennui du discours d'usage, Aidan dégaina son portable. Scarlett eut du mal à en croire ses yeux lorsqu'elle le vit se pencher nonchalamment en avant, appuyant ses coudes sur ses genoux pour se focaliser sur son écran.

Bordel, mais il était pire qu'un gamin ! Ne pouvait-il se passer de ses jouets le temps d'une cérémonie ?!

Sans rire, plus incorrect, tu meurs !

S'ils avaient vraiment été ensemble, nul doute qu'elle lui aurait écrasé le pied pour la peine...

OK, mais ça n'était pas le cas. Et il fallait d'urgence qu'elle refoule ce genre de pensées douteuses. Ça ne la mènerait à rien de bon, clairement.

Le regard inévitablement attiré par l'écran luminescent du Smartphone, Scarlett remarqua qu'Aidan ne s'amusait pas, comme elle aurait pu le penser, à des jeux idiots pour passer le temps. Il consultait l'e-mail qu'elle lui avait envoyé juste avant leur rendez-vous. Message dans lequel elle lui avait fait parvenir quelques images issues de sa première proposition pour la décoration de sa maison.

Il zooma sur des détails. Plus précisément, sur les détails qu'elle avait évoqués durant le trajet. Dont elle lui avait rebattu les oreilles en fait, histoire de meubler la conversation et de s'occuper l'esprit, tout en croyant qu'elle l'ennuyait tant il avait eu l'air absorbé par la route…

Mais en fin de compte, il l'avait écoutée.

Elle l'observa tandis qu'il visionnait chaque simulation, un peu anxieuse à l'idée de recevoir si tôt son verdict. Ce qu'il découvrait lui convenait-il, ou était-elle complètement à côté de la plaque ? Aidan se couvrait la bouche d'une main et paraissait pensif. Impossible d'en déduire quoi que ce soit.

Bon sang de type indéchiffrable !

Elle avait fait de son mieux pour lui servir quelque chose de moderne, puisque apparemment – encore qu'il ne l'ait pas reconnu – il aimait ça. Des teintes dans l'ensemble assez claires, relativement neutres, mais néanmoins agréables. Beaucoup d'écru, divers tons de gris, et un peu de chocolat également, dans la salle de séjour, face à une cuisine noire, un peu audacieuse pour le coup.

Il s'aperçut qu'elle l'observait et se redressa brusquement, retirant sa paume de devant ses lèvres, dont les coins se retroussèrent lentement. Aidan passa un bras sur le dossier de la chaise de Scarlett et se pencha vers elle pour lui glisser à l'oreille :

— Tout est parfait, merci. Je ne regrette vraiment pas d'avoir fait appel à toi.

— Ce n'est qu'un essai, lui chuchota-t-elle à son tour, perplexe. Tu ne peux pas valider maintenant. Il faudra en discuter.

— Très bien. De quoi veux-tu discuter ?

Devant eux, une dame d'un certain âge, arborant un chapeau à large bord bleu ciel – façon reine d'Angleterre –, du plus grand ridicule, se retourna et leur adressa un regard mauvais.

— Pas ici, plus tard, rétorqua Scarlett à Aidan, s'efforçant ensuite de ne plus lui prêter attention.

Ni à ses occupations, ni à son bras… qu'il avait laissé sur son dossier et qui lui frôlait la peau, juste sous les omoplates, là où sa robe ne la couvrait plus.

Un exercice qui se révéla plutôt difficile.

Scarlett inspira profondément et s'obligea à penser à autre chose. Au boulot par exemple…

Tout de même, elle n'avait jamais vu un client se satisfaire ainsi, après un simple coup d'œil, de sa première proposition, sans poser aucune question, ni même se renseigner sur les tarifs. C'était un peu trop facile pour être honnête, non ?

Après ce qui sembla durer une éternité tant la chaleur devenait insupportable – comment Aidan pouvait-il endurer veste, gilet et chemise par cette température ?! et les autres ? était-elle donc la seule à avoir aussi chaud ? – la cérémonie prit fin.

Scarlett laissa alors son compagnon la guider à travers la foule pour sortir de la mairie et s'étonna de ne le voir saluer personne.

Curieusement, son expression s'était durcie. Il était plus raide et affichait de nouveau cet air de mépris froid et désinvolte qu'elle lui connaissait de leur premier entretien. Même sa main, toujours résolument appuyée à son dos, s'était crispée.

Ils s'éloignaient de l'entrée du bâtiment lorsque la mariée elle-même le héla.

— Aidan ! Voyons, tu ne vas tout de même pas bouder la reine de la fête ! s'exclama-t-elle en venant à leur rencontre, feignant d'être vexée.

— Bien sûr que non, ma tante, réfuta-t-il, ignorant superbement tous les regards qui s'étaient subitement accrochés à eux. J'attendais simplement que la reine en question soit un peu moins sollicitée.

Aidan se baissa vers sa tante pour l'embrasser, et celle-ci le prit carrément dans ses bras pour lui dire :

— Je suis tellement heureuse que tu aies finalement accepté de te joindre à nous.

— Je ne suis pas venu faire la paix, lui apprit-il fraîchement, avant de se redresser.

— Évidemment, mais tu es là, et c'est tout ce qui m'importe.

Puis Aidan replaça sa paume au-dessus des reins de Scarlett et la présenta à sa tante. Qui, après l'avoir chaleureusement embrassée elle aussi, glissa à son neveu, accompagnant son propos d'un clin d'œil complice :

— Elle est vraiment ravissante, je te félicite. Fais-moi plaisir et garde-la, celle-ci.

— J'y compte bien, lui assura-t-il d'un air on ne peut plus sérieux.

Bah bien sûr ! La vache, quel menteur !

Pauvre tante, si elle savait que Scarlett n'était là que pour servir à une vaste mascarade. Laquelle prenait un tour de plus en plus alarmant, par ailleurs…

La mariée s'éloigna. Scarlett s'apprêtait à profiter de ce moment pour poser quelques questions à Aidan à propos de la signification de tout ça, quand il passa carrément son bras autour d'elle. Puis, d'un même mouvement, il la ramena farouchement à lui, en un geste extrêmement possessif.

Elle le dévisagea, stupéfaite, et vit ses traits ciselés, si agréables et doux en temps ordinaire, devenir presque cruels. Une aura de danger émana soudain de lui lorsqu'il dévoila ses belles dents blanches en un sourire mauvais, haineux... féroce.

— Ravi de te revoir, mon frère, ironisa Aidan avec une arrogance effrayante, tandis que Romain se dirigeait vers eux d'un pas déterminé.

8

Scarlett était tellement abasourdie de se voir ainsi plaquée de force contre le grand corps puissant d'Aidan, pétrifiée par l'ampleur de l'animosité qu'il portait à son frère, qu'elle en oublia finalement ses propres angoisses.

Ce qu'elle avait tant redouté se produisait pourtant.

Romain était là, devant elle… et elle ne parvenait pas à réaliser.

Elle n'eut absolument aucune réaction. Aucun souvenir ne vint la terrasser.

Rien.

D'ailleurs, la nouvelle version de son ancien petit ami – probablement encore du goût de quantité de femmes, elle ne le niait pas – était toutefois nettement moins séduisante que l'ancienne. Il avait certes pris du muscle, mais ce n'était pas forcément harmonieux. Scarlett le trouva un peu bouffi et se prit à l'imaginer en bûcheron mal dégrossi… le côté sexy en moins.

Et il paraissait vraiment remonté.

— J'ai cru que c'était une putain de blague quand Héloïse nous a dit que tu viendrais ! maugréa Romain sans prêter aucune attention à Scarlett, se retenant manifestement à grand-peine d'aboyer sur son petit frère.

Lequel, s'il n'était pas aussi épais, le dépassait toutefois légèrement. Peut-être l'affaire d'un centimètre ou deux, guère plus. Mais de près, ça se remarquait.

— Ah oui, et pourquoi donc ? le railla ouvertement Aidan, affectant la surprise avec une condescendance inouïe. Tu n'es pas sans savoir ce que signifient ces petits bouts de cartons que l'on envoie aux personnes que l'on souhaite convier à une réception. Au risque de te surprendre, figure-toi que j'en ai reçu un, moi aussi. En outre, et tu en conviendras j'en suis certain, je ne suis pas franchement connu pour mon grand sens de l'humour.

Romain serra les dents, à défaut de trouver quelque chose à répondre. Alors il baissa les yeux sur Scarlett, la respiration agitée et les poings fermés. Il plissa les paupières en l'observant.

Peut-être que ce serait pour maintenant, les vertiges et la nausée ?

Le bras d'Aidan la maintenait fermement contre lui, prisonnière. Mais il l'empêcherait aussi de tomber si jamais elle se trouvait déséquilibrée sur ses hauts talons. Il la soutenait, en quelque sorte.

Et elle… appréciait cela ?

— Dois-je te présenter Scarlett ou ça ira ? ironisa Aidan, une légère note d'agressivité teintant sa voix cette fois.

— Scarlett ? répéta Romain, interdit. Mais… mais qu'est-ce que tu fous là ?

Eh bien, en voilà un charmant accueil !

— Elle m'accompagne, Einstein, repartit sinistrement Aidan. Ça ne se voit pas ? Faut-il te faire un dessin ?

Romain, qui n'en revenait visiblement pas, fit un pas en arrière pour les examiner de plus loin. Puis il passa la main dans ses cheveux blonds, coupés bien plus court qu'à l'époque du lycée.

Scarlett n'eut même pas le temps d'en placer une que Romain reprit, pointant un index menaçant en direction de son frère :

— Bordel, Aidan ! Tu veux que je te dise, tu n'es vraiment qu'un pauvre taré ! Ne t'avise pas d'emmerder papa ce soir, je te préviens, ou je te collerai la plus grosse raclée de ta vie !

Aidan préféra s'abstenir de renchérir – au soulagement général –, mais eut cependant un de ses déplaisants – et paradoxalement très sexy – rires de gorge. Assurément le plus dédaigneux et méprisant que Scarlett ait entendu jusque-là. Romain s'éloigna alors avec une moue de dégoût, les laissant seuls face aux regards choqués de l'assistance.

— Au temps pour moi, s'excusa Aidan en se penchant sur Scarlett, sans paraître le moins du monde désolé. Je crains de ne pas avoir réussi à éviter la scène. Tu comprends probablement mieux pourquoi je parlais de *dédommagement* à présent ? Ce n'était peut-être pas si amusant que ça après tout.

Pour elle en tout cas, parce que lui semblait presque jubiler.

Et pour tout dire, non, en effet, ça n'avait pas été amusant. Du tout. Cela étant, Scarlett n'avait jamais cru que ça le serait.

Elle n'avait pas non plus imaginé qu'elle tomberait au centre d'un champ de bataille, en pleine guerre familiale…

Mais… elle venait de revoir Romain, non ? C'était bien ce qui s'était passé, et elle… allait bien ?

— Scarlett ? l'appela Aidan, en la faisant pivoter dans ses bras, résolu, apparemment, à ne plus la relâcher. Est-ce que ça va ?

Elle aurait sans doute dû lui en vouloir de l'avoir amenée au front avec lui, tandis qu'il savait pertinemment ce qui les attendait. Il n'avait rien daigné lui expliquer. Et elle se posait désormais une foule de questions à son sujet. Mais avait-elle vraiment le droit de les lui adresser ? De réclamer quelque justification que ce soit ?

Ils ne se connaissaient pas. Et, en définitive, il n'était qu'un client.

Un client un peu spécial, certes – qui, depuis qu'il avait commencé, ne cessait de la toucher, ce qui était vraiment très perturbant –, mais rien qu'un client.

Stern/client.

Un statut qu'elle devait à tout prix garder à l'esprit… sans quoi le retour à la réalité risquait d'être brutal. Parce que plus ça allait et plus elle se rendait compte qu'elle prenait goût au petit jeu auquel ils se livraient depuis qu'ils étaient entrés dans la mairie.

Le sourire mauvais et tellement inquiétant d'Aidan s'évanouit tandis qu'il scrutait le visage de Scarlett aussi intensément que s'il avait voulu percer le secret de ses pensées. Puis il déclara, tout en desserrant légèrement sa prise autour de sa taille :

— Bien, en ce qui me concerne, j'ai eu mon compte. Nous n'avons qu'à rentrer, si tu préfères.

Vu l'ambiance de la soirée qui se profilait, il valait mieux, c'était certain. D'ailleurs, à en juger par l'expression hostile qu'affichait chaque personne dont le regard avait le malheur de dévier sur Aidan, c'était ce que beaucoup espéraient. Clairement.

Mais pourquoi Scarlett hésitait-elle ? Le malaise perceptible que provoquait leur simple présence aurait dû la faire accepter d'emblée. Cela n'avait absolument rien d'agréable… bien qu'Aidan paraisse en retirer quelque étrange satisfaction.

Ce qui était assez angoissant, par ailleurs.

Et Romain ne venait-il pas de traiter son frère de *taré* ? Pourquoi avait-il dit une chose pareille au juste ?

Scarlett, si encline à la fuite d'ordinaire, aurait dû vouloir rentrer. S'échapper de ce mariage où elle n'avait rien à faire et s'extirper de cette atmosphère détestable. Quitter ces gens inamicaux, ainsi que – et surtout – l'homme qui générait toutes ces mauvaises ondes. Pourtant, elle n'avait pas envie que cette soirée s'achève prématurément. Non, elle aurait voulu qu'elle dure…

Bon, OK, sa décision était prise, il *fallait* rentrer ! D'urgence, même !

Scarlett acquiesça d'un hochement de tête et ils allaient tourner les talons lorsqu'elle aperçut la tante d'Aidan, à quelques mètres de là.

Son visage se teinta de tristesse lorsqu'elle comprit que finalement, son neveu ne resterait pas. Puis, comme en désespoir de cause, elle avisa Scarlett et prit un air suppliant. La priant silencieusement d'intervenir en sa faveur.

Quel être sans cœur serait capable de refuser la supplique d'une mariée, le jour de ses noces ?

Pas Scarlett, en tout cas.

— Attends un peu, tu m'avais promis une réception et je n'ai eu droit qu'à la rébarbative séance de la mairie, improvisa Scarlett en tirant la manche de la veste d'Aidan. Hors de question que je parte d'une fête de mariage sans boire au moins un verre !

Euh… elle avait réellement dit ça ?

Donc, passer pour une alcoolique aux yeux de leur plus gros client, c'était fait ! Bien, et ensuite ?

Aidan baissa le regard vers les doigts de Scarlett, agrippés à son vêtement, et arqua un sourcil circonspect. Elle s'empressa aussitôt de le relâcher, ses joues virant du rouge – encore vaguement séduisant pour certains – au cramoisi – façon clown, une vraie catastrophe.

— Une chance pour Héloïse que tu sois sensible à son charme ainsi qu'à son légendaire chantage affectif, plaisanta-t-il, ayant manifestement remarqué la manœuvre de sa tante. Elle est très forte, ça ne fait aucun doute, pour ainsi corrompre une parfaite inconnue. Soit, restons alors. Je pourrai en profiter plus longuement, ça me va très bien.

Sur ces derniers mots équivoques, il rattrapa sa main pour enlacer ses doigts aux siens, longs et chauds, très doux également… et s'inclina pour déposer un petit baiser léger sur sa joue.

Qui laissa Scarlett comme deux ronds de flan, aussi surprise qu'étourdie.

Oh, mon Dieu, cette décharge électrique qui lui courait dans tout le corps pour se lover au creux de son ventre, c'était quoi au juste ?!

Merde ! Ce qu'elle pouvait être ridicule ! Ça n'était pourtant pas grand-chose. Comment un simple baiser sur la joue, aussi anecdotique que bref, était-il capable de la plonger dans cet état-là ?

La soirée allait être longue, et ce, pour tout un tas de raisons !

Après un cocktail servi dans d'élégants barnums installés au pied d'un charmant petit château, durant lequel Scarlett s'acharna à discuter déco – sujet qu'elle maîtrisait s'il en était un – avec Aidan, ils furent invités à passer à table à l'intérieur de l'édifice.

La construction datait du XVIIIe siècle. Et tout, des tapisseries au mobilier, avait été sélectionné avec un goût des plus raffinés. Mêlant style ancien et teintes sobres, afin de s'éloigner discrètement de celles du rococo, conférant à l'ensemble une élégance parfaite.

Le malaise ressenti à la sortie de la mairie, et qui ne s'était malheureusement pas totalement dissipé, revint en force lorsqu'ils croisèrent Romain, accompagné d'un homme d'une cinquantaine d'années. Bien tassée, à bien y regarder.

Les cheveux grisonnants, celui-ci était assez grand, sans l'être autant que les deux frères, cela va de soi, et portait un costume bleu marine agrémenté de fines rayures blanches, très ajusté, du dernier chic.

Le visage de l'inconnu se décomposa sous le regard perçant d'Aidan. Et celui-ci se figea, soudain complètement indifférent à la foule qui se pressait pour entrer dans la grande salle du dîner et dont il freinait sensiblement le mouvement.

— J'aurais préféré que tu ne viennes pas, lâcha l'homme en baissant les yeux, ne parvenant pas à soutenir ceux, glacés et subitement de nouveau venimeux, d'Aidan.

— Comme à peu près tout le monde ici, à l'exception de ta sœur, allégua ce dernier, un muscle jouant sous la peau de sa mâchoire. Mais cela aurait été un peu trop facile, tu ne crois pas ?

Ce fut à cet instant précis que, l'espace d'une demi-seconde, Scarlett discerna au son de sa voix, tellement bien dissimulée ainsi enfouie sous une tonne d'arrogance et de mépris, une subtile note de souffrance. Si bien cachée qu'elle se demanda aussitôt si elle ne l'avait pas juste imaginée.

— Facile pour qui ? s'emporta Romain, démarrant au quart de tour. Tu cherches à nous prouver quoi, hein ?!

Le géant blond donna un coup de menton en direction de Scarlett, comme si elle aussi jouait un rôle dans l'histoire.

— À vous, absolument rien, grinça sombrement Aidan, avant d'entraîner la jeune femme vers la salle, hors de portée de son frère.

Mais, après avoir fait seulement quelques pas, il se retourna d'un bloc, considéra les deux hommes de toute son écrasante hauteur et conclut avec l'un de ses effrayants sourires cruels :

— À part ça, papa, j'espère que les affaires se portent comme tu le souhaites et que tu te plais dans ton nouvel appartement.

Puis il reprit son chemin, tandis que Romain manquait de s'étrangler.

— Tu as de sacrés comptes à régler, on dirait, ne put s'empêcher d'observer Scarlett, tandis qu'ils se dirigeaient vers la table où Héloïse les avait placés.

Soit loin de tout parent potentiellement en colère contre Aidan – lesquels semblaient être légion – et donc dangereux pour le bon déroulement des festivités.

Peut-être obtiendrait-elle enfin quelques explications à propos de l'obscur conflit qui avait tant isolé Aidan parmi les siens ?

Ou pas… comprit-elle, lorsque, un peu sèchement, il réfuta :

— Détrompe-toi, tout est réglé depuis longtemps entre ma famille et moi. C'est seulement que je n'ai pas pu résister à la tentation de taquiner un peu mon frère en t'invitant. Et je constate que cela fonctionne à merveille, bien au-delà de mes espérances.

Ah oui, vraiment ? Parce qu'elle n'en avait pas franchement l'impression. Mais sans doute connaissait-elle moins bien Romain que son propre frère.

Il ne lui donnerait donc rien à se mettre sous la dent ? Pas une seule petite information qui pourrait l'aider à le comprendre et à ne pas partager l'opinion générale à son sujet ?

Parce qu'elle s'interrogeait de plus en plus sur son compte. Après tout, il devait bien exister une raison pour que tout le monde le traite ainsi.

Soit comme quelqu'un de mauvais et cruel, qu'on ne pouvait que craindre.

Scarlett devait-elle le craindre ?

Mais ça, ce qu'elle allait penser de lui après tous ces échanges corrosifs, il semblait s'en ficher comme de sa dernière chemise. Ce qui n'était, encore une fois, guère très valorisant.

Très bien, en attendant, cela lui aurait au moins permis d'affronter son pire cauchemar. L'étrange comportement d'Aidan l'ayant complètement distraite, l'instant ne s'était pas révélé si crucial que ça, tout compte fait. Et étonnamment peu douloureux.

— Taquiner, dis-tu ? releva-t-elle, estimant le terme fort mal approprié. Tu as un sens de l'humour…

— Déplorable, paraît-il, la coupa-t-il en tirant une chaise devant elle, lui enjoignant d'un de ces gestes désuets de s'y asseoir, avant de lui murmurer : Néanmoins, je ne demande qu'à m'améliorer.

Il repoussa son siège vers la table et elle sentit très nettement le bout de ses doigts effilés profiter de cette proximité pour caresser, avec une curieuse déférence, la ligne de son épaule. Là où sa peau était nue. Puis son souffle brûlant vint lui chatouiller la nuque.

Et elle ne put se retenir de hoqueter de surprise en se tordant le cou, alarmée, pour tomber nez à nez avec lui, penché sur elle. Tout près.

Si près…

Cette chaleur, ces frissons… bon sang, était-elle fiévreuse ? Qu'est-ce qui pouvait bien la rendre à ce point sensible ?

Aidan, les paupières alourdies, ses yeux assombris se faisant alors un peu plus doux et un peu moins intimidants, s'approcha encore, comme s'il avait voulu respirer son parfum, ou bien...

Oh, bordel ! Il n'allait tout de même pas l'embrasser, là, maintenant, alors que les autres convives commençaient à s'installer tout autour d'eux, à leur table ?!

— Pour la cuisine, comme tu auras pu le voir, j'ai opté pour quelque chose de sobre et d'épuré, sans être sommaire cela dit, s'empressa-t-elle de débiter, sans réussir à vraiment s'éloigner de lui pour autant. J'ai trouvé que le noir correspondait assez bien...

Elle s'interrompit d'elle-même quand elle le vit s'arrêter, fermer les paupières pour les serrer, en même temps que le petit muscle sur sa joue se crispait lui aussi. Il se redressa brusquement et inspira profondément.

— Oui, la cuisine, répéta-t-il en prenant place à son tour. Elle me convient parfaitement. Tout ce que tu m'as proposé me convient. Je suggère donc que nous laissions un peu la décoration de ma maison de côté. Tu veux bien ?

Scarlett ouvrait la bouche quand il ajouta, anticipant sa prochaine réplique :

— Ainsi que celle de mes bureaux. D'accord ?

Oui, bien sûr... sauf que M. le génie de l'informatique oubliait qu'ils ne disposaient pas vraiment d'un large éventail de sujets de conversation, étant donné qu'ils ne se connaissaient pas !

Devait-elle comprendre qu'il avait eu son compte de bavardages assommants ?

Leurs voisins de table, trois autres couples, tous des amis du marié, se présentèrent et ils échangèrent cordialement jusqu'à ce qu'on leur apporte les premiers plats. Sans animosité aucune... quoique non sans une petite dose de réserve, voire de méfiance, tout de même, à l'égard d'Aidan.

Cela étant, Scarlett commençait à s'y habituer. Tandis que lui, non content de s'en accommoder, en paraissait finalement plutôt satisfait.

Après le troisième plat, Aidan ne fit même plus l'effort d'entretenir la conversation avec les autres convives de la table. Au lieu de ça, il resservit Scarlett en vin – pour la, quoi ?, troisième ou quatrième fois, elle n'avait pas fait attention –, et se tourna, accoudé à la table, pour ne plus s'adresser qu'à elle. Il s'éclaircit la gorge, puis commença, avec une désinvolture qu'elle devinait feinte :

— Ainsi, si j'ai bien compris, tu comptes t'installer pour de bon dans la maison que t'a léguée ta mère et t'établir durablement ici ?

Scarlett faillit s'étrangler et reposa son verre un peu brutalement. En voilà une question indiscrète pour quelqu'un qui n'était qu'un client !

Ouais, un client, c'est ça, hein, à d'autres...

Elle s'étonna de répondre avec autant d'aisance et de naturel, car elle n'avait pas pour habitude de parler d'elle, encore moins de sujets aussi sensibles, et bien moins encore avec des inconnus :

— En effet. Je vivais à Marseille avant son décès. J'y avais tout ce qu'il me fallait. Le boulot dont je rêvais, beaucoup d'amis... Mais en revenant ici, pour une raison que j'ignore, je me suis rendu compte que je ne pouvais pas me résoudre à vendre. Donc, tant qu'à posséder une maison, autant y vivre.

— Je suis assez d'accord avec ça, admit-il avec un petit sourire un peu triste, songeant probablement à son propre cas. Et tu as retrouvé tes marques ? Ton assistante est une proche, si je ne m'abuse ? Vous vous voyez en dehors du travail, non ? Vous sortez souvent ?

Euh, ça devenait un brin flippant, ce flot de questions déplacées, agrémentées d'informations personnelles qu'il n'était pas censé posséder, ou alors c'était juste une idée ?

9

Heureusement, Héloïse, la sympathique tante qui usait à l'envi de son irrésistible regard de chien battu – et par ailleurs l'unique personne qui semblait éprouver quelque affection pour Aidan –, vint les interrompre. S'interposant entre eux physiquement, se baissant à leur hauteur tout en se retenant aux dossiers de leurs deux fauteuils.

— Tu sais quoi, mon chou, susurra-t-elle à son neveu, probablement légèrement éméchée – mais après tout, c'était son droit, une mariée n'était-elle pas libre de faire ce qu'elle voulait le jour de ses noces ? Tu serais vraiment un ange si tu nous jouais un peu de ton vieux violon, avant que nous ouvrions le bal. Je sais que tu l'as toujours avec toi, alors...

— Ce n'est pas vraiment une bonne idée, je le crains, refusa tout net Aidan en avisant son assiette, subitement mal à l'aise. Ne m'en veux pas, mais je ne préfère pas.

— Quel dommage, ta mère aurait adoré ça, déplora-t-elle avec une moue entre tristesse et nostalgie. Une prochaine fois dans ce cas, en plus petit comité ?

— Si tu y tiens, pourquoi pas, finit-il par accepter du bout des lèvres.

Cette fois, le pouvoir du regard d'Héloïse était resté sans effet...

Cette dernière se redressa, tapota l'épaule de son neveu, puis s'éloigna pour aller discuter avec d'autres invités.

— Tu joues... du violon ? ne put se retenir de demander Scarlett, la chose paraissant si improbable qu'elle nécessitait confirmation.

— Oui, mais fort mal, reconnut Aidan en se ressaisissant d'un coup.

— Ce n'est pas ce que j'ai entendu dire, démentit l'un de leurs voisins de table. Votre tante affirme que vous êtes un virtuose et que vous avez tout appris tout seul.

— Ce qui n'est qu'en partie vrai, concéda Aidan, sans sourire devant le compliment qui lui était pourtant adressé. Je n'ai jamais eu de professeur.

Cette réaction était d'autant plus curieuse qu'Aidan n'avait rien de quelqu'un de modeste. Et donc, à la longue liste de ses qualités, comme un physique de rêve, des yeux à se damner, le génie de l'informatique, un sens aigu des affaires, il fallait également ajouter la maîtrise du violon ? Sérieusement ?

Pour la énième fois de la soirée, Scarlett se demanda ce qu'elle faisait là, à s'afficher avec ce type avec lequel elle n'avait absolument rien en commun.

Ah, oui, elle l'aurait presque oublié avec tout ça ! Elle était venue pour narguer Romain. Mouais... Elle commençait à sacrément relativiser cette fameuse blessure de jeunesse qui l'avait tant fait souffrir à l'époque. Parce qu'à l'heure qu'il était, songer à lui, et même le regarder, ne lui faisait plus ni chaud ni froid.

Mais peut-être était-ce parce qu'Aidan éclipsait tout le reste, s'appropriant jusqu'à la dernière parcelle de son attention ? Sa simple présence à côté d'elle, ses attentions délicieuses, le plus petit de ses gestes, le moindre changement d'expression sur son beau visage aux traits ciselés, l'accaparaient entièrement.

Il était une telle énigme… une énigme fascinante, qu'elle aurait plaisir à élucider.

Ouh là ! C'était la faute du vin, non ? Ses pensées ne pouvaient tout de même pas réellement prendre ce tour-là ?

Elle dérapait complètement…

Était-ce vraiment un mal pour un bien ? Rien n'était moins sûr.

La pièce montée fut amenée sous un concert d'applaudissements, arrachant Scarlett à ses réflexions. La main qu'Aidan glissa sous la table pour s'emparer de la sienne, sans qu'elle n'y trouve rien à redire, pas même intérieurement, acheva de ruiner les derniers vestiges de bon sens qu'elle se croyait posséder.

Finies les tergiversations, l'instant présent était bien trop plaisant pour ne pas être pleinement savouré.

Après le dessert, le couple nouvellement marié lança l'ouverture de la soirée dansante sur une merveilleuse valse. Évoluant avec une grâce étudiée sur le grand carré parqueté prévu à cet effet, autour duquel avaient été astucieusement disposées les tables. S'ensuivit un slow assez kitch, sûrement un clin d'œil à la jeunesse des époux, sur lequel tous les invités furent conviés à se joindre aux vedettes de la réception.

— Tu veux danser ? s'enquit Aidan, sans avoir cependant l'air franchement ravi à cette idée.

Mais Scarlett en avait vraiment envie.

Elle adorait danser. Et ce n'était pas si souvent qu'elle avait sous la main un partenaire avec une telle allure – en fait, ça n'était jamais arrivé, et pour cause, elle n'avait jamais ne serait-ce que croisé d'homme de son acabit auparavant. Aussi accepta-t-elle d'emblée, ne laissant pas à Aidan l'opportunité de revenir de quelque manière que ce soit sur ce qu'elle choisit de prendre comme une proposition.

Il se leva, retira sa veste qu'il déposa sur le dossier de son siège, puis vint vers Scarlett et l'invita dans les formes. En chemise et gilet, sa longue silhouette élancée, aux hanches étroites et aux épaules carrées, avait de quoi faire fantasmer la plus sage des nonnes, à coup sûr !

Un peu étourdie à cause du vin – et sans doute aurait-il mieux valu qu'elle se montre plus raisonnable de ce côté-là – elle se laissa conduire jusqu'à la piste de danse. Laquelle était légèrement surélevée... ce dont elle ne s'aperçut qu'en butant de ses hauts talons contre la petite marche de bois, trébuchant malencontreusement – bah voilà, bien fait pour elle !

Aidan la rattrapa avec un petit rire grave et mélodieux, odieusement sensuel – qui l'aida à très vite oublier son humiliation passagère – et estima probablement plus sûr de la garder collée à lui. Fermement enlacée contre son grand corps aux muscles d'acier. Et, à cela non plus, elle ne trouva rien à redire...

À cet instant, la musique changea pour passer de *Reality*, ce vieux tube un poil ringard de Richard Sanderson, à *My Immortal* d'Evanescence, plus actuel, sans être de dernière mode pour autant.

— Ah, voilà qui est déjà un peu mieux, remarqua Aidan, semblant soudain moins mécontent de se retrouver sur une piste de danse, avant de lâcher laconiquement : Plus à propos.

Scarlett n'avait pas la larme facile, pourtant elle se souvenait avoir déjà pleuré sur cette chanson. Pourvu que ça ne la reprenne pas ce soir… elle se sentait si bizarre, tellement à fleur de peau.

Et pas seulement à cause de ce fichu vin – ingéré en trop grande quantité, définitivement ! D'ailleurs, elle se promit de ne pas terminer le verre de champagne encore plein, resté à sa place.

Mais c'était trop tard… elle était déjà ivre, aucun doute là-dessus. Sinon, comment expliquer son propre comportement ?

Non seulement elle laissa Aidan l'étreindre lascivement – trop, beaucoup trop lascivement pour un simple slow – devant tous les autres convives. Mais en plus, elle ne put s'empêcher de se lover tout contre lui, sa poitrine s'écrasant sournoisement contre son torse, et s'accrocha à son cou comme un naufragé à une bouée.

Son odeur de savon et d'after-shave faillit avoir raison d'elle…

Alors, ma vieille, toujours qu'un client, hein ?

Elle hésita à s'écarter. Mais il dut le pressentir, car il prit l'un de ses coudes pour le maintenir en place, tandis que de son autre main il accentua la pression sur ses reins. Signifiant clairement qu'il empêcherait toute tentative de rétablissement des distances de sécurité.

— Aidan, gémit-elle, tremblante, sans savoir si elle lui demandait d'arrêter ou bien de continuer.

Il l'autorisa à s'éloigner juste assez pour pouvoir la regarder dans les yeux.

Verts.

Bien sûr, ses yeux étaient verts. Pas bleus. Ils étaient tellement clairs qu'elle n'avait pu jusque-là en discerner la couleur. Mais ils étaient si proches qu'elle les voyait on ne peut plus distinctement, malgré l'éclairage qui avait un peu diminué avec l'ouverture du bal.

Verts… comme les émeraudes du magnifique collier qu'il lui avait offert.

Oh la vache ! Et d'aussi près, ils étaient encore plus merveilleux, plus doux, plus irrésistibles que jamais !

Aidan fronça les sourcils et entre eux, un petit pli absolument délicieux se dessina. C'est à ce moment-là que Scarlett réalisa qu'elle n'était pas la seule dont la respiration s'était accélérée. Le souffle d'Aidan était court, et un peu rauque également. Et il paraissait enfin avoir aussi chaud qu'elle.

Il ferma les paupières et vint appuyer son front contre le sien. Puis il poussa un long soupir, presque douloureux, et la voix faible, chevrotante, murmura :

— Scarlett, je crève d'envie de t'embrasser…

Euh… quoi ?! Pour de vrai ?

Pourtant, elle ne se rappelait pas l'avoir vu abuser du vin, lui.

Mais avait-elle bien entendu ? Était-il en train de lui demander son autorisation ? Parce que, jusqu'ici, il ne s'était pas franchement fait prier et ne s'était guère privé de prendre certaines libertés de ce genre avec elle. Et un homme comme lui, ça n'hésitait pas. Ça fonçait. Quelle femme aurait été capable de lui dire non, de toute façon ? Pourquoi donc autant de précautions soudain ?

Cela étant, elle aussi avait une furieuse envie de l'embrasser. Elle en éprouvait même le besoin. Son être entier vibrait entre les bras de cet homme… alors qu'ils ne faisaient que danser un slow… et que des dizaines de personnes les entouraient de toutes parts.

— Nous sommes un couple ce soir, non ? chuchota-t-elle alors, s'étonnant elle-même de son audace et de son total abandon du sens du professionnalisme. Par conséquent, je ne vois pas ce qui nous empêcherait d'en profiter un peu, le temps que durera cette soirée.

Il rouvrit les yeux et se redressa légèrement. Et Scarlett lut à son expression qu'il envisageait beaucoup, beaucoup plus qu'un unique baiser.

Hmm, mais après tout, n'était-ce pas plus ou moins ce qu'elle venait de suggérer ?

La voix d'Amy Lee mourut gracieusement tandis que les dernières notes de piano s'égrenèrent, se prolongèrent, et il demeura immobile. La chanson prit fin et Aidan fit un minuscule pas en arrière en secouant presque imperceptiblement la tête. Il déglutit, puis détacha son regard de Scarlett, en même temps que ses bras :

— Ma tante... je dois lui parler... excuse-moi quelques minutes, j'ai peur qu'elle ne se soit vexée tout à l'heure... je reviens.

Et là-dessus, il l'abandonna.

Pantelante et consternée. En plein milieu de la piste de danse, parmi tous ces inconnus qui commençaient à s'agiter sur un titre plus rythmé.

Scarlett mit un certain temps avant de pouvoir bouger de nouveau.

Merde alors ! Ce qu'elle devait avoir l'air cruche ainsi plantée là ! Alors ça, il lui paierait, client ou pas !

Mais... qu'est-ce que ça signifiait ? Il était évident que l'histoire de la tante prétendument froissée n'était qu'un vil prétexte.

Qu'avait-elle dit de mal ? C'était lui qui lui avait avoué avoir envie de l'embrasser ! Elle, elle n'avait fait que lui donner son assentiment. Pourquoi donc l'avait-il si brusquement quittée ?

Un malaise terrible la saisit tout à coup. Aidan venait de la laisser seule, elle n'avait plus aucun bouclier derrière lequel se cacher. Et Romain était là, quelque part dans les parages. L'un des plus mauvais souvenirs de sa vie flottant autour d'elle. Elle était si vulnérable soudain. Avait-elle finalement épuisé toute sa réserve de courage et de dignité ?

Scarlett eut alors très froid, tandis que la panique la submergeait.

Il fallait qu'elle se tire d'ici fissa ! Hors de question de rester davantage si son cavalier n'avait plus besoin d'elle.

Elle se dirigeait d'un pas nerveux, et néanmoins décidé, vers la sortie, plus du tout sujette aux vertiges de tout à l'heure – comme quoi, elle n'avait peut-être pas tant bu que ça – quand Romain apparut dans son champ de vision, comme sortant de nulle part.

Évidemment, à présent qu'elle voulait l'éviter, il lui sautait sur le poil... quelle chance !

— Il faut qu'on parle toi et moi, argua-t-il sans préambule.

Scarlett inspira plusieurs fois et dut alors repousser toutes les fâcheuses réminiscences qui l'assaillaient subitement.

Le malaise, la nausée...

Mais pourquoi maintenant ?

Elle n'avait rien surmonté du tout en définitive ! Elle n'avait fait que se leurrer, se raconter des histoires toute la soirée, en imaginant avoir si promptement et facilement tourné la page.

Romain l'avait-il guettée pour lui tomber ainsi dessus, tandis qu'Aidan venait à peine de la quitter ?

— Je ne suis pas sûre que ce soit une bonne idée, contesta-t-elle d'un ton si peu convaincant qu'elle eut l'envie subite de se gifler elle-même – enfin, pas sans l'avoir giflé lui, avant toute chose ! Moi, je n'ai strictement rien à te dire. Laisse-moi partir tout de suite.

— Je suis désolé, marmonna Romain en s'approchant encore, refusant clairement d'accéder à sa requête. On était jeune. Et moi, j'étais tellement stupide à l'époque, un vrai crétin. Je t'en prie, donne-moi une chance de m'excuser un peu mieux que ça, entre deux portes.

Il indiqua du menton un petit salon vide, non loin de là.

Comme elle s'était attendue à beaucoup de choses de sa part, mais certainement pas à cela, Scarlett resta un instant bouche bée. Instant dont Romain profita pour la tirer maladroitement par le bras et la conduire dans la salle vide.

Il referma la porte derrière lui et Scarlett puisa dans ses dernières ressources pour ne pas feinter d'un côté, comme au rugby – du moins était-ce la vision qu'elle avait de ce sport, dont elle n'était d'ailleurs absolument pas amatrice – et s'enfuir à toutes jambes de l'autre.

Avec les talons qu'elle portait, de toute façon, c'était la chute assurée ! Il ne manquait plus à son palmarès qu'un gadin en bonne et due forme devant une foule de témoins, avec volée de jupons et petite culotte au grand air, le tout dans un atterrissage retentissant, bras et jambes dans tous les sens...

Après réflexion, elle renonça à cette solution.

— J'ai vraiment été trop con avec toi, soupira Romain en se frottant la nuque d'un air repentant.

Je ne sais pas si tu pourras me pardonner un jour, mais si ça peut te consoler, sache que je regrette encore plus amèrement maintenant que je te vois, telle que tu es aujourd'hui.

— Telle que je suis... aujourd'hui ? répéta-t-elle d'une voix blanche, pas bien sûre de tout saisir.

Romain esquissa un geste vague, probablement censé la désigner, de bas en haut.

Toujours aussi élégant ce Romain, vraiment !

— Ah d'accord, si je comprends bien, tu veux dire qu'à présent, je suis nettement plus à ton goût qu'il y a douze ans, résuma-t-elle, prenant sur elle pour ne pas crier tant elle était sciée. Et que, donc, si tu l'avais su à l'époque, tu n'aurais pas été aussi dégueulasse avec moi, en prévision d'aujourd'hui, où tu pourrais être tenté de vouloir remettre le couvert, c'est bien ça ?

— Je... oh merde, Scarlett, je me suis mal exprimé, ce n'était pas ce que je voulais dire, cafouilla Romain en se laissant tomber dans un fauteuil. Mais je mentirai en disant que ça n'est pas la vérité.

Scarlett croisa les bras et se mit à ricaner nerveusement, n'en croyant pas ses oreilles.

Au lycée, elle n'avait certes pas été *la* fille la plus populaire, néanmoins elle s'était toujours crue beaucoup mieux d'un point de vue purement physique qu'elle n'était actuellement – figurant cependant très honorablement dans le peloton de tête. Après tout, à cette période de sa vie, elle était aussi mince que pouvait l'être Louise.

Mais ça, c'était avant que Romain croise son chemin...

Oh et après tout, c'était une forme de revanche, non ? Mesquine, OK, mais nettement plus aboutie que de se contenter de parader aux bras de son petit frère. Elle devrait s'en réjouir... et se tirer !

— Formidable ! s'exclama-t-elle en allant vers la porte, la voie étant libre, enfin dégagée de la massive carrure du géant blond. Bon, c'est tout ce que tu avais à me dire ?

Romain se pencha en avant et ses muscles se contractèrent subitement :

— Non, ce n'est pas tout. Il faut absolument que je te parle d'Aidan.

Malgré le besoin pressant qu'elle avait de s'éloigner au plus vite de ce sale type avec lequel elle n'aurait jamais dû sortir, Scarlett ne put résister à la tentation d'en apprendre davantage sur son ténébreux – et ô combien mystérieux – cavalier d'un soir.

Elle se ravisa, retrouva subitement son self-control, et revint dans la pièce :

— Je t'écoute.

— Je ne peux pas vraiment t'expliquer ici, il me faudrait plus de temps. Donne-moi ton numéro et je te raconterai qui est réellement mon frère et pourquoi tu devrais rester à bonne distance de lui.

Le sujet était donc si vaste que ça ? Romain paraissait sincère et c'était bien ce qui était le plus inquiétant.

Il dégaina son téléphone portable et attendit patiemment qu'elle se décide. Mais Scarlett était totalement perdue. D'un côté, une curiosité quasi irrépressible la poussait à envisager d'accepter. Mais de l'autre, la raison et la logique exigeaient qu'elle refuse.

— Il va revenir d'une seconde à l'autre, insista-t-il, c'est très important Scarlett. Je ne sais pas dans quoi tu imagines t'être embarquée avec lui, mais je t'assure que ce n'est qu'un putain de mensonge. Aidan est malsain. Toxique. Le collier, tout ça, ce n'est que de la poudre aux yeux. Il a un plan, tu sais, et apparemment tu en fais partie. Il va te faire du mal. Bien plus que j'ai pu t'en faire moi-même.

10

Comment cela serait-il seulement possible ?

Pourtant, Scarlett prit peur. Qui n'aurait pas réagi comme elle, par ailleurs, après un discours aussi alarmiste ? Ne soupçonnait-elle pas depuis le début d'avoir été l'objet d'une vaste manipulation de la part d'Aidan ?

Elle débita son numéro à toute vitesse, mais buta sur les deux derniers chiffres. Le regard d'Aidan, si poignant, tandis qu'ils dansaient, lui revint en mémoire tout à coup. Son image s'imposa à son esprit sans qu'elle ne parvienne à l'en chasser. Et elle se surprit à énoncer un nombre erroné.

Ce que Romain avait à lui dire à propos de son frère, que, manifestement, il détestait, elle ne voulait pas l'entendre. Aidan ne méritait pas ça, quoi qu'il ait fait, quand bien même jouait-il un jeu avec elle.

De quelle manière aurait-il pu la blesser alors qu'il ne s'était encore rien passé entre eux ?

Ils avaient failli s'embrasser quelques minutes plus tôt, d'accord. Mais c'était lui qui avait choisi de s'abstenir. Et probablement avait-il ses raisons. En tout cas, il s'était jusque-là toujours bien conduit envers elle – bon, toute caresse intempestive mise à part. Elle devait donc lui accorder le bénéfice du doute.

Sans compter que filer un faux numéro à son ex avait quelque chose d'assez jubilatoire, au passage…

Et, tandis que Romain se relevait, Aidan entra précipitamment dans la pièce. Il s'arrêta sur le pas de la porte et les considéra l'un et l'autre alternativement avec ce qui ressemblait à une pointe de panique.

— Je… je t'ai cherchée partout, balbutia-t-il à l'intention de Scarlett.

— Qu'est-ce que je t'avais dit, fit Romain en prenant Scarlett à partie, il te surveille, et de près. Tu vois bien, tu ne peux pas sortir avec un type pareil, ce n'est qu'un sale traître et un enfoiré de menteur !

— Quel langage, mon frère, tu es toujours aussi subtil quant à toi, repartit Aidan en se ressaisissant l'espace d'un instant, son mordant ayant toutefois quelque peu perdu de son panache.

— Je t'appelle dès demain, annonça Romain en indiquant ostensiblement son portable, autant pour Scarlett, que pour son frère. Le plus tôt sera le mieux.

Aidan pivota vers elle, de manière à tourner le dos à son aîné. Et elle sentit son cœur se broyer d'un coup devant l'incompréhensible souffrance que reflétait soudain son regard pâle. Ses lèvres s'entrouvrirent en silence et il cilla, cherchant ses mots, l'air subitement ébranlé. Et il n'eut plus rien à voir du tout avec le P-DG rencontré lundi matin. Rien non plus avec l'homme qui avait créé le malaise et pris de haut toute une assemblée – en grande partie composée de sa propre famille.

Plus aucune trace de mépris ni de supériorité sur son magnifique visage aux traits fins si troublants. À la place, une certaine… vulnérabilité ?

— Tu lui as donné ton numéro ? voulut-il qu'elle confirme, comme s'il n'arrivait pas à y croire, plissant le front de consternation.

— Outch ! se moqua Romain en croisant les bras, visiblement très content de lui. On dirait que ça fait mal, frérot ? Tu ne peux pas savoir ce que ça me fait plaisir que tu aies pris la peine d'inviter Scarlett. Je suis tellement heureux de la revoir, après tout ce temps !

Scarlett crut qu'elle n'allait jamais pouvoir reprendre sa respiration tant les sarcasmes de Romain la dégoûtaient et la réaction d'Aidan la bouleversait. Elle aurait dû répondre, démentir, puisque ça n'était pas le cas. Mais elle demeura muette face à l'ampleur que prenaient les choses.

Aidan ferma brièvement les yeux, les mâchoires crispées. Puis il annonça en scrutant le sol, d'une voix étonnamment douce, bien qu'un peu éteinte :

— Je vais rentrer maintenant. Si tu souhaites rester et profiter encore un peu de la soirée, surtout n'hésite pas. Je vais aller me renseigner afin de trouver quelqu'un d'autre qui puisse te raccompagner.

— Non, l'arrêta-t-elle en s'élançant vers lui, sans cependant réussir à lui attraper le bras comme elle aurait aimé le faire. Non, je rentre avec toi. Je suis fatiguée.

Il hocha la tête sans vraiment lever le nez et elle le suivit jusqu'à la sortie. Ils quittèrent la soirée discrètement et ne prirent congé ni de Romain, ni de personne d'autre.

Aidan ne décrocha pas un mot jusqu'à la voiture. Puis il se referma plus encore durant le trajet, son expression s'assombrissant à mesure que la Toyota avalait les kilomètres d'asphalte.

Il lui en voulait, c'était évident. Ce qui stupéfiait Scarlett, c'était de constater à quel point.

Et cela allait affecter leurs relations professionnelles, inévitablement. Les deux contrats qu'il lui avait proposés étaient-ils seulement encore d'actualité ?

Alors qu'ils n'étaient plus qu'à quelques minutes de chez elle, n'y tenant plus, elle rompit le silence :

— Je n'ai pas donné mon numéro à Romain.

Elle ignorait pourquoi elle avait besoin de se justifier. Après tout, elle ne lui devait rien. Mais il fallait qu'elle rétablisse la vérité.

Tout en restant concentré sur la route, Aidan battit des paupières, accusant la nouvelle, même s'il tentait de n'en rien laisser paraître et gardait obstinément le silence.

— Il croit l'avoir, ajouta Scarlett, de plus en plus mal à l'aise, sans bien savoir pourquoi. C'est sans doute pour cette raison qu'il fanfaronnait, mais ce n'est qu'un faux numéro. Je lui devais bien ça. Je suis navrée si ça a foutu ton plan en l'air, mais je... eh bien, c'était trop tentant. Moi aussi, j'avais envie de le *taquiner*. À ma manière.

Aidan souffla par le nez et la tension qui contractait ses épaules depuis leur départ précipité s'évanouit. Il semblait véritablement soulagé, mais ne daignait pour autant pas jeter ne serait-ce qu'un coup d'œil en direction de Scarlett.

Allait-il encore l'ignorer longtemps ? Parce qu'elle avait curieusement beaucoup de mal à le supporter...

La voiture ralentit, puis s'arrêta, juste devant la maison de Scarlett.

— Je suis désolée, répéta-t-elle tout en se demandant pourquoi d'ailleurs elle l'était autant.

Enfin Aidan tourna vers elle son beau regard clair, le visage grave, les sourcils froncés.

— Ne le sois pas, tu as bien fait. C'était le but, non ? C'est moi qui suis désolé. Je lui ai donné l'opportunité de t'importuner et je n'aurais pas dû.

— Romain voulait me dire des choses... des choses à propos de toi, ne put se retenir d'avouer Scarlett, à la fois intriguée et confuse.

Et aussi parce qu'elle aurait aimé prolonger cette soirée, si étrange soit-elle. Parce qu'elle répugnait à sortir de cette voiture et ne plus redevenir qu'une employée parmi tant d'autres.

— Ça, je m'en doute, soupira Aidan en se laissant aller en arrière, appuyant la nuque contre le dossier de son fauteuil de cuir noir, comme s'il était soudain épuisé. Sûrement souhaitait-il te mettre en garde, t'expliquer à quel point je suis peu recommandable, au cas où l'attitude de ma famille envers moi ne t'aurait pas mise sur la voie. Un vrai gentleman, mon frère.

— Je ne dirai certainement pas ça, non, rétorqua Scarlett du tac au tac.

Un peu trop promptement. Ce qui lui valut un regard en biais des plus interrogateurs, presque inquisiteur en fait, de la part d'Aidan, avant qu'elle ne le relance :

— Et qu'aurait-il bien pu me raconter pour m'en convaincre ?

— Des tas de choses.

OK, donc il n'était pas disposé à parler...

Soit. Elle ne pouvait l'en blâmer, c'était elle qui se montrait vraiment très indiscrète à présent.

— Excuse-moi, ça ne me regarde pas, se ravisa-t-elle, songeant soudain au collier et à ce qu'il convenait d'en faire.

Scarlett porta la main à son cou, tandis qu'elle posait l'autre sur la poignée de la portière, s'apprêtant à quitter le véhicule et rendre son cadeau à Aidan. Mais pas forcément dans cet ordre.

— Garde-le, je t'en prie, s'empressa-t-il aussitôt de réclamer, comme s'il s'agissait pour lui de quelque chose de très important.

Comme elle hésitait, Aidan secoua la tête et se redressa sur son siège. Il s'attaqua alors fébrilement à… ses boutons de manchette ?

C'est alors que Scarlett réalisa qu'il était toujours en chemise et gilet, et que, dans sa hâte, il n'était pas allé récupérer sa veste, abandonnée sur son fauteuil, à la place qu'il avait occupée à table.

Déconcertée, elle le regarda défaire d'abord l'une des émeraudes, pour la laisser négligemment tomber par terre. Puis l'autre. Et remonter une première manche, et enfin une seconde, sur des avant-bras entièrement recouverts de fines cicatrices blanches. S'entrecroisant de manière irrégulière, presque artistiquement, si cela avait été un peu moins chaotique. Elles remontaient de la base du poignet jusqu'au creux du coude.

— Ce n'est pas le genre de chose que l'on peut cacher très longtemps de toute façon, marmonna-t-il. Romain aurait pu commencer par là. Par te parler de ça. De quel genre de dégénéré je suis, quel foutu junkie j'ai été…

Voilà qui était vraiment très… inattendu. Et qui aurait dû être plutôt embarrassant.

Quoique, peut-être pas tant que ça. N'avait-elle pas déjà surpris cet ado étrange, dont elle ne gardait qu'un très vague souvenir, s'écharper en douce sous sa table avec son cutter, au fond de la classe, alors qu'il pensait que personne ne le voyait. Ça lui revenait presque maintenant.

— C'est ancien, constata-t-elle d'une voix faible, ne trouvant rien d'autre de plus intelligent, ou bien de plus approprié, à dire.

— Oui, mais ça ne s'effacera jamais. Ni ça, ni le reste.

Quand elle parvint à détacher son regard des cicatrices d'Aidan, ce fut pour plonger directement dans le sien, pour s'y noyer, s'y perdre. Captive des émotions qui s'y reflétaient, subjuguée par leur intensité.

Mon Dieu, depuis quand avait-elle cessé de respirer ?

Cette sensation, celle d'être totalement mise à nu, son âme livrée à cet homme aux yeux si singuliers, était à la fois délicieuse et extrêmement dérangeante… voire dangereuse. Ce moment, aussi curieux que ça puisse paraître, était peut-être le plus intime qu'elle ait partagé avec quelqu'un.

Scarlett se sentit étouffer, s'obligea à prendre une bouffée d'air, et put enfin se détourner et rompre ce lien qui la troublait tant. D'un geste adroit – pour une fois –, elle retira le collier, le posa sur le siège et ouvrit la portière, en proie à une nouvelle vague de panique :

— Je ne peux pas accepter un tel cadeau de la part d'un client. Vraiment, Aidan, je regrette.

Il esquissa un mouvement vers elle, comme par réflexe, pour tenter de la retenir. Puis il s'arrêta en cours de route, crispa les doigts, et laissa retomber son bras.

— Scarlett…

— On se voit lundi, pour la signature du contrat, rappela-t-elle en s'extirpant le plus rapidement possible du véhicule, concluant tout aussi hâtivement, avant de refermer la portière : Merci beaucoup pour cette soirée, ce n'est pas si souvent que j'ai l'occasion d'assister à d'aussi belles réceptions.

Et elle prit la fuite…

Scarlett manœuvra comme un chef pour courir aussi dignement qu'efficacement avec ses escarpins jusqu'au perron. Extraire prestement ses clés de son sac à main – ce qui n'était pas une mince affaire –, ouvrir sa porte et s'engouffrer dans sa maison, claquant le battant derrière elle.

Ouf, elle était à l'abri désormais…

Mais de quoi ? De quel danger exactement ? La question restait entière.

Merde, elle s'était vraiment sauvée comme une voleuse – une voleuse qui abandonne des émeraudes, tout de même, des comme ça, on ne doit pas en croiser tous les jours.

Toujours est-il qu'elle avait lâchement fui.

Mouais, jusque-là, rien de nouveau sous le soleil. Ah, si, voyons, c'était une première ! Celui qu'elle fuyait, cette fois, elle ne lui avait même pas accordé les trois rencards de rigueur. À côté de ça, elle ne pouvait pas vraiment l'ajouter à sa liste non plus, dans la mesure où il ne s'était strictement rien passé.

Rien ? Vraiment ?

Elle n'était plus sûre de rien à présent. Elle n'avait peut-être fait qu'imaginer cette intimité, cette proximité... ce désir électrique.

Oui, ça ne pouvait être que ça. C'était la seule explication plausible. Elle avait rêvé. Elle devait seulement accompagner Aidan à une soirée, et c'était ce qu'elle avait fait. Ni plus, ni moins.

Point. Donc. Et retour à la case relations professionnelles.

Mais il lui avait avoué, et même montré, quelque chose de très personnel et douloureux, non ? Pourquoi avait-il fait cela au juste ?

Elle lui avait posé une question indiscrète et, au début, il n'avait pas voulu y répondre. Ce qu'elle comprenait parfaitement. D'autant que c'était une erreur, elle n'aurait jamais dû se laisser aller à lui demander ce que Romain aurait pu dire à son propos. Elle savait que le sujet était sensible, et surtout, que ça ne la regardait absolument pas.

Mais ça n'était que lorsqu'elle avait fait mine de partir qu'Aidan s'était décidé à tout déballer. Pour... la retenir ? Faire un pas vers elle ?

Et elle avait réagi de la pire des manières…

Qu'allait-il penser d'elle après ça ? Pourquoi son cœur se serrait-il à l'idée qu'il puisse imaginer que sa confession l'avait rebutée au point de la pousser à le fuir d'urgence.

Parce que ça n'était pas le cas. Ce n'était pas ça. Elle avait eu peur de tout autre chose en vérité. Quelque chose qui lui échappait et qu'elle ne parvenait pas à identifier…

Mais il n'était qu'un client et elle n'avait pas à avoir ce genre de considération. Voilà ce à quoi elle devait se tenir.

D'ailleurs, c'était à Romain qu'elle aurait dû penser. Elle avait franchi une étape énorme aujourd'hui et elle pouvait être fière d'elle pour ça.

Mais non, tout ce qu'elle avait en tête, c'était Aidan…

Bon sang, comment allait-elle faire pour réussir à soutenir son regard lundi, lors de la signature ?

11

— Attends... quoi ?! s'exclama Louise en ouvrant ses grands yeux de biche tout ronds.

Pour la peine, cette dernière laissa retomber sa fourchette pleine de pâtes – un plat dont elle ne pouvait plus se passer depuis qu'elle avait pris sa *retraite* – dans son assiette, dans un fracas de vaisselle retentissant. Évitant de justesse la casse. Comme attendu, à peu près tout le monde dans la salle de restaurant se tourna vers elles.

— Moins fort, s'il te plaît, chuchota Scarlett en se penchant vers sa cousine.

Ce qu'elle lui racontait étant tout de même censé rester entre elles. À ce compte-là, environ trente autres personnes allaient pouvoir profiter du récit passionnant de sa soirée de samedi...

— Scarlett, très chère cousine, je t'adore, commença Louise en secouant ostensiblement la tête, affectant un profond désespoir. Mais là, ce n'est juste pas possible. Stern a peut-être été con avec moi, mais là je te trouve un peu rude quand même. Enfin quoi, on ne refuse pas un cadeau ! Et surtout pas quand le cadeau en question comporte des émeraudes et vient de chez un grand bijoutier ! Et surtout, surtout, surtout pas lorsqu'il t'est offert par un mec aussi friqué et sexy que celui-là ! Et intelligent, par-dessus le marché… j'allais oublier l'intelligence !

— Hem, je crois bien que si, il se pourrait que j'aie fait ça, grimaça Scarlett, sans savoir si elle regrettait ou pas.

Le collier était magnifique pourtant. Quant à l'homme qui lui avait offert…

Merde, c'était plus fort qu'elle ! Elle n'allait donc jamais cesser d'y penser ?!

Scarlett n'avait, bien entendu, pas tout dit à sa cousine à propos de la soirée, omettant sciemment quelques détails. Comme, par exemple, toute la partie concernant son ancien petit ami. Ainsi que celle, trop intime et personnelle, où Aidan lui avait montré ses cicatrices.

Pour ne pas changer de ces derniers jours, Scarlett était tendue. Recouvrerait-elle d'ailleurs un jour son état normal ? C'était à se demander. En tout cas, pas tant qu'elle serait amenée à revoir un certain big boss/client/mâle bien trop dangereusement craquant.

Louise avait proposé de l'inviter à déjeuner pour discuter un peu et faire le point avant d'aller signer le fameux contrat avec la boîte d'Aidan, dans les bureaux du quartier de la Défense.

Ce qui signifiait qu'inévitablement, elle allait au minimum le croiser. Et ce, dans un peu plus d'une heure.

Les battements de son cœur redoublèrent à cette idée.

Au moins serait-elle accompagnée. Une barrière, composée de sa cousine et de tout un tas d'employés divers et variés, la protégerait lors de cette entrevue. Aidan et elle ne pourraient pas se tutoyer, ce qui rétablirait une certaine distance – bien trop entamée lors de cette fameuse soirée – entre eux, et encore moins évoquer ce qui s'était passé durant la réception.

Ce qui aurait normalement dû la rassurer.

Pourtant, Scarlett était bien loin de se sentir tranquille. Pour quelle raison, au demeurant, était-elle aussi nerveuse, elle n'en savait rien du tout... ou peut-être n'avait-elle tout simplement pas envie d'y réfléchir.

— Je n'y comprends rien, persista Louise, pointant à présent une fourchette accusatrice en direction de sa cousine. Tu as dit qu'il te plaisait, que son simple regard te faisait fondre, au point de tremper ta petite...

— Hé, je n'ai jamais dit ça !

— Simple interprétation, tu as sous-entendu quelque chose comme ça, je suis formelle, s'amusa Louise, son sourire s'élargissant à mesure que Scarlett rougissait.

Parce que oui – bordel ! –, elle rougissait ! De la même manière qu'une collégienne prise en flagrant délit de vénération baveuse devant le garçon le plus mignon de la classe. Soit honteusement, pour résumer.

— Qu'il me plaise ou non n'est pas la question, raisonna-t-elle, se sermonnant intérieurement en même temps. Ça ne mène à rien. J'étais seulement censée lui rendre service samedi.

— *Rendre service*, tu en as de drôles de métaphores, tu sais, plaisanta encore Louise. Reconnais-le, c'était un rencard. Un peu spécial, peut-être, le type t'a quand même emmenée dans sa famille. Mais c'était un putain de rencard, Scarlett ! Il t'a offert des émeraudes, t'a avoué crever d'envie de t'embrasser... sérieusement, il te faut quoi de plus ?

Des faits on ne peut plus étranges, elle l'admettait volontiers. Cela dit, cette dernière déclaration avait très vite été balayée par le comportement qui y avait fait suite. Soit un bon largage en règle au milieu d'une piste de danse pleine à craquer de témoins. Elle ne comptait donc pas. Même si Louise se bornait étrangement à trouver ça d'autant plus romantique...

Mouais, allez savoir pourquoi !

De toute façon, Scarlett avait décidé d'en rester à cette histoire d'échange de bons procédés. Aidan avait agacé son frère, aucun doute là-dessus, et elle avait obtenu des excuses – un peu pourries, au demeurant, mais c'était toujours ça de pris ! Chacun aurait dû être satisfait. Puisque, et jusqu'à preuve du contraire, c'était bien ça le but, non ?

Louise repoussa son assiette vide et se rencogna dans son siège en croisant les mains devant elle, soudain sérieuse.

— Tu as à peine touché à ta salade et tu as ressorti une de tes robes les plus sexy strictes, succès garanti. Il te fait craquer, tu ne peux pas le nier. Ça se voit comme le nez au milieu de la figure. Alors, dis-moi, miss contradictions, c'est quoi le problème ?

Le problème, vraiment ?

Mais il n'y en avait aucun. Précisément parce qu'il n'y avait pas lieu d'envisager quelque problème que ce soit !

Ça n'était pas comme si un homme tel qu'Aidan pouvait réellement s'intéresser à une fille comme Scarlett, enfin ! Il envoyait des signaux étranges et discordants, certes. Mais il n'était pas impossible qu'elle ait mal interprété, tout bonnement.

Puis, rappelons-le tout de même – parce que ce fait méritait d'être plus que souligné –, au moment de passer à l'action et de mettre en pratique un certain avertissement lancé durant un certain slow, il s'était juste… tiré !

Si ça, ça n'était pas un brin – voire carrément – humiliant ! N'était-ce pas davantage révélateur que l'aveu lui-même ?

Sans doute s'était-il lui aussi laissé emporter par l'effet du vin. Puis il s'était ressaisi au dernier moment. Il avait soudain réalisé qu'il ne pouvait tout de même pas ajouter une petite brune du genre de Scarlett à son si merveilleux et exemplaire tableau de chasse de grandes bringues blondes.

Voilà la seule explication plausible qu'elle avait trouvée pour justifier ce qu'elle préférait désormais appeler *l'incident*.

Louise ne pouvait pas comprendre, après tout, elle ne disposait pas de toutes les informations.

Et quand bien même Aidan, dans quelque réalité alternative, souhaiterait-il l'inclure à son catalogue de conquêtes – page trois cents, sous la mention *Ces moments où je n'avais pas grand-chose à me mettre sous la dent*, suivi d'un smiley blasé –, il n'en demeurait pas moins leur plus gros client.

Un client qui, même s'il ne semblait pas – loin s'en faut – donner dans la relation suivie, ne souffrirait jamais de devenir *monsieur numéro onze*…

Son tableau de chasse à elle. Une place somme toute guère plus gratifiante…

Car Scarlett, même dans cette réalité alternative, n'avait rien de mieux à offrir. C'était ainsi. Et ça n'était certainement pas un coureur du type d'Aidan qui y changerait quoi que ce soit.

Bref, quoi qu'il arrive, et peu importe l'angle sous lequel on abordait le problème – si tant est que problème il y ait –, restait que rien – mais alors *absolument* rien – n'était envisageable.

Par ailleurs, Scarlett n'était pas prête à parler de sa liste maudite et de son incapacité à entretenir une relation normale avec les hommes à sa cousine. Elle ne s'en était encore jamais ouverte à personne jusque-là et ignorait si elle en serait capable un jour.

— Mais au fait, et toi alors, ton week-end, détourna-t-elle – plus ou moins habilement... OK, plutôt moins que plus – la discussion. Tu ne devais pas revoir le beau mec rencontré l'autre soir, au bar ? Footballeur, c'est ça ?

Louise pinça les lèvres, un peu vexée que Scarlett refuse de se confier à elle. Mais son bon fond reprit rapidement le dessus et, compréhensive, elle répondit, comme si tout avait été normal :

— Tennisman, chérie. Je ne donne pas dans le footeux, moi. Cela dit, un athlète reste un athlète, et celui-là n'avait pas plus de conversation qu'un autre. Ma foi, on s'est tout de même bien amusé, mais je ne crois pas que je donnerai suite.

Ah, la vie amoureuse de Louise... Tout un programme depuis qu'elle était divorcée ! Elle, au moins, s'amusait sans complexe et prenait du bon temps. Ce que Scarlett aurait adoré pouvoir faire.

Mais non, il fallait que cette foutue culpabilité l'accompagne à chaque rencard, à chaque instant passé en tête-à-tête avec un homme. Parce qu'elle savait, y songeait même en permanence, que quoi qu'il advienne, aussi aimable, sain, et bien sous tous rapports que puisse être le type, elle ne parviendrait pas à rester.

Elle n'y parvenait jamais.

Bref, Aidan était hors de sa portée. Et franchement, vu les effets curieux qu'il avait sur elle, les casseroles qu'il paraissait se traîner de son côté, ajoutées aux siennes, le tout se jouant sur fond de cadre professionnel, c'était largement préférable ainsi !

Scarlett et sa cousine arrivèrent pile à l'heure au rendez-vous. Et, après que Louise eut fait la bise à la secrétaire à la langue bien pendue, elles furent conduites par Sébastien jusqu'au bureau du big boss.

Ils échangèrent aimablement en chemin à propos du temps – jusque-là, rien de bien original. Puis, tandis que l'ascenseur arrivait au dernier étage, l'homme au costume golden boy se rapprocha de Scarlett et lui glissa un bout de papier dans la main.

— Si vous souhaitez fêter ça autour d'un verre ce soir, je vous invite, chuchota-t-il avec un petit clin d'œil complice. Vous seule, ou bien toutes les deux. C'est à vous de voir, mademoiselle Delorme.

La manœuvre n'échappa pas à Louise, qui secoua lentement la tête en articulant sans bruit un *non*, franc et massif.

Scarlett fut très surprise par ces avances inattendues – c'en était, non ? –, mais s'appliqua à n'en rien montrer. Elle répondit d'un sourire discret et rangea hâtivement la carte dans son sac besace, sans même la regarder.

N'en déplaise à Louise, Sébastien avait bien plus le profil de monsieur numéro onze. Et elle aussi avait le droit de prendre du bon temps à l'occasion. Une proposition qu'elle refusait donc d'écarter d'emblée. Même si, en vérité, elle ne se sentait pas plus attirée que ça par cet homme.

Cela dit, l'avait-elle déjà vraiment été avant de danser avec Aidan ?

Oh-oh, voilà que ça la reprenait ! Merde et remerde ! C'en était assez ! Mais que fallait-il faire au juste pour qu'il lui sorte de l'esprit, celui-ci ?!

Certainement pas relever la tête… puisqu'il se trouvait là. Debout devant la porte grande ouverte de son bureau, les bras croisés, manifestant ouvertement son impatience.

Il portait un costume anthracite de grande qualité, comme de coutume. Sa veste était ouverte sur une chemise noire, contrastant de manière édifiante avec son teint très pâle – et le surnom de croque-mort, qu'avait lâché par mégarde la secrétaire de l'accueil, prit alors tout son sens.

Aidan se tenait si droit, avait une expression tellement méprisante, presque hargneuse en fait, qu'il en était encore plus impressionnant que d'ordinaire.

Ses cheveux de jais étaient rigoureusement peignés vers l'arrière, dégageant un visage qui évoquait de plus en plus à Scarlett les traits d'un ange – à moins que ça ne soit ceux d'un démon, à vrai dire elle ne savait plus très bien –, et seules rebiquaient quelques mèches dissidentes sur sa nuque.

Et il n'y avait, dans son regard vert blafard, plus aucune trace de la tendresse et de la douceur qu'elle avait cru y déceler samedi. Rien que de la glace. Une certaine menace, même…

Elle s'y était préparée. Et pourtant, comme lors de leur première rencontre, ce fut une véritable douche froide.

Avant même qu'ils n'arrivent à sa hauteur, Aidan s'engouffra prestement dans son bureau, laissant cependant la porte ouverte, et alla se réinstaller, sans décrocher un mot, dans son large fauteuil de patron.

Louise adressa un coup d'œil blasé à sa cousine, signifiant clairement qu'elle la tiendrait pour responsable, elle et son refus d'accepter des émeraudes à un rencard qui n'en était pas un, si quoi que ce soit tournait mal. Sébastien, quant à lui, se racla la gorge, visiblement embarrassé, et accéléra le pas.

Ce fut lui qui, d'un geste courtois, les invita à entrer, puis referma la porte derrière elles. Tous prirent place devant l'immense bureau d'Aidan, tandis que celui-ci surveillait ses écrans, les ignorant ostensiblement.

Les contrats étaient prêts. Déjà signés par la direction, disposés devant eux, un de ces luxueux stylos Montblanc en argent posé sur l'une des petites piles de feuilles, n'attendant plus que la griffe de l'architecte d'intérieur.

— Mesdames, si vous voulez bien vous donner la peine, finit par maugréer Aidan, les mâchoires curieusement crispées. Je n'ai pas toute la journée, aussi je vous prierai d'y mettre du vôtre et de procéder le plus rapidement possible.

— Oh, mais rassurez-vous monsieur Stern, nous n'avions pas l'intention de nous attarder plus que nécessaire, répliqua d'emblée Scarlett, laissant Louise bouche ouverte, scotchée par son audace.

Aidan fronça les sourcils, jeta un regard très bref en direction de Scarlett. Puis, l'air plus renfrogné que jamais, il se tourna vers son collègue :

— Un café serré, je te prie.

Sébastien, apparemment très surpris, resta figé quelques secondes, cette tâche ne lui incombant vraisemblablement pas. Il se reprit et se leva sans demander son reste, pour se diriger vers la sortie.

— Puisque vous êtes également pressées, je ne vous propose rien, renchérit Aidan, poussant toujours plus loin l'incorrection.

Monsieur Connard-Mufle était donc de retour. OK.

Louise s'agita sur son siège, le froid polaire régnant dans la pièce commençant à sérieusement l'atteindre :

— Eh bien, je...

— Cela va sans dire, l'interrompit Scarlett, répondant pour elles deux. Nous ne prendrons rien, mais nous vous remercions d'avoir la courtoisie de ne pas le proposer.

Aidan plissa les paupières, puis il adressa un signe impérieux de la tête au pauvre Sébastien, qui attendait près de la porte. Et celui-ci, de plus en plus déstabilisé, fila comme un seul homme.

Scarlett aussi aurait aimé pouvoir s'échapper de cet horrible bureau et fuir les ondes électriques qui saturaient l'atmosphère.

Quoique non, en fin de compte, à bien y réfléchir, elle préférait rester et faire durer les choses. Juste histoire de remettre un peu à sa place ce sale type qui se prenait pour le chef d'une armée de petits soldats prêts à lui obéir au doigt et à l'œil.

Bon sang, mais combien de facettes Aidan possédait-il ? Comment pouvait-il ainsi passer de l'homme sensuel et tendre avec lequel elle avait dansé samedi, celui, si touchant, qui s'était confié à elle dans la voiture, à ce personnage proprement odieux ? En passant, ne l'oublions pas, par celui si inquiétant, au sourire cruel, qui toisait sa famille tandis que celle-ci l'observait avec effroi…

Une énigme que Scarlett aurait adoré résoudre. On en revenait toujours là.

En tout cas, ça ne prenait plus. Il l'impressionnait toujours autant, elle ne pouvait le nier. Elle ressentait toute la tension flottant dans l'air. Mais elle n'était pas dupe. Elle savait que ça cachait quelque chose.

Était-il en colère parce qu'elle était partie un peu vite après la soirée de samedi ? Parce qu'elle avait refusé son collier ? Ou bien – plus probablement – pour les deux conjugués ?

Pourtant, il ne semblait pas tant lui en vouloir que ça, malgré son attitude exécrable. Sa colère ne paraissait pas directement dirigée contre elle. Pas exactement, du moins.

Scarlett mit donc son plan à exécution et prit tout son temps pour bien relire chaque paragraphe. Plusieurs fois. Pendant que Louise croisait et décroisait ses longues jambes de mannequin en pianotant sur son sac à main rose pâle de marque, bientôt plus nerveuse qu'elle. Durant toute l'opération, Scarlett sentit lourdement peser sur elle le regard d'Aidan. Mais, à son tour, elle l'ignora proprement.

Sébastien revint et, sans un mot, déposa prudemment le café de son patron sur son bureau. Puis il s'éclipsa à nouveau, comprenant, sans qu'Aidan ait besoin de le lui dire, que sa présence s'avérait finalement indésirable.

Pour quelle raison ? Puisqu'à la base, et selon toute vraisemblance, il avait été convié à cette entrevue. Le mystère restait entier.

Après avoir bien fait durer les choses, Scarlett parapha chaque page, apposa sa signature sur chacun des contrats, et empocha le leur.

— Et voilà, monsieur Stern, l'affaire est conclue, déclara-t-elle en se relevant, aussitôt imitée par Louise. Nous vous soumettrons d'abord nos idées par mail, afin de ne surtout pas abuser de votre temps, qui me semble décidément fort restreint. Par ailleurs, je ne peux que vous suggérer de déléguer à l'avenir, autant charger un de vos assistants de s'occuper de nos prochains rendez-vous.

— N'y comptez pas trop, mademoiselle Delorme, riposta glacialement Aidan en quittant son siège pour les rejoindre d'un pas ferme à la porte de son bureau. Vous aurez affaire à moi et à personne d'autre, que cela vous plaise ou non. Me suis-je bien fait comprendre ?

À présent c'était une rage sourde, mais puissante, qu'elle lisait sur son visage. Et il n'y avait aucun doute possible désormais, c'était bel et bien dirigé contre elle.

Scarlett avait beau faire la maligne, cette fois, il lui fit peur. Romain n'avait peut-être pas tort lorsqu'il disait qu'Aidan était malsain. Car c'était l'exacte impression qu'il donnait en cet instant.

Il tendit la main vers elle et Scarlett hésita à la lui serrer. La dernière – et l'unique – fois avait été si bizarre… Par correction, elle dut cependant se résoudre à lui donner la sienne. Qu'il captura sans scrupule, refusant de la relâcher, tandis que Louise se trouvait encore à côté d'eux.

— Cela m'était complètement sorti de l'esprit, feignit-il de se souvenir soudain. Mais je dois absolument vous voir concernant la seconde affaire qui nous occupe, vous et moi, mademoiselle Delorme.

— Bien sûr, mais comme vous le savez, nous sommes tous pressés ici, rappela-t-elle, non sans une certaine pointe de satisfaction. Contactez-moi par mail, plutôt.

— Je serai très bref, insista-t-il. Et c'est urgent. La cuisine ne me plaît plus du tout, voyez-vous. Il faudrait tout reprendre de zéro.

Scarlett resta sans voix, une flèche de vexation la transperçant brutalement – ce qui n'arrivait jamais en temps normal, ayant derrière elle des années de pratique de clients difficiles, extrêmement pointilleux et souvent indélicats.

Louise, cette traîtresse de cousine, profita de sa confusion pour lâchement l'abandonner, se retranchant dans le couloir. Et Aidan referma la porte sans que Scarlett n'ait rien vu venir.

Puis il donna un tour de clé.

Euh… au secours ?!

12

Il pivota vers Scarlett, qui arracha ses doigts des siens et recula, comme par réflexe.

Aidan bouillait de colère. Il exhalait le danger, par tous les pores de la peau. Et il était *carrément* flippant maintenant.

Devait-elle crier ? Viendrait-on à son secours si elle le faisait ? Rien n'était moins sûr. Monsieur le Croque-Mort avait l'air d'effrayer ses employés à peu près autant que sa propre famille, après tout. Il était probable qu'ici, personne n'ait envie de se frotter à lui, quand bien même corrigerait-il de façon légèrement musclée une pauvre décoratrice d'intérieur un peu trop effrontée à son goût.

Mais à chaque pas qu'elle faisait vers l'arrière, lui en faisait un autre, vers l'avant. Jusqu'à ce que, bientôt, Scarlett se cogne contre le mur et se retrouve acculée, écrasée par toute la hauteur d'Aidan.

— Ici, c'est un endroit respectable, feula-t-il entre ses dents serrées, sans cesser de la fusiller du regard. Et je ne tolère pas que mes employés fricotent ensemble. Tu fais dorénavant partie de *mes* employés, et tu vas devoir te plier à cette règle, toi aussi. Est-ce bien clair ?

— Pardon ? articula Scarlett d'une voix faible, ne comprenant pas où Aidan voulait en venir.

Il prit une profonde inspiration, comme pour tenter de recouvrer un semblant de calme, puis s'approcha encore. Brusquement, il étendit le bras et vint placer sa main, paume ouverte, doigts écartés, sur le mur, juste à côté du visage de Scarlett, et se pencha sur elle :

— Tu crois que je n'ai rien vu, que je n'ai pas repéré le petit manège de mon assistant ? Le mot doux qu'il t'a donné, je le veux, tout de suite.

— Je... je... bégaya-t-elle, avant de se reprendre, passant soudain de la sidération à l'outrage : Mais non ! Certainement pas ! Tu es tombé sur la tête ou quoi ?! Tu te prends pour qui ? On n'est plus au Moyen-Âge ! Qu'est-ce que ça peut bien te faire à la fin ? On n'a pas prévu de se voir sur nos précieuses heures de travail pour ta foutue boîte, que je sache !

Dans son regard, quelque chose, de presque imperceptible, changea tout à coup, une émotion nouvelle s'ajoutant alors à sa froide fureur.

— Tu n'envisages tout de même pas sérieusement de sortir avec ce type-là ? s'indigna-t-il, une inflexion bizarre dans la voix. Alors c'est ça ? C'est Sébastien, ton *genre d'homme* ?!

Il se passait quoi, là, exactement ?

Aidan était-il vraiment en train de lui faire une crise de jalousie, ou délirait-elle complètement ?

Et pourquoi avait-il prononcé ces mots de cette façon, pourquoi parlait-il de son *genre d'homme* au juste ?

Scarlett, à court de répliques, réfléchit un instant, cherchant à démêler le sens de cette improbable situation. Aidan ne faisait quand même pas allusion à ce soir où, après qu'il l'avait invitée à ce fameux mariage, elle lui avait dit – histoire de se prémunir contre tout malentendu et de récupérer au passage un semblant de dignité – qu'il n'était pas son genre ?

Parce qu'il l'avait prise au sérieux ? Et – fait encore plus étrange s'il en était – il se le rappelait ? Cela l'avait marqué ?

Alors elle l'avait vexé ? Vraiment ? Elle, elle en avait le pouvoir ?

Elle scruta ses yeux merveilleux, aux couleurs de tempêtes, la subtile touche de vert en plus, à la fois si captivants et tellement inquiétants en cet instant. Et elle comprit que ce n'était pas seulement une question d'ego masculin égratigné. Non, bien qu'elle ait toutes les peines du monde à le croire, elle l'avait blessé. C'était une évidence, à présent.

— Je n'en sais rien, balbutia-t-elle, ses pensées, tout comme le contrôle de ses paroles, lui échappant soudain. Mais il a l'air gentil. Compréhensif. Patient, sans aucun doute. Et indulgent. Sans problèmes et… sans passé trouble. C'est effectivement le genre d'homme qui me convient.

Par opposition à ceux qui pouvaient se montrer durs, froids, implacables et calculateurs, et qui possédaient une histoire mystérieuse, regorgeant de souffrance et d'amertume…

Les sourcils d'Aidan s'incurvèrent et un sillon douloureux, que Scarlett aurait aimé pouvoir immédiatement effacer, apparut entre eux.

— Je refuse d'entendre de pareilles absurdités ! s'exclama-t-il en plaçant son autre main de l'autre côté de la figure de Scarlett, l'emprisonnant tout à fait. Non ! Si tu dois sortir avec quelqu'un dans cette boîte, c'est moi, un point c'est tout !

Presque brutalement, il se plaqua contre elle, si puissamment qu'elle en eut le souffle coupé… tandis que celui d'Aidan s'affolait déraisonnablement.

— Ne me rejette pas, je t'en prie, murmura-t-il en observant sa bouche avec une convoitise flagrante. J'ai commis plusieurs erreurs samedi, je le reconnais. J'ai voulu aller trop vite et je me suis éloigné de ce qui était prévu. Je n'aurais pas dû. Mais c'est ta faute… C'est toi qui m'as fait oublier tous les vautours qui rôdaient autour de nous… et c'est toi qui m'as posé toutes ces questions. Mais je saurai être indulgent moi aussi, et patient, si c'est ce dont tu as besoin.

La jambe impérieuse qu'il avait glissée entre les siennes, ainsi qu'une certaine partie de son corps, plus rigide encore que le reste, qu'elle sentait pressée contre son ventre, clamaient l'exact inverse.

— Ça n'est pas… pas l'impression que tu donnes, bégaya-t-elle, incapable de le repousser.

Scarlett tremblait des pieds à la tête, fébrile – effrayée ou bien émoustillée, elle n'en savait rien – à l'idée de ce qui allait advenir d'elle dans les prochaines secondes.

— C'est parce que ce baiser-ci m'est dû et que je n'en peux plus de l'attendre, susurra-t-il en s'inclinant vers elle.

C'est à peine si Scarlett entendit ses derniers mots, trop troublée pour penser à quoi que ce soit d'autre qu'aux lèvres sensuelles d'Aidan, qui se dirigeaient lentement, mais sûrement, vers elle.

Et, tandis que son haleine fraîche et délicieuse vint lui chatouiller le visage, dans un dernier élan de panique, elle tenta d'opposer, dans un chuchotement à peine audible, tellement peu convaincant :

— C'est beaucoup trop compliqué…

— Mais non, voyons, marmonna-t-il à son tour, sans s'éloigner d'un iota. Non, c'est fort simple, en vérité.

Et cette fois-ci, sa bouche se posa sur la sienne. Très légèrement d'abord. Dans une caresse d'une douceur affolante. Puis une autre… et encore une autre. Jusqu'à ce que toutes les réticences de Scarlett volent en éclats, une à une, et qu'elle entrouvre les lèvres pour lui faciliter la tâche.

Après tout, il n'avait pas tort, ce baiser, elle le lui avait déjà autorisé samedi soir. Et elle comprenait désormais pourquoi il avait préféré s'abstenir. À cause de la désagréable présence de sa famille... les *vautours*, avait-il dit.

Ce devait être le signal qu'il attendait, car son attitude changea tout à coup.

Les mains d'Aidan quittèrent le mur pour venir prendre en coupe le visage de Scarlett, et dans un geste tendre, bien que fiévreux, il lui fit davantage ployer la nuque vers lui.

Puis, tandis que sa langue plongeait à la rencontre de la sienne, sans plus aucune retenue, il en profita pour la clouer plus rudement contre la cloison, sa cuisse s'écrasant contre son entrejambe, achevant de l'assiéger totalement.

Aidan semblait vouloir la posséder tout entière, accéder d'emblée à ce qu'elle avait de plus intime, alors même que ses doigts demeuraient sagement posés sur ses mâchoires.

Mon Dieu, ce n'était plus un baiser, ça, c'était une véritable prise d'otage !

Jamais aucun homme ne l'avait embrassée de cette façon... et merde, que c'était bon !

Scarlett se sentit fondre entre les bras d'Aidan. Si bien que s'il ne l'avait pas tenue de cette manière, ses genoux auraient déjà cédé – et elle se serait écroulée par terre, réduite à l'état de flaque.

Son assaut se poursuivit, toujours plus exigeant, toujours plus vorace. Ses grandes mains brûlantes migrèrent encore et atterrirent sur les hanches de Scarlett. Pour remonter peu à peu sur son ventre, nettement moins sagement, froissant, dans sa frénésie, le tissu léger de sa robe.

Un son rauque, mais puissant, entre le grognement et le gémissement, exprimant tout à la fois triomphe, soulagement et désir – terriblement excitant –, roula dans la gorge d'Aidan. Faisant vibrer son torse, se répercutant en écho à Scarlett, électrisant chaque fibre de son être.

Elle s'accrocha à lui de toutes ses forces, désespérément, les doigts agrippés dans ses cheveux, cherchant à prolonger autant que possible ce moment magique.

Le plus intense… le plus érotique même, de toute sa vie.

Mais, soudain, une sonnerie impromptue, assourdissante dans le silence du bureau, retentit. Aidan s'interrompit brusquement et poussa un soupir étranglé, d'exaspération et de frustration mêlées, ses lèvres effleurant encore celles de Scarlett.

Il y eut une seconde sonnerie, puis une troisième – à travers le brouillard qui avait envahi son esprit, elle reconnut finalement le son typique d'un téléphone. Mais Aidan parut incapable de se raisonner et se résoudre à s'écarter.

Au lieu de ça, il demeura figé, comme s'il ne pouvait prendre le risque de rompre le contact établi. Comme si s'éloigner d'elle était subitement devenu impossible…

Sa bouche se pressa à nouveau contre la sienne, éperdument. Puis il happa sa lèvre inférieure pour la mordre doucement, sans brutalité, mais avec l'intention évidente d'y laisser une empreinte. La sienne. Et ses doigts se crispèrent sur sa robe, dans un dernier moment de pur délice.

Puis il se redressa brusquement, luttant manifestement pour s'arracher à elle.

Scarlett, quant à elle, s'obligea à relâcher sa prise autour de la nuque d'Aidan. Elle s'affaissa malgré elle contre le mur tout en cherchant son souffle, les jambes en coton. Tandis que, toujours immobile, il la dévisageait intensément, ses traits révélant une profonde surprise, proche de l'ébahissement, laissant le téléphone sonner dans le vide.

Parce que rien n'était plus important en cet instant. Parce qu'il se moquait totalement de ce qu'on lui voulait. Parce qu'elle seule comptait… c'était du moins ce que ses yeux semblaient lui clamer.

Scarlett n'était, en vérité, pas moins étonnée. D'ailleurs, elle devait avoir à peu près la même expression que lui, perdue et déconcertée.

Elle tenta de se ressaisir – si elle ne réagissait pas très vite, elle allait vraiment s'effondrer, ses genoux étaient réellement sur le point de flancher ! Elle prit appui au mur pour se redresser à son tour et finit par s'en décoller. Et, après s'être éclairci la gorge, elle balbutia :

— Tu devrais répondre…

Aidan parut alors subitement prendre conscience de l'appel et de l'insistance des sonneries. Probablement une urgence. Il lui fit signe de ne pas bouger, puis se hâta de décrocher l'un des postes sur son bureau.

Il parla de façon très mal aimable, avec une voix trop rauque pour ne pas être suspecte, et, quel que soit le sujet de cet appel, fut extrêmement expéditif. Le tout sans cesser d'observer Scarlett.

Laquelle s'efforça de remettre de l'ordre dans ses vêtements ainsi que dans sa coiffure, avant de se jeter comme par réflexe sur la porte pour déverrouiller la serrure et s'éclipser.

Ou du moins tenter de le faire. Parce qu'elle avait à peine parcouru quelques mètres que déjà Aidan, qui avait dû raccrocher entre-temps – peut-être même au nez de son interlocuteur ? – était sur ses talons.

Heureusement, Louise n'était pas loin et Scarlett put rapidement retrouver une relative, mais non négligeable, sécurité auprès d'elle. Là, près de l'ascenseur, dans ce couloir relativement passant, il ne pouvait décemment guère tenter un nouveau rapprochement. C'était toujours ça de gagné.

Parce que, vraiment, tout ça, c'était trop !

Trop d'émotions, trop d'ardeur, trop de plaisir… et globalement beaucoup, beaucoup trop d'intensité ! C'en était même à la limite du supportable. Quoi que lui veuille Aidan – quand bien même était-il l'homme le plus sexy qu'elle ait connu, le plus intelligent et, accessoirement, le plus doué en matière de baisers, ainsi que, très probablement, pour le reste –, Scarlett ne devait plus lui permettre ce genre de chose.

Elle s'imaginait forte, faisait tout pour en donner l'impression, mais n'arrivait à convaincre que les autres. Elle, elle savait bien qu'à l'intérieur, elle n'était que ruines branlantes, qu'un simple coup de vent risquait de démolir à jamais. Alors une bourrasque… non, une tempête, un cyclone tel qu'Aidan… C'était de la folie, pure et simple.

Louise vint à sa rencontre, tout en l'étudiant avec circonspection :

— Tout va bien ?

— Bien sûr, s'empressa-t-elle de répondre, sentant dans son dos l'électrique présence d'un certain P-DG capable d'enfermer une femme dans son bureau pour obtenir d'elle ce qu'il désirait.

Et elle ne put s'empêcher de se demander si ça le prenait souvent ou bien si c'était seulement pour elle.

— Vous avez oublié votre sac à main, mademoiselle Delorme, expliqua-t-il, la forçant ainsi à se retourner.

Bordel ! Elle n'en ratait pas une en ce moment !

Scarlett leva son bras gauche et constata par elle-même qu'il avait bel et bien raison. Après l'alcoolique, retour en force de l'écervelée ! Parfait.

Elle pivota vers lui, mais refusa de lever la tête et s'obstina à admirer le revêtement de sol – un truc hideux qu'elle n'avait pas repéré jusqu'à présent et qu'elle devrait rapidement faire changer. Elle vit sa belle main aux doigts fins – ceux-là mêmes qui avaient menacé de déchirer sa robe pas plus tard que tout à l'heure – lui tendre galamment l'objet.

Elle s'en saisit, bredouilla un vague remerciement, puis revint à sa cousine.

Sa cousine qui les détaillait, elle et Aidan, passant alternativement de l'un à l'autre, la mâchoire bientôt prête à se décrocher.

— J'ai tout cette fois, attesta-t-elle, tentant de désamorcer le malaise en prenant un ton enjoué – un brin ridicule. On peut y aller !

Sébastien sortit d'un bureau, des dossiers à la main, et sourit d'emblée à Scarlett. Avant d'apercevoir son patron, resté en retrait, et de baisser le nez, comme pris en faute.

— Votre assistant nous a proposé d'aller prendre un verre ce soir, monsieur Stern, afin de fêter notre accord, lança subitement Louise. Voulez-vous vous joindre à nous ?

Elle avait fumé quoi, sa cousine, pendant son absence ?!

Scarlett ouvrit la bouche pour protester, mais Sébastien la devança :

— Je ne crois pas qu'Aidan ait envie de...

— Mais volontiers, coupa l'intéressé, allant même jusqu'à feindre l'enthousiasme. Je vous laisse me recontacter pour m'indiquer l'heure et l'endroit dans l'après-midi.

Scarlett ne put se retenir de jeter un coup d'œil dans sa direction et croisa aussitôt son regard. Il n'y avait plus de colère… non, une attente l'avait remplacée, un espoir…

Enfin, elle rêvait, non ?

Aidan leur adressa un signe de la tête à Louise et elle, se fendant même d'un demi-sourire reconnaissant en direction de sa cousine. Puis il les abandonna devant l'ascenseur grand ouvert, et retourna à son bureau.

13

— Je peux savoir ce qui t'a pris ? se scandalisa Scarlett, une fois seule dans la rue avec Louise. Inviter Stern, tu n'as pas mieux dans le genre plan pourri ?

— Oh ça va, franchement, riposta sa cousine, plus fermement que d'ordinaire. Détends-toi un peu ! Tu ne vas pas pouvoir le fuir tout le temps, tu sais.

Scarlett s'arrêta en plein milieu du trottoir, atterrée.

— N'importe quoi !

Comment Louise pouvait-elle comprendre quoi que ce soit à son attitude, alors qu'elle-même ne cessait de s'embrouiller dans ses réflexions.

— Ah oui, et donc, pour la cuisine, tu lui as proposé quoi, au fait ? interrogea sa cousine, une main posée sur la hanche, dans la posture de celle à qui on ne la fait pas.

— Pardon ?

— C'est bien ce que je pensais, se targua Louise, les paupières mi-closes. Ce type, Aidan, il est carrément fou de toi. Et à ce point-là, ça ne peut pas être que pour un plan cul. Il n'y a qu'à voir la manière dont il te regarde, et dans quel état ça l'a mis que son assistant essaie de lui griller la place. Sans parler de ce que tu as osé faire à ses cheveux, chérie. Tu ne te serais jamais laissée aller à un tel carnage si tu n'avais pas été... eh bien, disons, si tu n'avais pas été follement consentante. Après, je n'ai aucune idée de la raison qui t'a poussée à te barrer aussi vite de son bureau, mais le pauvre avait l'air tellement dépité. J'ai eu pitié de lui, c'est tout. Et de toi aussi. Parce que si j'ai bien compris, ta vie amoureuse, c'est le désert de Gobi. Et qu'on vient de livrer devant ta porte un magnifique paquet que tu ne veux même pas te donner la peine de déballer.

— Merde, ça craint, lâcha Scarlett, qui n'avait pas imaginé que leur étreinte dans le bureau ait pu être aussi flagrante – ni le reste d'ailleurs.

Ainsi, Louise avait tout deviné ? Et elle en savait peut-être même plus que Scarlett, puisqu'elle avait compris bien avant elle ce qui avait suscité un tel comportement de la part d'Aidan. La jalousie.

Elle avait encore bien du mal à le croire...

En pensant à ça...

Scarlett ouvrit son sac pour y chercher – et enfin lire – le mot que lui avait glissé l'assistant quelques minutes plus tôt. Mais tomba sur tout autre chose.

Un objet froid, métallique, mais souple...

— Mais quelle tête de mule ! s'exclama Scarlett en extirpant de sa besace, sous le regard émerveillé de sa cousine, le collier d'émeraudes.

Selon toute vraisemblance, il avait été glissé là à la va-vite, sans son étui, dans aucune pochette du sac en particulier, juste parmi ses autres affaires – ou, autrement dit, son bazar habituel. Un traitement bien indélicat pour un objet d'une telle valeur.

À quel moment Aidan avait-il pu faire ça ?

Juste après qu'elle s'était sauvée, bien sûr. C'était lui qui lui avait rendu son sac à main, après tout. Mais il devait avoir le collier sur lui, non, pour avoir été aussi rapide ?

— Une adorable tête de mule, rectifia Louise tout en s'extasiant sur les émeraudes.

— Rappelle-moi, il y a moins de quinze jours, après ton premier entretien avec lui, ce n'était pas qu'un infâme connard ?

Parce que, juste au passage, de carte, mot, message, ou tout autre billet du genre de ce que Sébastien lui avait glissé dans la main, il n'y avait point. Ou plutôt, il n'y avait plus.

Aidan le lui avait volé. Il l'avait exigé, elle s'en souvenait parfaitement. Et elle avait refusé de le lui donner. Mais finalement, il s'était arrangé pour le récupérer malgré tout.

Ce qui faisait relativiser, tout de même, sur le côté *adorable* de la manœuvre.

C'était plutôt perfide, en fin de compte. Très calculateur... voilà d'ailleurs un adjectif qui lui allait comme un gant.

— Aucun homme n'est parfait, conclut Louise en reprenant son chemin, la mine odieusement réjouie.

À vingt heures, ce soir-là, elles retrouvèrent, devant le club de la dernière fois, Sonia – qui avait gentiment accepté de venir, cédant à l'insistance de Scarlett. Plus il y aurait de personnes avec eux et moins l'ambiance serait tendue, non ? Cependant, et c'était bien dommage, Nancy, sollicitée également, n'avait quant à elle pas pu se libérer.

Tandis qu'elles hésitaient à entrer directement, Sébastien arriva.

— Aidan sera un peu en retard, leur apprit-il, une fois que les présentations avec la belle Sonia furent faites. Une réunion à laquelle j'ai pu échapper, mais pas lui. Il faut bien qu'il y ait quelques inconvénients à être P-DG après tout.

Scarlett se demanda s'il viendrait vraiment. Le voir dans ce type d'endroit, se mêler à ses employés pour boire un verre avec eux, paraissait tellement improbable. Elle éprouva un curieux mélange de soulagement et de déception à l'idée qu'elle ne le reverrait peut-être pas aujourd'hui.

Plus de soulagement que de déception, c'était évident… mouais, à moins que ça ne soit plutôt l'inverse. Mais elle refusait de l'admettre.

— Et tu appelles ton patron par son prénom tout le temps, ou c'est seulement quand il n'est pas là que tu te le permets ? s'enquit Louise, jamais à court d'idée en matière d'indiscrétion et de questions déplacées.

Sébastien s'installa à table avec elles et se mit à rire, prenant assez bien la chose.

— Je ne me vois pas l'appeler autrement. Et heureusement, il ne lui est pas venu à l'idée de le réclamer, vu que nous avons fait une partie de nos études ensemble et partagé pendant plusieurs années la même chambre. Ce n'est pas maintenant que je vais commencer à lui donner du *monsieur Stern*.

— Ah bon, alors vous êtes amis ? s'étonna Louise, l'air si sceptique que c'en était presque offensant.

Cela étant, Scarlett aussi en doutait beaucoup. Le comportement d'Aidan envers son assistant n'avait franchement rien d'amical – quand bien même mettrait-on toute éventuelle rivalité, rapport à un certain petit mot, de côté.

— Ce n'est pas ce que j'ai dit, corrigea Sébastien, avec un sourire tirant sur la grimace. On se connaît depuis longtemps, c'est tout. Et il a été assez sympa pour m'embaucher à un poste décent, malgré un parcours universitaire peu glorieux. En ce qui me concerne, évidemment, parce que le sien, c'est tout autre chose. Enfin bref, ça s'arrête là.

Cette fois, ce fut Scarlett qui ne put s'empêcher de jouer les vilaines curieuses.

— Et pourquoi ? Je veux dire, vous avez fait de la coloc étant jeunes, vous avez la même passion pour l'informatique, vous bossez ensemble, mais vous n'êtes pas amis ? Excuse-moi, mais je trouve ça un peu étrange, tout de même.

— Outre ma boulette de tout à l'heure, expliqua Sébastien avec une gêne manifeste, ayant sans doute compris la raison de l'attitude exécrable de son patron depuis, le souci ne vient pas de moi. Aidan n'a jamais eu d'ami, du moins je ne lui en ai jamais connu. Ça ne l'intéresse pas. Il passe sa vie à bosser. Oh, et quand il veut se détendre, il joue du violon pour lui-même. Vous voyez le genre ? Mais bon, ne vous méprenez pas, c'est quelqu'un de bien. Que j'admire. Énormément. Il est assez spécial, voilà tout. C'est pour ça que j'étais très surpris qu'il accepte de venir avec nous ce soir. Ce n'est absolument pas dans ses habitudes.

Apparemment, il n'y avait pas qu'à l'accueil qu'on avait la langue bien pendue dans la boîte d'Aidan. Enfin, cela répondait à sa question, Scarlett n'allait pas s'en plaindre.

En tout cas, et même si sa cousine paraissait un peu dubitative face à cette description, Scarlett se rendit compte qu'elle n'avait finalement pas vraiment imaginé Aidan autrement. Toutefois, il fallait reconnaître que ça ne cadrait pas tout à fait avec la réputation de coureur rapportée par la secrétaire.

Sonia intervint subitement, les observant tour à tour, avant de s'arrêter sur Louise :

— Attendez, on parle bien du type qui t'a traitée comme de la merde lors de votre premier entretien, non ?

— Arf, soupira cette dernière, oui, il s'agit effectivement de *ce* type-là. Mais je lui pardonne parce que parfois, il peut être cool. Demande à Scarlett.

Tous se tournèrent alors vers elle, en quête d'un quelconque éclaircissement. Qui ne vint pas. L'intéressée n'ayant absolument rien à déclarer.

Donc, le nouveau sport favori de sa cousine était de la mettre dans l'embarras ? Très réussi... vraiment ! Et elle comptait continuer encore longtemps comme ça ?

Scarlett décocha son sourire le plus prometteur de représailles à Louise. Elle cherchait quelque chose à répondre afin d'enrayer ces viles insinuations, un angle de défense qui ne soit pas trop suspect, quand elle sentit l'atmosphère se charger soudain d'électricité.

Elle pivota sur son siège et le vit. Lui. L'homme auquel elle ne cessait de penser depuis des jours – de façon de plus en plus obsessionnelle et osée depuis leur baiser du début d'après-midi. Le bar était déjà plein à craquer, mais il était si grand, si impressionnant, qu'on ne remarquait que lui parmi la foule.

Il portait un manteau trois quarts noir, très classe, ouvert sur son costume. Une écharpe légère à motifs vert foncé pendait négligemment autour de sa nuque, achevant de lui donner un air guindé. Toutefois, ses cheveux étaient nettement moins bien disciplinés qu'avant leur rendez-vous du début d'après-midi – oui, bon, en fait, qu'avant que Scarlett y fourre les doigts et s'emploie à y mettre le désordre.

Comment avait-elle pu ne pas s'en apercevoir avant de quitter son bureau ?

Mais ce baiser l'avait tellement bouleversée...

Oh non, il ne fallait surtout pas qu'elle y pense, sans ça elle allait à nouveau rougir comme une collégienne !

Trop tard...

Aidan croisa son regard et vint vers eux avec cette même désinvolture hautaine, un brin méprisante, qu'elle l'avait vu prendre au mariage de sa tante.

Mais était-il aussi à l'aise qu'il en avait l'air ? Là-bas, il évoluait parmi les vautours, il l'avait dit – ce qui, à défaut de la justifier, au moins expliquait son attitude. Mais ici, parmi tous ces inconnus, c'était différent, non ?

Scarlett songea alors qu'il ne devait pas aimer les lieux bondés comme celui-ci. Elle aurait même pu en jurer.

Il leur adressa à tous un signe de tête, poli, mais sans plus. Et, au lieu de s'installer à la place restée vacante à côté de Sébastien, s'empara d'un des rares sièges libres, qu'il cala entre Scarlett et Louise. La table étant ronde, d'un diamètre conséquent, ce choix passa inaperçu.

Enfin, aurait pu passer inaperçu… s'il n'avait pas, une fois assis, ostensiblement posé la main sur le genou de Scarlett, avant même que celle-ci ait eu le temps de lui présenter Sonia. Dans un geste visant clairement à établir – autant à l'intention de Sébastien qu'à celle de la propriétaire de ladite jambe – quelle était la nature de leur relation.

Euh… ah bon ? C'était comme ça, donc ?

Et elle, avait-elle son mot à dire, ou on s'en passerait ?

Scarlett fut très tentée de le renvoyer vertement dans ses buts, quand bien même étaient-ils en public. Que croyait-il à la fin ? Elle n'était pas le genre de personne à tolérer de se faire tripoter par n'importe qui à la moindre occasion !

OK… il n'était pas vraiment n'importe qui.

Et la pression de ses doigts, subtilement quémandeuse, l'en dissuada aussitôt. En plus de faire remonter une décharge délicieuse jusqu'au creux de son ventre.

Après tout, ça n'était pas non plus comme si c'était désagréable. Mais cette fois, ça n'était plus de la comédie, comme lors du mariage.

Non, il était vraiment sérieux.

Et c'était aussi bizarre qu'effrayant...

Louise se chargea elle-même des présentations avec Sonia, et Aidan ne proposa à aucune d'entre elles de l'appeler par son prénom. Ce qui donna une discussion des plus étranges, pleine de cérémonieux « *monsieur Stern* », qui le plaçaient quelque peu en dehors de leur petit groupe.

Ce dernier ne pouvait par ailleurs se retenir de vérifier régulièrement son téléphone portable, quand bien même était-on en train de lui parler, sa mine se renfrognant un peu plus à chaque fois.

— C'est assez drôle, lança Sonia à Aidan, après une bonne heure d'échanges amicaux et deux cocktails. Parce que c'est ici même que nous avions parlé de vous juste avant votre rencontre avec Scarlett.

— Vraiment ? s'étonna-t-il en avisant son verre de whisky, remuant légèrement le liquide ambré, marquant un silence avant de s'enquérir : Et pourquoi cela ?

— J'étais juste un peu nerveuse, s'empressa de répondre Scarlett, craignant quelques débordements de la part de ses deux amies – lesquelles semblaient avoir en commun, en plus de la taille et la blondeur, une propension naturelle à la bévue, intentionnelle ou non d'ailleurs, assez dangereuse. Je me demandais comment aborder le dossier, étant donné les attentes, somme toute légitimes, de la société vis-à-vis de nous.

— Il faut croire que ça s'est plutôt bien passé, plaisanta Sonia, de plus en plus guillerette. Vous êtes ensemble depuis combien de temps, si ce n'est pas indiscret ?

C'était *carrément* indiscret !

D'autant que Scarlett n'en avait elle-même aucune idée. Ils n'étaient pas ensemble. Pas après avoir seulement échangé un baiser, aussi intense et torride soit-il… non ?

Aidan arqua un sourcil perplexe et prit quelques instants de réflexion avant de hasarder :

— Un après-midi, je dirai.

Puis il se tourna vers Scarlett, son masque flegmatique se fissurant légèrement pour laisser apparaître une attente brûlante et beaucoup d'interrogations. Il souhaitait qu'elle confirme, mais il ne s'agissait clairement plus d'un jeu. Ses fabuleux yeux clairs la scrutaient patiemment, et à cet instant, Scarlett eut la troublante sensation de se retrouver seule avec lui.

L'émotion, le désir, la peur. Tout se mélangea brusquement en elle.

Cependant, elle hocha la tête et attesta timidement :

— À peu près.

Oh merde ! Que venait-elle de faire ?

Elle qui n'avait jamais vraiment été en couple avec personne de toute sa vie, n'avait tout de même pas affirmé, et ce, devant témoins, être avec son plus gros client ?!

La panique menaçait de la submerger, lorsqu'un incroyable sourire illumina le visage aux traits doux et si agréablement réguliers d'Aidan. Une bouffée de tendresse, jusque-là inédite, l'assaillit, annihilant l'angoisse, et elle sentit les coins de ses propres lèvres se retrousser à leur tour, presque malgré elle.

Pourvu qu'elle n'ait pas l'air trop idiote… ni trop mièvre… parce qu'elle n'était pas du tout ce genre de fille… et qu'elle aurait détesté donner cette impression.

Les doigts d'Aidan remontèrent très lentement, passant de son genou au milieu de sa cuisse, repoussant légèrement sa robe sous la table, dans une promesse des plus sensuelles. Laquelle faillit avoir raison de Scarlett, qui se jeta sur son verre pour le terminer d'un trait, afin de ne rien laisser paraître du brasier qui venait d'exploser en elle.

Comment parvenait-il à la mettre dans un tel état avec si peu ? C'était un véritable mystère ! Mais il fallait qu'il arrête. Tout de suite. Parce qu'elle n'en supporterait pas davantage… pas en public, du moins.

Pourtant, lorsque la paume d'Aidan quitta brusquement sa jambe, elle n'en éprouva aucun soulagement, bien au contraire. Le froid ainsi qu'un absurde mais vif regret remplacèrent la chaleur si agréable qui l'avait envahie.

Puis elle vit Aidan se raidir et comprit qu'il y avait un problème. Avant même qu'il ne bondisse de son siège pour se placer entre elle et la personne qui se dirigeait vers eux.

— Qu'est-ce que tu fais là ?! feula-t-il en avançant pour faire reculer l'intrus et l'éloigner de leur table.

Intrus qui n'était autre que Romain…

14

Scarlett, stupéfaite, réalisa soudain qu'elle n'avait plus pensé à Romain – pas même une nanoseconde – depuis le soir du mariage. Tandis qu'elle était persuadée que s'obliger à le revoir après tant d'années raviverait souvenirs et mal-être.

Mais non. Seul Aidan avait occupé son esprit, prenant absolument toute la place.

Et elle avait presque failli oublier qu'ils étaient liés...

— Jamais tu ne décroches quand on t'appelle ?! attaqua Romain, déjà hors de lui. Ça fait plus d'une heure que j'essaie de te joindre ! J'ai dû aller jusqu'à ta boîte de merde, où on m'a dit que tu étais en train de te la couler douce ici, pendant que notre père est à l'hôpital !

Il était évident que ça ne la regardait pas. Pourtant Scarlett ne put rester en dehors de leur dispute. Appréhendant quelque éclat, elle quitta les autres pour rejoindre les deux frères dans le coin de la salle où ils s'étaient isolés.

À l'annonce de son aîné, Aidan eut un léger mouvement de recul et fronça les sourcils.

— Ah oui ?

— Il vient d'avoir une attaque, putain ! lui apprit Romain, la voix déraillant sous le coup de l'émotion.

Et, contre toute attente, Aidan haussa les épaules avec une froide et détestable indifférence.

— Et alors ? En quoi cela me concerne-t-il ?

Romain serra les dents en même temps que les poings et siffla :

— Espèce de sale bâtard !

— Ouh, les insultes donc, on y vient déjà ? railla Aidan avec un sourire mauvais, très différent de celui qu'il avait eu, un peu plus tôt, après que Scarlett eut confirmé qu'ils étaient bel et bien ensemble.

Ce qu'elle regretta pour de bon, tant il était terrifiant en cet instant.

— Tout ça, c'est ta faute, enfoiré ! renchérit Romain, de plus en plus menaçant.

— Naturellement, acquiesça Aidan, poussant toujours plus loin l'indécence, provoquant encore davantage son aîné, comme si c'était plus fort que lui : Ce n'est pas comme si j'étais à ça près. Cela dit, si je peux me permettre, quitte à endosser une nouvelle fois la responsabilité de ce genre d'aléa, je regrette tout de même qu'il ait survécu. Mais je ferai mieux la prochaine fois, promis.

Et ce qui devait arriver, arriva.

Romain, à bout de nerfs, étrangla un juron et fit mine de se jeter sur son frère, le bras levé, prêt à frapper, le choc promettant d'être rude. Tandis qu'Aidan demeurait parfaitement immobile et continuait à le toiser avec mépris, refusant de battre en retraite, tenant tête à son aîné envers et contre tout.

— Non, arrêtez ! s'écria Scarlett en s'interposant d'instinct entre eux.

Elle faillit prendre le coup. Mais Aidan, bien que manifestement pris de court par son intervention, réagit au quart de tour, et parvint à dévier la main de Romain avant qu'elle ne l'atteigne.

Celui-ci voulut aussitôt riposter de son autre poing, mais dut auparavant repousser Scarlett.

Ce qu'il fit... légèrement brutalement.

Elle se trouva alors vivement projetée sur le côté, perdit l'équilibre – même sans ses hauts talons, elle n'aurait pu gérer ça – et heurta en beauté une table dans sa chute.

Bordel. De. Merde !

Il y eut des éclats de verre. Des exclamations diverses. Le tout noyé sous une puissante douleur, se propageant à une vitesse ahurissante sous son crâne, s'accentuant au rythme des battements de son cœur.

Scarlett n'eut même pas le temps de reprendre ses esprits que déjà on la soulevait du sol pour l'emporter ailleurs. Le visage décomposé d'Aidan apparut dans son champ de vision, tandis qu'il la déposait avec précaution sur une banquette.

— Oh non, non, gémit-il en se penchant sur elle, écartant ses cheveux pour examiner la blessure poisseuse à sa tempe, qu'elle ne sentait que trop bien.

— Ça va, s'obligea-t-elle à mentir devant son expression paniquée. Je vais bien.

Tout un attroupement – dont les responsables de l'établissement mécontents, qui s'entretenaient avec Sébastien – s'était formé autour d'eux, et les observait avec curiosité. Scarlett reconnut Sonia, ainsi que sa cousine, tout près d'elle.

Elle essaya de se redresser. Mais Aidan, qui avait entrepris d'éponger sa plaie avec des serviettes en papier, posa son autre main sur sa poitrine et la retint.

— Ne bouge pas !

— J'appelle une ambulance, entendit-elle Louise déclarer.

— Inutile, je vais l'emmener aux urgences moi-même, rétorqua-t-il sèchement. Je suis garé juste devant, ça ira beaucoup plus vite.

Il allait la prendre dans ses bras quand elle protesta :

— J'ai dit que je me sentais bien, je peux encore marcher toute seule !

Ça allait comme ça de se taper l'affiche ! Scarlett n'avait aucune envie de traverser tout le bar pendue au cou d'Aidan – si sexy que soit le cou en question. Elle voyait d'ici le tableau lorsque, à bout de forces, il la lâcherait, ou bien se ferait un tour de reins... la honte ultime, hors de question !

— Très bien, accepta-t-il d'une voix étonnamment radoucie. Comme tu voudras.

Il l'aida à se relever. Puis il la tint si fermement serrée contre lui, tout en maintenant les serviettes contre son front, avec une prudence tellement excessive, qu'ils ne se firent pas moins remarquer que s'il l'avait portée finalement.

Louise les accompagna jusqu'à la sortie et se chargea d'ouvrir la porte pour leur faciliter le passage.

Et ils croisèrent Romain, qui les attendait sur le trottoir.

Scarlett était encore sonnée. Et la douleur allait crescendo dans son crâne, si bien qu'elle serrait les dents pour rester digne et ne laisser échapper ni plainte, ni sanglots humiliants.

Elle eut la bêtise de croire que son agresseur du soir voulait lui présenter ses excuses. Mais non. Au lieu de ça, il pointa un index accusateur vers Aidan et gronda :

— Tu vois ce que tu as fait ! Ça aussi, c'est ta faute. Tu n'es vraiment qu'une ordure !

Et cette fois, Aidan se contenta de baisser la tête et de l'ignorer.

Puis Romain avisa Scarlett et conclut, avant de tourner les talons :

— Tu aurais mieux fait de me donner ton vrai numéro, rien de tout ça ne te serait arrivé si tu m'avais écouté !

Aidan n'avait pas menti, la Toyota était réellement garée juste devant le bar, à un emplacement où elle n'aurait probablement pas dû se trouver.

Il fit monter Scarlett sans un mot, prit aussitôt place derrière le volant et démarra en trombe.

— Tu n'as pas attendu Louise, s'alarma Scarlett, imaginant spontanément que sa cousine viendrait avec eux.

Aidan lui lança un coup d'œil étrange, entre confusion et consternation :

— Je n'ai pas pensé... désolé. Je ne vais pas faire demi-tour maintenant. Si ?

— Non, tant pis, convint-elle, reposant les serviettes en papier rougies sur ses genoux, la plaie s'étant arrêtée de saigner. Enfin, il n'est peut-être pas nécessaire d'aller embêter le personnel des urgences. Je ne crois pas avoir besoin de soins, en fin de compte.

— Je pense que si, opposa-t-il simplement, mais fermement.

OK, alors il n'y avait même pas à discuter... intéressant.

— Tu roules un peu vite, reprocha Scarlett au bout d'un moment, sa conduite étant nettement plus sportive que la dernière fois où elle était montée en voiture avec lui.

— Mais non.

Après une phrase de quatre mots, on passait donc maintenant à deux. Normal, étant donné la crispation notable de ses mâchoires, l'exercice ne facilitant certainement pas la locution.

Et il ne ralentit pas. Pourtant, le compteur de vitesse était formel et indiquait bel et bien qu'il était au-dessus de la limite autorisée.

Elle étudiait son magnifique profil et ses traits harmonieux, bien que de nouveau fermés, s'interrogeant de plus en plus sur son compte. Quand elle se rendit compte que sa lèvre inférieure était fendue et qu'un peu de sang s'en écoulait.

— Romain t'a frappé ? s'inquiéta-t-elle.

Aidan eut un nouveau froncement de sourcils, un peu fâché, puis répliqua :

— Tu veux dire après que tu n'as plus été en mesure d'assurer ma défense ? C'est possible, je ne m'en souviens pas bien, et en même temps j'en ai vu d'autres. En revanche, ce que je me rappelle très clairement, c'est que tu n'avais pas à te mêler de ça et que tu l'as fait ! Tu n'aurais pas dû intervenir. C'était idiot. Inconsidéré. Et dangereux. La preuve ! Qu'est-ce qui t'a pris, bon sang ?!

Scarlett resta bouche bée. Il l'engueulait ? Vraiment ? Parce qu'elle avait voulu l'empêcher, lui et son frère, de se battre dans un lieu public ?!

Aidan se pinça nerveusement l'arête du nez, et laissa lourdement retomber sa paume sur son volant. Puis il soupira :

— Pardonne-moi, tu n'es pas responsable de ce qui s'est passé. Romain a raison, c'est entièrement ma faute. Je suis vraiment navré.

— Arrête, c'est Romain qui m'a envoyée valdinguer, pas toi, eut-elle à cœur de rétablir, malgré tout, ajoutant, tant qu'elle y était : Tu n'es pas plus fautif de ma chute que de la crise cardiaque de ton père.

Il eut une moue peu convaincue et la conversation en resta là, puisqu'ils arrivaient déjà sur le parking de l'hôpital le plus proche.

Bien entendu, les urgences étaient bondées – à l'instar du bar, mais ici l'ambiance était nettement moins fun –, et ils durent patienter un bon moment en salle d'attente.

Un long, *très* long moment, durant lequel Aidan ne desserra pas les dents, mais s'employa à pianoter fébrilement sur son accoudoir. Ou bien à marteler le sol du talon. Quand ce n'était pas les deux à la fois.

N'en pouvant plus, après plus de deux heures à endurer ça – finalement, la douleur était peut-être plus facile à supporter –, Scarlett suggéra :

— Tu devrais être auprès de ton père plutôt que rester inutilement ici. Il va probablement y en avoir pour un bout de temps encore, de toute façon, et je vois bien que tu es très inquiet. Je me débrouillerai pour rentrer chez moi, il n'y a aucun problème, Louise me ramènera.

Un regard réfrigérant se posa alors sur elle :

— Je ne te laisserai pas, non. Certainement pas. Et je ne suis pas inquiet. Qu'il survive ou non à sa crise cardiaque m'est bien égal.

Scarlett ravala sa salive, décidément plus que refroidie. Ça n'était pas des paroles en l'air. Son frère n'était même pas là pour justifier qu'il se montre aussi insensible. Il était sérieux.

— Tu réalises que ce type de réflexion ruine complètement le peu que tu possèdes de capital sympathie ? interrogea-t-elle, incapable de ne pas manifester son effarement. C'est vraiment horrible ce que tu dis. Vous êtes peut-être fâchés, mais il s'agit de ton père tout de même !

Aidan se rencogna brutalement contre le dossier de son siège et se frotta la mâchoire, l'air… blessé ?

Son avant-bras retomba ensuite sur l'accoudoir, las et vaincu.

— Il ne s'agit pas… de mon père, articula-t-il d'une voix blanche. Je n'appartiens pas à cette famille. Enfin, pas vraiment. Ce n'est qu'une vaste comédie que je dois jouer depuis mon plus jeune âge. Comme tu l'auras sans doute constaté, j'ai de plus en plus de mal à tenir le rôle. J'ai également de bonnes raisons de ne pas me soucier de la santé de l'homme qui m'a élevé. Si cela fait de moi quelqu'un d'horrible à tes yeux, sache que j'en suis navré. Cependant, je n'y peux pas grand-chose, je ne serai jamais que tel qu'ils m'ont façonné.

La pointe de souffrance qu'elle avait cru déceler lorsque au mariage Aidan avait eu un bref échange avec celui qui était censé être son père, revint sur ses traits. Brièvement, parce qu'il s'efforçait de donner le change, mais de manière incontestable cette fois.

Et elle eut la soudaine et curieuse impression d'entrevoir l'envers d'un magistral décor. Quelque chose d'intime et de secret, inaccessible au reste du monde, à l'instar de ses cicatrices aux avant-bras, cachées sous sa chemise.

Scarlett se surprit alors à éprouver une brusque bouffée de compassion et tendresse mêlées pour lui, alors qu'un instant plus tôt, son discours l'épouvantait.

Elle lui aurait même pris la main – vraiment, elle allait le faire, elle s'était arrêtée dans son élan, et hésitait un peu, mais elle en avait très envie –, si une infirmière ne les avait pas interrompus en scandant son nom dans la salle d'attente.

Elle se leva et Aidan la suivit d'emblée en la tenant par l'épaule, ne lui laissant pas le loisir de refuser sa présence pendant les soins.

Ce qui pourrait se révéler embarrassant, quand même... Mais après ce qu'il venait de lui confier, elle n'avait pas le cœur à le rembarrer.

— Installez-vous ici, exigea le médecin en indiquant la table recouverte de cuir, lui-même recouvert d'une bande de papier. Expliquez-moi un peu ce qui vous est arrivé.

— Une chute assez violente, rapporta Aidan, avant même que Scarlett ait pu ouvrir la bouche. Elle a été brutalement bousculée et a heurté une table en métal. Il y a cette plaie, à la tempe, mais je crois qu'elle s'est aussi égratignée avec des éclats de verre brisé.

Scarlett inspecta ses bras et aperçut effectivement quelques petites coupures qu'elle n'avait jusque-là pas remarquées.

— Et vous êtes ? s'enquit le médecin, en plissant les paupières.

— Son petit ami, attesta Aidan avec une assurance et une fermeté qui la scotchèrent.

Alors il l'était véritablement ? Du moins, le croyait-il, parce qu'elle, de son côté, était loin d'en être certaine. Ça faisait tellement bizarre...

— Un accident, donc ? questionna le médecin en examinant la blessure à la tête de Scarlett.

Et à nouveau, elle se trouva dans l'incapacité de répondre. Parce qu'Aidan reprit, de plus en plus nerveux et confus :

— Elle... elle est si petite. Même perchée sur ces échasses. (Il eut un geste vague en direction des superbes escarpins de Scarlett, lesquels n'avaient absolument rien de vulgaires échasses !) J'ignorais qu'elle se trouvait près de nous. Sans cela, jamais je ne me serai permis d'aller aussi loin. Je ne l'ai pas vu arriver et...

— Et un sale type m'a poussée pour mieux le frapper, termina Scarlett, ne sachant trop comment prendre les remarques sur sa taille, ainsi que celles – non moins offensantes – à propos de ses chaussures. Voilà, c'est tout.

— Je vois, fit le médecin en passant une compresse pleine d'un désinfectant odorant sur la blessure – laquelle se fit tout à coup plus vivement sentir. Je vais devoir faire quelques points, rien de méchant. Par contre, il va falloir soit rester ici cette nuit en observation…

— Hors de question ! protesta aussitôt Scarlett, qui détestait par-dessus tout les hôpitaux.

— Soit que votre ami s'engage à vous réveiller toutes les heures jusqu'au matin pour être sûr que tout va bien et qu'il n'y a pas de commotion, termina le médecin en se tournant vers Aidan.

Lequel s'empressa d'acquiescer :

— Aucun problème.

Pardon ?

Passer la nuit avec lui ? Déjà ?

Impossible… elle n'avait jamais réussi cet exploit auparavant.

Mais en même temps, avait-elle réellement le choix ? Rester ici était encore plus inconcevable. Elle n'était allée à l'hôpital qu'une seule fois dans sa vie, et tout ce qui pourrait faire en sorte qu'elle ne s'y attarde pas était bon à prendre.

Pour le moment, les souvenirs se tenaient tranquilles. Parce qu'Aidan était là, et que sa présence – parfois irritante, mais globalement plutôt apaisante – les maintenait au loin. Qu'en serait-il s'il la laissait seule ici ?

Aussi ne trouva-t-elle rien à répondre à ça…

15

Scarlett s'assura, en toute discrétion grâce au miroir du pare-soleil de la Toyota, que ses cheveux retombaient correctement, de manière à masquer le petit pansement qui recouvrait une partie de sa tempe.

Ils quittaient tout juste le parking de l'hôpital quand elle annonça résolument :

— Je vais appeler Louise. Elle acceptera sûrement de venir chez moi, ce sera beaucoup mieux.

— Trop tard, je me suis engagé auprès de ton médecin, tu te souviens ? objecta Aidan, nettement plus détendu à présent qu'il avait été établi que, sauf fait nouveau, Scarlett n'avait rien de grave. Je crains que tu ne sois coincée avec moi pour le reste de la nuit.

Il lui jeta un coup d'œil prudent, guettant ses réactions, parce qu'il ne s'agissait à l'évidence pas que d'une plaisanterie. Il la testait également.

Et comme elle ne répondait pas, perdue dans ses réflexions pour essayer de se sortir de cette inextricable situation, il précisa, avec un petit sourire en coin, à la fois taquin et rassurant – bref, irrésistible :

— Mon très faible capital sympathie et moi-même nous tiendrons à carreaux, c'est promis. Je ne tenterai absolument rien, si c'est ce qui te tracasse. Pas après une soirée aussi désastreuse, et surtout pas après ce qui t'est arrivé. Ce n'est guère mon genre d'abuser des femmes ramassées à la sortie des hôpitaux, tu sais.

Scarlett ne put se retenir de pouffer de rire et rectifia, les antidouleurs et leur effet sournoisement relaxant aidant :

— C'est sur le sol humide et poisseux d'un bar que tu m'as ramassée en premier lieu. Au sens propre.

— Exact. Et j'aimerais n'avoir jamais à recommencer.

Son beau sourire s'effaça progressivement et le silence retomba entre eux. Aidan culpabilisait encore, c'était flagrant. Scarlett avait tout tenté pour lui faire entendre raison – c'était pourtant Romain, et personne d'autre, qui l'avait poussée. Mais le malaise persistait, insidieusement.

Refusant de reprendre cet interminable débat, elle fouilla son sac à la recherche de son portable – lequel se trouvait coincé entre portefeuille, trousse de maquillage et autres objets divers, comme par exemple, un collier d'émeraudes – et envoya un bref texto à sa cousine pour la rassurer à propos de sa blessure.

Puis elle leva le nez et finit par réaliser qu'ils ne se dirigeaient pas du tout en direction d'Antony. Non, ils se trouvaient en fait dans un des quartiers chics de Paris à présent, et s'enfonçaient dans le parking souterrain situé juste à côté d'un magnifique immeuble haussmannien, à la façade richement sculptée, ornée de statues.

— Qu'est-ce que ça signifie ? s'inquiéta-t-elle. On ne devait pas aller chez moi ?

— Je ne me rappelle pas avoir dit ça, fit-il valoir, l'air un peu embarrassé de la prendre ainsi en traître – ce qui était tout de même un minimum ! Mon appartement est nettement plus proche de l'hôpital que ta maison. Par conséquent, je pense qu'il est largement préférable que nous passions la nuit ici. Je te ramènerai chez toi dans la matinée.

— Non, non, non ! refusa Scarlett, comme l'angoisse la gagnait. Je ne suis pas du tout d'accord. Enfin, quoi, tu aurais pu me prévenir quand même !

Qu'est-ce que c'était encore que ce plan tordu ? Il n'avait jamais été question d'aller chez lui ! Déjà qu'elle flippait à l'idée de devoir passer toute une nuit – en fait, ce qu'il en restait – seule avec lui. Alors *chez lui* ?!

Aidan-le-vil-calculateur faisait son grand retour, manifestement.

— Si je t'avais prévenue, tu n'aurais pas accepté et je te connais assez pour savoir que tu aurais paniqué, argua-t-il en levant un sourcil, comme si son raisonnement avait été parfaitement logique et sensé.

Parce qu'elle ne paniquait pas peut-être là, tout de suite ?

Mais au secours ! Il en avait d'autres en stock des comme ça ?! Et il promettait de bien se tenir ? À d'autres, oui ! Ce type n'était vraiment pas net, parfois… après la prise d'otage dans son bureau, c'était maintenant l'heure du kidnapping, alors ?!

— Bah justement ! s'exclama-t-elle en croisant les bras sur sa poitrine, vraiment très remontée contre lui.

Il soupira longuement et se massa les tempes :

— Écoute, ça ne va pas changer grand-chose en ce qui te concerne, puisque tu vas dormir, de toute façon. Quant à moi, je dois veiller, afin de m'assurer toutes les heures que tu vas bien et que tu n'as pas sombré dans l'inconscience caractéristique de la commotion cérébrale. J'aime autant être chez moi, si ça ne te dérange pas trop. Si j'avais la possibilité de m'avancer un peu dans mon boulot, plutôt que de patienter devant quelque émission nocturne stupide diffusée à la télévision, ce ne serait pas plus mal, à vrai dire.

Bon… OK, ça se tenait.

Un point pour lui – même si sa manière de procéder restait franchement très discutable !

Cependant, et bien que ses arguments soient imparables, Scarlett sentait qu'il les avait improvisés.

Suspect… vraiment suspect, non ?

— Très bien, céda-t-elle en sortant de la voiture, de fort mauvaise humeur. Mais je ne dormirai pas.

Il l'imita, claqua sa portière, puis repartit :

— Avec la dose d'antalgiques qu'on vient de t'administrer, je pense que si.

Ah, parce qu'en plus, monsieur voulait avoir le dernier mot ? Ça ne lui suffisait pas d'obtenir gain de cause sous le prétexte – avancé avec un brin de condescendance, tout de même – de son harassant et tellement important job de P-DG ?

Soit, s'il le prenait comme ça. Une chose était certaine, il ne l'emporterait pas.

— En fin de compte, j'ai changé d'avis, déclara-t-elle en le suivant jusque dans un hall pompeusement décoré, pour ensuite monter dans un ascenseur tout aussi luxueux – et agaçant. C'était vraiment prématuré de dire qu'on était ensemble, tout à l'heure. Je préférerais en rester là, pour ma part.

Voilà qui le remettrait à sa place et qui, au passage, la soulagerait d'un sacré poids.

Le regard d'Aidan s'assombrit et sa lèvre fendue – si odieusement sexy – prit un pli mécontent. Puis il riposta :

— Eh bien, ne m'en veux pas, mais je vais choisir de retenir pour l'instant la réponse que tu m'as donnée un peu plus tôt, au club, lorsque tu ne t'étais pas encore cogné la tête et que tu n'étais sous aucun traitement médicamenteux.

Bordel ! Elle ne l'avait pas vue venir celle-là.

Elle s'attendait à bien des répliques – du type défense acharnée d'ego masculin froissé, par exemple un très approprié « mais tu as cru quoi au juste ma pauvre fille, toi et moi ?! Je t'en prie, soyons sérieux une minute, ça n'a jamais été qu'une blague ! » –, mais certainement pas à ça ! Que pouvait-elle bien dire maintenant ? C'était imparable, une fois de plus.

En fait, si... il gagnait. Et haut la main. Ce qui était aussi irritant – pour le principe – que... touchant.

Parce qu'il y tenait tant que ça, à sortir avec elle ? C'était de la folie, non ? Elle... avec lui. Et lui qui... insistait ? C'était bien ce qu'il faisait, elle ne prenait pas ses désirs pour des réalités tout de même ?

Scarlett, à court de repartie, fut tellement sciée qu'elle éclata d'un rire sonore et nerveux, sans plus pouvoir s'arrêter. Aidan se raidit et l'observa à la dérobée, plissant le front, entre méfiance et désarroi.

— Et à présent, je vais considérer que c'est encore cette forte dose d'antalgiques, conjugués aux émotions de la soirée, qui t'amène à te payer ma tête de la sorte, marmonna-t-il en soufflant par le nez de dépit.

Les portes de l'ascenseur étaient ouvertes depuis un moment déjà lorsqu'il se décida à la prendre par le bras pour la faire sortir, tandis qu'elle était toujours pliée en deux.

Mais quand il ouvrit la porte de son appartement – située à l'autre bout d'un couloir digne d'un palace –, un sourire irradiait ses traits. L'hilarité de Scarlett se révélait finalement communicative. Et c'était bien plus agréable qu'elle n'aurait pu le penser.

Ses gloussements intempestifs se calmèrent peu à peu lorsqu'il la conduisit dans l'entrée. Très spacieuse, celle-ci était peinte en blanc, moulures comprises, et seuls une console et un petit miroir la meublaient.

Curieuse, l'effet légèrement désinhibant des sédatifs n'allant pas en s'arrangeant, Scarlett n'attendit pas qu'on l'y invite et se dirigea vers la salle de séjour.

Tout aussi froide, blanche et vide. Un banal canapé de cuir noir faisait face à une télé qui aurait pu – voire dû, étant donné les moyens du propriétaire de l'appartement – être nettement plus imposante. D'ici, on apercevait une grande cuisine, sans cachet également, avant tout fonctionnelle, à l'évidence.

Scarlett se tourna et alla vers une autre vaste pièce, la plus chargée en fait. Et la plus vivante aussi.

Le bureau.

Ici, trois tables de travail de verre dépoli noir étaient disposées en U, plusieurs écrans de PC y trônant fièrement, tandis que le sol était juché de matériel informatique, le tout dans un joyeux tas de câbles, organisé malgré tout. Et contre les murs, des étagères remplies de livres et de dossiers extrêmement sérieux.

Sébastien n'avait pas menti. C'était certain maintenant, Aidan était bel et bien le bourreau de travail que son assistant/ancien coloc avait décrit.

— Il est tard, je te montre la chambre peut-être ? proposa-t-il en la faisant sursauter sans le vouloir. À moins que tu souhaites manger quelque chose ? Je n'avais pas prévu de visite, alors je ne dois pas avoir…

— Non, je te remercie, je n'ai pas faim, coupa-t-elle.

La chambre…

Scarlett frissonna malgré elle. Mon Dieu, si elle avait su en partant à cette soirée qu'elle se retrouverait là !

Celle-ci s'avéra plus austère encore que tout le reste de l'appartement. Un lit King-size au centre, fait au carré, un chevet, une lampe, un radio-réveil et… rien.

Pas un élément de décoration. Pas de rangement. Même pas un bouquin échoué dans un coin.

Que dalle !

Aidan devait avoir un dressing ailleurs – forcément – parce qu'aucun vêtement ne traînait nulle part. Et tout, du sol au plafond, de l'entrée jusqu'ici, était propre à l'excès – voire presque neuf –, méticuleusement ordonné, révélant une maniaquerie qui frisait de près la psychopathologie.

— Il y a une salle de bains juste là, si tu as besoin, précisa-t-il en poussant une autre porte entièrement blanche.

L'intérieur de la salle de bains en question était exactement à l'image du reste. Aucun flacon d'après-rasage, tube de dentifrice ou peigne. Du marbre gris et des surfaces carrelées étincelantes, vides. Et des placards fermés, là où tout le nécessaire devait être entreposé.

— C'est… c'est quoi ici, un monastère ?! se renseigna Scarlett, ne parvenant pas à cacher sa surprise – fichus sédatifs ! Tu donnes dans le Feng-Shui ? Parce qu'alors, il aurait fallu me prévenir. Sérieusement, tu vis ici ?!

Aidan haussa les épaules et eut une moue un peu maussade :

— Comprends-tu pourquoi j'ai fait appel à tes services pour ma maison, maintenant ?

— Tu m'étonnes, heureusement que tu m'as trouvée, tu as *carrément* besoin de moi, oui ! s'exclama-t-elle – bordel, mais où était passé son filtre à stupidités ?! –, tellement détendue qu'elle n'avait plus qu'une très vague conscience de sa familiarité. Non, parce qu'il est plus qu'urgent d'agir, tu ne peux décemment pas rester comme ça !

Il lui décocha l'un de ses plus beaux sourires, franc – remontant jusqu'à ses yeux, faisant apparaître à leurs coins de charmants petits plis –, amusé, et peut-être même légèrement attendri.

— Tu as raison, j'ai besoin de toi et je ne peux pas rester comme ça, répéta-t-il, avant de détourner le regard.

Puis il s'éclipsa quelques secondes et revint avec un tee-shirt noir, scrupuleusement plié et repassé, qu'il posa sur le lit.

— Si tu souhaites te mettre plus à l'aise, expliqua-t-il en scrutant le parquet lustré. Les draps sont propres de ce matin, mais je peux les changer, si tu le désires. (Comme elle fit signe que ce n'était bien entendu pas nécessaire, il enchaîna :) Je vais te laisser, je serai à côté, dans mon bureau. S'il te faut quoi que ce soit, surtout n'hésite pas. Je viendrai te réveiller toutes les heures, comme promis.

Il allait quitter la pièce, la laissant seule dans *sa* chambre *à lui*, quand elle crut judicieux de faire remarquer – s'enfonçant davantage, toujours plus audacieuse :

— Alors c'est dans cet endroit glacial, sans âme et aseptisé que défile la collection de mannequins ? Curieux… je n'avais vraiment pas imaginé ça comme ça.

Il s'arrêta net, pivota vers elle et pencha la tête sur le côté, visiblement déconcerté.

— La collec… Pardon ?

Scarlett se laissa tomber sur le lit. Et elle garda le silence, attendant qu'il développe de lui-même tout en soutenant son regard – qu'il s'était enfin décidé à poser de nouveau sur elle – avec un soupçon de défi.

Au bout d'un moment, comme rien ne venait, elle relança – très subtilement, pour le coup :

— Allez, c'est bon Stern, crache le morceau.

Aidan leva un sourcil interdit, à mi-chemin entre hilarité et... et quoi ? Impossible à dire. Peut-être de la vexation, mais elle n'en était absolument pas sûre.

— J'ignore à qui, ou à quoi, tu fais allusion, mais puisque le sujet semble t'intéresser, personne ne *défile* ici, en réalité, estima-t-il bon de rétablir. Tu es même la seule femme à y avoir jamais mis les pieds, tout domestique mis à part.

— Bah voyons ! le railla Scarlett en s'affalant de plus en plus sur le matelas, sans vraiment s'en rendre compte. La seule, hein ? Pfff, et pourquoi donc ?

Cette fois, c'était de la vexation, sur son visage, c'était certain. Et il n'y avait plus aucune trace d'hilarité.

— Tu sais bien pourquoi, lâcha-t-il en la scrutant aussi intensément que ce jour-là, dans la voiture, après avoir passé la soirée avec elle au mariage de sa tante.

Puis il secoua la tête comme pour lui-même et se remit à détailler les lattes de son parquet.

— Tu sembles vraiment très fatiguée et... pas exactement dans ton état normal. Tu dois te reposer maintenant, je te laisse tranquille.

La porte se referma sur lui et Scarlett, déjà un peu vaseuse, hésita à se changer. Mais la perspective de se glisser sous des draps frais, débarrassée de cette robe inconfortable qu'elle avait eue toute la journée sur le dos – et qui devait sans doute être tachée après sa splendide roulade sur le sol d'un bar –, était bien trop séduisante pour qu'elle songe davantage à préserver sa pudeur.

Aussi se rendit-elle dans la salle de bains pour se déshabiller. Elle trouva dans les placards, pas très loin de celle – rangée dans un verre étincelant, effrayant de propreté – que devait utiliser Aidan, plusieurs brosses à dents neuves. Elle se servit, puis passa le grand tee-shirt qu'il lui avait laissé, lequel lui arrivait à mi-cuisse, ce qui restait somme toute très correct. Même si elle avait conscience de ne pas vraiment apparaître à son avantage dans un vêtement aussi large et informe. Par ailleurs – et pour couronner le tout –, après les diverses péripéties de la soirée, ses cheveux étaient passés en mode sauvage…

Elle serait mortifiée – pour ça, comme pour le reste – quand elle y repenserait, le lendemain matin. Elle le savait.

Mais pour l'heure, tant pis, elle était bien trop exténuée pour ce genre de considérations.

16

Elle errait dans un brouillard opaque, aux nappes pesantes et oppressantes, lorsque des doigts chauds, un peu hésitants, se posèrent avec légèreté sur son visage. Puis lui caressèrent doucement la joue.

— Scarlett, chuchota une voix grave et un peu rauque.

Masculine.

Elle se réveilla en sursaut et s'écarta, stupéfaite et désorientée, réalisant tout à coup – pour la quatrième fois consécutive ! – qu'elle ne se trouvait pas chez elle. Mais dans un lieu étranger. Avec un inconnu.

— Comment te sens-tu ? se renseigna Aidan dont la silhouette lui apparaissait peu à peu à travers la pénombre.

La porte était entrouverte et laissait filtrer la lumière provenant du couloir. Et il était assis *juste à côté* d'elle. *Sur* le lit.

Depuis combien de temps était-il dans la chambre exactement ? L'avait-il observée pendant qu'elle dormait ? Bon sang, elle n'avait jamais permis ce genre de chose à personne…

La première fois qu'il était venu, il était resté à l'autre bout de la pièce. La seconde, également. Ce qui était tout à fait honnête. Mais au troisième réveil, il s'était avancé jusqu'à son chevet et lui avait touché l'épaule. Et à présent, il était si près…

Que ferait-il ensuite ?

— Pas très bien, marmonna-t-elle, encore engourdie de sommeil. Je voudrais rentrer chez moi.

— Pas encore, refusa-t-il tout net, inflexible, comme s'il avait le pouvoir d'en décider. Cela étant, si ça ne va pas, on retourne à l'hôpital.

— Ce n'est pas ça, démentit-elle en se redressant pour se mettre en position assise, très mal soudain. Je veux juste partir. Quelle heure est-il ?

Elle avait envie… non besoin, un besoin vital, urgent, de s'éloigner. Rétablir la distance de sécurité. Au plus vite. Elle se sentait si vulnérable subitement… c'en était presque insupportable !

— Cinq heures et demie du matin. Un peu tôt pour se lever, tu ne crois pas ?

Il avait essayé de parler aimablement, c'était évident. Mais sa voix était en réalité froide et donnait la chair de poule. Pourquoi était-il tellement fâché à l'idée qu'elle veuille simplement retourner chez elle ?

— Tu ne comprends pas, rétorqua-t-elle sur un ton similaire. Je ne te demande pas ton avis et encore moins ta permission. Je pars, c'est tout.

Elle tira d'un coup sec draps et couette, et allait s'extirper du lit quand, en un éclair, il alluma la lampe de chevet. Presque d'un même élan, il lui attrapa le visage de ses deux mains, l'immobilisant en douceur, et l'obligea à le regarder dans les yeux.

Ses magnifiques yeux à peine teintés de vert, tellement troublants.

— Scarlett, j'ignore de quoi tu as peur, mais il ne va rien t'arriver. Nous nous sommes mis d'accord pour que tu restes ici jusqu'en milieu de matinée et on ne va pas revenir sur cette décision. Il n'y a pas de raison pour qu'il en soit autrement. Quelqu'un doit te réveiller toutes les heures et je m'y tiendrai, comme prévu. Tout comme je tiendrai mon autre promesse. Tu n'as absolument rien à craindre, tu m'entends ?

Et, à cet instant, sans savoir ni comment, ni pourquoi, des larmes vinrent brouiller la vue de Scarlett.

Bien malgré elle.

Parce qu'elle détestait les effusions et avait appris au fil du temps à se contenir en toute circonstance. Parce que plus jamais elle ne voulait pleurer pour un homme.

Alors *devant* un homme…

Et merde ! C'était tellement pathétique.

C'était encore ces satanés médicaments, non ? Ils agissaient drôlement longtemps tout de même… Mais qu'est-ce qui aurait pu expliquer une telle réaction sinon ?

Pas elle, en tout cas. Elle était comme paralysée, muette, mortifiée de se donner en spectacle, horrifiée d'être aussi facilement et totalement percée à jour par quelqu'un qu'elle connaissait si peu.

Les pouces d'Aidan essuyèrent délicatement chacune de ses larmes, puis il repoussa quelques boucles folles, dégageant son visage.

Ce moment étrange se prolongea, sans qu'il ne cesse de la fixer, un pli barrant son front, comme si la voir ainsi lui était douloureux. Comme s'il comprenait ce qui lui arrivait.

Ce qui était absolument impossible, étant donné que même elle n'y entendait rien.

Scarlett se rendit alors compte qu'il s'était changé lui aussi, troquant son costume strict et raffiné contre un jean gris foncé délavé et un tee-shirt un peu plus clair. Révélant ses avant-bras aux muscles secs et sa peau pâle, parcourue de fines cicatrices, ainsi que des épaules si carrées et larges qu'elles tendaient le tissu.

Il avait également dû prendre une douche parce que ses cheveux, peignés en arrière, étaient encore humides.

Dans cette tenue, nettement plus décontractée, il était moins impressionnant et paraissait presque accessible. Et il était surtout encore plus irrésistible – si tant est que ce soit possible.

Une image d'Aidan, nu dans une salle de bains, le corps entièrement recouvert de petites gouttes d'eau qu'il serait tellement plaisant d'essuyer de ses lèvres, ou bien même de sa langue, s'imposa soudain à elle.

Et une vague de chaleur déferla brusquement en elle. Une chaleur terrible, folle, qui lui fit prendre subitement conscience – une conscience aiguë – de leur proximité.

— Je préférerais que tu laisses tomber la seconde promesse, susurra-t-elle, la voix un peu enrouée. Qu'on profite de la fin de la nuit et que tu me laisses partir ensuite. Chacun reprendrait le cours normal de sa vie et on oublierait cette stupide histoire de relation de couple, qui ne te conviendra pas plus qu'à moi, j'en suis convaincue.

Aidan se raidit brutalement, comme s'il venait de prendre un coup à l'estomac. Le pli entre ses sourcils s'accentua. Il hésita à s'écarter, esquissa un geste de recul. Ses doigts se crispèrent sur les joues de Scarlett. Et finalement, il renonça. Et se rapprocha encore.

— Mais ça, ce n'est pas possible, déclina-t-il faiblement, en battant des paupières. D'une part, je ne reviens jamais sur ma parole, et d'autre part... d'autre part, ce n'est pas ce que je veux.

Ses mains quittèrent progressivement son visage pour descendre se promener dans son cou, épousant les contours de sa nuque, puis ses clavicules, sensuellement. Avec un léger tremblement qui achevait de démentir ses propos. Mais le réalisait-il seulement ? Il n'en avait pas l'air, en tout cas.

Parce que pourtant, c'était *précisément* ce qu'il voulait. Scarlett le savait. Elle ignorait comment c'était possible tant ça semblait surréaliste, mais Aidan avait terriblement envie d'elle. À un point qu'elle avait même du mal à concevoir. À moins que ça ne soit qu'un effet de son imagination, rien qu'une impression ?

Non, elle ne se trompait pas. Tout en lui le lui criait… non, le lui hurlait. Ne laissant aucune place au doute.

Et c'était on ne peut plus réciproque.

Scarlett pencha la tête en arrière pour lui offrir ses lèvres, entrouvertes, dans l'attente. Et, ainsi qu'elle l'avait imaginé, après une bruyante, mais brève inspiration, il ne put faire autrement que répondre à son invitation.

Il écrasa sa bouche sur la sienne si fébrilement qu'un goût métallique, celui de son sang, se mêla presque aussitôt à leur salive.

Sa coupure avait dû se rouvrir, cependant Aidan ne semblait pas en faire grand cas. Son baiser était profond, ferme et exigeant, sans concession, tout comme la première fois.

Et il était également bouleversant…

Aidan se montrait si passionné, si éperdu, que le cœur de Scarlett fondit dans sa poitrine et avec lui jusqu'à la moindre de ses résolutions.

C'était tellement déstabilisant. Personne ne l'avait jamais embrassée de cette manière.

Et elle non plus, n'avait jamais embrassé personne ainsi.

Elle avait beau tenter de le contenir, un flot d'émotions incontrôlables déferlait en elle et se déversait dans chacun de ses gestes, trahissant impunément des sentiments si puissants qu'ils en étaient effrayants… terrifiants, même.

Comment Aidan réussissait-il ce tour de magie, comment arrivait-il à la plonger dans un tel état, à lui arracher toutes ces choses qu'elle avait toujours réussi à garder sous clé, tout au fond d'elle ?

C'était incroyable… mais il était trop tard pour faire marche arrière.

À mesure qu'Aidan poussait plus avant la visite de sa bouche, il se penchait sur elle, tel le conquérant qu'il était, la forçant à ployer. Et elle ne put qu'obtempérer et descendre, encore et encore.

Jusqu'à se retrouver complètement allongée… sous lui. Coincée, prise au piège entre le matelas et le grand corps d'Aidan.

Mais c'était ce qu'elle avait voulu, après tout, non ?

Le souffle agité, il finit par délaisser sa bouche pour parcourir son visage de ses lèvres. Rendant d'abord hommage à sa mâchoire, ses pommettes, puis son front. Il revint ensuite plus bas, et ne put réprimer un grognement lorsqu'il mordilla la peau fine de son cou. Lui envoyant de concert une vive décharge électrique, qui atterrit droit au creux de ses jambes. Jambes qu'elle tenait serrées à s'en faire mal aux genoux, juste pour tenter d'atténuer un tant soit peu le désir brûlant qui la consumait déjà. Un effort bien inutile…

Alors que les mains de Scarlett s'étaient employées à désordonner l'impeccable chevelure de jais de son compagnon, celles d'Aidan s'en étaient prudemment tenues aux épaules de la jeune femme. Mais ses longs doigts virils se resserrèrent soudain pour empoigner le tissu qui flottait sous ses aisselles, comme pour révéler le dessin de ses seins sous le coton.

— Par pitié, dis-moi que tu n'es pas nue là-dessous, demanda-t-il dans un lourd soupir, ressemblant à s'y méprendre à une plainte. Ce serait signer mon arrêt de mort…

— J'ai gardé ma lingerie, assura-t-elle, sans bien comprendre où était le problème.

— Très bien, très bien, marmonna-t-il. Voilà qui est plus sage.

Et, après avoir repoussé ses cuisses l'une après l'autre pour loger les siennes entre elles, il l'embrassa à nouveau. Plongeant sa langue dans sa bouche pour la retirer lascivement, et ainsi de suite, ses mouvements évoquant clairement ceux d'un rapport sexuel. Tandis que ses mains se décidaient enfin à descendre, traçant les contours de son corps, de ses côtes, sa taille, ses hanches, jusqu'aux courbes de ses fesses sur lesquelles il s'attarda, pressant son bassin contre le sien, ondulant lentement contre elle, son membre durci parfaitement perceptible sous la toile de son jean.

Une nouvelle onde délicieusement électrique traversa Scarlett lorsqu'elle prit la pleine mesure de son désir pour elle.

Oh non, elle ne s'était pas trompée du tout…

Après avoir lutté un moment, elle parvint enfin à glisser les doigts sous l'encolure de son tee-shirt et s'accrocha de ses ongles aux muscles saillants de ses omoplates.

Un son sourd roula dans la gorge d'Aidan. Et, comme mû par quelque instinct, il donna un premier coup de reins, la repoussant rudement contre le matelas. Puis un deuxième, plus puissant encore. Il haleta contre sa bouche, et, dans un soupir mi-frustré mi-exalté, vint frotter fiévreusement son sexe, enfermé dans son pantalon – dans lequel il paraissait tellement à l'étroit, par ailleurs – contre celui de Scarlett, protégé seulement d'une fine couche de soie.

Elle se cambra dans un réflexe, toute retenue l'abandonnant malgré elle, et se mit alors à gémir et à se tordre sous lui, essayant vaguement de se maîtriser sans pouvoir y parvenir. Littéralement époustouflée d'éprouver autant de plaisir à ce qui n'était qu'un simple contact à travers l'épaisseur de leurs vêtements.

Puis quelque chose se libéra soudain en elle. Et arriva sans prévenir…

Une tempête inédite s'abattit tout à coup sur elle, étreignant jusqu'aux tréfonds de son être, la secouant, la fracassant tout entière.

L'extase.

Celle qu'elle n'avait encore jamais connue avec onze partenaires, venait de la cueillir, alors qu'Aidan n'avait fait que…

Que quoi, en fin de compte ?

Pas grand-chose. Mais il était d'une aussi redoutable qu'extraordinaire efficacité, on ne pouvait que le lui concéder.

Quand elle rouvrit les yeux, à la fois sonnée et abasourdie par ce qui venait de se passer, elle trouva Aidan figé au-dessus d'elle. Légèrement redressé sur ses coudes, son regard, savant mélange d'émerveillement et de convoitise enflammée, était rivé sur son visage… et il n'avait pas perdu une miette du spectacle.

Sa première réaction fut de se sentir affreusement gênée, et un peu fâchée également qu'il l'ait observée à son insu, si attentivement, pendant un moment aussi particulier.

Puis elle vit la sueur qui s'accumulait sur son front et dans son cou, remarqua les tremblements intempestifs qui agitaient l'ensemble de son corps, ainsi que la crispation de ses mâchoires. Et elle comprit qu'il luttait pour se dominer et demeurer immobile.

Pour quelle raison, c'était une autre histoire...

Il déposa un dernier baiser sur ses lèvres, roula sur le côté et la prit immédiatement dans ses bras, comme s'il craignait qu'elle tente de s'échapper – ce dont elle était parfaitement incapable, dans l'instant, tant cette nouvelle expérience l'avait ébranlée. Aussi bien sur le plan physique que moral.

Il lui fit poser la tête dans le creux de son épaule, doucement, mais avec fermeté, et la serra très fort, l'emprisonnant à nouveau.

— Je tiens parole... quoi qu'il arrive et quoi qu'il m'en coûte... alors toi aussi, souffla-t-il, non sans une certaine difficulté, sa respiration étant encore chaotique. Tu as accepté de sortir avec moi et je ne te laisserai pas te dérober. Personne ne va reprendre le cours normal de sa vie. Désormais, toi et moi, nous sommes ensemble, et je ferai tout, absolument tout, pour que cela te convienne.

Scarlett était si fatiguée... Elle aurait au moins dû trouver cette déclaration un brin flippante, non ?

Pourtant, elle ne se débattit pas, accueillant cette étreinte imposée avec une docilité, un calme et une sérénité qu'elle ignorait posséder. C'est même à peine si elle protesta :

— Je ne sais pas si j'y arriverai... Je le voudrais, je t'assure, mais c'est tellement difficile.

— On y arrivera, promit-il avec une assurance troublante. Je te l'ai dit, je suis prêt à tout.

Aidan passa une jambe par-dessus les siennes, la capturant totalement, puis caressa tendrement son dos, suivant la ligne de sa colonne vertébrale.

— C'est à cause de lui, avança-t-il, avant de s'interrompre, une tension nouvelle et bien différente couvant dans sa voix.

Puis il reprit :

— C'est pour cette raison que tu es devenue blanche dans mon bureau la première fois, quand j'ai parlé de lui. C'est Romain, n'est-ce pas ? C'est lui qui t'a abîmée ?

Oh non, elle ne voulait pas parler de ça… pas maintenant !

Elle avait été si bien, l'espace de ces quelques minutes qui avaient suivi l'orgasme. Pourquoi lui infliger ça, alors qu'elle s'apprêtait à s'endormir dans ses bras ? Dans les bras d'un homme. Un exploit qu'elle n'avait jamais réussi jusqu'alors.

Mais les mots fusèrent, comme d'eux-mêmes. Aidan avait ce pouvoir-là aussi sur elle.

— Romain m'a fait beaucoup de mal, c'est vrai, bredouilla-t-elle d'un ton chevrotant. Il s'est totalement moqué de moi. Il m'a fait croire qu'il m'aimait et m'a jetée comme une moins que rien, juste après que je lui ai offert ma virginité. Un scénario tellement classique, banal même, je le sais bien… Mais j'étais si fragile, je lui avais accordé toute ma confiance. Le pire, c'est qu'il ne se soit pas soucié de ce qui m'est arrivé ensuite. Il m'a totalement abandonnée… lui aussi.

Bon sang, mais qu'est-ce qui lui prenait tout à coup ?! Elle n'avait jamais confié ça à personne jusqu'ici. Personne en dehors de sa mère, bien entendu. Sa seule véritable confidente à l'époque.

En même temps, Aidan étant le frère de Romain, il devait déjà connaître une bonne partie de cette histoire. Tout ça n'avait sûrement rien d'un scoop pour lui. Pas de quoi s'alarmer donc.

— Que t'est-il arrivé ? s'enquit Aidan entre ses dents serrées, comme s'il accusait le coup.

— Tu es forcément au courant...

— Non, je ne le suis pas, démentit-il avec véhémence. L'année où mon frère et toi êtes sortis ensemble, j'ai été chassé de la maison en pleine période scolaire. Envoyé *manu militari* en pensionnat à l'autre bout du pays, à cause de mes soucis, bien trop honteux et déshonorants pour que mon père adoptif supporte davantage ma présence sous son toit. Je n'ai pu revenir que six ans plus tard, à la fin de mes études. Et Romain et moi étions déjà en froid. Alors non, Scarlett, je ne sais rien. Et si tu ne me le dis pas, cela se terminera immanquablement par un massacre. Parce que, dorénavant, je ne crois pas être capable de revoir mon frère sans me retenir de le tuer.

Scarlett frissonna. Aidan semblait tellement sérieux... Y avait-il vraiment besoin d'ajouter de l'huile sur le feu ?

Mieux valait s'abstenir, clairement.

Quant à cette affaire de renvoi, elle paraissait encore si douloureuse. C'était un morceau de son passé qu'il acceptait de lui livrer également. Un aveu qui la rendit très triste, sans qu'elle sache vraiment pourquoi.

— Je... je voudrais juste dormir, balbutia-t-elle, incapable de poursuivre sa confession.

Ce serait trop dur de toute façon. Elle ne tiendrait pas le choc. Cela faisait déjà beaucoup trop pour une seule nuit. Et elle était tellement épuisée...

Il y eut un silence tendu. Puis Aidan tira la couette, défaisant complètement les draps pour les en recouvrir, tandis qu'ils se trouvaient allongés en travers du lit. Puis il reprit son mouvement de va-et-vient dans son dos. De manière plus appuyée, comme s'il essayait finalement de la réconforter, après s'être résolu à ne pouvoir la faire parler.

— Bien sûr, dors, tu en as besoin, chuchota-t-il en embrassant sa tempe, juste en dessous de son pansement.

17

Scarlett fut réveillée par de nouveaux petits baisers dans les cheveux et sur le front à six heures et demie. Puis de la même manière l'heure suivante. Et encore l'heure suivante. Aidan se contenta chaque fois de lui demander à voix basse comment elle se sentait et elle marmonnait quelques mots, pour mieux sombrer ensuite.

Comment était-elle parvenue à dormir aussi profondément et si facilement contre lui, captive de ses bras ? Elle n'en avait pas la moindre idée. C'était bien la première fois que ça lui arrivait… comme pour l'orgasme, du reste.

Mais Aidan avait fait en sorte de ne pas bouger d'un pouce et peut-être que cela avait suffi. Et il l'avait veillée, s'était arrangé, Dieu seul sait comment, pour ne pas céder au sommeil de son côté. Tandis qu'ils étaient restés étendus en travers du matelas, l'un contre l'autre.

À neuf heures et demie, ce fut le dos d'une main plus fraîche qui se posa sur son bras et remonta lentement, jusqu'à son épaule.

Scarlett se résolut à ouvrir les paupières, un peu déçue de ne plus sentir le torse d'Aidan sous sa tête.

Non, en lieu et place, se trouvait un oreiller. Et elle était revenue dans le bon sens du lit – ce qui voulait dire qu'on l'avait manipulée, déplacée pendant qu'elle dormait, sans qu'elle s'en aperçoive. Est-ce qu'elle avait raison de trouver ça un peu inquiétant ? Ou tout du moins, carrément déstabilisant ?

Lit qui était, par ailleurs, à nouveau parfaitement bordé, les draps tendus autour d'elle.

Aidan-le-maniaque, donc. Une mise à jour de surnom s'imposait, les anciens ne correspondant fichtrement plus...

Elle leva le nez et le vit, assis près d'elle, l'observant tranquillement, les traits un peu marqués par le manque de sommeil. Il portait une chemise blanche à fines rayures grises, un pantalon de costume noir, et ses cheveux étaient encore dégoulinants d'eau, à tel point que son col en était trempé.

Raté pour le découvrir décoiffé au saut du lit. Dommage, elle aurait bien aimé pourtant. Elle préféra ne pas songer à l'image qu'elle devait offrir, elle, dans l'instant, en comparaison de lui, tiré à quatre épingles, comme d'ordinaire.

Avait-elle rêvé ce jean et ce tee-shirt, cette nuit ?

— Tu as pris une autre douche ? s'étonna-t-elle, cette question étant la première – et sans doute la plus débile aussi – qui lui vint.

Il cligna des yeux, un peu décontenancé :

— Eh bien, je... j'ai eu un peu chaud. Cela valait mieux. Mais tu peux dormir encore quelques heures si tu en as envie, il n'est pas si tard que ça.

— Oh non, refusa-t-elle en avisant le radio-réveil sur le chevet. Je ne veux pas t'embêter plus longtemps. J'ai déjà dû te mettre en retard, en plus !

Soudain très nerveuse et embarrassée, elle se leva, tenta de remettre sa tignasse en place et de rabaisser le tee-shirt qui lui avait servi de chemise de nuit sur ses cuisses.

Ce qui faisait beaucoup de gestes en même temps – surtout lorsqu'on possède déjà naturellement une certaine propension à la maladresse.

Et, fatalement, elle manqua trébucher – pour la énième fois, bordel !

Mais Aidan, subitement debout lui aussi, la rattrapa :

— Doucement, il n'y a pas le feu. Tu ne m'embêtes pas, voyons. Pas du tout. Et je ne suis pas en retard. Je suis le patron, j'irai au bureau quand il me plaira.

Tous les souvenirs de la nuit lui revinrent soudain en mémoire et elle le revit, couché sur elle, en train de scruter son visage tandis qu'il la conduisait avec trois fois rien au paradis.

Les joues de Scarlett s'embrasèrent tout à coup et elle détourna le regard, incapable de soutenir le sien plus longtemps.

Que devait-il penser de tout ça ? C'était... bizarre, non ? Et gênant. Oui, surtout gênant.

Et pourquoi ne la lâchait-il pas, au fait ?

— Je t'en prie, j'ai réussi à te faire passer toute une nuit ici, tu ne vas quand même pas essayer de me fuir encore maintenant ? Si ?

Il y avait un soupçon de désespoir dans sa voix, une note presque indécelable, mais qui la bouleversa.

Elle releva le menton et plongea directement dans l'océan pâle de ses yeux aux doux reflets tristes.

Triste ? Pourquoi ? Elle ne voulait pas qu'il soit triste...

— Non, bien sûr que non, balbutia-t-elle en posant une paume hésitante sur son torse.

Sur un pectoral dur plus précisément, sec, sculpté exactement comme il fallait.

Waouh, pourquoi n'avait-elle pas fait ça avant ?!

Aidan fronça les sourcils et descendit lentement à la rencontre de ses lèvres – bien plus basses, puisqu'elle était pieds nus, dépourvue de tout artifice grandissant – sur lesquelles il déposa les siennes. Très tendrement. Mais également très chastement, par rapport aux fois précédentes.

Puis, comme à contrecœur, il se redressa.

— Je préfère ça, déclara-t-il dans un soupir vaguement soulagé, bien que pas totalement convaincu.

Il s'éloigna, rompant leur étreinte, pour aller ouvrir les lourds rideaux qui retenaient la lumière du matin. Puis il lui indiqua la salle de bains :

— Si tu veux te laver avant que je te ramène chez toi, n'hésite pas. Prends tout ton temps, vraiment, il n'y a aucun problème. D'ailleurs, si tu as besoin de quoi que ce soit, il te suffit de demander, d'accord ?

Un bain moussant... avec lui dedans, c'était possible ?

Oh, et des fraises, avec du champagne en prime, s'il vous plaît, comme dans les films. Ça avait l'air tellement cool !

Ouais, encore un truc à ajouter à la longue liste des choses qu'elle n'avait jamais expérimentées – un bain avec un homme, s'entend, le reste n'ayant pas tant d'intérêt que ça. Dans sa tête, elle faisait la maligne, mais en réalité, elle n'en mènerait pas large si un jour ça arrivait pour de vrai...

Elle fit signe que non et il quitta la chambre en refermant la porte derrière lui.

Après avoir réuni le nécessaire en partant à la pêche au gel douche, shampooing et autres serviettes dans les placards, Scarlett s'attarda sous les jets brûlants de la cabine high-tech d'Aidan.

Elle tenta ensuite de dompter sa crinière humide, mais il n'y avait pas de sèche-cheveux ni de grosse brosse ronde spécial brushing. Elle se débrouilla donc comme elle put et dut renfiler sa robe de la veille. Elle avisa le grand miroir, si bien éclairé qu'il lui permettait d'apercevoir jusqu'à la moindre nuance de rouge et de violet sous ses yeux, et opéra une retouche maquillage – dite *camouflage de secours*, à retirer dès que possible, bien entendu.

Mouais, le moins que l'on puisse dire, c'est qu'elle n'apparaissait pas franchement sous son meilleur jour. Ce qui était un tout petit peu agaçant lorsqu'on avait affaire à un homme de l'acabit d'Aidan. Auquel, qui plus est, on avait la prétention d'essayer de plaire.

Oui, elle avait acquis cette velléité au cours de la nuit. Une sottise, cela va de soi, mais elle commençait presque à y croire finalement.

Du coup, elle se prit à envisager, l'espace d'un bref instant, à carrément ne pas sortir de la salle de bains. Après tout, elle aurait pu trouver un prétexte pour qu'il parte et la laisse rentrer chez elle toute seule, comme une grande, en claquant la porte derrière elle, non ?

Mais il se serait probablement vexé, tel qu'elle le connaissait…

Et l'inspiration lui faisant défaut, elle se résolut au bout d'un moment à sortir.

Elle renfila ses talons avec un certain soulagement. Au moins savait-elle qu'elle pouvait compter sur eux pour qu'ils remplissent leur mission en toutes circonstances. Ils la rendaient immanquablement plus grande – bon, même si Aidan la trouvait toujours petite, le cas échéant – et donnaient à ses jambes un galbe, une posture différente, bien plus fière et sexy.

Ce qui n'était pas à négliger, dans son cas.

Elle se rendit dans le séjour, jeta un coup d'œil dans la cuisine, et ne trouvant l'occupant des lieux nulle part, se dirigea vers le bureau.

Évidemment, elle aurait dû s'en douter dès le début. Où aurait-il pu être, sinon derrière ses écrans de PC, à travailler. Ce type ne savait donc rien faire d'autre ? Hormis distribuer des orgasmes en un claquement de doigts, s'entend.

Elle n'avait même pas aperçu de consoles de jeux vidéo chez lui. Pourtant, il aurait dû aimer ça, avec un tel métier. Les informaticiens aimaient tous les jeux vidéo, non ? À moins que ça ne soit qu'un cliché. Après tout, elle n'en connaissait pas d'autres.

Aidan semblait tellement concentré qu'il ne releva la tête, l'air un peu surpris, comme s'il ne l'avait pas entendue, qu'après quelques secondes.

Comme Scarlett restait poliment sur le pas de la porte, il proposa, un sourire à tomber se dessinant sur ses lèvres :

— Tu peux entrer, tu sais. Je n'en ai que pour deux minutes.

Elle s'exécuta et, pour patienter, examina les étagères.

Des dossiers et des livres rébarbatifs sur l'informatique entassés partout où il y avait de la place, ainsi qu'elle l'avait déjà aperçu cette nuit.

Cependant, au détour d'une pile de classeurs, elle trouva des CD et une chaîne hi-fi, à moitié recouverte d'ouvrages divers. Elle n'avait pas fait attention, mais des baffles étaient installés en hauteur, aux quatre coins de la pièce.

Scarlett, curieuse, jeta un coup d'œil aux titres et, s'étant attendue à de la musique classique, fut très étonnée de ne trouver que du métal, ainsi que quelques vieux albums de hard rock.

Et en même temps, ça pouvait expliquer ses cheveux longs…

Peut-être un mystère de résolu, sur les mille autres qu'il représentait ? Il faudrait qu'elle pose la question, à l'occasion.

Soudain, tandis qu'elle poursuivait l'exploration de cet étrange territoire, elle tomba dessus, sans crier gare. Appuyé contre une étagère, bien caché derrière, entre l'imposant meuble et le mur du fond. Cet objet que seuls Héloïse et Sébastien avaient évoqué jusqu'ici.

Un étui de violon, d'apparence assez ancien et quelque peu abîmé, se trouvait négligemment posé là, à même le sol.

Scarlett se pencha pour l'examiner de plus près, attirée presque malgré elle.

Puis elle se redressa en sursautant lorsqu'elle l'entendit vivement protester :

— Non ! N'y touche pas… s'il te plaît.

Le ton d'Aidan s'était radouci sur la fin, mais l'interdiction avait été sèche et froidement sévère.

Scarlett se tourna vers lui, interloquée, et le trouva debout devant son fauteuil, prêt à se précipiter sur elle pour l'empêcher de poser la main sur son violon.

Mais enfin, qu'est-ce qui lui prenait au juste ?! Elle n'était pas très douée – et d'accord, souvent maladroite – mais elle n'allait tout de même pas l'abîmer, son fichu instrument !

Donc bon, concernant une éventuelle démonstration, ça ne serait pas pour tout de suite, apparemment…

— Je… euh, c'est très fragile, allégua-t-il, un profond embarras peignant peu à peu ses traits, avant de lâcher : Ce que j'ai de plus précieux au monde se trouve dans cet étui. Tu comprends ? Je préférerais que tu n'y touches pas, ne m'en veux pas.

— Très bien, fit-elle en levant les bras, paumes ouvertes, comme pour montrer qu'elle n'était pas armée. Je vais t'attendre ailleurs, dans ce cas.

Elle quitta le bureau au pas de charge, un peu vexée, mais il s'empressa de la suivre. Puis il lui prit la main, enlaça ses doigts aux siens, et les pressa, comme pour tenter de s'excuser après avoir commis une erreur.

Il l'entraîna dans la cuisine, sans lui demander son avis.

— Assieds-toi, ordonna-t-il tranquillement. Tu dois avoir faim, non ? Finalement, tu n'as pas dîné hier soir, si je ne m'abuse ?

Elle obtempéra et prit place à table, au centre de la pièce, tandis qu'il allait s'affairer derrière le bar, lequel cachait un grand plan de travail de marbre anthracite. Il avait raison, elle n'avait rien avalé depuis le repas du midi de la veille. Cependant, elle n'avait aucune envie de manger.

Curieusement, la simple présence d'Aidan lui coupait totalement l'appétit.

Après avoir sorti de son frigo – à moitié vide, occupé pour l'essentiel d'un carton de pizza, de ce que Scarlett put en apercevoir – une brique de lait et une carafe de jus de fruits, il vint vers elle les bras chargés d'un plateau de diverses viennoiseries.

— Tu es allé chercher ça quand ? se renseigna-t-elle.

— Je l'ai fait monter, expliqua-t-il comme s'il n'y avait rien de plus naturel, ramenant encore deux gobelets de café. La boulangerie du bout de la rue est excellente, l'une des meilleures de Paris, tu m'en diras des nouvelles. Prends ce que tu veux, n'hésite pas. Comme tu peux le constater, j'y suis allé un peu fort sur la quantité.

Ça, c'était certain. La table ressemblait à présent au buffet de petit déjeuner d'un hôtel. Et un bien, pas un truc miteux, évidemment.

Il s'installa à côté d'elle et lui servit d'autorité du jus d'orange. Lequel était si parfumé qu'il avait forcément dû être pressé très récemment. Il remplit ensuite son propre verre et reposa la bouteille en lui jetant un regard en biais.

Puis il se rencogna brusquement dans son siège et souffla par le nez de dépit, tout en tripotant sa cuillère.

— Ça ne te plaît pas, déduisit-il.

— Ce n'est pas ça, se défendit Scarlett – injustement accusée, elle qui raffolait de ces horribles choses ! Je ne suis pas vraiment affamée, c'est tout.

Et, comme si cela nécessitait davantage de justifications, elle crut bon de préciser, s'enlisant atrocement, encore et encore :

— Puis, j'évite tout ce qui sort d'une boulangerie, en règle générale. (Ce qui n'était cependant pas moins vrai.) Tout ça, c'est un peu ma kryptonite à moi. J'essaie de faire attention, en fait. Oui, enfin, je sais, présenté comme ça à froid, ça a de quoi surprendre. Parce qu'on ne peut pas dire que ça se remarque franchement. C'est sûr que ce n'est pas ce qui saute aux yeux de prime abord chez moi. D'accord. On imaginerait même plutôt l'inverse, mais il n'empêche que…

— Tu as terminé ? la coupa-t-il subitement, la tête inclinée sur le côté et un sourcil mollement levé, blasé. Il ne s'agit que de quelques croissants, rien de plus. Et si tu n'y tiens pas, tant pis, il n'y a pas mort d'homme. En revanche, je ne veux plus jamais entendre ces absurdités sortir de ta bouche, c'est ridicule.

— Je suis ridicule ? releva-t-elle en croisant les bras sur sa poitrine.

Était-il vraiment utile de poser la question ?

Évidemment qu'elle était ridicule ! Elle le savait bien. La nervosité caractéristique que provoquait systématiquement la proximité d'Aidan l'avait reprise et elle s'était mise à débiter la moindre connerie qui lui passait par la tête. Tout un tas de trucs idiots et embarrassants, qu'elle aurait dû garder pour elle, en somme, et ne surtout pas déballer devant *ce* type-là !

C'était quoi cet arrière-goût dans sa bouche tout à coup ? Ah oui, bien sûr, la saveur incomparable de l'humiliation… elle la connaissait bien pourtant. De mieux en mieux même, depuis sa première rencontre avec lui.

— Ce n'est pas mon propos, clarifia Aidan. Néanmoins, si tu es aussi… eh bien, je n'en sais rien… aussi *complexée* ? que le laissent supposer ces paroles vaseuses, alors oui, si tu requiers mon sentiment à ce sujet, je te répondrai que tu l'es.

Est-ce que c'était censé être un compliment ? Parce que ça ressemblait clairement plus à une insulte.

— Je ne suis pas complexée du tout, pour ta gouverne, riposta Scarlett, très en colère de devoir aborder ce point sensible – dont elle n'avait aucune envie de discuter dès le matin, et encore moins avec lui ! Je m'assume parfaitement, merci.

— Tu *t'assumes* ?! répéta-t-il en plissant le front de désarroi. Et tu assumes quoi, on peut savoir ? Parce que ce n'est pas exactement le terme qu'il convient d'employer lorsqu'on a la chance de posséder un visage aussi merveilleux que le tien, ainsi qu'un corps aussi…

Il s'arrêta comme son regard descendait sur elle, s'assombrissant alors qu'il s'attardait sur sa poitrine. Et Scarlett eut soudain de nouveau très chaud.

— Un vrai corps de déesse, fit-il dans un murmure un peu enroué. Absolument parfait, tant sur un plan purement esthétique que…

Au lieu de terminer sa phrase – ce qu'elle aurait pourtant aimé qu'il fasse, bien qu'elle soit incapable de le croire –, il releva les yeux et parut soudain presque fâché :

— Enfin quoi, tu devrais le savoir tout de même ! Qu'est-ce qu'il te faut à la fin ? Tous les hommes ont toujours été à tes pieds, bon sang !

— Tu dois confondre, marmonna Scarlett, qui peinait à imaginer qu'Aidan puisse être sérieux un instant.

Il se frotta la bouche en l'étudiant intensément, comme s'il réalisait quelque chose qui lui avait échappé jusque-là. Puis il reprit, d'un ton moins agressif… en fait, peut-être affectueux, et un peu fiévreux aussi :

— Il ne me semble pas avoir confondu cette nuit. C'était bien toi, dans mes bras, qui m'a tenu au supplice toutes ces heures, non ? Ces deux douches froides, aussi désagréables qu'inefficaces, ce n'est qu'à toi et à tes maudits charmes que je les dois. Et je ne te parle même pas de ce qui se trame sous mon crâne et des images libidineuses qui te mettent en scène et qui ne me quittent plus depuis que tu es entrée ici. À moins que ce ne soit plutôt depuis le premier jour, lorsque tu as franchi la porte de mon bureau…

Scarlett, estomaquée, demeura sans voix, incapable de répondre quoi que ce soit.

— C'est juste pour être clair, ajouta-t-il en saisissant son gobelet de café avec une désinvolture qu'elle devinait feinte – parce qu'il guettait ses réactions à la dérobée, elle le voyait bien. Au cas où tu n'aurais pas encore remarqué que je te désire comme un dingue et que mes efforts pour rester honnête et tenir ma promesse aient été mal interprétés.

Elle ravala sa salive et baissa la tête. Jamais personne ne lui avait fait de déclaration. Alors une aussi… enflammée… bordel, c'était vraiment d'elle dont il parlait ?!

Comment se remettre de *ça* ?

Scarlett s'efforça de respirer calmement, pour commencer. Puis elle repoussa une mèche de ses cheveux derrière son oreille et serra les jambes tandis qu'une chaleur troublante descendait dans le bas de son ventre.

— Mais… mais je ne comprends pas, grimaça-t-elle – sachant pertinemment qu'elle risquait de tout gâcher en doutant encore de sa sincérité. D'habitude, tu ne sors qu'avec des mannequins, et moi, je…

— D'habitude, je ne sors avec personne, corrigea aussitôt Aidan, sans la laisser terminer. Je me contente seulement de profiter de temps à autre des occasions qui s'offrent à moi, toutefois c'est loin d'être réellement à mon goût, ni véritablement satisfaisant. Tu es la première femme que j'essaie… non, que je m'efforce, ce serait plus juste, de séduire… Et je dois m'y prendre comme un manche. Parce que j'ai beau faire mon possible, le résultat, je le crains, c'est que je suis toujours en train de ramer aussi misérablement qu'un galérien.

18

— Ce serait quand même bien qu'on sache pour la cuisine, insista Louise, pour la troisième ou quatrième fois en deux heures. Tu devrais l'appeler, je ne comprends vraiment pas pourquoi on attend.

L'après-midi touchait à sa fin et elles s'apprêtaient à prendre le thé chez Scarlett, après une réunion légèrement mouvementée, à quelques rues de là, avec tous les artisans embauchés pour travailler dans la maison d'Aidan.

Tout se présentait correctement. Chacun avait accepté d'y mettre du sien pour que les travaux soient réalisés dans les plus brefs délais, sans pour autant prendre beaucoup plus que les tarifs habituels. Le tout grâce à Louise et ses inestimables talents de persuasion.

Le problème restait la cuisine. Scarlett n'avait contacté personne pour l'instant parce qu'elle ignorait finalement si ce qu'elle avait proposé à Aidan lui convenait ou non. La veille, il avait clairement dit que ce n'était pas le cas, mais ils n'avaient pas eu l'occasion d'en reparler ensuite.

— Tu n'as qu'à l'appeler toi-même, après tout, suggéra Scarlett, un peu agacée.

Non, elle ne voulait pas parler à Aidan pour le moment. Le courage lui manquait et la situation floue dans laquelle ils s'étaient quittés au matin lui convenait très bien ainsi.

Elle n'avait plus rien trouvé à dire après sa déclaration du petit déjeuner. Et lui, sans doute un peu froissé de ne recevoir aucun accueil particulier, ni positif ni négatif, face à ses brûlants aveux, n'avait plus desserré les dents qu'une fois devant chez elle. Au moment précis où elle allait sortir du véhicule, pour lui proposer de se revoir… le soir même.

Ce qui faisait beaucoup. *Vraiment* beaucoup, en si peu de temps. Et il devait se reposer, non ? Il venait de faire une nuit blanche, avait une journée de travail devant lui et un grand besoin de sommeil. C'était du moins ce qu'elle avait argué.

— Ouais, tu as raison, je vais l'appeler sur son 06, parce que ça ira plus vite, plaisanta Louise, avant de rouler des yeux : Ah mais non, je ne peux pas, suis-je bête, je n'ai pas son numéro privé ! Et tu sais pourquoi ? Parce qu'il ne l'a donné qu'à la nana avec laquelle il sort. C'est-à-dire, je te le donne en mille : toi ! Sans doute parce qu'il préfère s'entretenir directement avec toi, plutôt qu'avec moi, qu'il prend pour ton *assistante*, mais peut-être que je m'avance un peu, là.

— Tu en fais un poil trop, si je peux me permettre, chère cousine, repartit Scarlett avec une moue désabusée.

Louise reposa bruyamment sa tasse sur la petite table de salon, puis se laissa aller contre le dossier du vieux canapé, moelleux à l'excès, qui avait appartenu à la mère de Scarlett :

— Bon, et si on en venait aux choses sérieuses ? Je veux dire, tu vas bien, pas de traumatisme crânien, super. Vous avez passé la nuit ensemble, mais il ne s'est quasiment rien passé, parce qu'il te l'avait promis… hem, génial. Ce type est en fin de compte un vrai gentleman, qui aurait pu le croire ? Et donc, trêve de plaisanteries, tu le revois quand ? D'ailleurs, j'ai une séance gratuite chez mon esthéticienne, si tu veux je te l'offre.

— Je te remercie, mais non, ça ira, déclina Scarlett, qui se débrouillait très bien toute seule, avec un simple – et indolore – rasoir et des produits de supermarché. De toute façon, je ne sais pas, on n'a rien décidé encore.

— Arrête, je ne te crois pas, soupira Louise en s'enfonçant davantage dans les coussins.

Bon, d'accord, elle n'avait rien décidé, *elle*.

— Il voulait qu'on se retrouve demain soir, mais il a un dîner avec un de ses clients. Je n'allais quand même pas l'accompagner pour un truc aussi important. Du coup, il n'a pas insisté.

Elle mentait. Elle détestait ça et préférait penser qu'elle ne faisait que déformer très légèrement la vérité. Mais elle disait en fait l'exact inverse. Ce qui était bel et bien la définition du mensonge…

Parce qu'Aidan avait insisté. Très lourdement. Qu'il avait paru mécontent qu'elle s'obstine à refuser sa première, puis sa seconde proposition, et que le ton était un peu monté. Et qu'elle s'était finalement sauvée comme une voleuse de sa voiture… pour la quoi ? Deuxième fois.

Chapeau, non ? C'était pour qui la médaille de la lâcheté ?

Elle craignait d'avoir tout gâché. Pour de bon. Et quelque part, même si elle avait du mal à se l'avouer, ça la peinait.

OK, en réalité, elle en était malade, s'il fallait être tout à fait honnête. Aidan avait pris soudain tellement d'importance, tellement de place dans sa vie – bien trop d'ailleurs.

Mais ça n'était pas sa faute. Elle n'avait pas l'habitude de recevoir autant d'attention, d'être aussi assidûment sollicitée, et de ressentir... eh bien, tout ce qu'elle ressentait.

Elle ne savait pas comment réagir face à tout ça, c'était aussi simple que ça.

— Oui, je comprends, mademoiselle Girouette-Delorme, c'est d'une grande logique, la railla gentiment sa cousine. Tu l'accompagnes à un mariage dans sa famille alors que tu le connais à peine, mais tu ne vas pas aller avec lui à un dîner d'affaires après avoir passé la nuit dans ses bras. Je trouve ça normal.

Louise enroula une mèche de ses jolis cheveux blonds et lisses autour de son index et lâcha, sans la regarder :

— Tu n'es pas nette, tu sais.

— Lui non plus, se défendit Scarlett, ne trouvant rien de plus approprié à rétorquer.

— C'est vrai que quand son connard de frère s'est pointé hier soir, il est devenu carrément effrayant, lui accorda sa cousine. Mais il avait l'air tellement mal après ce qui s'est passé, tellement paniqué... J'ai l'impression qu'il tient réellement à toi. Beaucoup. Et même si ça va vite, dis-toi bien que tout le monde n'a pas la chance de rencontrer des personnes qui se soucient véritablement de vous. Laisser passer ça, ce serait criminel.

Scarlett en avait conscience. C'était bien pour cette raison qu'elle se sentait si mal depuis ce matin.

Elle était épuisée, après la mésaventure de la veille et sa nuit réduite, entrecoupée de réveils. Pourtant elle avait repoussé autant que possible le moment de se coucher. Pour s'occuper l'esprit, Scarlett avait travaillé au projet de réaménagement des bureaux d'Aidan toute la soirée.

Et elle n'arrivait à rien. Rien du tout ! À un point que c'en était désespérant !

C'était un tel casse-tête. Comment améliorer quelque chose qui ne pouvait l'être ?! C'était idiot ! Et là, tout de suite, elle maudissait Stern et son idée de l'avoir embauchée, *elle*, pour *ce* projet…

Furieuse après elle-même pour son manque d'inspiration, elle éteignit son ordinateur et avisa l'heure sur sa box ADSL.

Parfait, il était donc une heure du matin, ce qui signifiait qu'elle venait de perdre quatre heures de sa vie à faire n'importe quoi…

Les nerfs en pelote, elle s'enferma dans sa cabine de douche, régla la température de l'eau pour qu'elle soit la plus brûlante possible – enfin, dans la limite du raisonnable, tout de même, s'autorisant jusqu'au rouge crevette, le stade juste avant l'ébouillantage. Et elle demeura immobile sous les jets. Figée. Oppressée. La poitrine comprimée par un poids qu'elle ne parvenait pas à identifier.

À moins qu'il s'agisse d'un vide. D'un manque…

Elle ne s'attendait pas à ce qu'Aidan la relance dans la journée, bien sûr.

Et il ne l'avait pas fait.

Du reste, elle n'aurait pas aimé qu'il cherche à la recontacter si tôt. Non, elle aurait même détesté ça. Son insistance, ce matin, dans la voiture, pour la revoir dès le surlendemain, avait été assez pénible comme ça. Mais pourquoi alors était-elle également furieuse contre lui, en plus du reste ?

Peut-être était-ce parce que cette sensation, au creux de son ventre, née de leur pudique étreinte de la nuit, exacerbée ensuite par ses paroles fiévreuses, ne l'avait pas quittée de la journée ? Peut-être parce qu'elle ressentait un besoin étrange et pressant, sur lequel elle ne pouvait mettre de mot, mais auquel Aidan était assurément lié.

Non, il en était à l'origine...

Un bruit curieux la tira de ses réflexions. Scarlett coupa les jets de la douche et entendit distinctement la sonnerie de son portable retentir. Elle s'enroula à la va-vite dans une serviette et, semant de petites flaques un peu partout dans son sillage, se précipita à son bureau, là où elle avait laissé son téléphone.

Et le souffle lui manqua subitement.

Un certain Stern/client tentait de la joindre.

Elle hésita, l'espace d'une demi-seconde, à décrocher – si, vraiment, elle aurait aussi très bien pu laisser sonner. Mais il était si tard... peut-être était-ce grave ?

Puis elle accepta l'appel.

— Scarlett ? s'enquit la voix sensuelle et un peu rauque d'Aidan, avant de s'inquiéter, percevant probablement son souffle haché – la faute à ce petit sprint en intérieur, le tout en évitant l'incomparable, mais très banale au demeurant, glissade sur sol mouillé : Tout va bien ?

— Oui, et toi ?

Elle se frappa aussitôt le front tant elle trouvait sa question, de même que le ton qu'elle avait employé, stupides.

— Non, très sincèrement, ça ne va pas, répondit-il avec un soupir navré. J'ai suivi à la lettre tes recommandations et je me suis couché tôt. À vrai dire, je suis exténué, et je n'ai d'ailleurs pas été d'une grande efficacité au travail aujourd'hui, ce qui ne m'arrive d'ordinaire jamais. Mais mon plus gros souci, vois-tu, c'est que ton parfum a imprégné mes draps, qu'il m'entête. J'ai beau les avoir changés, ton odeur flotte encore dans ma chambre. Et je ne le supporte plus,

Scarlett. Cela ne fait qu'attiser toutes ces choses que j'ai en tête et c'est *absolument impossible* de dormir dans ces conditions. Dans la mesure où tu es à la fois le problème et la solution, j'ai pensé que tu me devais bien quelques minutes au téléphone cette nuit.

— Je… je ne vois pas ce que je peux faire, balbutia-t-elle aussi innocemment que possible.

Parce qu'elle était innocente, n'est-ce pas ? Aidan se trompait, elle n'était pas un problème, elle n'était pas responsable de ses insomnies. Comment aurait-elle pu l'être ? Elle n'avait pas ce genre de pouvoir sur les hommes. Certaines femmes peut-être, mais pas elle.

Quant à son parfum, il n'avait rien d'entêtant. En réalité, il était même plutôt subtil et léger. Aidan délirait, tout simplement. Le manque de sommeil, sans aucun doute.

— Tu pourrais commencer par accepter de m'accompagner à ce dîner, s'acharna-t-il, décidément très obstiné – et elle l'avait trouvé têtu après l'histoire du collier ?! –, avant d'hésiter quelques secondes, puis de reprendre, dans un murmure : Et tu pourrais accepter de me revoir… maintenant, par exemple. Tu pourrais m'ouvrir la porte…

Ouvrir la porte ? Euh, c'est-à-dire ? Métaphoriquement ?

— Tu n'es quand même pas devant chez moi, Aidan ?

— J'ai bien peur que si.

Bordel !

Ses volets étaient tous fermés, serrures et autres verrous bouclés, mais Scarlett resserra sa serviette autour d'elle, dans un réflexe. Elle ne se sentait plus en sécurité…

— Ça, c'est impossible, paniqua-t-elle. Je regrette, mais je ne peux pas te laisser entrer. Ici, rien n'est rangé. Je n'ai pas fait le ménage depuis une éternité… tu ferais une crise cardiaque si tu voyais l'état de ma chambre.

— Si je me trouvais dans ta chambre, j'aurais bien mieux à faire qu'une crise cardiaque, répliqua-t-il du tac au tac, un sourire un peu taquin dans la voix.

Oh, mon Dieu, voilà qu'elle l'imaginait, sur son perron, seul en pleine nuit, avec cette expression espiègle sur le visage, ses belles dents blanches et régulières dévoilées. Et son cœur se serra, fit quelques loopings dans sa poitrine, avant de revenir à sa place initiale pour s'y ratatiner à nouveau.

— Écoute, je sais bien ce que tu dois penser de moi présentement, déclara-t-il, d'un ton soudain redevenu grave. Tu es peut-être déjà en train d'essayer de joindre le commissariat le plus proche. Et je ne saurais t'en vouloir. Mais je… j'ai seulement besoin de te voir.

Bon sang, mais elle ne pouvait quand même pas le recevoir, là, tout de suite, alors qu'elle sortait de la douche, que son mascara avait dû couler partout façon panda et qu'elle ne portait qu'une vulgaire serviette éponge rose !

Et comme elle ne répondait pas, Aidan fit valoir, en guise à la fois d'excuse et de justification :

— T'ai-je dit à quel point j'étais ignare en matière de séduction ?

En matière de *séduction*, à proprement parler, peut-être, mais pas en matière *d'occasions*, si elle avait bien compris. Autrement dit, il avait l'habitude que les femmes viennent à lui, qu'elles lui tombent dans les bras, sans qu'il n'ait rien à faire… Des femmes qui, pour avoir autant d'audace, devaient être sacrément sûres d'elles, et accessoirement dotées d'une solide expérience dans le domaine.

Et elle, elle n'avait à son actif que de minables premiers essais et à peu près autant de confiance en elle que de chaussures plates dans son placard.

Elle aurait encore préféré ne pas connaître ce type de détails concernant sa vie intime, ce point en particulier la perturbait tellement. Et en même temps, le fait qu'il révèle peu à peu celui qu'il était, si différent finalement de ce qu'il montrait au premier abord, la touchait tant...

— Oui, tu l'as évoqué, finit-elle par acquiescer, tandis qu'il patientait silencieusement au téléphone.

— Et t'ai-je dit combien je te désirais ? *A priori*, ces deux données ne sont pas compatibles, il en résulte à peu près ce que je suis en train de faire là. Soit quelque chose sans doute assez proche de ce qu'on pourrait qualifier de harcèlement. Par conséquent, je réclame ton indulgence... ainsi que ta clémence, dans le cas où la police serait déjà en route.

— Aidan... marmonna-t-elle, la gorge si serrée qu'elle ne put poursuivre.

— Scarlett, retourna-t-il, prononçant son prénom avec autant de révérence que de chaleur, avant de souffler : Je t'en prie...

Elle leva la tête et se rendit compte qu'elle était déjà dans l'entrée, devant sa porte.

Tout en conservant le téléphone contre l'oreille – ce qui était tout à fait absurde, s'il se trouvait bien de l'autre côté –, elle tourna la clé dans la serrure, défit ensuite le verrou. Puis elle actionna la poignée et tira le battant vers elle.

Sans réfléchir davantage.

Son esprit avait d'ailleurs brusquement cessé de fonctionner. Tout ce qu'elle savait c'était qu'elle ne pouvait pas ne pas ouvrir.

Aidan était là, adossé contre le mur de sa maison, son portable à la main. Il avait revêtu son beau manteau trois quarts noir, mais portait en dessous son vieux jean délavé et le tee-shirt qu'elle lui avait vu la nuit précédente. Ses traits étaient effectivement un peu tirés, preuve qu'il n'avait pas dormi depuis un bon moment. Pour le coup, il était même légèrement décoiffé, ce qui lui donnait un petit côté sauvage et ajoutait encore à son charme – Dieu ait pitié d'elle !

Il se décolla précipitamment du mur, comme par réflexe, puis s'immobilisa pour l'observer.

Elle ne faisait pas la fière, compte tenu de son accoutrement – la serviette rose, etc… –, mais en vérité, lui non plus. Il riva son regard au sien et déglutit, sa pomme d'Adam remontant et descendant notablement dans sa gorge. Il paraissait totalement désemparé, comme s'il n'avait pas envisagé qu'elle puisse finalement accéder à sa requête – à savoir, ouvrir la porte – et sembla hésiter, l'espace d'un instant, quant à la marche à suivre.

19

Puis, l'expression de son visage changea comme ses paupières s'alourdissaient, passant de l'indécision à... une détermination farouche.

Sans la quitter du regard, Aidan glissa d'un geste nerveux son téléphone dans la poche de son jean tout en s'élançant vers elle. Brutalement. Fébrilement. Comme si le besoin qu'il avait de se jeter sur elle était totalement irrépressible et ne pouvait être réfréné par aucune logique ni raison.

Scarlett abandonna son portable sur la table et recula, un peu impressionnée, mais Aidan ne parut pas le remarquer. Il repoussa la porte, avant de l'envoyer claquer derrière lui, et s'empara d'elle avec une urgence époustouflante. Il la souleva du sol et prit ses lèvres sans attendre, dans un baiser d'emblée profond, conquérant.

Elle ne put que passer les bras autour de sa nuque et s'accrocher à lui, tant bien que mal, s'efforçant de répondre de son mieux aux ardeurs de son compagnon.

Lequel ne donnait définitivement plus dans la demi-mesure – l'avait-il déjà fait d'ailleurs ?

Il y eut un léger choc, tandis qu'ils s'embrassaient – ou plutôt, pendant qu'il tentait de la dévorer – et elle entendit quelque chose tomber, se briser.

Sûrement la lampe sur la console, près de la porte.

— Je rembourserai, s'empressa-t-il de souffler contre ses lèvres, avant de replonger sa langue dans sa bouche, comme si plus rien d'autre n'avait d'importance.

Mais n'était-ce pas le cas ? Parce qu'en cet instant, Scarlett se fichait à peu près autant de cette lampe que de sa première brosse à dents.

Rapidement, elle se retrouva dos au mur, collée contre la tapisserie de son entrée, la pointe des pieds effleurant de temps à autre le carrelage. Aidan la soutenait d'un bras enroulé autour de son buste, tandis qu'il prenait appui de son autre main contre la cloison.

Sans être désagréable pour autant, la position était assez inconfortable pour Scarlett et lui laissait une marge de manœuvre plutôt restreinte. Il dut s'en rendre compte au bout d'un moment, puisqu'il la relâcha peu à peu, la faisant redescendre lentement sur le sol, mais sans détacher ses lèvres des siennes.

Aidan se retrouva alors penché sur elle, presque plié en deux du fait de leur différence de taille.

Ses grandes mains se déplacèrent pour aller épouser la forme de ses hanches, et, comme de bien entendu, la serviette commença à glisser…

Voilà bien une chose – pourtant quasiment inévitable –, à laquelle elle n'avait pas pensé !

Merde… Elle n'allait quand même pas se retrouver nue, comme ça, debout, plantée dans son entrée, sous la lumière impitoyable d'une ampoule 100 watts, alors que lui avait encore son manteau sur le dos ?!

En général, ça ne se passait pas de cette façon. Pas du tout.

Il y avait toujours plus ou moins la pondération et la retenue de ceux qui se découvrent pour la première fois, l'obscurité, les draps. Bref, autant d'éléments qui permettaient de ne pas se dévoiler tout à fait et de ne pas trop mettre à mal sa pudeur.

Scarlett se figea et esquissa un mouvement pour retenir cette saleté de serviette éponge rose. Mais Aidan ne voyait pas exactement les choses de la même manière...

En un éclair, il s'arracha à ses lèvres et lui saisit les poignets, l'empêchant ainsi de récupérer sa sortie-de-bain. Et – comble de tout ! – les lui plaça de force au-dessus de la tête, la clouant au mur sans délicatesse.

Et, ce qui devait arriver, arriva. La serviette termina sa course pour aller rejoindre le sol. Échouant aux pieds de Scarlett. Muette, à la fois mortifiée de se retrouver dans cette situation, et ulcérée qu'Aidan ose soudain la traiter avec si peu d'égard.

Elle voulut lui adresser un regard mauvais, pour lui faire comprendre qu'elle n'appréciait pas. Mais celui-ci tomba à plat lorsqu'elle lut dans le sien qu'il le savait déjà, mais qu'il ne s'excuserait pas, que le temps des concessions et des efforts pour contenir ses pulsions de mâle dominant était révolu. Ce qui la fit frissonner, à la fois électrisée et effrayée par la violence du désir qui brûlait au fond des yeux d'Aidan.

Ses yeux, qu'il baissa très lentement, savourant impunément chaque centimètre de peau qui s'offrait à sa vue. Son souffle, déjà rapide, devint plus court encore et plus éraillé. Et ses doigts redescendirent le long des bras de Scarlett, la libérant, mais pas complètement, pour venir se poser sur sa poitrine qu'il caressa d'abord en tremblant, avant de pousser un soupir haché et rauque, de satisfaction virile, et de prendre ses seins à pleine main, d'un geste plus assuré... d'une redoutable efficacité.

Scarlett avait déjà oublié l'épisode de la serviette.

Elle se cambra contre le mur, les bras restés au-dessus de la tête, dans l'exacte posture que lui avait donnée Aidan, et gémit.

Puis elle se mit à haleter, accordant le rythme de sa respiration à celui de son compagnon. Lorsqu'il reposa les paumes contre le mur, pour fléchir les genoux et venir recouvrir sa poitrine, aux pointes durcies, presque douloureuses, de baisers humides et chauds. Mais surtout passionnés.

Scarlett se sentit vibrer comme jamais, sa peau était devenue si sensible sous sa bouche, et ne put se retenir plus longtemps d'enfouir les doigts dans les cheveux noirs et soyeux d'Aidan.

— Une vraie déesse, marmonna-t-il, répétant ces mêmes mots qu'il avait prononcés quelques heures plus tôt, avant de préciser dans un grondement sourd : *Ma* déesse.

OK, il était totalement pardonné pour cette histoire de serviette…

Puis il se redressa brusquement, se débarrassa d'un coup d'épaule de son manteau, et la fit basculer pour la prendre dans ses bras – comme la veille, après sa chute au bar.

Elle poussa un petit cri de surprise et n'eut d'autre choix que de se pendre à son cou. Elle aurait pu lui donner quelques indications quant au chemin à prendre pour rejoindre la chambre à coucher, mais n'y parvint pas. Trop pantelante pour articuler quoi que ce soit.

Au lieu de ça, elle se contenta d'enfouir son visage contre le torse dur d'Aidan, s'enivrant de son odeur de savon et d'homme… tellement délicieuse.

Bon sang, était-il permis de sentir aussi bon ?! Existait-il de parfum plus agréable, plus excitant que celui-ci ?

Elle ne rouvrit les paupières que lorsqu'il la déposa précautionneusement sur le canapé du salon. Pièce dans laquelle toutes les lumières étaient encore allumées.

Tant pis pour la chambre, le confort du lit, le couvert des draps, et la salvatrice pénombre à laquelle elle tenait tant. Scarlett s'était toujours arrangée – et ça n'avait jamais été difficile jusque-là – pour que ça se passe ainsi.

Elle aurait bien protesté. Elle serait encore plus mal à l'aise dans ces conditions. Mais Aidan avait établi que c'était lui qui décidait. Et bizarrement, elle... était d'accord avec ça ?

Oui, elle l'acceptait. Il menait le jeu et, contre toute attente, ça lui convenait ainsi.

Non, ça lui plaisait. Vraiment.

OK, il faudrait donc se faire une raison, cette fois serait vraiment très différente des autres, assurément.

Aidan retira prestement son tee-shirt et, tout en s'inclinant sur elle, le jeta en arrière, lui offrant alors sans doute le plus beau spectacle qu'elle ait jamais vu.

Ses hanches – sur lesquelles retombait négligemment le vieux jean – étaient très étroites, mais son torse, lui, était large et puissant. Ses muscles étaient secs, ciselés, parfaitement dessinés. Et ses épaules... bordel, en avait-elle déjà vu d'aussi sexy ?!

Il était si beau... exactement comme elle aimait, se rendit-elle compte.

Quelques poils bruns apparaissaient entre ses pectoraux pour ensuite s'affirmer au bas d'un ventre aux abdominaux finement modelés, traçant une ligne sombre qui se perdait sous son pantalon.

Pantalon que – accessoirement – une impressionnante bosse, à l'entrejambe, déformait allègrement.

Ce qui acheva de la faire revenir à la réalité, tandis qu'il repoussait d'autorité ses jambes pour s'agenouiller entre elles, sur le canapé.

Euh, ce n'était quand même pas sérieux, il était comment, là-dessous ?!

Mais son inquiétude se dissipa – sans disparaître complètement, cela dit – lorsque Aidan reprit la pointe d'un de ses seins dans sa bouche et aspira jusqu'à la limite de la douleur. Puis il infligea le même traitement à l'autre, tout en laissant sa main se promener sur son ventre, ses cuisses.

Avant de se diriger résolument vers l'endroit qu'il convoitait.

Il l'embrassa de nouveau lorsqu'il plaqua la paume tout entière, à plat contre son intimité. Il y exerça alors une certaine pression, qui fit tressaillir Scarlett, comme une vive décharge de plaisir la saisissait. Laquelle la mena tout au bord de l'extase.

Déjà. Encore…

Puis, sans autre préambule, il introduisit un doigt impérieux et très audacieux en elle et murmura contre sa bouche :

— Tu ne peux pas savoir ce que j'ai envie de toi… j'aurais été capable de tout… j'aurais réellement donné n'importe quoi pour en arriver là.

Un aveu qui sonnait bien étrangement… Était-il d'ailleurs touchant ou alarmant ?

Scarlett n'eut guère le loisir d'y réfléchir, un orgasme puissant et vibrant la submergea, ravageant tout son corps, la faisant se tordre sous lui.

Jusqu'à même laisser échapper un cri… ou peut-être plusieurs. Tout devenait si trouble alors.

Elle n'eut pas besoin d'ouvrir les yeux cette fois pour savoir qu'il l'observait. Elle sentait son regard brûlant sur elle, qui l'épiait impudiquement…

Elle devina ensuite qu'il défaisait son pantalon, tandis que son souffle, plus affolé que jamais, effleura sa joue.

— Tu prends… la pilule ? se renseigna-t-il à travers ses dents serrées.

— Pourquoi ?

Oui, pourquoi ? Il devait bien avoir un préservatif quelque part, sans ça, il n'aurait jamais été jusque-là, non ?

Et cette question l'embarrassait tant. Pourquoi avait-il fallu qu'il la pose ? Il allait tout gâcher…

Aidan attendit quelques secondes, immobile, le temps de retrouver une respiration normale. Puis il lui chuchota à l'oreille :

— Parce que j'ai mes derniers bilans sanguins sur moi. Ils datent de moins de quinze jours. Alors je pensais qu'on aurait peut-être pu se passer de… enfin…

Il s'interrompit comme elle le repoussait vivement et se redressa sur les coudes pour la regarder dans les yeux, l'air soudain complètement perdu.

Brusquement, la folle magie qui avait emporté Scarlett au point de lui faire presque perdre la raison mourut.

— Attends, tu te balades systématiquement avec tes bilans sanguins sur toi ?! s'offusqua-t-elle, furieuse tout à coup. Ou c'est seulement que tu as pris les derniers à jour en partant, sur ta pile de gros queutard pervers, spécialement parce que tu avais prévu de me baiser ce soir ?

Bon, d'accord, elle aurait pu faire nettement plus soft.

Mais lorsqu'elle était très en colère *et* très nerveuse, il arrivait parfois à Scarlett de devenir vulgaire… ce moment en était d'ailleurs un fort bel exemple.

N'empêche, elle avait failli l'oublier, mais c'était un retour en force de M. Mufle-Connard ou elle ne s'y connaissait pas !

Aidan blêmit – manifestement, il ne s'était pas attendu à une telle réaction – et ouvrit la bouche, mais mit un moment avant de répéter, avec une intonation blessée dans la voix :

— Te baiser ?! Alors... alors c'est *ça*, ce que tu penses de moi ? C'est ainsi que tu vois les choses ?

Elle lui donna un petit coup sur le torse, parce qu'elle avait beau s'agiter, il restait obstinément étendu sur elle, la contraignant à cette proximité. Cette intimité, dont elle ne voulait plus.

Aidan fronça les sourcils lorsqu'elle le frappa pour la quatrième fois, plus fort, et se décida enfin à se relever pour s'asseoir dans le canapé. Tandis que Scarlett, n'ayant rien trouvé de mieux, se jeta sur son tee-shirt échoué au sol pour l'enfiler.

Rétablir un minimum de distance, recouvrer sa pudeur et sa dignité, c'était une question de survie...

— Et tu les dégaines à chaque *occasion*, tes foutus bilans ? insista-t-elle, subitement très jalouse des anciennes conquêtes d'Aidan – enfin, si on pouvait appeler ça comme ça, dans la mesure où il ne conquérait rien du tout, mais attendait plutôt que ça lui tombe tout cuit dans le bec, ce sale type.

— Mais non ! démentit-il en se passant les deux mains sur la figure. Tu te méprends... tu te méprends complètement !

— Ah oui, bien sûr, parce que je suis la seule, la première à qui tu fais *le coup des bilans*, c'est ça ? ironisa-t-elle en songeant au nombre de fois où il avait laissé entendre qu'elle était différente, que leur relation était inédite.

— En effet, je n'avais jamais passé d'examens de ce type auparavant et je ne m'autorise pas – je ne l'ai même jamais fait autrement – à ne pas utiliser de protection avec les *occasions*, si tu tiens à qualifier ainsi mes précédentes partenaires. Ce que toi, tu n'es pas.

Et ce qui n'était pas très cohérent, en l'occurrence. Après tout, pourquoi faire ces bilans s'il n'y avait aucun risque qu'il ait pu attraper quoi que ce soit ?

— Une partenaire ? releva-t-elle. Ben ça, c'est sûr, et tu peux faire une croix dessus !

Elle se mit debout et se planta devant lui, les bras croisés, toujours et irrémédiablement hors d'elle. L'avait-elle déjà plus été ? Et, d'ailleurs, pour quelle raison l'était-elle autant ?

Était-ce vraiment si grave que ça ? Ou bien s'énervait-elle pour rien ?

Elle l'ignorait. Mais elle était si furieuse contre lui qu'elle n'arrivait plus à réfléchir correctement.

— Une *occasion*, Scarlett, clarifia-t-il, passant de la déstabilisation au mécontentement froid. Et je ne ferai de croix sur rien du tout, n'y compte pas.

— Oh que si ! Tu vas rentrer chez toi. Maintenant !

Aidan s'adossa alors calmement – ou du moins feignit-il de paraître calme – dans le canapé, joignit les mains et l'étudia de bas en haut. Quand il arriva à son visage, il leva un sourcil.

— Pas sans mon tee-shirt, fit-il en donnant un coup de menton désinvolte en direction du vêtement en question.

De rage, elle faillit le retirer pour le lui jeter en pleine tronche. Mais est-ce que ça n'était pas exactement ce qu'il espérait qu'elle fasse ?

Ouais, bien tenté… mais non.

20

— Va-t'en, Aidan, répéta-t-elle, d'une voix un peu moins assurée qu'elle ne l'aurait souhaité.

Et merde, elle ne devait pas flancher. Elle était fâchée contre lui, au motif de... eh bien, ça n'était pas clair, mais elle était fâchée.

Il avait été beaucoup trop loin et beaucoup trop vite en réclamant de se passer de préservatif. Ils se connaissaient depuis si peu de temps. C'était tellement excessif et déraisonnable. Et pourquoi cette exception pour elle s'il avait d'ordinaire l'habitude de faire autrement ?

Mais il agissait si bizarrement...

Non, décidément, ce type n'était pas net.

Finalement, c'était sans doute une bonne chose qu'ils ne soient pas allés jusqu'au bout. L'idée même de coucher avec Aidan était si effrayante, quand elle y songeait à présent. Il exigeait tant d'elle. Beaucoup plus qu'elle ne pourrait jamais donner.

Par ailleurs, et bien qu'elle n'ait guère eu l'occasion de vérifier, il avait l'air si... euh, énorme ?

Elle n'était peut-être pas prête pour un amant de cet acabit-là – toutes caractéristiques confondues, s'entend. Elle n'était pas si expérimentée que ça. Parce que onze expériences, même s'il s'agissait de onze hommes différents, au final, ça ne faisait pas tant que ça... ça faisait en fait très peu, au regard de ses vingt-neuf printemps.

Cependant, sa colère s'atténuait peu à peu pour se transformer en... en quoi, précisément ? Elle l'ignorait. Elle ne savait plus grand-chose ce soir.

Si ce n'est qu'elle voulait qu'il parte, qu'il la laisse seule.

Elle le vit jeter un regard de côté, vers le bas, et pincer les lèvres en avançant la mâchoire inférieure, un peu comme s'il venait de prendre une gifle.

— Non, refusa-t-il néanmoins, face à sa sommation de quitter les lieux.

Comment ça, *non* ?!

— Je suis sérieuse, insista-t-elle, résolue à le faire partir, d'une manière ou d'une autre. Cette fois, je risque d'appeler la police si tu ne t'en vas pas.

— Fort bien, acquiesça-t-il en étendant ses longues jambes devant lui. Je vais donc attendre les forces de l'ordre juste ici, dans ce sofa. Cela étant, je ne serai pas contre un café. Je me doute que tu ne l'aurais pas naturellement proposé, mais un peu de mansuétude de ta part serait la bienvenue, dans la mesure où je ne pense pas qu'ils accepteront de m'en servir au commissariat. Et quand bien même, ils n'auront sans doute rien de très buvable, là-bas.

— Je pourrais vraiment le faire, menaça-t-elle, sans parvenir à se retenir de battre des paupières, estomaquée par son attitude. Ça ne ferait pas bonne presse à ta boîte, si on venait à savoir que tu t'es fait arrêter chez une de tes employées.

— J'en suis pleinement conscient, assura-t-il en plongeant ses superbes yeux pâles dans les siens. Et je choisis de courir le risque. Parce que, malgré tout, c'est toi qui m'as ouvert tout à l'heure, je n'ai pas rêvé. Et que chez toi, même si tu tentes une fois de plus de te dérober, tu ne peux pas fuir. Tu ne peux qu'essayer de me chasser. Mais je vais tenir bon, vois-tu, quoi qu'il arrive, parce que je sais que ça en vaut la peine.

L'espace d'un instant, elle eut envie de courir se réfugier dans ses bras pour y oublier cette dispute idiote. Mais la seconde d'après, elle se rappela qu'elle voulait être seule, *chez elle*, et que lui avait tout simplement décidé qu'il en serait autrement. Qu'il la privait d'une liberté fondamentale en s'imposant comme il le faisait.

— Tu n'y gagneras rien, rétorqua-t-elle, affectant l'indifférence, alors qu'elle bouillait intérieurement – de désir, d'autant qu'il était toujours torse nu, de colère et... de tendresse, aussi. Rester dans cet antique canapé ne risque pas d'arranger tes soucis d'insomnie et je ne coucherai pas avec toi.

— Ce qui est assez cruel, compte tenu de l'état dans lequel tu m'as mis il y a à peine quelques minutes, ironisa-t-il en plissant les yeux, avant de reprendre très sérieusement : Mais ce n'est pas grave, tu sais, j'ai l'habitude de souffrir. Peut-être pas de cette façon-là, mais j'ai la peau très dure. Je ne baisserai pas les bras. Je paierai pour les autres, enfin... pour Romain, puisqu'il faut fatalement en passer par là.

Scarlett voulut répondre à cette odieuse accusation. Mais elle en fut totalement incapable.

C'était tellement injuste de lui dire ça !

Ou bien... très juste. Elle ne savait plus du tout.

En tout cas, si elle demeurait près de lui, elle n'allait pas tarder à craquer à nouveau – façon pathétique fontaine – parce qu'elle sentait déjà les larmes monter.

Et la meilleure défense étant l'attaque, elle prit son ton le plus agressif et déclara :

— OK, tu sais quoi ? Reste ici, ou barre-toi, fais comme tu veux, je m'en contrefiche ! Moi, je vais me coucher. Dans ma chambre. Seule. C'est clair ?

Et elle fila, aussi vite que possible, refusant de pleurer encore une fois devant lui. Non, refusant de pleurer tout court. Elle était plus forte que ça, bon sang !

Elle claqua sa porte, regrettant de ne pas avoir de serrure, puis se jeta sur son lit et se mordit la main pour retenir les sanglots qui l'assaillaient.

L'odeur d'Aidan s'était accrochée au tee-shirt qu'elle lui avait honteusement volé. Mais contrairement à lui et son problème avec son parfum à elle, cela l'apaisa.

Et elle s'endormit finalement assez rapidement.

Quand elle rouvrit un œil, il était quatre heures du matin. Et tout était silencieux dans la maison. Comment savoir si Aidan était parti ou pas ?

Après coup, elle commençait à avoir quelques remords. Elle ne l'avait pas très bien traité. Cette histoire de bilans, si elle n'avait rien de très délicat, n'était pas non plus si exceptionnelle que ça. Peut-être même que c'était plutôt correct de sa part d'en avoir parlé, non ?

Merde, merde, merde ! Elle était complètement perdue ! Avait-elle eu tort de se mettre en colère ?

Oh, non… et elle l'avait insulté en plus, ça lui revenait maintenant.

Scarlett se leva, ouvrit sa porte sans bruit, puis se rendit jusqu'au salon. En chemin, elle avisa l'entrée, dans laquelle rien ne traînait plus. Ni lampe brisée, ni console renversée, ni veste longue d'homme. Tous les plafonniers avaient été éteints, même celui de la salle de bains, et seule une petite lumière brûlait encore, près du canapé.

Canapé sur lequel se trouvait Aidan, son manteau ouvert sur son torse nu. Assis, penché en avant, les coudes sur les genoux et le front appuyé dans ses mains, comme s'il avait été en pleine réflexion. Ou comme s'il avait été très triste.

Il aurait pu faire un tas de choses. Consulter son portable, par exemple, regarder la télé – même si, apparemment, il n'aimait pas trop ça –, lire, dormir… il aurait surtout dû partir. Mais non, il était là. Et il attendait.

Au bout d'un moment, Aidan releva brusquement la tête, tandis qu'elle s'était figée à quelques mètres de là pour le contempler. Passé la surprise, il se mit à la scruter si intensément que Scarlett peina à soutenir son regard.

Un regard un peu amer, à la fois très contrarié et abattu.

— J'ai une chambre d'amis, si tu veux, proposa-t-elle d'une toute petite voix, un peu – voire très – penaude.

— Je ne suis pas un ami, opposa-t-il simplement.

Scarlett inspira profondément, puis lâcha :

— Tu peux venir te reposer avec moi, dans mon lit, si c'est ce que tu souhaites, mais je… je préférerais qu'on… enfin, étant donné l'heure, il vaudrait mieux…

— Je me tiendrai tranquille, promit-il, d'un ton cependant sans douceur.

Et elle savait qu'il le ferait. Elle hocha la tête et il la suivit, sans rien ajouter, jusqu'à sa chambre.

Il quitta son manteau ainsi que ses chaussures et ses chaussettes, mais garda son jean. Comme si une barrière de vêtement était absolument nécessaire entre eux. Puis il attendit qu'elle s'installe pour prendre place à son tour dans le lit. Elle allait éteindre son chevet quand elle s'arrêta, confuse, et prévint :

— Je vais aller chercher une chemise de nuit pour pouvoir te rendre ton tee-shirt.

— Ce n'est pas nécessaire, garde-le, cela m'est égal, attesta-t-il placidement, avant de reconnaître dans un soupir : Non, ça me plaît assez en vérité, de te voir dans mes vêtements. Porte-le cette nuit, d'accord ?

Elle acquiesça, tandis que les muscles de son ventre se contractaient l'un après l'autre – comme toujours, à proximité de lui –, et coupa la lumière. Elle s'allongea sur le côté, en lui tournant le dos et attendit que le sommeil vienne, tout en tentant d'oublier qu'il était là. Dans *son* lit. Juste derrière elle.

Quelques minutes plus tard, le bras d'Aidan passait autour de sa taille et son torse se collait à son dos. Et Scarlett demeura immobile et ne protesta pas. Parce que c'était exactement ce qu'elle désirait, sans vraiment le savoir.

Il la serra contre lui, puis captura ses jambes avec une des siennes, l'emprisonnant tout à fait.

— C'est là qu'est ma place désormais, affirma-t-il farouchement, murmurant dans ses cheveux.

— Oui, se surprit-elle à accepter.

Il embrassa le sommet de son crâne et enlaça ses doigts aux siens, satisfait, comme si, après avoir mené un long combat, il avait finalement vaincu quelque chose.

Et, comme pour en attester, une sorte de barrière, tout au fond d'elle, céda d'un seul coup, dans un vif, mais nécessaire déchirement. Et elle chuchota :

— Je ne prends pas la pilule. Tout simplement parce que dans mon cas, et selon les médecins, c'est on ne peut plus inutile.

Elle le sentit hésiter, sans doute avait-il des tas de questions à présent. Mais si tel était le cas, il eut la bonté de les garder pour lui.

— D'accord, se contenta-t-il de répondre en déposant de nouveaux baisers sur sa tête.

Quand Scarlett revint à elle, le jour perçait à travers les volets clos. Et Aidan et elle étaient toujours dans la même position. Enchevêtrés l'un à l'autre, jusqu'à leurs mains entremêlées.

Elle percevait son souffle sur sa nuque, tranquille et profond, et comprit qu'il avait fini par s'endormir. Ce qui la soulagea beaucoup, parce qu'il avait vraiment besoin de sommeil.

Et voilà, pour la deuxième fois de sa vie, Scarlett avait passé la nuit – ou du moins, une bonne partie – dans les bras d'un homme. Enfin, pas n'importe lequel…

Aidan était spécial. Il semblait sincèrement tenir à elle. Et peut-être bien qu'elle aussi tenait à lui. Non, il n'y avait pas de *peut-être*. Elle devait se l'avouer à elle-même, elle avait des sentiments pour lui. Même si elle aurait préféré qu'il n'en soit rien.

Scarlett retira lentement ses doigts des siens, puis roula tout doucement sur le côté. Quand elle se retourna, elle vit le visage d'Aidan, si paisible l'instant d'avant, se crisper. Sans ouvrir les yeux, il grogna :

— Scarlett…

— Je vais seulement dans la salle de bains, chuchota-t-elle, ne pouvant se retenir de caresser ses cheveux joyeusement en bataille.

— Hmm, bon… très bien.

Elle sortit de la chambre à pas de loup, parce qu'il s'était aussitôt rendormi, puis fila sous la douche.

Oh, mon Dieu, mais pourquoi était-il si beau, même dans le sommeil ?! Et pourquoi avait-il fallu qu'elle réagisse de cette manière cette nuit ? Elle en avait presque honte ce matin.

Non, elle était carrément mortifiée des ignominies qu'elle avait osé lui cracher à la figure. Il ne les avait pas méritées.

Combien y avait-il de chances pour qu'il ait oublié ? À peu près aucune, hein ? Bon, il faudrait donc faire avec et assumer sa petite crise de nerfs. Mouais, quoi de plus facile ?

Mais ça n'était pas vraiment sa faute, tout était si différent avec lui. Si angoissant aussi. Qu'elle le veuille ou pas, ils étaient réellement ensemble maintenant, non ?

Elle entretenait une relation avec un homme, et, pour la première fois, elle avait envie qu'elle dure. Au moins un peu plus que les autres.

Même si elle faisait n'importe quoi, du reste...

Elle avait terminé de se préparer depuis un moment et s'interrogeait quant au fait de devoir réveiller ou non Aidan, lorsqu'on toqua à la porte d'entrée.

Zut, elle avait complètement oublié que Louise devait passer !

Elle se dépêcha d'aller lui ouvrir, et, avant même de la saluer, lui fit signe de ne pas parler trop fort.

— Nom d'une pipe en bois (Louise aimait parfois sortir ce genre d'expressions, aussi bizarre que ça puisse paraître), ne me dis pas que tu n'es pas seule ! s'exclama-t-elle, à voix aussi basse que possible. J'ai vu une voiture garée devant chez toi, mais je ne pensais pas que ça ait pu être celle de Stern. C'est bien de lui qu'il s'agit, au moins ?

— Oui, il s'agit de lui, confirma Scarlett. Il a... dormi ici.

— Dormi ? Elle est bonne celle-là, cousine. Et alors, raconte ! C'était comment ?

Scarlett alla s'asseoir à la table de sa cuisine, attendit que Louise l'imite, puis grimaça :

— Il ne s'est rien passé. Enfin, presque rien. Mais un peu plus que le *rien* de la dernière fois, cela dit.

— Et pourquoi donc ? s'enquit sa cousine, dépitée.

— J'ai peut-être, comme qui dirait, tout interrompu au moment crucial, chuchota-t-elle, de plus en plus gênée face à la mine épouvantée de Louise, avant de changer de sujet : Je ferai mieux d'aller le réveiller. Il est vraiment très tard et il ne s'en est probablement pas rendu compte.

Là-dessus, elle s'éclipsa, abandonnant sa cousine restée bouche bée dans la cuisine, sans autre explication.

Dans la chambre, Aidan dormait toujours, une main posée à plat à l'endroit où elle avait passé la nuit. Le visage paisible, les traits détendus et reposés. Une mèche noire lui barrait le front. Et il était absolument craquant...

Elle lui caressa la mâchoire, laquelle commençait à s'assombrir et à piquer légèrement, et, comme par réflexe, il attrapa son poignet et l'attira à lui.

— Viens, réclama-t-il, paupières closes.

— Il est presque onze heures et ma cousine est là, alors je ne vais pas me recoucher.

Cette fois, Aidan ouvrit les yeux, surpris. Puis un pli apparut entre ses sourcils :

— Je crois que je viens de manquer ma première réunion...

Il se redressa en se frottant la figure pour tenter de se réveiller, et regarda autour de lui, l'air un peu désorienté.

— Je suis désolée, s'excusa Scarlett en se relevant. J'aurais sûrement dû te réveiller plus tôt, mais tu semblais vraiment avoir besoin de sommeil. La salle de bains est au bout du couloir, si tu souhaites y aller. Je vais dire à Louise de partir.

— Non, tu as bien fait, marmonna-t-il, en s'asseyant sur le matelas, puis la détaillant de pied en cap, manifestement étonné de la trouver déjà habillée. Je n'ai pas vraiment pour habitude de rester au lit aussi tard, je devais être complètement exténué. Et Louise peut rester, cela va de soi. J'ai d'ailleurs quelque chose à lui demander, donc ça tombe plutôt bien qu'elle soit là.

Puis il se rendit à la salle de bains – où Scarlett avait laissé à son intention des serviettes propres, posées en évidence sur une chaise près de la cabine de douche, ainsi que le tee-shirt subtilisé durant la nuit –, d'une démarche un peu lourde, nettement moins alerte et féline que d'ordinaire.

Quand elle revint dans la cuisine, sa cousine ouvrit la bouche pour parler, mais elle l'arrêta en levant un index et en secouant la tête. Refusant clairement de développer sa dernière confession.

Aidan ne mit pas très longtemps à les rejoindre, presque redevenu lui-même avec ses cheveux encore dégoulinants d'eau plaqués vers l'arrière, et son expression altière et peu avenante, déjà si coutumière. Il salua Louise d'un hochement de tête distant et Scarlett réalisa qu'elle ne l'avait jamais vu serrer la main de personne. Hormis la sienne.

Ce qui était un peu bizarre, non ? Mais était-il vraiment à une bizarrerie près ?

Comme il avait remis son manteau, Scarlett pensa qu'il voulait partir immédiatement. Par politesse, elle lui proposa néanmoins un café et des céréales – des trucs immondes, allégés, qu'elle avait achetés récemment, mais qu'elle n'arrivait pas à terminer –, puisque, malheureusement, c'était bien tout ce qu'elle avait. Et contre toute attente, il accepta.

Elle ne songea qu'après coup qu'il ne portait qu'un tee-shirt à manches courtes et qu'il préférait sans doute garder dissimulées ses cicatrices.

Il s'installa à table en face de Louise et une conversation courtoise s'engagea.

Scarlett se demandait quelle question il pouvait bien avoir à poser à sa cousine de si précis qu'elle ne puisse répondre elle-même – parce que cela concernait forcément le travail – lorsqu'il lança abruptement, d'un ton si froid qu'elle en eut la chair de poule :

— Louise, j'aurais besoin que vous éclairiez ma lanterne. Puisque vous avez dû patienter quelque peu dans mes locaux le premier jour, si mes souvenirs sont exacts ? Peut-être auriez-vous une idée de ce qui me vaut une réputation aussi désastreuse auprès des femmes que celle qu'a évoquée Scarlett ? (Puis il se tourna vers elle :) Quels mots as-tu employés déjà ? Ah oui, ça me revient. *Gros. Queutard. Pervers*. C'est bien ça, je ne me trompe pas, n'est-ce pas ?

Oh-oh… Aidan n'avait donc pas oublié. Et il était rancunier, apparemment.

Les deux cousines pâlirent de concert.

— Hé, Louise n'est pas responsable ! protesta Scarlett, montant dans les aigus tant elle était pantoise. Ça n'implique que moi. Ce n'était que ma propre… interprétation.

— Certes, convint-il en quittant la table pour poser son bol et sa tasse dans l'évier et les rincer mécaniquement, comme s'ils avaient une discussion tout à fait normale. Mais sur quelles bases, c'est ce que j'aurais aimé savoir.

Louise jeta un regard scandalisé à sa cousine, comme si soudain, elle se rangeait du côté d'Aidan. La traîtresse…

— Il est possible que j'aie rapporté un échange avec certains de vos employés, expliqua cette dernière avec une petite moue contrite. Échange durant lequel auraient circulé de simples ragots de seconde zone, rien de très sérieux, et surtout rien à voir avec Sébastien. Je suis désolée...

— Ça ne fait rien, je vous remercie d'avoir accepté de me répondre, allégua Aidan avant de quitter la cuisine. Je m'en doutais, de toute façon.

Scarlett le suivit jusque dans l'entrée, sans parvenir à trouver quoi que ce soit à dire.

Il s'arrêta devant la porte et pivota pour lui faire face. Puis il se défendit, comme si, finalement, la seule chose qui importait dans toute cette histoire était ce qu'elle pouvait penser de lui :

— Mon personnel ne m'apprécie pas beaucoup, alors ne va pas croire n'importe quoi, s'il te plaît. Je viendrai te chercher ce soir, à dix-neuf heures. Et pour la peine, j'aimerais que tu portes le collier que je t'ai offert.

Il lui tendit des papiers pliés en quatre – les fameux bilans – puis partit, sans attendre une quelconque réponse de sa part au sujet du rendez-vous qu'il venait de fixer, ne lui laissant ainsi pas le loisir de refuser.

21

Et à dix-neuf heures tapantes, comme promis, Aidan frappait à sa porte.

Scarlett s'était interrogée un bon moment à propos de cette soirée qu'il lui avait imposée.

D'un côté, elle le lui devait bien. Parce qu'après réflexion, ce qu'elle avait fait – soit l'agonir d'injures, pas forcément justifiées, au moment sans doute le moins opportun – était franchement... moyen ? Bon, assez dégueulasse, en fait. Et peut-être un peu cruel aussi, comme il le lui avait reproché...

Mais d'un autre côté, ses méthodes pour parvenir à ses fins et l'emmener à ce dîner qu'elle avait d'abord refusé restaient tout de même discutables. Il ne s'en rendait probablement pas compte, mais il la privait constamment de liberté en agissant comme il le faisait.

Ce qui la hérissait au plus haut point. Parce qu'aucun homme n'avait le droit de régenter sa vie et de la contraindre à aller là où elle n'avait pas envie d'aller. Personne ne choisissait à sa place et elle ne laisserait personne lui marcher sur les pieds. Hors de question. Pas même Aidan, si beau et attirant – et tellement attachant également, pauvre d'elle ! – soit-il.

Oui, mais voilà, le problème était qu'elle ne désirait qu'une chose depuis le matin, une sensation aussi pressante qu'indésirable et angoissante, le revoir. De toute urgence. C'en était presque un besoin…

Oh, mon Dieu, comment allait-elle parvenir à gérer ça ?

Toujours était-il que, sans qu'elle ne prenne réellement de décision, elle avait passé une bonne partie de l'après-midi à se pomponner, avait enfilé une robe bleu canard – une de celles qui lui allaient le mieux, à la coupe très élégante et raffinée, avec un décolleté pigeonnant, et dont la couleur faisait ressortir ses yeux noirs. Puis elle avait mis le collier. Seulement pour voir s'il irait avec le reste de sa tenue.

Elle ouvrit sa porte, toujours aussi stupidement hésitante. Et elle sut, à l'instant même où elle aperçut Aidan, qu'en réalité, il y avait bien longtemps qu'il avait obtenu gain de cause et qu'elle avait perdu son libre arbitre dans cette histoire.

Il portait un costume noir, toujours aussi chic et bien taillé, une chemise blanche, ainsi qu'une cravate de soie rayée gris clair et vert émeraude, tout à fait assortie aux pierres du bijou qu'il lui avait offert.

Et il avait un gros carton sous le bras…

Il examina Scarlett un bref instant, et son regard tomba, comme aimanté, sur sa poitrine, avant de s'en détacher, presque à contrecœur, pour aviser son cou. Un sourire large et franc irradia alors son beau visage aux traits ciselés, bouleversant de charme.

Ça lui faisait tant plaisir qu'elle porte son collier ?

Il recula d'un pas, inclina la tête sur le côté et plaisanta, d'une voix néanmoins un peu rauque, une lueur étrange s'allumant au fond de ses prunelles :

— Bon sang, et comment je suis censé faire pour me comporter décemment toute la soirée ?! N'as-tu donc aucune pitié ?

— C'est un genre de compliment, c'est ça ? le taquina Scarlett en lui rendant son sourire.

— C'en est un, assurément, confirma-t-il, le rythme de ses mots s'emballant tandis que ses yeux s'assombrissaient peu à peu. Que dire ? Tu es... renversante ? Irrésistible ? Divine ? Tellement... excitante. Ahem, oublie ce qualificatif un peu rustre, s'il te plaît. En fait, je suis réellement à deux doigts de planter mon client. D'ailleurs, si tu m'invites à entrer, je le fais, j'annule tout. Invite-moi à entrer...

Elle devina à son regard qu'il était sérieux, que c'était vraiment une proposition. Tout sauf raisonnable, au demeurant. Ne lui avait-elle pas déjà coûté une importante réunion ce matin ?

— Et tu m'as amené... un carton ? s'enquit-elle, changeant sciemment de sujet.

Il haussa les sourcils, comme s'il avait failli oublier, et repartit en lui tendant l'objet :

— À l'intérieur duquel se trouve une lampe, en vérité. Pour remplacer celle que j'ai malencontreusement cassée. Avec toutes mes excuses. Sébastien a fait son possible, c'est pratiquement la même. Enfin, j'espère pour lui.

Ils rejoignaient le restaurant après s'être garés à quelques rues de là, lorsque Aidan avisa son portable en soupirant, puis rangea l'objet dans la poche de son manteau d'un air préoccupé.

— Quelque chose ne va pas ? se renseigna Scarlett, comme il ne disait plus rien.

Après tout, la dernière fois qu'elle l'avait vu agir de la sorte, Romain essayait de le joindre et son père adoptif venait de faire une crise cardiaque – duquel elle n'avait eu aucune nouvelle du reste.

— Non, tout va bien, c'est seulement... grimaça-t-il, un peu embarrassé tout à coup. Enfin, j'aurais préféré ne pas t'en parler, parce que je doute que tu apprécies. Mais ma tante, qui doit s'ennuyer ferme semble-t-il, faute de voyage de noces, me harcèle depuis le mariage pour qu'on vienne dîner ensemble chez elle. Elle aimerait faire plus amplement ta connaissance.

Il avait raison, en temps ordinaire, elle n'aurait pas apprécié du tout. Elle n'avait jamais rencontré la famille d'aucun des hommes qu'elle avait fréquentés – enfin, si on pouvait employer ce terme dans le cadre de trois rencards suivis d'une fuite en règle – et ça lui convenait très bien ainsi.

Et même si rien n'était pareil avec Aidan et que l'idée ne la dérangeait pas tant que ça finalement – peut-être parce qu'ils avaient commencé par là –, toujours était-il que c'était beaucoup, beaucoup trop tôt.

Un peu comme tout le reste...

Et pourtant, elle s'entendit répondre :

— Moi aussi, j'aimerais faire plus amplement sa connaissance. Tu peux accepter, si tu en as envie.

Aidan s'arrêta, à quelques pas du restaurant et fronça les sourcils, à la fois perplexe et un peu méfiant :

— Vraiment ? Parce qu'il ne s'agit plus de jouer la comédie, cette fois. Si nous y allons, ce sera en tant que couple. Un *vrai* couple.

— Tu crois que je n'avais pas compris ?

— Elle propose après-demain, renchérit-il aussi sec, avec un air de défi.

— Ça me va, acquiesça Scarlett.

Challenge accepted.

Même pas peur. Ou alors, rien qu'un tout petit peu...

Mais Aidan parut si heureux – et accessoirement, tellement surpris – que ça en valait bien la peine. De toute façon, il avait tant veillé à ce qu'elle ne puisse pas le fuir, qu'elle ne s'imaginait plus pouvoir en être capable.

Ils étaient un *vrai couple*. Il n'avait plus besoin de l'en convaincre.

Le restaurant se révéla encore plus guindé que ce à quoi Scarlett s'était attendue. Elle en fut d'abord un peu impressionnée, se demandant ce qu'elle fichait là, au milieu de tous ces gens qui n'appartenaient manifestement pas au même monde. Mais Aidan fit tout pour la mettre à l'aise.

Tout, comme, par exemple, passer l'intégralité du repas à lui caresser la jambe, en cachette, sous la table...

Durant la première partie de la soirée, il revêtit son masque de P-DG un poil désagréable et arrogant – et qui salue sans serrer la main – pour discuter affaires avec son client. Tandis qu'en parallèle, Scarlett s'entretint de tout et de rien avec la femme de celui-ci.

Mais les choses se corsèrent par la suite. Parce que la main d'Aidan délaissa le genou de Scarlett pour remonter progressivement le long de sa cuisse, à mesure que le temps passait. Il se laissa peu à peu prendre à son propre jeu, se montrant de plus en plus distrait... Ce qu'elle aurait pu trouver touchant, si elle avait eu l'occasion de penser à autre chose qu'à l'intense brûlure de ses doigts sur sa peau et la résonance que cela provoquait, au creux de son ventre.

— J'aurais dû annuler, j'ai cru que cela n'en finirait jamais, soupira-t-il, après avoir quitté le restaurant, une fois seuls dans la Toyota, avant de démarrer et de lui adresser un regard grave : Si je te raccompagne chez toi, tu ne me claqueras pas la porte au nez, n'est-ce pas ?

— Tu ne me laisserais pas faire, conjectura-t-elle, tout en se surprenant à trouver cela... plaisant ? flatteur ? rassurant ?

Enfin, quelque chose dans ce goût-là.

— C'est vrai, reconnut-il sans détour. Mais j'aurais assez apprécié un accord verbal de ta part, au préalable.

— Allons chez toi plutôt, proposa alors Scarlett, songeant au désordre qui régnait toujours dans sa maison, et au ménage, qui laissait tout autant à désirer.

Sur le coup, Aidan n'eut pas l'air aussi ravi qu'elle l'avait espéré. Il prit quelques secondes pour réfléchir et se passa la paume sur la bouche. Puis il pivota vers elle, parut hésiter à poser une question, pour finalement revenir à son volant et enclencher la première vitesse.

— Très bien, comme il te plaira.

Ils n'échangèrent plus un mot jusqu'à ce qu'ils se retrouvent l'un face à l'autre, dans l'ascenseur de l'immeuble d'Aidan. Scarlett le vit esquisser un geste vers elle, puis s'interrompre en soufflant par le nez. Il ouvrit la bouche pour parler, puis la referma sans qu'aucun son n'en sorte.

Et, les narines frémissantes, il finit par se jeter sur elle. Tout aussi sauvagement que la veille.

Une main sous son menton pour l'incliner, l'autre bras enroulé autour de sa taille pour la décoller du sol – remontant sa robe de manière assez indécente dans la manœuvre –, il l'embrassa furieusement. Un peu comme s'il était en colère d'avoir dû se contenir toute la soirée.

Scarlett s'accrocha d'abord à lui. Avant de tenter de se dégager, tandis que les portes de l'ascenseur s'ouvraient, gênée de se retrouver presque les fesses à l'air dans un endroit où n'importe qui était susceptible de débouler d'un moment à l'autre.

Aidan se détacha de ses lèvres, mais au lieu de la libérer, il appuya son front contre le sien et gronda :

— Trop tard pour faire demi-tour, Scarlett, tu es venue de ton plein gré, je te rappelle. Et ne me demande pas de me tenir tranquille ce soir, j'en serai totalement incapable.

— Je ne demande rien de tel, marmonna-t-elle, sentant tout son corps s'embraser, si près du sien.

Il attrapa la bretelle de sa robe et tira dessus, comme s'il était prêt à la dénuder séance tenante. Puis il déglutit et la remit en place :

— Pas de promesse de bonne conduite alors. Et pas de pudeur. Pas avec moi. C'est une perte de temps. Je te veux tout entière, tout de suite, sans restriction. D'accord ?

— D'accord, acquiesça-t-elle, les battements de son cœur s'emballant soudain.

Hum, elle venait de s'engager à quoi là, exactement ? Était-elle tombée sur la tête ? Comment ça, pas de restriction ? Elle avait beaucoup de *restrictions* en vérité sur ce plan. À commencer par la pénombre, dont il l'avait privée déjà hier… À quoi fallait-il s'attendre d'autre ?

— Voilà, c'est bien mon ange, approuva-t-il en déposant un dernier baiser sur ses lèvres déjà gonflées, un petit sourire triomphant au coin des siennes. C'est très bien.

Puis il la relâcha, un peu brusquement, et l'entraîna à sa suite, avec un empressement à peine contenu, jusqu'à la porte de son appartement. Qu'il referma à clef derrière elle, exigeant, sans même se retourner :

— Va dans la chambre, je te rejoins. Mets-toi nue pour moi.

Euh... et un *s'il te plaît*, c'était trop peut-être ?

OK, Aidan était donc passé en mode despotique. Devait-elle s'en offusquer ? Devait-elle en être effrayée ou bien... excitée ?

Absolument aucune idée. Son esprit et son corps étaient manifestement en désaccord et la délibération du jury n'était pas prévue pour maintenant.

Elle faillit répondre : « oui chef, bien chef ! », ou alors « mais bien sûr, compte là-dessus et bois de l'eau fraîche ! » histoire de le remettre d'emblée à sa place. Mais elle n'y parvint pas. Elle n'avait plus du tout envie de plaisanter.

Ni même de protester.

Non, elle avait envie de... suivre ses directives, tout simplement.

Alors elle se rendit dans sa chambre, sans un mot, et se dévêtit, comme il l'avait réclamé. Ne gardant sur elle que le collier ainsi que ses chaussures – parce que, quand même, c'était toujours ça de pris niveau longueur de jambes et que ça l'aidait à être un peu plus sûre d'elle... dans une certaine mesure, cela dit.

Mais du coup, ça excluait forcément l'idée de l'attendre allongée sur le lit, non ? Elle s'interrogeait encore sur ce qui était préférable – ce qui lui serait le plus seyant surtout –, quand Aidan arriva.

Il avait retiré sa veste et sa cravate, et était pieds nus. Il inspira profondément en la regardant et s'adossa contre la porte – qu'il avait également refermée – de sa chambre. Alors qu'elle n'avait allumé que la lampe de chevet, il n'eut aucune pitié et appuya sur l'interrupteur du plafonnier. Et il prit tout son temps pour l'examiner de haut en bas, la passant au crible de son regard perçant.

Comme les choses se prolongeaient déraisonnablement, entamant lentement, mais sûrement, le peu de courage dont Scarlett disposait, elle se laissa tomber assise sur le lit. Et se couvrit la poitrine de ses bras.

Pas de pudeur, OK, mais enfin ça restait plus facile à dire qu'à faire.

Aidan se décolla alors de la porte pour venir vers elle, et s'agenouilla devant elle, posant les mains juste à côté de ses cuisses, à plat sur le matelas. Il attendit qu'elle plonge son regard dans le sien pour déclarer, d'un ton sévère, intransigeant, qui contrastait avec l'expression douce sur son visage :

— Je ne veux pas de ça, c'est hors de question. Plus jamais.

Et elle sut qu'il faisait allusion à sa posture, légèrement prostrée.

Évidemment, il ne devait pas rencontrer souvent ce type de comportement avec les femmes qu'il fréquentait d'ordinaire. Ces femmes qui avaient assez de moelle pour oser l'aborder. Il ne devait pas avoir l'habitude qu'on ne s'exhibe pas fièrement devant lui.

Comme il s'obstinait à demeurer immobile, exigeant silencieusement et patiemment qu'elle obéisse, elle finit par décroiser les bras. Sans savoir trop quoi en faire…

Elle posa d'abord ses mains sur ses genoux. Mais Aidan lui attrapa les poignets et les ramena en arrière, l'obligeant à se cambrer légèrement. Scarlett se laissa faire et il grogna sa satisfaction.

Tout en continuant à la contempler, il se recula pour déboutonner sa chemise, la retirer, défaire sa ceinture, puis la braguette de son pantalon, dans lequel il était déjà tellement à l'étroit. Laissant alors apparaître le haut du boxer noir qu'il portait… ainsi qu'une impressionnante proéminence.

Ouh là, mais sérieux, quelle taille faisait-il ?

Il se pencha ensuite pour lui saisir une cheville, la parcourir de baisers et de caresses délicieuses, et la débarrasser de son escarpin. Avant de réitérer l'opération pour la seconde.

Puis il se redressa, le souffle un peu agité, lui saisit les hanches, et l'attira brutalement à lui, de sorte qu'elle soit tout au bord du lit. Alors il rendit un merveilleux hommage à sa poitrine – qu'il avait décidément l'air de particulièrement apprécier…

Et le brasier qui couvait en Scarlett depuis qu'ils étaient au restaurant, s'embrasa complètement sous ses attentions.

La retenue la quitta progressivement. Et, gémissant, elle laissa ses doigts errer sur les larges épaules de son compagnon, dans son dos, jusqu'à ses reins, troublée de sentir chacun de ses muscles réagir, tressaillir à son contact.

Sans qu'elle comprenne trop comment, Aidan se retrouva allongé sur elle, sur le lit, revêtu uniquement de son boxer. Il lui mordilla le cou tandis que sa main descendait, passant de son ventre à sa toison, dans laquelle elle se promena un instant. Avant qu'il vienne appuyer contre son intimité, traçant de petits cercles lents. Habiles. Provocants. Affolants.

Scarlett se tordit, déjà presque vaincue par cette exquise torture, quand, tout à coup, il cessa, la laissant pantelante. Et un peu frustrée aussi. Parce qu'elle avait vraiment pris goût au plaisir que lui seul parvenait à lui donner.

Il l'embrassa, et, en passant les mains dans ses cheveux de jais, elle se rendit compte qu'il avait à peu près aussi chaud qu'elle. Ou peut-être même davantage.

— Je veux que tu aies envie de moi, susurra-t-il à son oreille. Vraiment. Que tu me désires ne serait-ce que le dixième de ce que moi, je te désire…

— Mais je te désire Aidan, balbutia-t-elle, éperdue, confuse qu'il puisse imaginer que ça ne soit pas le cas. Plus que je n'ai jamais désiré aucun autre homme.

Et c'était vrai. Elle ne le montrait pas assez, à l'évidence, mais elle était totalement folle de lui.

— Alors c'est un bon début, approuva-t-il dans un soupir rauque.

Puis il se lança ensuite dans le dessin d'un chemin avec sa langue, reliant sa gorge à son nombril. Puis son nombril à…

— Aidan ! s'exclama-t-elle en essayant de se soustraire à lui, tandis qu'il enfouissait le visage entre ses cuisses, les lui repoussant frénétiquement.

Jamais aucun des dix – ou onze, plutôt, puisqu'il fallait bien compter Romain – n'avait pris de telles libertés avec elle. Et ça lui convenait parfaitement ainsi. Ne fallait-il pas se connaître depuis un peu plus longtemps pour ça ?

Mais Aidan adorait brûler les étapes.

Il n'en fit d'ailleurs qu'à sa tête et lui immobilisa les hanches pour mieux continuer à visiter son intimité de sa bouche, choisissant d'ignorer ses protestations. Et elle aurait été absolument furieuse qu'il s'obstine ainsi, si seulement... si seulement il n'avait pas su s'y prendre aussi divinement bien.

Rapidement, ses coups de langue appuyés, traçant des figures géométriques compliquées et savantes, eurent raison d'elle. Les vagues d'une extase incandescente menaçaient de déferler sur elle... lorsque, soudain, Aidan s'interrompit.

Alors là, ça devenait franchement mesquin !

Tentait-il de la rendre dingue ? Parce qu'elle n'allait pas tarder à le devenir à ce compte-là ! Essayait-il de se venger de la veille ?

Il se releva, et elle lut dans ses yeux assombris, à la lueur un peu démente, qu'il ne s'agissait pas de ça. Non, il voulait s'assurer qu'elle ne puisse le refuser cette fois.

Et il était très fort, parce qu'elle en était réellement incapable.

Elle était même à présent si impatiente...

Aidan fit glisser son boxer, libérant un membre engorgé, d'une taille qu'elle n'avait jamais vue, encore plus imposant que ce qu'elle avait soupçonné.

Puis il revint s'étendre sur elle, s'installant entre ses jambes avec des gestes fébriles, les mâchoires crispées.

Dans le brouillard de son esprit – qu'elle ne devait qu'à lui et ses méthodes particulièrement machiavéliques pour parvenir à ses fins –, elle songea que ça n'avait pas d'importance, qu'elle serait en mesure de gérer ça... De toute façon, elle n'avait plus tellement le choix et elle avait beaucoup trop envie de lui pour s'interroger outre mesure.

Elle passa une main entre eux et voulut à son tour le caresser. Mais à peine l'eut-elle effleuré qu'il se raidit. Il arrêta son poignet et objecta, la voix subitement très enrouée :

— Pas maintenant… je ne suis vraiment pas loin de… Tu ne voudrais pas me faire mourir de honte dans l'instant, n'est-ce pas ?

— Non, souffla-t-elle, tandis qu'il lui ramenait les mains au-dessus de la tête.

Puis il se plaça à l'orée de sa féminité, commença à peser sur elle, et il s'enfonça. Peu à peu. Très lentement. Luttant encore une fois pour réussir à s'imposer.

Elle se cramponna à sa nuque et il poussa un petit gémissement feutré, se retirant légèrement pour répéter la manœuvre en serrant les dents. Il replongea ainsi plusieurs fois en elle, sans parvenir à se loger tout à fait au creux de son corps.

Puis il se redressa légèrement, un peu tremblant, se repositionna et attrapa l'un de ses genoux pour l'enrouler autour de sa hanche. Il lui adressa un regard fiévreux, une petite lueur étonnée dansant au fond de ses prunelles, et donna un coup de reins. Puis un autre. Et ainsi de suite.

De plus en plus fougueux et exigeants. Jusqu'à ce que leurs bassins se rencontrent, et qu'il soit enfin tout entier en elle.

À la sensation d'inconfort du début, succéda soudain une décharge de pur plaisir. Et très vite, l'orgasme s'abattit sur elle, déclenchant dans tout son corps une tempête, un ouragan sans précédent, fracassant tout sur son passage.

Tandis qu'elle se tordait sous lui, mordant son épaule pour ne pas crier trop vivement, il la serra dans ses bras, très fort. Il haleta en réponse et s'immobilisa pour tenter de se maîtriser et ne pas céder lui aussi.

Mais il ne put résister bien longtemps. Un grondement sourd roula dans sa gorge, ses mouvements reprirent l'espace de quelques instants, se firent plus rapides, primitifs. Puis il la cloua au matelas d'un puissant coup de boutoir et une exclamation vibrante, presque déchirante, lui échappa tandis qu'il se répandait en elle.

Alors il s'effondra sur elle, pesant de tout son poids, épuisé, en sueur et hors d'haleine.

22

Elle caressa son dos et Aidan frissonna. Puis il bascula sur le côté, tout en l'emportant dans son élan pour l'installer contre lui. Il ravala bruyamment sa salive, cherchant encore son souffle, puis cafouilla :

— Je… hem… Dis quelque chose, tu veux bien ?

Elle n'était pas contre, mais encore fallait-il qu'elle retrouve ses mots.

— Tu es… très grand, lâcha-t-elle avant de refermer les paupières et de les serrer face à la stupidité de sa remarque.

— Ah, oui, c'est possible, concéda-t-il dans un murmure perplexe, avant d'affermir son étreinte et d'embrasser ses cheveux. Et toi, tu es une très petite déesse. Mais tu es *ma* déesse quand même. Juste faite pour moi, malgré tout.

Scarlett se sentit vraiment bizarre tout à coup. Ces paroles, elles avaient à la fois une connotation très intime, mais aussi une autre résonance…

— Je suis si bien dans tes bras Aidan, confia-t-elle, bouleversée de devoir le reconnaître.

— C'est parce que c'est là que tu dois être, et nulle part ailleurs, chuchota-t-il, avant d'ajouter, d'une voix si basse qu'elle l'entendit à peine : Mon amour.

Elle avait presque envie de pleurer. Jamais on ne lui avait dit de telles choses… et jamais elle n'avait ressenti de sentiments aussi puissants envers un homme. Pas même le tout premier.

Non, c'était certain maintenant. Personne jusqu'à présent ne lui avait donné autant de papillons dans le ventre. Personne d'autre avant lui n'avait éveillé ce désir et toutes ces sensations délicieuses en elle.

Il était le seul à avoir cet effet-là sur elle.

Aidan la fit doucement pivoter contre lui, de sorte qu'elle se retrouve dos à lui, couchée sur le côté. Puis il lui embrassa la nuque avec de plus en plus d'insistance, tout en lui caressant la hanche, dérivant lentement vers ses fesses. Très subtilement, il la repoussa jusqu'à ce qu'elle soit étendue sur le ventre, et revint sur elle.

De sa grande main chaude, il recouvrit la sienne, si petite en comparaison, et noua ses longs doigts aux siens. Tandis qu'il glissait l'autre entre son corps et le matelas, pour aller se loger contre sa toison. Où il exerça une exquise pression, tout en l'incitant à s'arquer davantage vers lui.

Et il ne fallut pas longtemps pour que son membre, déjà de nouveau en érection, retrouve le chemin de son intimité. Il s'attarda un moment à l'entrée de son sexe, avant de revenir s'y enfouir. Très profondément.

Il y eut d'abord beaucoup de tendresse. Laquelle laissa ensuite progressivement place à l'instinct. Les mouvements d'Aidan passèrent de lents à rapides.

Puis ses gestes devinrent carrément sauvages.

Et Scarlett se rendit compte qu'elle adorait ça.

Être autant désirée, possédée avec une telle passion, une telle fougue… rien n'était comparable à ça.

Cela dura beaucoup plus longtemps que la première fois. Peut-être un peu trop, d'ailleurs, car elle n'en pouvait plus de plaisir. Son corps était repu et elle était exténuée. Mais pas lui, manifestement.

L'extase les cueillit au même instant. Puissante et intense. Vraiment violente.

Elle s'agrippa aux draps et les doigts d'Aidan s'accrochèrent à ses cheveux tandis qu'il soulevait légèrement son bassin de son autre bras, l'attirant fébrilement à lui. Ses petits cris aigus se mêlèrent à son rugissement bestial et ils retombèrent ensemble, à bout de forces tous les deux.

Scarlett resta quelques secondes l'esprit vide, flou, désorientée. Jusqu'à ce qu'Aidan la reprenne dans ses bras, l'emprisonnant, comme il avait maintenant l'habitude de le faire.

Pas de pudeur. Pas de restriction. Elle comprenait à présent. Et bizarrement, ça lui convenait. En fait, elle n'avait jamais rien vécu d'aussi torride, d'aussi... merveilleux, également.

Le souffle d'Aidan dans son cou devint régulier et très lent, et elle devina qu'il s'était endormi. Elle s'apprêtait à l'imiter, mais un besoin pressant l'en empêcha. Elle se releva donc avec toutes les précautions nécessaires pour s'arracher à l'emprise de son compagnon sans le réveiller, et, contre toute attente, y parvint.

Elle ramassa sa robe, plus par réflexe qu'autre chose, et la passa sans la fermer, juste histoire de se couvrir un peu. Sachant qu'il existait une seconde salle de bains dans cet appartement – là où Aidan avait pris ses fameuses douches froides durant la première nuit qu'ils avaient passée ensemble –, elle quitta la pièce sur la pointe des pieds.

S'il était possible de faire fonctionner une autre chasse d'eau que celle qui se trouvait juste à côté de la chambre, ce ne serait pas plus mal. Autant laisser Aidan dormir tranquillement.

Scarlett erra donc dans l'appartement, à la seule lumière de l'éclairage de la rue, les volets étant restés ouverts. Elle trouva la deuxième salle d'eau juste à côté du bureau.

Tout aussi effrayante de propreté et d'ordre que l'autre, par ailleurs.

Elle se passa un peu d'eau sur le visage et essuya les traces de mascara sous ses yeux, que leurs ébats débridés avaient fait couler. Elle s'observa un instant dans le miroir, et se vit rougir, tandis qu'elle y repensait.

Bon sang, comment avait-elle fait jusque-là pour réussir à se passer aussi longtemps de ces plaisirs-là ? Et surtout, pour réussir à se passer de ses bras, à lui...

Elle secoua la tête, essayant de chasser les pensées étranges qui circulaient sous son crâne. Elle rejoindrait Aidan dans la chambre, mais d'abord, elle avait besoin de réfléchir un peu. Tout allait tellement vite. Elle était déjà si attachée à lui. Amoureuse, sans doute...

Merde ! Oui, c'était ça.

Ne s'était-elle pas promis de ne jamais tomber amoureuse ? Elle croyait vraiment que c'était possible, qu'elle en était capable, et assez forte pour s'y tenir. Jusqu'à ce qu'elle rencontre Aidan...

Ne sachant trop où aller en attendant de se décider à retourner se coucher, Scarlett atterrit dans le bureau. La pièce maîtresse. Elle avisa une nouvelle fois les étagères, tous ces documents austères rangés là.

Finalement, elle ne connaissait pas grand-chose de cet homme. Ce qui n'était pas pour la rassurer. L'énigme qu'il représentait demeurait. Insaisissable. Pourquoi vivait-il ainsi ? Pourquoi consacrait-il sa vie entière au travail ? Il n'avait jamais essayé de le lui expliquer...

Puis elle tomba de nouveau sur le vieil étui qui contenait son violon.

Et pourquoi ce sujet était-il si sensible ? Il était censé en jouer parfaitement, mais si tel était le cas, pour quelle raison ne lui avait-il pas encore fait de démonstration ?

Ah oui, et surtout, pourquoi n'avait-elle pas le droit d'y toucher ?

Et ce fut plus fort qu'elle.

Scarlett n'avait jamais aimé les interdits, de toute façon, d'autant plus lorsqu'elle estimait que ceux-ci étaient stupides. Elle prit l'étui, le posa sur un des bureaux, et l'ouvrit.

Un vieux violon apparut, usé, au vernis craquelé par endroits. Et derrière ses cordes était coincée une photo.

Une photo qui lui était curieusement familière.

Scarlett l'attrapa, la tira délicatement, puis alluma une lampe, afin d'y voir plus clair.

Et les battements de son cœur s'accélérèrent d'un coup.

Bordel. De. Merde.

C'était elle. Elle, jeune. Posant avec une amie, dont on ne voyait plus que le bras – le reste ayant été soigneusement découpé –, sur une couverture, lors d'un pique-nique avec des amis.

Elle se souvenait de cette sortie. Se souvenait de la photo, prise par une copine. Puis collée dans son casier par cette même copine. Un jour, l'image avait disparu. Et si elle avait trouvé cela étrange, elle ne s'en était pas plus souciée que ça à cette époque.

Mais enfin, que faisait Aidan avec cette photo ? Et pourquoi l'avait-il rangée ici, précisément ? Il y avait de quoi flipper un peu, non ?

Ou... beaucoup.

Parce que dès le premier jour, il avait dit se souvenir d'elle. Dès le premier jour, il avait agi bizarrement.

Sans qu'elle y réfléchisse davantage, Scarlett se retrouva devant la porte, prête à s'échapper.

Bien sûr, sa spécialité.

Parce qu'elle ne savait pas réagir autrement. Parce que cette fois, cela dépassait – et de très loin ! – ce qu'elle était en mesure de gérer.

Il fallait croire que c'était dans sa nature, après tout.

Elle ne portait ni chaussures ni sous-vêtements, et avait seulement sur le dos sa robe dont la fermeture béait, et pourtant, elle tourna la poignée, s'apprêtant à détaler à toutes jambes.

Mais elle était fermée à clef. Et de clef sur la serrure, il n'y avait plus. Elles avaient tout bonnement… disparu !

Merde alors, elle était prise au piège ?!

Le plafonnier s'alluma subitement et elle hoqueta dans un sursaut de frayeur, pivotant brusquement, pour se retrouver face à Aidan. Debout, à l'autre bout de l'entrée, à demi nu, ne portant que son boxer noir. L'air à la fois furieux et atrocement déçu.

— Que fais-tu ? articula-t-il en fronçant les sourcils, un pli douloureux se creusant entre eux.

— Qu'est-ce que… où sont les clefs ? cafouilla-t-elle. Pourquoi… tu m'as enfermée ?

C'était donc pour cette raison qu'il avait exigé qu'elle rejoigne la chambre avant lui ? La vache, c'était tellement tordu ! Ça, en plus du reste…

Il se passa la paume sur la bouche, nerveusement, puis répondit, comme si c'était parfaitement légitime :

— Je craignais que tu ne fasses exactement ce que tu es en train de faire.

Parce qu'il savait qu'elle était ainsi, qu'il lisait en elle mieux que quiconque. Et qu'il lui imposait ses choix à lui. Qu'il était prêt à cacher ses clefs pour s'assurer qu'elle ne puisse le fuir.

— Je n'aurais probablement pas essayé de me tirer d'ici, si je n'avais pas trouvé ça ! argua-t-elle en brandissant devant elle la photo.

Aidan blêmit, passant de pâle à livide en un éclair. Il battit des paupières, incrédule.

— Tu as fouillé dans mes affaires ? interrogea-t-il, une inflexion curieuse, blessée, ou plutôt trahie, dans la voix.

— De mon point de vue, ça n'est pas le plus gros problème. Bon sang, mais qu'est-ce que tu fiches avec cette vieille photo de moi ?! Depuis quand tu l'as ?

Puis elle réalisa soudain, l'effroi se répandant en elle comme un poison dans ses veines :

— Ce premier rendez-vous, tu étais furieux contre Louise, parce que… parce que c'était avec moi, et personne d'autre, que tu voulais traiter. Ce n'était pas un hasard, n'est-ce pas ? Tes locaux sont si récents, pourquoi vouloir déjà les réaménager ? Pourquoi avoir fait appel à mes services, en fin de compte ? Tu n'as quand même pas fait ça…

— Juste pour te revoir ? compléta Aidan d'un ton faible. Peut-être que si.

— Oh, mon Dieu, murmura Scarlett en essuyant des larmes qui avaient coulé sans qu'elle s'en aperçoive. Tu te rends compte à quel point c'est flippant ? Alors, ça veut dire quoi ? Que tout était prévu ? Dans les moindres détails ? Que tu m'as prise au piège, du début à la fin.

— Non, protesta-t-il en secouant vivement la tête. Ce n'est pas ça. Pas du tout !

Il voulut approcher, mais elle se plaqua contre la porte. Alors il renonça, et ses traits reflétèrent un profond déchirement.

— Je... commença-t-il avant de s'interrompre, d'inspirer longuement, et de reprendre : Je suis fou de toi depuis le lycée. Mais on m'a éloigné, et quand je suis revenu, tu t'étais évaporée dans la nature. Jamais je n'ai réussi à t'oublier. Puis il y a eu cet après-midi, je t'ai aperçue au cimetière, alors que j'étais venu fleurir la tombe de ma mère, le jour même des funérailles de la tienne. Je me suis renseigné, et quand j'ai su que tu allais rester, j'ai décidé d'attendre quelques semaines. Et ensuite, c'est vrai, j'ai provoqué cette rencontre. Parce que je ne pouvais pas passer à côté de toi une nouvelle fois sans rien tenter. Parce qu'il n'existait aucun autre moyen.

— Et tu ne m'as strictement rien dit, reprocha Scarlett, trop en colère pour être touchée.

Il soupira et eut un petit sourire amer.

— À quoi bon ? Tu ne te souviens absolument pas de moi.

— Est-ce que je devrais ? hasarda-t-elle, voulant croire que quelque chose lui avait peut-être échappé.

Il haussa les épaules, puis secoua à nouveau la tête, désabusé.

— Je ne pense pas.

— Donc si je résume, Aidan, gémit-elle, luttant pour ne pas fondre en sanglots. Tu gardes une photo de moi depuis l'époque du lycée, cachée dans l'étui de ton violon, auquel tu ne voulais pas que je touche, de peur que je le découvre. Tu as déboursé une somme faramineuse pour des travaux inutiles dans tes bureaux, uniquement pour m'attirer dans tes filets. Et tu as ensuite trouvé n'importe quel prétexte fumeux, comme l'aménagement de ta maison ou encore le mariage de ta tante, pour parvenir à tes fins et me mettre dans ton lit. Bravo, tu as gagné, tu as conjuré le passé et eu la fille qui te plaisait au lycée ! Tu sais, c'était un peu cher payé. D'ordinaire, avec moi, c'est gratuit. Tu t'es donné beaucoup de mal pour pas grand-chose…

— Arrête ! s'écria-t-il en serrant les poings. Tu déformes tout. Tu sais bien que ça n'a rien à voir avec ça. Tu sais que je t'aime, bon sang !

— Et moi, j'ai peur de toi, rétorqua-t-elle, trop bouleversée pour ne pas être tout à fait franche.

— Mais tu as peur de tous les hommes, fit-il valoir d'une voix blanche.

Cette fois, c'en était trop ! Ça n'était pas parce qu'il réussissait à voir clair en elle que ça lui donnait le droit de retourner ses angoisses les plus intimes et les plus secrètes contre elle.

C'était même dégueulasse.

— La ferme, Aidan ! aboya-t-elle en retirant le collier qu'elle portait encore pour le jeter rageusement dans sa direction. Tu vas ouvrir cette porte immédiatement et tu vas me laisser partir ! Après ça, je ne veux plus rien avoir à faire avec toi. Jamais.

Il ferma les paupières, comme s'il s'était attendu à cette sentence, et un muscle joua sous la peau de sa mâchoire. Quand il rouvrit ses beaux yeux vert pâle, elle vit qu'ils étaient anormalement brillants.

Mais elle s'en moquait. Parce que ce qu'il avait fait était proprement infâme. Il avait menti. Joué un jeu. Monté tout un plan… Il s'était bien fichu d'elle au bout du compte, ce sale type !

Aidan se détourna promptement et lâcha dans son dos, d'un ton glacial :

— Je vais appeler un taxi. Je n'ouvrirai que lorsqu'il sera en bas de l'immeuble. En attendant, tu devrais aller te rhabiller. Tu ne portes même pas de chaussures, au cas où tu ne l'aurais pas remarqué. Quant à la photo, je te prierai de bien vouloir la remettre là où tu l'as trouvé. Je la garde, elle est à moi.

23

Scarlett resserra les bras autour de ses genoux, se pelotonnant dans son grand pull-over, tout au fond de son vieux canapé si moelleux.

Canapé sur lequel Aidan et elle avaient bien failli…

Ah, mais non ! Elle ne devait pas penser à ça ! Jamais il n'allait sortir de sa tête, cet enfoiré ?!

Louise l'observa en battant des paupières pendant un bon moment, puis baissa le front, comme si elle n'avait pas bien entendu. Normal, après un tel récit. Scarlett elle-même en était encore complètement bouleversée.

Elle était rentrée chez elle en pleine nuit en taxi – taxi qu'elle n'avait même pas pu régler, Aidan ayant payé la course d'avance, juste histoire d'avoir le dernier mot, le salaud ! – et n'avait pour ainsi dire pas dormi depuis.

Elle avait tellement mal…

Voilà qui lui apprendrait. Ne jamais se laisser aller aux sentiments… enfin, elle se l'était toujours promis. Une fois, une seule, elle contrevenait à ses principes, et pour quel résultat !

Louise, une expression incrédule sur son beau visage de poupée Barbie, se décida enfin à parler :

— Il a dit… Il a dit qu'il *t'aimait* ?!

Oui, et qu'il avait provoqué leur rencontre, et qu'il gardait une photo d'elle depuis le lycée ! Merde, comment sa cousine pouvait-elle s'arrêter seulement là-dessus ?!

— C'est vrai, mais...

— Et toi, tu l'as froidement plaqué ? se récria Louise avec une moue dépitée.

Pour rappel, une amie, ça n'était pas censé aller dans votre sens, d'autant plus en cas de crise majeure, comme c'était le cas ?!

— Sérieusement, tu voulais que je fasse quoi d'autre, que je saute au cou de mon nouveau petit copain le psychopathe ? Hé, j'aime bien Dexter, mais il reste derrière l'écran, merci !

— Marseille a gravement déteint sur toi, ma puce, tu as bien fait d'en partir, on va peut-être pouvoir te sauver. Tu n'exagères pas, mais alors peut-être rien qu'un tout petit peu ? Tu viens de me raconter qu'Aidan est amoureux de toi depuis le lycée, qu'il t'a revue fortuitement quand tu es revenue dans le coin et qu'il a ensuite décidé de débourser une somme conséquente pour nous engager, parce qu'il ne savait pas comment faire autrement pour se manifester à toi, c'est bien ça ? En quoi ça ferait de lui un psychopathe, s'il te plaît ?

— Ça sonne différemment dans ta bouche, reconnut Scarlett, avant d'ajouter cependant, un index en l'air : Mais ça reste flippant.

— Et si je te disais que moi, je trouve ça follement romantique, soupira Louise, un peu maussade tout à coup.

Scarlett inclina la tête.

— Je te répondrai que tu es dingue, chère cousine. Je t'assure que ça n'avait vraiment rien de *romantique*. Son frère avait peut-être raison lorsqu'il disait qu'Aidan est taré. Et c'est tombé sur moi, évidemment...

Rien que prononcer ces mots lui était douloureux. Un pincement au cœur, insidieux, et surtout indésirable. Pourquoi n'arrivait-elle pas à le penser réellement ? Aidan était... ce qu'il était – aucun qualificatif ne semblait adapté finalement – mais il n'était pas *taré*. Et c'était injuste de sa part, malgré tout, de répéter les insultes de Romain.

Louise la toisa avec un certain mécontentement, puis, après un temps de silence, la tança :

— Est-ce que tu vas te plaindre encore longtemps ou pas ? C'est juste pour savoir si je dois te donner un coup sur le crâne tout de suite ou si j'attends quelques minutes. Il n'y a rien de romantique, de passionné, sans un soupçon de folie. Je regrette, mais c'est la base. C'est bien dommage que ça t'effraie à ce point. Personnellement, je trouve assez triste que tu n'aies même pas essayé d'en savoir davantage. Tu ne lui as laissé aucune chance de s'expliquer.

— Tu as entendu ce que j'ai dit, il avait une photo de moi ! s'exclama Scarlett, choquée que sa cousine ne le soit pas.

Photo qu'elle avait dû remettre à sa place, à sa demande. Parce qu'il considérait qu'elle lui appartenait. C'était ce qu'il avait affirmé, au risque même de passer pour plus barge encore...

— Excuse-moi si cette histoire d'amour de lycée retrouvé me fait rêver, rétorqua Louise, perdant subitement le ton doux et agréable qu'elle employait toujours, en toute circonstance. Mais c'est sans doute parce que moi, je n'ai jamais rien eu de tout ça. Mon ex-mari ne m'a épousée que parce que je *faisais joli à son bras* – je le cite. Et il n'a pas cherché une seule seconde à me retenir quand j'ai voulu partir – si ce n'est quand il a réalisé ce que ça allait lui coûter, l'infidélité n'étant pas exactement à son avantage dans cette affaire. Quant aux autres, même combat. Des relations tout aussi superficielles que dénuées d'intérêt. Jamais on ne m'a dit de choses aussi belles à moi, tu vois. Jamais je n'ai compté à ce point. Pour personne. Et si c'était possible, je serais prête à payer, et cher, pour vivre un truc pareil. Alors vraiment, je suis navrée, mais il va falloir trouver quelqu'un d'autre que moi pour compatir, si tu as du mal à t'en remettre.

Tout à coup, Scarlett se sentit embarrassée. Elle n'avait pas imaginé un instant que la si pétulante Louise puisse ne pas être aussi heureuse qu'elle le montrait. D'ailleurs, c'était bien la première fois qu'elle tenait ce type de discours...

D'accord, son point de vue se défendait. Mais ça ne changeait rien à la situation. Quelles explications Aidan aurait-il pu fournir qui auraient été susceptibles de rendre la découverte de cette ancienne photo moins glauque ?

Aucune.

Non, vraiment, elle avait bien fait de s'enfuir. Peut-être grossissait-elle le trait en le qualifiant de psychopathe – oui bon, d'accord, c'était n'importe quoi –, mais quoi qu'il en soit, tout ça était bien trop tordu. Bien trop lourd à porter pour des épaules aussi fragiles que les siennes.

D'autres sans doute, mais elle, elle ne pouvait pas gérer ça.

Cependant, ça n'enlevait rien à la douleur qu'elle éprouvait. Pourquoi cette séparation la faisait-elle tant souffrir, alors qu'ils avaient à peine été ensemble ? C'était ridicule, non ?

Et comment quelqu'un qu'elle connaissait depuis si peu de temps pouvait-il lui manquer autant ?

— Je suppose que tu n'es pas d'accord pour rompre nos contrats avec lui ? s'enquit Scarlett en baissant les yeux, pas très fière.

— Han-han, certainement pas, refusa catégoriquement Louise en croisant bras et jambes simultanément. Et tu me remercieras plus tard. On a une boîte à faire tourner.

Elle avait raison, bien entendu. Mais ça aurait été tellement plus facile…

En l'état actuel des choses, Scarlett était incapable de le revoir. Elle ignorait totalement comment elle réagirait face à lui après tout ce qui s'était passé. Et ce sur quoi ils étaient restés…

Ou plutôt si, elle savait. Elle risquait de craquer, d'une manière ou d'une autre. Elle était si réceptive à ses attentions, si troublée par l'affection démesurée qu'il semblait lui porter.

Mais elle ne pouvait pas se le permettre. Être avec Aidan, c'était vraiment, définitivement, trop dangereux. Il le lui avait prouvé. Et largement !

Cependant, il avait aussi réussi à la rendre complètement dépendante en l'espace de seulement quelques jours. Et maintenant, elle allait devoir se sevrer de lui. Comme si elle avait besoin de ce genre de problème supplémentaire dans sa vie.

Plus jamais !

Sa colère était toujours aussi vive que la veille. Le souci était qu'elle commençait à évoluer… pour se tourner peu à peu vers elle-même. Après tout, il y avait certainement une position plus juste, entre celle de Louise et la sienne.

Aurait-elle dû laisser à Aidan l'opportunité de s'expliquer ?

Non, non et non ! Elle refusait de commencer à douter. Elle n'avait pas le droit. Elle avait fait ce qui était logique, point barre. Et quoi qu'en dise sa cousine.

Après le départ de Louise, Scarlett tenta de se remettre – contrainte et forcée – sur le projet de réaménagement des bureaux de la société d'Aidan. Contre toute attente, elle parvint à trouver un nouvel angle sous lequel elle n'avait pas encore envisagé les choses. Peut-être même une idée correcte – qui sait ?

Mouais, mais rien qui méritait cette somme, cela dit… On en revenait là.

Le soleil terminait sa descente lorsqu'elle s'interrompit et quitta son bureau pour savourer une tasse de thé fumant dans son canapé.

Avant de réaliser que c'était une erreur, le canapé lui rappelant inévitablement un certain épisode assez sensuel – le terme était faible, torride plutôt –, qu'elle aurait préféré oublier. Un épisode qui n'était pas sans lui en évoquer un autre, encore plus récent. Plus érotique… presque indécent. Et encore plus prégnant, aussi.

Des muscles, au creux de son ventre, se contractèrent fébrilement et des frissons remontèrent le long de sa colonne vertébrale au simple souvenir de ces moments passés dans ses bras. Des soupirs échangés. De leurs gémissements respectifs. Du plaisir. À l'état brut. De celui qui rend fou…

Merde ! Merde ! Et re-merde ! Comme s'il n'y avait que ça ! Bon sang, cette histoire de photo et de fixation malsaine n'aurait-elle pas dû la calmer quand même ?! Un truc pareil, aussi énorme, aurait dû lui faire l'effet d'une vraie douche froide ! Mais peut-être était-elle un peu tordue elle aussi, parce que rien de tout ça n'arrivait à supprimer l'envie irrépressible et quasi permanente qu'elle avait de goûter à nouveau à la volupté avec lui.

« Il a dit qu'il t'aimait... » Louise avait été scotchée, à la fois très étonnée et émerveillée. Et jusque-là, Scarlett n'y avait pas vraiment réfléchi. À elle non plus, on n'avait jamais fait ce genre de déclaration. Hormis sa mère, évidemment, personne ne lui avait encore jamais dit ces mots-là.

Retour du pincement au cœur. Et du tiraillement... presque insupportable.

Elle aurait pensé qu'Aidan chercherait à la joindre, qu'elle devrait lutter pour se retenir de répondre. Que peut-être même elle aurait à le chasser de devant sa porte.

Mais non. Rien. Pas un mot. Pas un signe. Et ce silence était peut-être encore plus oppressant qu'un harcèlement continu.

L'heure du dîner passa, sans qu'elle ne fasse rien, à part demeurer immobile, figée devant son thé, froid à présent. Elle n'avait pas faim. Elle avait juste besoin de se perdre dans ses pensées, même si elle savait que ce n'était pas bon pour elle.

Mais il manquait quelque chose à toute cette histoire. Un élément majeur lui échappait. Forcément.

Aidan lui avait pourtant dit dès le début qu'ils s'étaient connus au lycée. Pourquoi ne parvenait-elle pas vraiment à se souvenir de lui ? Quand lui, qui plus est, se souvenait si bien d'elle...

Il était dans sa classe en terminale, non ? Mais ils avaient dû se connaître par le biais de son frère aîné, elle ne voyait pas d'autre solution. Quand et comment avait-elle rencontré Romain déjà ?

À nouveau, Scarlett se recroquevilla dans son large pull. Elle n'avait plus pensé à ça depuis... depuis cette époque. Ensuite, elle se l'était interdit. Même lorsqu'elle l'avait revu, elle avait conservé enfoui loin dans les méandres de sa mémoire cet épisode de sa vie. Et c'était parfait ainsi.

Mais la situation exigeait qu'elle fasse cet effort. Alors elle se résigna, puis se concentra. Et retrouva cet instant précis, où, pour la première fois, Romain, *le* garçon le plus populaire de tout le bahut – même avec un an de retard, son physique de surfer ultramusclé compensant largement certaines éventuelles lacunes – lui avait adressé la parole.

Elle se trouvait à l'infirmerie. Oui, c'était ça...

Elle y avait accompagné un élève de sa classe – devoir qui lui revenait quasi systématiquement puisqu'elle avait été élue déléguée de sa classe cette année-là.

Mais pourquoi Romain était-il arrivé alors qu'elle partait ? Qui...

Bien sûr, c'était ce jeune homme maigrichon, à l'éternel sweat à capuche noir, qu'elle avait conduit auprès de l'infirmière scolaire.

Stern. Parce qu'en cours, les profs ne l'appelaient pas autrement, ne se cassant pas la tête avec un prénom si peu courant, à la prononciation aussi incertaine. Puis, on le nommait rarement, le nouveau. Le soi-disant petit génie qui avait un an d'avance sur les autres, des notes hors norme, mais qui restait toujours seul et muet comme une carpe. Les élèves de sa classe, au mieux, l'ignoraient, l'insultaient parfois. Mais personne n'avait fait le lien avec Romain.

Aidan... Oh, mon Dieu, mais oui, c'était lui !

Il avait été ce garçon. Elle s'en souvenait un peu plus clairement à présent.

Et elle avait dû s'occuper de lui ce jour-là, parce qu'à la fin d'un cours, il était resté prostré sur sa chaise, affalé contre le mur, en sueur, tremblant de tous ses membres.

Elle comprenait maintenant la véritable origine du problème. Il ne s'agissait pas de la grippe, comme elle l'avait cru. Non, c'était beaucoup plus grave...

Plus elle se focalisait sur son image de l'époque – très différente de celle d'aujourd'hui – et plus les choses s'éclaircissaient, se précisaient.

— Ne me touche pas, s'il te plaît, avait-il chuchoté lorsqu'elle s'était approchée, tandis que le prof de maths attendait de l'autre côté de la salle.

Aidan s'installait toujours tout au fond, ça lui revenait désormais.

Mais elle avait préféré ne pas tenir compte de ses exigences et l'avait attrapé par le bras alors qu'il chancelait – et qu'il faisait déjà une bonne tête de plus qu'elle, accessoirement. Ensuite, elle lui avait même pris la main.

Finalement, il avait accepté le contact et s'était laissé conduire à travers les longs couloirs déserts – tout le monde, ou presque, étant déjà parti –, jusqu'à l'infirmerie. Et il s'était excusé, plusieurs fois durant le trajet, manifestement très gêné d'être aussi mal en point devant elle. Elle lui avait assuré qu'il n'avait pas à le faire, que c'était naturel, et qu'elle serait là s'il avait besoin d'aide.

Elle avait alors croisé son regard. *Ce* regard. Mais en mille fois plus tourmenté…

Et Romain était arrivé.

Il avait dit quelque chose de bizarre en la voyant. Qu'est-ce que ça pouvait bien être déjà ?

Ah, oui. Il avait dit : « Je rêve ou c'est la jolie fille de la photo ? » Elle avait imaginé que ça s'adressait à elle, qu'il faisait référence à la petite photo d'elle dans le journal du lycée, auquel elle participait.

Mais en fait, il s'était adressé à son frère. À Aidan. Qui, malgré son état, s'était soudain raidi.

Bordel, mais qu'est-ce que ça signifiait ?!

Scarlett se retint de courir chercher son téléphone et d'appeler Aidan pour obtenir des explications. Pourquoi avait-il laissé entendre qu'il était normal qu'elle ne se souvienne pas de lui ? Après un tel moment, elle aurait pourtant dû !

Et puis, ça n'était pas le premier... non, si elle y réfléchissait bien, il y en avait eu d'autres avant ça. Si elle se concentrait vraiment, elle les retrouverait...

Une nappe sombre s'évanouit subitement dans son esprit. Et elle le revit distinctement, à sa place habituelle, tout au fond de la salle de classe, appuyé contre le mur. Comme pour se fondre au maximum dans le décor et faire semblant de ne pas être présent. Se faire oublier.

Il y arrivait assez bien, en fin de compte.

Mais elle s'était assise juste devant lui cette fois-là, parce qu'elle était arrivée en retard et qu'il n'y avait plus de place dans les rangs de devant ni même du centre. Elle s'était retournée, sans trop savoir pourquoi. Et elle l'avait vu s'entamer méchamment le milieu de l'avant-bras sous la table avec sa paire de ciseaux. Il avait fait ça presque machinalement, et ne pensait pas qu'on le surprendrait.

Il avait eu l'air proprement horrifié lorsqu'il s'était rendu compte qu'elle le regardait.

— Je n'en parlerai à personne si tu promets de ne pas recommencer, avait-elle spontanément marchandé, comme elle prenait tout juste conscience de l'existence de ce jeune homme dans sa classe.

Il l'avait détaillée un moment, avec une certaine surprise. Puis il avait secoué la tête et murmuré simplement :

— Je ne fais pas de promesse que je ne peux pas tenir. Raconte à tout le monde à quel point je suis dégénéré si tu en as envie. Qu'est-ce que ça pourrait bien changer ?

C'était la première fois qu'elle l'entendait parler.

Et... c'était ce même jour qu'avait eu lieu le pique-nique, non ? Mais si, bien sûr ! Voilà qu'elle s'en souvenait à présent !

C'était un mercredi matin et ils n'avaient pas cours l'après-midi. Le temps était radieux et les températures encore très élevées pour cette fin de septembre. C'était elle qui avait organisé ce déjeuner en extérieur avec ses amis, pour profiter du parc jouxtant le lycée.

Ils s'étaient tous regroupés devant le portail pour attendre les derniers. Et Aidan était sorti, le nez vers le sol, longeant les murs, comme toujours. Sur un coup de tête, elle l'avait arrêté en se plantant devant lui et lui avait proposé de se joindre à eux.

Elle se rappelait qu'il avait failli refuser, mais qu'elle avait insisté, pensant que peut-être, ça l'aiderait à mieux s'intégrer. Ainsi qu'à oublier sa paire de ciseaux pour la journée, ce qui était toujours ça de pris.

Et il avait finalement accepté.

Bon sang, il était donc présent... et elle ne s'en était même pas souvenue ?!

Est-ce que ça légitimait le fait qu'il ait volé et conservé cette photo ? Aucune idée, toutefois ça expliquait pas mal de choses...

Pourquoi tout ça ne lui était-il pas revenu plus tôt ? Elle n'aurait probablement pas agi comme elle l'avait fait, si tel avait été le cas. Pas exactement. Du moins, c'était ce qu'elle en venait à penser.

Mais Aidan était resté en retrait, muré dans un total mutisme, durant tout le déjeuner et l'après-midi qu'ils avaient passé ensemble. Elle, elle avait ri avec ses amis, s'était amusée comme une petite folle et l'avait quasiment oublié. Mais lui... lui n'avait fait que la regarder silencieusement.

Et à l'époque, ça n'avait rien d'exceptionnel ni de notable. C'était même tout à fait anodin. La plupart des garçons la regardaient constamment. Elle plaisait énormément. Elle en avait parfaitement conscience. Et elle adorait ça.

Ce n'est qu'ensuite qu'elle était devenue quelqu'un d'autre.

Tout avait changé après Romain...

Romain, le seul qui l'intéressait. Comme la plupart des filles, elle n'avait d'yeux que pour lui depuis l'année de la seconde. Aussi, quand, après cette rencontre à l'infirmerie, lorsqu'il avait été appelé pour venir chercher son frère, il avait commencé à la draguer, elle s'était laissé faire. Avec plaisir et fierté. Ainsi qu'une grande – non, une gigantesque – naïveté. Ou stupidité, au choix.

Une foule de doutes afflua et Scarlett dut prendre des médicaments pour trouver le sommeil. Son esprit fut assiégé de souvenirs, tous ces moments qu'elle avait voulu rayer de la carte de son passé, ressurgirent avec le reste. Ravivant bien entendu la douleur...

24

La soirée puis la nuit étaient passées sans qu'elle ait de nouvelles d'Aidan. Une réunion était prévue dans l'après-midi aux bureaux de la Défense, mais Scarlett avait préféré déléguer et envoyer Louise pour proposer ses idées.

Celle-ci avait accepté à contrecœur, et ne s'était guère privée d'exprimer sa désapprobation. Mais c'était plus fort qu'elle, Scarlett ne pouvait pas revoir Aidan si tôt. Et encore moins dans ces conditions. Parce qu'elle ignorait quoi lui dire… parce qu'elle ne savait plus du tout où elle en était, à présent qu'elle s'était souvenue de lui.

À l'évidence, il avait essayé de lui rafraîchir la mémoire. Subtilement, mais il l'avait fait. Notamment le soir où il l'avait raccompagnée, après le mariage de sa tante, et qu'il lui avait montré ses cicatrices aux avant-bras. Mais elle n'avait pas compris…

Si tout ça avait été important pour lui, ça n'avait été qu'anecdotique pour elle. Et elle devait l'admettre, avec le recul, elle s'en voulait un peu.

En outre, avoir dû fouiller ses souvenirs l'avait laissée très mal. Tout était remonté à la surface en même temps, lui donnant presque l'impression de revivre la traumatisante épreuve qui avait clôturé cette période de sa vie. La fin de l'adolescence. La fin de l'insouciance aussi. Et le début de la désillusion.

Louise l'appela à la sortie de l'entretien et lui fit un rapide rapport – en gros, tout convenait à Aidan, il n'avait émis aucune remarque et avait tout validé de A à Z, sans poser aucune question. Sa cousine lui proposa ensuite de la rejoindre en ville pour dîner avec Nancy et Sonia. Mais Scarlett déclina l'invitation. Elle n'avait vraiment pas la tête à ça et elle aurait été de très mauvaise compagnie de toute façon.

Non, elle préférait rester seule. À se morfondre. Quand bien même avait-elle parfaitement conscience que c'était idiot, que c'était même la dernière chose à faire.

Elle reprit des cachets pour dormir et ne s'éveilla que tard le lendemain. Lorsque, vers quatorze heures, son téléphone fixe sonna. Longuement.

Un numéro inconnu. Très insistant.

Scarlett décrocha, à peine réveillée, mais déjà une réplique cinglante au bord des lèvres, imaginant avoir affaire à un quelconque démarcheur.

— Mademoiselle Scarlett Delorme ? se renseigna une voix féminine, pas totalement inconnue.

— Oui, c'est moi, marmonna-t-elle avec humeur.

— La même Scarlett qui accompagnait Aidan lors de ma cérémonie de mariage ? demanda encore la personne.

Euh… un instant, s'il vous plaît.

Était-elle tout à fait réveillée ? Avait-elle bien compris ? La tante d'Aidan cherchait-elle réellement à la joindre ? Bon sang, mais pour quelle raison ?!

— C'est moi, répéta-t-elle, un peu inquiète subitement.

— Ah, parfait, approuva Héloïse. Je vous prie de m'excuser de vous importuner ainsi, chez vous, à ce numéro que j'ai dû chercher dans l'annuaire. Mais, sauf erreur de ma part, ne deviez-vous pas venir dîner chez moi hier soir, avec mon neveu ?

OK… En toute honnêteté, ça lui était complètement sorti de la tête. Mais, selon toute logique, Aidan aurait dû se charger d'annuler, non ?

— Il ne vous a rien dit ? Nous ne sommes plus vraiment ensemble, expliqua Scarlett avec embarras, enchaînant sur un très flou : En fait, c'est compliqué.

— Avec Aidan ? Je veux bien vous croire. Cependant, je suis très étonnée. Il m'avait semblé que… enfin, que c'était plutôt sérieux, entre vous.

— Pourquoi cela ? s'enquit spontanément Scarlett.

Parce qu'elle était assez curieuse de savoir ce qui permettait à cette personne, dont lui était peut-être proche, mais avec laquelle elle avait si peu échangé, de tirer de telles conclusions.

— Eh bien, vous êtes tout de même la première femme que mon neveu me présente, exposa-t-elle lentement, prudemment, comme si elle hésitait à trop en dévoiler, mais ne pouvait véritablement s'en empêcher. Et étant donné… hem, étant donné ses *difficultés* à se lier avec quiconque, j'en étais venue à croire que votre relation… comment dire ? s'inscrirait dans la durée.

Scarlett demeura silencieuse, le temps d'intégrer cette information. Le temps de culpabiliser un peu aussi. Parce que c'était de son fait si leur histoire s'était arrêtée. Peut-être trop tôt, en effet, réalisait-elle, maintenant qu'elle avait toutes les données.

— Ce n'est sans doute pas votre problème, mais il ne répond plus au téléphone et je commence à me faire du souci, avoua Héloïse. Je suis passée à son bureau tout à l'heure, et il n'y était pas.

— Nous sommes samedi, fit valoir Scarlett, incapable de ne pas se sentir concernée malgré tout. Il est peut-être seulement occupé ailleurs.

— Aidan est toujours à son bureau le samedi, rétorqua Héloïse, formelle. C'est à peu près le seul jour où j'arrive à le voir, de temps en temps, parce qu'il n'a ni réunion ni rendez-vous. Je ne possède pas son adresse personnelle, voyez-vous. Mais peut-être l'avez-vous ?

Sa propre tante n'avait pas son adresse ? Comme c'était... singulier ? Et pour quelle raison, alors qu'elle était apparemment le seul membre de sa famille qu'il paraissait apprécier ?

Mais Héloïse n'était pas exactement une vraie parente, dans la mesure où son frère, Édouard, n'était pas vraiment le père d'Aidan.

— Dans ce cas, je suis navrée, mais je ne suis pas sûre d'avoir le droit de vous la transmettre, s'excusa Scarlett, très embêtée de devoir refuser une telle demande.

— Je vois, mais vous l'avez, s'entêta Héloïse. Je passe vous prendre chez vous d'ici deux heures, vous allez m'y conduire, vous voulez bien ? Comprenez que je suis très inquiète et que je n'ai pas vraiment le choix. Je vous remercie pour votre gentillesse.

Et elle raccrocha.

Sans laisser à Scarlett la moindre opportunité de refuser. Bordel, mais c'était une manie dans cette foutue famille ou quoi ?!

Cela étant, elle pourrait très bien ne pas ouvrir, ou tout bonnement quitter sa maison pour le reste de l'après-midi. Mais, en vérité, elle aussi s'inquiétait pour Aidan. Après tout, pourquoi n'était-il pas dans ses locaux s'il y passait toujours tous ses samedis ? Pourquoi n'avait-il pas décommandé le dîner avec sa tante ? Pourquoi ne répondait-il pas au téléphone ?

Lui répondrait-il, si c'était elle qui l'appelait ?

Quinze fois au moins elle faillit appuyer sur le petit logo vert en dessous de Stern/client, sur son téléphone. Et quinze fois au moins le courage lui manqua.

Lâche, c'est tout ce qu'elle était. Ce n'était d'ailleurs plus une simple coupe qu'il faudrait lui décerner dans cette catégorie, mais bel et bien une médaille d'or.

Elle passa à la salle de bains, puis s'habilla sans trop savoir ce qu'elle ferait lorsque Héloïse se présenterait devant sa porte.

Finalement, quand celle-ci fut là, un de ces nouveaux et plus luxueux taxis garé devant la maison, en train d'attendre, Scarlett se décida à lui communiquer l'adresse qu'elle désirait tant.

— Je regrette, mais j'ai besoin de vous, objecta Héloïse, semblant prête à l'embarquer de force si nécessaire. Mon neveu est très têtu (ça, c'était loin d'être un scoop !), il est fort possible qu'il refuse de m'ouvrir. En revanche, je suis certaine de pouvoir le voir si vous m'accompagnez. Et j'ai deux mots à lui dire, figurez-vous, parce que s'il n'est pas à l'article de la mort, il faut qu'il comprenne que ce n'est pas une manière de traiter les gens qui vous aiment.

Et elle rejoua la carte des yeux de chien battu. Un truc incomparable. Parce que Scarlett, qui n'avait mais alors absolument aucune envie d'être mêlée à tout ça, finit malgré tout par se laisser convaincre. Par quel tour de passe-passe, elle aurait bien aimé le savoir. Toujours est-il qu'elle monta de son plein gré – ou presque – dans le taxi.

Ce n'est qu'une fois les portes de la berline fermées qu'elle se demanda ce qu'elle était en train de faire. Elle n'osait pas téléphoner à Aidan, n'avait pas assez de cran pour ça, et elle allait débouler avec sa tante à son appartement ?

Oh, mon Dieu, mais dans quoi s'était-elle embarquée au juste ?!

Et en même temps, elle devait bien le revoir à un moment ou à un autre, non ? Il lui manquait tellement... Cette histoire avec sa tante lui fournissait un excellent prétexte – tout en l'obligeant plus ou moins à faire le premier pas, cela dit. Mais elle serait aussi une très bonne barrière de sécurité entre eux, dans un premier temps en tout cas. Et quelque part, c'était assez rassurant.

— Écoutez, commença doucement Héloïse, tandis que le chauffeur démarrait, j'ignore quels sont les problèmes que vous rencontrez avec mon neveu, ni s'ils sont résolubles ou non, et je conviens que ça ne me regarde pas le moins du monde. Mais peut-être devrait-on toutefois parler un peu de lui, qu'en dites-vous ? Ça me semblerait approprié.

Ça n'était pas très fair-play. Mais la tentation de résoudre la dernière partie de l'énigme Aidan était si grande... Et Héloïse était disposée à parler. Ça n'était pas comme si c'était elle qui l'avait questionnée, après tout.

Scarlett hocha alors la tête, avide d'entendre ce que sa tante avait à dire à propos de cet homme si étrange, ainsi que de cet adolescent si mal dans sa peau qu'elle avait croisé autrefois.

— C'était un enfant très spécial, vous savez, commença Héloïse, satisfaite de trouver une oreille attentive. Il a appris à lire très tôt, tout seul, peut-être même avant de parler. Ce qu'il ne faisait d'ailleurs que très rarement. *Trop* rarement. Il a toujours été si renfermé. Maladivement. À tel point que mon frère a failli le faire placer en institution sur les conseils de charlatans. Mais je m'y suis fermement opposée. C'est peut-être la seule chose de bien que j'ai réussi à faire pour lui. Édouard n'a malheureusement jamais été très correct avec Aidan. Sans doute parce qu'il... il n'est pas...

— Son vrai père, compléta Scarlett.

Héloïse haussa les sourcils, très surprise.

— Il vous l'a dit ?

— Je ne suis pas au courant de grand-chose de plus.

— Peut-être, mais c'est déjà énorme, croyez-moi, attesta Héloïse en portant sur son interlocutrice un regard nouveau, redoublant de curiosité. Vous devez vraiment compter pour qu'il se soit confié à vous de cette manière. Aidan ne s'attache à personne d'ordinaire. Et je pèse mes mots. Moi-même, je n'ai jamais réussi à établir une réelle relation avec lui. Ce n'est pourtant pas faute d'avoir essayé. Mais ce qu'il a vécu dans son enfance l'a rendu ainsi. Froid, distant et terriblement méfiant à l'égard des autres.

Il donnait cette impression au premier abord, c'était vrai. Mais avec elle cependant, Aidan n'était rien de tout ça...

— Qu'a-t-il vécu ? se surprit à demander Scarlett.

Bon d'accord, finalement, elle en venait à poser des questions. Elle n'aurait donc aucune excuse...

Héloïse passa la main dans sa chevelure dorée, au brushing impeccable, hésitant encore à tout déballer. Puis, d'un ton grave, elle se lança :

— Édouard a beau être mon frère, je ne dirai pas que c'est quelqu'un de bien. C'est même tout l'inverse, en définitive. Je ne pouvais pas ne pas l'inviter à mon mariage, mais si j'en avais eu la possibilité, je me serais volontiers passée de sa présence. C'est qu'il a fait beaucoup de mal autour de lui. Et s'il a plutôt été un bon père pour Romain, il en va tout autrement concernant Aidan... Malgré notre différence d'âge, leur mère était ma meilleure amie, voyez-vous. Quand elle a eu son premier fils, elle a tenté de quitter Édouard. Mais il l'en a empêchée en la menaçant de faire valoir qu'elle était dépressive afin de pouvoir garder Romain. Elle a fini par se sauver en laissant son enfant, lorsqu'elle a rencontré un beau professeur de violon. Ils ont vécu ensemble quelques mois, puis il est brutalement décédé. Elle était enceinte, seule et perdue. Et Édouard a accepté de la reprendre à condition qu'elle le laisse reconnaître le bébé à naître comme le sien. Parce qu'il était hors de question qu'on sache qu'il élevait sous son toit un bâtard.

— Et qu'est devenue la mère d'Aidan ? interrogea Scarlett, qui savait désormais qu'elle reposait dans le même cimetière que la sienne.

Les yeux d'Héloïse se remplirent de larmes et elle détourna le regard.

— Elle s'est suicidée, trois ans après. Elle faisait semblant d'aller bien. Mais ce n'était pas le cas. Les deux petits se sont retrouvés tout seuls avec mon frère. Dès le début, Aidan était systématiquement mis de côté. Rabaissé. Brimé. Maltraité, en fin de compte. J'ai bien proposé de m'en occuper, mais Édouard n'a rien voulu savoir. J'ai même contacté les services sociaux un jour où mon frère avait levé la main sur lui devant moi, sans véritable raison. Mais ça n'a strictement rien donné. J'ai bataillé pour qu'on finisse par le mettre dans le même lycée que Romain, plutôt que dans cette école privée ridicule censée discipliner un gamin qui ne faisait pas le moindre bruit... mais tout ça s'est assez mal fini.

Héloïse faisait allusion aux problèmes qu'avait eus Aidan avec la drogue, c'était évident. Mais par respect pour lui, elle choisit de ne pas révéler cette partie-ci de son passé.

Elle s'essuya brièvement les joues, puis pivota vers Scarlett :

— Tout ça pour que vous compreniez, je ne peux que vous conseiller d'être patiente avec lui, au regard de son histoire. Même s'il reste sur ses gardes, qu'il se montre froid et distant avec vous, sachez qu'il n'est pas totalement insensible. Il est capable d'évoluer, j'en suis sûre.

— Mais il n'est pas comme ça avec moi, se sentit presque obligée d'avouer Scarlett, parce que rien n'était moins vrai. Bien au contraire.

Héloïse pâlit subitement et marmonna :

— Alors dites-moi que ce n'est pas complètement terminé, s'il vous plaît.

Scarlett baissa la tête et répondit d'une voix faible :

— Je n'en sais rien, je suis désolée.

25

Devant l'insistance d'Héloïse, et même si elle réprouvait la méthode, ayant la vive impression de servir de subterfuge, Scarlett s'annonça à l'Interphone. Il n'y eut aucune réponse, pas un mot de la part d'Aidan, mais la porte se déverrouilla néanmoins. Il était donc bien chez lui.

Une fois dans l'ascenseur, elle regretta. Elle n'aurait jamais dû venir ici. Et encore moins de cette façon, accompagnée de sa tante. C'était tellement naze... De quoi allait-elle avoir l'air ?

Elle aurait bien fait demi-tour, mais Héloïse – qui lui tenait d'ailleurs le bras, comme à une amie, ou bien comme à un otage, cela restait à définir – l'en aurait empêchée, c'était certain. Elle était tellement déterminée.

Mais à quoi exactement, la question restait entière.

La porte de l'appartement d'Aidan s'ouvrit avant même qu'elles aient eu le temps de frapper. Et Scarlett se retrouva alors face à lui.

En fait, face à une version quelque peu négligée d'Aidan... bien que toujours aussi sexy cependant.

Ses cheveux étaient en bataille, ondulaient légèrement, comme si aucun peigne ne les avait encore disciplinés, et lui retombaient devant le visage. Sa mâchoire était ombrée de barbe. Il était pieds nus et portait un jean délavé et un vieux sweat-shirt bleu-gris avec des lignes de code imprimées sur la poitrine – lequel lui donnait une allure affreusement jeune. Le rapprochant légèrement de celui qu'il avait été, il y avait si longtemps, et dont elle avait eu tant de mal à se souvenir.

Ce ne fut pas un simple pincement au cœur, mais un véritable déchirement qu'elle ressentit en le revoyant. Une douleur insidieuse, mais violente, qui lui coupa le souffle. Peut-être parce qu'elle s'était rappelé ces moments de lycée. Peut-être aussi parce que, maintenant qu'elle en savait davantage sur lui, que le puzzle qu'il était lui apparaissait plus clairement, elle parvenait à le comprendre un peu mieux... et qu'elle n'avait plus peur. Ni de lui, ni de cette histoire de photo.

Juste envie de se lover dans ses bras.

Ce qu'elle ne ferait pas, bien sûr. Quand bien même Héloïse n'aurait pas été là.

Aidan regarda d'abord Scarlett avec incrédulité, comme s'il peinait à réaliser qu'elle soit vraiment là, sur le pas de sa porte. Venue à lui, et non l'inverse.

Il ouvrit la bouche, puis s'interrompit en plissant le front, tandis que ses yeux se portaient sur le côté. Ses lèvres se pincèrent au moment où il aperçut sa tante. Puis il hocha la tête, comme pour saluer une performance.

— Très réussi, ton petit piège, Héloïse. Mais dis-moi, je ne te savais pas aussi perfide ni machiavélique. C'est nouveau ?

— Oh, ça va, mon garçon ! s'exclama cette dernière en se faufilant entre le battant et lui pour entrer, sans attendre de permission. D'une part, je t'interdis de m'appeler par mon prénom, je ne te le répéterai pas. Et ensuite tu n'avais qu'à répondre aux appels et aux nombreux messages angoissés de ta tante ! Je me suis fait un sang d'encre, petit vaurien ! C'est ta faute si j'ai dû ruser un peu. Les gens civilisés donnent leur adresse à leurs proches, tu sais.

Demeurant posté dans l'embrasure, de profil, à moitié tourné vers sa tante, sans l'être complètement, Aidan se frotta le front, comme s'il était soudain pris d'une forte migraine.

— Ai-je jamais prétendu être quelqu'un de civilisé ? interrogea-t-il d'un ton sec. En ai-je seulement l'air ?

— Là, tout de suite, non, absolument pas, rétorqua Héloïse en l'examinant de pied en cap. Tu as plutôt l'air d'un animal blessé, retranché dans son antre. Qu'est-ce que c'est que cette dégaine d'ailleurs ?

Aidan poussa un profond et long soupir, entre exaspération et humiliation.

— Très subtile ta métaphore, ma tante, grinça-t-il, avant de s'adresser tout bas à Scarlett : Je te proposerais bien d'entrer, mais j'imagine que ta mission touche à sa fin et que tu ne vas pas la prolonger plus que nécessaire, dans la mesure où tu n'as même pas daigné venir au rendez-vous d'hier. Ce qui, en l'occurrence, était assez peu professionnel de ta part et… cruel, aussi.

Scarlett leva les yeux et se noya dans les siens, couleur de tempête vert pâle, assombris par l'amertume, le dépit, ainsi qu'un soupçon d'embarras – dû à l'étrangeté de la situation, probablement.

Et son cœur se broya dans sa poitrine, lui faisant un mal de chien, sans qu'elle puisse se l'expliquer.

— Je suis désolée, tenta-t-elle de s'excuser – pour tout un tas de raisons, en fait –, franchement mal à l'aise également.

D'avoir été complice de ce piège pourri pour le forcer à voir sa tante. D'avoir réagi si violemment la nuit où elle avait découvert la photo. De l'avoir oublié, également… d'avoir rayé ces moments importants pour lui de la carte de sa mémoire. Puis, bien sûr, de ne pas avoir eu le courage de se rendre à cette réunion. Ça faisait beaucoup, un peu trop pour être détaillé, surtout sur le pas d'une porte.

Aidan battit des paupières, comme s'il cherchait à comprendre quelque chose qui lui échappait. Puis il l'invita malgré tout d'un geste à l'intérieur. Elle hésita, entra à son tour et rejoignit Héloïse dans le séjour où la télé tournait, le son coupé.

Game One. Ah ! Pris la main dans le sac ! Aidan était donc bel et bien amateur de jeux vidéo finalement, ainsi qu'en attestait l'émission à l'écran. Ce qui le rendait un peu plus humain… et touchant aussi. Encore qu'elle ignorait pourquoi. Mais cette idée lui plaisait bien.

— Alors c'est ici que tu vis ? l'interrogea sa tante, les poings sur les hanches. Je comprends mieux pourquoi tu ne voulais pas que je vienne, c'est tellement déprimant ! Tu pourrais faire quelques efforts quand même, ce n'est pas comme si tu n'avais pas l'argent pour aménager cet appartement décemment. Oh, et au fait, est-ce qu'on peut savoir pourquoi tu n'es pas au travail aujourd'hui ?

— On est samedi, j'ai eu la flemme, j'estime que c'est mon droit, maugréa Aidan en essayant de remettre ses cheveux en place. D'autres questions ou ce sera tout ?

Héloïse haussa les épaules et poursuivit sa visite seule, sans y avoir été conviée. Des portes de placards se mirent à claquer lorsqu'elle fut dans la cuisine, et on l'entendit pester à l'autre bout du séjour.

Aidan enfouit les mains dans les poches de son jean. Il s'appuya contre le dossier de son canapé tout en étendant ses longues jambes devant lui et regarda le plafond, attendant que la tornade Héloïse ait terminé sa balade chez lui.

Laquelle revint les joues rouges, manifestement en colère :

— De la pizza et du whisky, c'est ça ton alimentation ?! La prochaine fois que ce genre de *flemme* te prendra, fais-moi plaisir et tiens-t'en à tes occupations habituelles. Va au bureau, ce sera toujours plus sain.

Il préféra garder le silence, mais se pinça l'arête du nez. Ce qui ne fit, au bout du compte, qu'énerver davantage Héloïse, l'encourageant à poursuivre sur le même ton, celui de la semonce en bonne et due forme :

— Et réponds à ta tante lorsqu'elle t'appelle, ne la laisse pas s'inquiéter jusqu'à frôler la crise cardiaque ! Et ne la laisse pas non plus se décarcasser pour te préparer à dîner, si tu ne comptes pas venir, c'est entendu ?! Ça ne se fait pas ! (puis elle se tourna vers Scarlett qui était restée sans voix :) Bon, comme on pouvait s'y attendre, il n'y a rien de correct ici. Un repas était prévu, un repas il y aura donc. Peu importe où et quand il a lieu après tout, du moment qu'il a bien lieu. Je vais aller acheter de quoi préparer un dîner convenable pour ce soir. Je reviens dès que j'ai ce qu'il faut et je me mets aux fourneaux.

Et là-dessus, elle fila, claquant la porte derrière elle, les laissant en plan tous les deux, au milieu du salon.

Oh, le vil traquenard ! Cette fois, c'était à Scarlett de se sentir piégée…

— Et voilà, je vais devoir déménager à présent – plus vite que prévu j'entends, lança Aidan, désabusé, avant de reprendre, plus circonspect : Navré pour tout ça. Je suppose que tu n'as pas trop eu le choix et que tu as participé à cette machination contre ton gré… Je t'appelle un taxi pour que tu puisses rentrer chez toi ?

Scarlett faillit d'emblée accepter. Mais en vérité, elle n'avait aucune envie de retourner se morfondre dans sa grande maison vide. Maintenant qu'elle était là, seule avec lui.

— Eh bien, non, un dîner est programmé apparemment, osa-t-elle timidement. Et je m'étais engagée, alors…

Aidan la fixa de nouveau, avec une intensité presque effrayante, l'air toutefois un peu perdu. Au bout de quelques secondes, il plaisanta prudemment :

— Ce qui implique que j'ouvre une seconde fois à ma tante. Une bien pénible perspective, mais je peux l'envisager si cela me permet de passer encore un peu de temps avec toi.

— Pourquoi ne m'as-tu pas expliqué pour la photo ? voulut-elle soudain savoir, incapable de garder ses questions pour elle plus longtemps. Je me souviens à présent. On s'est parlé ce jour-là, en classe, et je t'avais invité à te joindre à nous pour le pique-nique. Si tu me l'avais rappelé l'autre soir, je n'aurais peut-être pas réagi de cette manière.

En parler était curieusement douloureux, mais cela la soulageait également d'un certain poids.

Un muscle joua sur la joue d'Aidan et il avança la mâchoire inférieure en serrant les lèvres, dans cette moue si particulière qui n'appartenait qu'à lui. Puis il contesta :

— Je ne crois pas que ça aurait été beaucoup plus à mon avantage. Tu m'as oublié après tout, c'est assez significatif. Le fait est que c'était très anodin pour toi, de toute façon.

Était-ce un reproche ? Ça aurait dû en être un, clairement. Pourtant, ça sonnait différemment. Aidan paraissait juste… blessé. Mais pas fâché.

— J'ai oublié beaucoup de choses, justifia-t-elle. Tu aurais dû me rafraîchir la mémoire, tout simplement.

Il secoua farouchement la tête.

— Non. Non, parce que je voulais avoir une chance de te plaire cette fois. Je ne pouvais pas laisser passer cette opportunité. Comprends-moi, finalement, c'était une aubaine pour moi que tu ne te souviennes de rien. Quel intérêt j'aurais eu à évoquer davantage que je ne l'ai fait ce passé merdique, dis-moi ? À part mettre en évidence à quel point tu es, et as toujours été, hors de ma portée ? Que tu me signifies clairement que je n'étais pas ton genre et que nous ne serions pas crédibles ensemble était amplement suffisant. Je n'allais pas me rajouter de difficultés supplémentaires. Je ne suis pas contre un bon défi, mais tout de même, il y a des limites. On peut me taxer de beaucoup de choses, mais certainement pas de stupidité.

— Pourtant c'était stupide, rétorqua-t-elle aussitôt.

Pardon ?! Elle, hors de *sa* portée ? C'était le monde à l'envers ! Ni aujourd'hui, ni à l'époque ça n'avait été le cas.

Enfin, au lycée, ça n'était peut-être pas tout à fait pareil. Peut-être que sur ce point il n'avait pas complètement tort. Mais les choses étaient telles désormais que c'était surtout ridicule.

Comment pouvait-il avoir compris ses remarques de cette façon ? C'était elle qui n'était pas crédible avec lui, et non l'inverse…

Aidan haussa les épaules, une expression empreinte de fatalisme sur le visage, et repartit :

— Ça dépend de quel point de vue on se place. Je préfère encore ce que j'ai eu, plutôt que rien du tout.

Des propos à la fois révoltants et… touchants ?

Pourquoi touchants ? Elle aurait juste dû être écœurée, non ? Parce qu'il était bien en train de dire qu'il était satisfait d'avoir pu coucher avec elle, même s'il avait dû mentir – oui, bon, ou passer sous silence certains éléments, du pareil au même, quoi – pour y parvenir. C'était bien ça, elle ne se trompait pas.

Pourtant, il avait tout sauf l'air satisfait présentement.

Il semblait triste et abattu… et il n'était même pas allé travailler. Alors qu'Héloïse était formelle, d'ordinaire, il passait tous ses samedis au bureau.

— Pour quelle raison n'as-tu pas annulé le dîner d'hier soir, chez ta tante ? se renseigna Scarlett, estimant qu'un tel comportement méritait bien quelques explications.

Après tout, il ne s'était ni justifié, ni excusé auprès d'Héloïse. Une attitude loin d'être très correcte, qui ne lui correspondait pas vraiment.

Aidan avisa ses pieds et réfléchit un instant, avant d'exposer, d'une voix un peu éteinte :

— Parce qu'elle aurait nécessairement posé des tas de questions, et que c'était tout bonnement au-dessus de mes forces que de devoir annoncer que je t'ai perdue. Ça aurait rendu la chose plus concrète encore. J'avoue cependant que je n'avais pas bien pris la mesure de ma négligence. Je ne pensais pas déclencher un tel tumulte, ni que ça rejaillirait sur toi.

Il quitta brusquement l'appui du canapé, puis s'éloigna promptement, lançant dans son dos :

— Si tu veux bien m'excuser, je dois vraiment me changer… et prendre une douche… enfin, pas dans cet ordre. Bref, j'ignorais que j'aurais de la visite aujourd'hui. Fais comme chez toi, tu connais les lieux.

— Aidan, attends, tenta de l'arrêter Scarlett, comme par réflexe.

Un réflexe totalement idiot…

Il se retourna, perplexe, et elle se rendit compte qu'elle ne savait absolument pas quoi dire.

« Tu veux de la compagnie ? » était à exclure, aussi tentant que ça soit. Cependant, c'était tout ce qui lui venait à l'esprit. L'idée des gouttes à recueillir de la langue sur son grand corps svelte et musclé, sans doute.

— Ta tante tient vraiment à toi, fut tout ce qu'elle trouva.

Il acquiesça d'un signe de tête et fronça les sourcils.

— Peut-être bien, oui. C'est possible, après tout.

Comment pouvait-il avoir le moindre doute à ce sujet ?! Ne le lui montrait-elle pas assez ?!

Cela dit, c'était un autre problème, qu'elle devait laisser de côté pour le moment. Là, tout de suite, il fallait qu'elle se jette à l'eau, elle n'avait pas le choix.

— Si nous établissions des règles précises, hasarda-t-elle, confuse. Sur de nouvelles bases… éventuellement, ça pourrait marcher, nous deux. Je veux dire, quelque temps du moins.

Oh merde ! C'était tellement nul comme discours. Le prix de la lâcheté *et* le prix de la proposition la plus pourrie, donc.

D'ailleurs, Aidan ne s'y trompa pas. Il eut un léger mouvement de recul et ses lèvres s'incurvèrent, mais pas dans un vrai sourire. Non, plutôt dans une grimace amère. En fait, elle l'aurait giflée que ça n'aurait pas été pire.

— *Tes* règles, je présume ? s'indigna-t-il. De nouvelles restrictions, en somme ? De jolies barrières de sécurité, de sorte que tu ne t'impliques pas véritablement ? Je regrette, mais je crains que ça ne me convienne pas. Je ne donne pas dans la demi-mesure, Scarlett, et je serai incapable de me contenter de ça. Des miettes que tu voudras bien me jeter.

— Je me suis mal exprimée, fit-elle valoir, penaude.

Vraiment, elle aurait aimé que ça sonne mieux, que ça n'ait pas l'air aussi pitoyable...

— Peu importe, je sais très bien où tu veux en venir, garantit-il avant de repartir vers la salle de bains. Excuse-moi maintenant, je reviens dans quelques minutes.

Dès qu'elle fut seule, Scarlett fit claquer sa langue, agacée par elle-même, et se laissa tomber dans le canapé d'Aidan.

Elle avait tenté de faire un pas vers lui – enfin, le genre de pas qu'elle pouvait se permettre, tiède, et surtout, pas trop engageant –, et finalement, il avait pris ça comme un affront...

Quelle poisse ! Elle n'était pourtant pas prête à renoncer complètement à lui. Du moins, c'est ce qu'elle réalisa en l'attendant.

26

Aidan revint comme promis, un peu plus d'un quart d'heure plus tard. Rasé de près. Les cheveux humides, rapidement disciplinés – puisque s'ils étaient peignés vers l'arrière, ils rebiquaient toutefois insolemment sur sa nuque. En chemise blanche et pantalon anthracite. Tiré à quatre épingles, dans une attitude beaucoup plus raide et fière que tout à l'heure. En fait, tel qu'elle le connaissait habituellement.

Il n'avait décidément plus rien à voir avec le jeune garçon du lycée. Il ne longeait plus les murs désormais, loin de là. Il affichait un air très sûr de lui, parfois arrogant même. Mais au fond, qu'en était-il vraiment ? Pouvait-on changer à ce point ? Elles étaient fort bien dissimulées, mais Scarlett commençait à apercevoir les failles, les fissures dans sa fausse armure de suffisance.

Peut-être parce qu'avec elle, il s'autorisait à les montrer, à être lui-même. Quelque part entre l'adolescent si mal dans sa peau et l'homme dédaigneux qu'il se plaisait à camper…

Il s'apprêtait à s'asseoir à côté de Scarlett sur le canapé – ne semblant ni fâché, ni franchement ravi de la soirée à venir –, lorsque l'Interphone sonna, annonçant le retour d'Héloïse.

Et, l'espace d'un bref instant, il parut hésiter.

Quoi, alors, il était réellement sérieux lorsqu'il disait qu'il n'était pas certain de lui rouvrir ?

— Ne fais pas attendre ta tante, le taquina Scarlett, d'un ton autoritaire, avant de lancer, histoire d'essayer de détendre une atmosphère légèrement oppressante : Petit vaurien !

Il arqua un sourcil, dubitatif. Puis, peu à peu, un sourire se dessina sur son beau visage aux traits fins.

Oh, mon Dieu, *ce* sourire ! Comment avait-elle fait pour s'en passer plusieurs jours durant ? Il était si merveilleux, si… bouleversant.

— Tu as raison, je manque vraiment de savoir-vivre ces derniers temps, concéda-t-il en se dirigeant vers la porte. Néanmoins, autant que tu le saches, ce qualificatif sonne très différemment dans ta bouche…

Ah ? C'est-à-dire ?

Et avant qu'il soit hors de vue, Aidan lui adressa un regard un peu espiègle.

D'accord. Cette connotation-là, donc. Pourquoi pas, il le prenait comme il voulait après tout. En tout cas, c'était le signe qu'il était de meilleure humeur, ce qui était un point positif.

Scarlett se releva et alla directement dans la cuisine, histoire d'être prête à aider Héloïse à la préparation du dîner quand celle-ci arriverait.

Elle tomba alors sur – les armes du crime – le carton de pizza resté échoué sur la table, grand ouvert – l'inspection de tout à l'heure, sans doute. Et constata qu'une seule et unique part manquait à l'appel.

Dans l'évier, en revanche, gisait une bouteille de whisky à moitié vide, déposée là à la va-vite. Sans bouchon, et aucun verre en vue.

A priori, Aidan avait peu mangé, mais beaucoup bu. En journée. Un samedi après-midi. Elle comprenait à présent pourquoi sa tante était ressortie aussi fumasse d'ici.

Était-il ivre lorsqu'elles avaient débarqué sans prévenir chez lui ? Il n'en avait pas exactement l'air, mais peut-être avaient-elles bien fait finalement...

Aidan entra dans la cuisine les bras chargés de deux paquets pleins à craquer, Héloïse sur les talons.

— Tu as fait des efforts, c'est bien, tu as tout de même meilleure allure, approuva cette dernière, à l'intention de son neveu, avant de se tourner vers Scarlett : Vous êtes de mon avis, n'est-ce pas ? Encore que je pense qu'il serait nettement mieux s'il se décidait à faire un tour chez un coiffeur – ce qui n'a jamais eu lieu, je crois. Ce n'est plus à la mode, les hommes aux cheveux longs, je me trompe ?

— Euh, je... n'en sais rien, bafouilla-t-elle, prise de court, tandis qu'Aidan secouait discrètement la tête, lui intimant silencieusement de ne pas prendre part à ce débat – qui, selon toute vraisemblance, ne datait pas d'hier. J'aime bien, en fait.

Aidan eut l'air un peu étonné. Puis il se détourna hâtivement et s'appliqua à faire la sourde oreille, déballant les courses pour tenter de se faire oublier.

— Dans ce cas, je n'ai rien à dire, trancha Héloïse avec un haussement d'épaules.

Ils s'affairèrent ensuite ensemble à la préparation du repas, Héloïse dirigeant les opérations. Et, même si Aidan ne semblait pas beaucoup plus s'y connaître en matière d'art culinaire que Scarlett, celle-ci fut étonnée de le voir participer avec autant de bonne volonté.

S'il était assez marrant en train d'éplucher plus ou moins maladroitement des pommes de terre, il était carrément craquant lorsqu'il mettait la table, rattrapé par ses manies, s'évertuant à tout placer selon des angles bien précis.

OK... Elle devait être sacrément atteinte quand même. La plupart des gens auraient trouvé ça irritant, non ?

Le fait étant que Scarlett ne savait plus du tout où elle en était.

Elle décida que pour ce soir, ça n'aurait aucune importance. Qu'il valait mieux encore ne pas réfléchir. Et profiter de l'instant. Qui était agréable... malgré tout.

— Dites-moi, Scarlett, lança Héloïse tandis qu'ils attaquaient un plat de Saint-Jacques à l'émulsion de... quelque chose – elle ne se rappelait plus bien. N'êtes-vous pas décoratrice d'intérieur ? Ça ne vous fait pas froid dans le dos, cet endroit ? Vous pourriez peut-être faire quelque chose pour donner meilleure mine à l'appartement de mon neveu, non ?

— Au risque de te surprendre, figure-toi que je ne t'ai pas attendue pour lui demander son aide, l'informa Aidan. Scarlett travaille actuellement, en plus de mes bureaux de La Défense, à l'aménagement de la maison d'Antony.

Héloïse reposa sa fourchette, s'essuya la bouche avec sa serviette, la replaça sur ses genoux, puis, prenant un ton faussement détaché, se renseigna :

— Parce que tu comptes vraiment t'installer làbas, tout seul, dans cette immense bicoque ?

— Ce n'est pas – ou plus, comme tu préfères –, une *bicoque*, rectifia-t-il, concentré sur son assiette.

— Ah oui, c'est vrai, tu l'as fait raser, grimaça Héloïse, dépitée.

— Un point de détail, j'en conviens, ironisa Aidan. Mais qui a son importance.

— Si tu veux. De toute façon, c'est ton choix.

Sentant la discussion dévier, Scarlett s'empressa de parler des travaux en cours et de son projet pour la décoration de cette construction moderne, si particulière. Tentant habilement – du moins l'espérait-elle – de rendre le sujet un peu moins lourd qu'il ne semblait l'être.

Il était presque onze heures lorsqu'ils débarrassèrent.

— Mon taxi ne devrait pas tarder, avisa Héloïse en jetant un œil à sa montre. Scarlett, je vous raccompagne ?

— Oui, s'il vous plaît, accepta-t-elle d'emblée.

La soirée s'était extrêmement bien passée et il était préférable pour tout le monde qu'ils en restent là. Pour le moment. D'ailleurs, Aidan n'y trouva rien à redire. Il s'y attendait, manifestement.

Il les raccompagna jusqu'à la porte, puis, au moment de leur ouvrir, demanda :

— Scarlett, est-ce que je pourrais te parler en privé ? Ça ne prendra pas plus de quelques minutes. Promis.

Et quand Aidan promettait quelque chose, on pouvait lui faire confiance pour s'y tenir. Elle était au moins sûre de ça, avec lui.

Elle acquiesça et Héloïse marmonna quelques mots – comme quoi elle patienterait dans le taxi –, avant de s'éclipser presque aussi rapidement que lorsqu'elle était partie faire des courses.

Il referma le battant derrière sa tante, et le cœur de Scarlett s'emballa d'un seul coup.

Elle n'était pas prête à reprendre la conversation au sujet de l'orientation à donner à leur relation. Elle ne s'y était pas préparée. Du tout. Et leurs positions respectives n'avaient pas changé, elle le savait.

— Détends-toi, lui enjoignit-il, en tournant les paumes vers elle, dans un geste innocent, avant de plaisanter, un peu sarcastique : Je ne vais pas t'enfermer. Pas à chaque fois. Je n'ai pas prévu de rejouer mon petit numéro de psychopathe ce soir.

— Tant mieux, parce que c'était plutôt convaincant, rappela Scarlett, qui ne s'en était pas encore vraiment remise.

Un pli douloureux apparut l'espace d'un instant sur son front, puis il murmura :

— Je sais, j'ai bien compris.

Il soupira, examina le sol, se rapprocha légèrement, tout en se frottant la mâchoire. Enfin, il riva son regard si perçant et – bon sang ! – tellement troublant au sien, et déclara :

— Mais il reste toutefois un point en particulier sur lequel j'ai besoin d'être éclairé. J'aimerais que tu me dises ce qui t'a déplu. Ce que j'ai fait, ce que je me suis permis, qu'il ne fallait pas, et qui t'a incitée à quitter mon lit, cette nuit-là.

Elle rougit subitement. À la simple évocation de cette mémorable étreinte.

Elle ne s'était pas du tout attendue à ça...

Et d'ailleurs, il dut s'en apercevoir. Parce qu'il se sentit obligé de développer, de plus en plus rapidement, d'une voix plus basse, et plus rauque aussi :

— Sur le moment, j'ai eu l'impression que ça te plaisait. Presque autant qu'à moi, je veux dire. Mais avec le recul, j'ai peur de m'être trompé, d'avoir commis certaines erreurs. C'était tellement différent... tu es tellement différente. Je suis complètement perdu, tu sais.

Il s'interrompit, fit un nouveau pas vers elle, se penchant pour garder les yeux sur elle, et murmura :

— Je t'en prie, parle-moi. J'ai vraiment besoin de savoir.

— Non, chuchota-t-elle, avant de devoir s'éclaircir la gorge.

Il fronça les sourcils, circonspect, et s'inclina davantage pour mieux l'entendre.

— Non, quoi ?

Bordel, son odeur de savon et d'after-shave était tellement enivrante... Elle la reconnaîtrait n'importe où désormais, dans n'importe quelle circonstance. Elle n'appartenait qu'à lui. Et elle lui rappelait les images de cette nuit à laquelle il faisait allusion.

La nuit la plus torride de sa vie.

— Non, tu n'as rien fait de déplaisant, réussit-elle à articuler, tandis que sa respiration s'emballait. Au contraire.

Devait-elle vraiment le dire ? Enfin, il était là, non ? Il devait bien le savoir tout de même !

Et merde, déjà le retour du mur dans son dos. Et Aidan, si près... Mon Dieu qu'il faisait chaud soudain ! Et ses muscles traîtres, au bas de son ventre, qui se contractaient, l'un après l'autre.

Il posa une main sur la cloison, comme il avait l'habitude de le faire maintenant, juste à côté de son visage.

— J'ai seulement dû aller me rafraîchir, expliqua-t-elle, d'une voix faible. Sans ça, je me serai probablement endormie dans tes bras. C'est la seule et unique raison pour laquelle je suis sortie de ta chambre.

— Au contraire ? répéta-t-il, un peu confus, esquissant un geste vers elle, avant de s'interrompre en crispant le poing.

— Au contraire... attesta-t-elle, presque malgré elle, tremblante et... totalement à sa merci.

Les lèvres d'Aidan se rapprochèrent des siennes, jusqu'à ce que son haleine vienne effleurer sa bouche. Et il demeura figé.

Il ferma les paupières et les serra, comme s'il risquait de compromettre quelque chose – peut-être une promesse, qu'il s'était faite à lui-même. Comme si tout ça lui était à présent interdit, mais qu'il ne pouvait s'empêcher, malgré tout, de venir y goûter, ne serait-ce qu'un peu, de loin.

Et le temps parut s'allonger, déraisonnablement.

Leurs souffles se mêlèrent, assourdissants dans ce silence.

Puis un baiser, d'une exaspérante légèreté, frôla la joue de Scarlett, sa mâchoire, son front.

Et finalement, ce fut elle qui lui attrapa la nuque et le guida vers ses lèvres.

Aidan ne se fit pas prier davantage et prit sa bouche avec ardeur, poussant un grognement de bonheur en réponse. Il se plaqua contre elle, l'écrasant comme s'il souhaitait qu'elle fasse corps avec le mur… ou bien, plus vraisemblablement, avec lui.

Déjà, elle sentait son érection contre son ventre, se presser contre elle dans un rythme lent, très évocateur.

Tandis que la main qu'il avait posée près de son visage descendait dans son cou, l'autre lui pétrit la hanche, s'employant à retrousser aussi subtilement qu'habilement sa jupe.

Quand il eut réussi, ses doigts impatients s'engouffrèrent sous l'élastique de sa culotte, puis mirent le cap au sud.

— Aidan, gémit-elle – de protestation ? – tandis qu'il glissait sans préambule un index en elle.

— À moins d'un *non* formel, je vais continuer, tu sais, haleta-t-il, comme une menace, son front appuyé contre le sien.

Mais elle était incapable de le repousser. D'ailleurs, elle n'en avait pas la moindre envie. Ce qu'il faisait avec sa main, c'était tellement… waouh, il n'y avait pas de mot !

Il décrivait en elle des figures magiques, audacieuses, qui convoquaient l'extase.

Qui était-elle pour s'y opposer, en définitive ?

Elle se cramponna à sa nuque des deux mains, se sentant peu à peu glisser le long du mur. Mais Aidan la retint, sans cesser sa lente et éprouvante torture, plus déterminé que jamais.

Des petits bruits, proches du sanglot, lui échappèrent alors. Et elle oublia toute pudeur, toute retenue, s'autorisant à bouger avec lui, s'accordant à ses gestes.

Sans s'arrêter, Aidan se redressa légèrement, comme pour avoir un meilleur angle de vue sur son visage, tandis qu'elle ondulait contre lui, le sang en totale ébullition.

L'orage grondait en elle quand elle osa un coup d'œil vers lui, et le vit, si concentré, si sérieux...

Et soudain, le fracas. L'onde électrique, pulsant dans tout son corps, de manière aussi affolante qu'exquise.

Et le soulagement.

Aidan retira son doigt, mais laissa sa main errer doucement sur son entrejambe, toujours plongée dans sa lingerie.

— J'adore te regarder, susurra-t-il à son oreille, comme s'il lui confiait quelque secret. Si tu savais l'effet que ça me fait...

Dans la mesure où une énorme bosse déformait plus que sévèrement la toile de son pantalon, elle avait bien une petite idée.

Elle releva la tête vers lui et il poursuivit, une expression entre ébahissement et frustration sur le visage :

— Tu es si... réceptive.

— Uniquement avec toi, révéla-t-elle à son tour.

Parce que bon, quoi qu'il en soit, et même si tout avait brusquement dérapé, il fallait bien rendre à César ce qui était à César.

— Ah oui ? s'étonna-t-il en levant un sourcil, ne parvenant pas à réprimer un sourire de fierté toute masculine. Vraiment ?

Elle acquiesça et il l'embrassa à nouveau, comme pour la remercier de cet aveu si gratifiant.

— Pense à noter ça du côté des pour sur ma fiche personnelle, réclama-t-il en retirant finalement sa main. On ne sait jamais, avec un peu de chance, ça pourrait peut-être compenser ce qui se trouve dans l'autre colonne.

Ça ressemblait à une plaisanterie, mais la gravité sur ses traits la dissuada de répliquer.

Après un énième long soupir, Aidan s'écarta légèrement. Juste assez pour qu'elle puisse de nouveau être libre de ses mouvements. Pas plus. Puis il lui conseilla :

— Sauve-toi vite avant que je ne fasse encore une bêtise et qu'il ne me reprenne l'envie de planquer mes clés pour te garder prisonnière. À jamais, sans nul doute.

Quelle curieuse façon de la mettre à la porte...

C'était assez vache de le laisser comme ça. En plan, alors qu'elle avait pris son pied. Un coup qu'elle lui faisait pour, quoi, la troisième fois ?

Mais manifestement, il savait tout aussi bien qu'elle que ça valait mieux. Et c'était lui qui le demandait.

Elle obéit donc et, après avoir succinctement remis en place ses vêtements, quitta son appartement.

27

Le retour en taxi avec Héloïse fut assez silencieux. Curieusement, celle-ci ne posa aucune question. Au lieu de ça, elle remercia Scarlett à plusieurs reprises pour son aide. Elle l'embrassa chaleureusement pour lui dire au revoir et conclut par un « j'espère vous revoir très bientôt », lourd de sous-entendus.

Le dimanche après-midi, Scarlett se retrouva à nouveau embarquée, entraînée de force hors de chez elle pour la seconde fois. Mais par Louise, à la différence de la veille.

Sa cousine avait déboulé sans prévenir juste après le déjeuner et l'avait obligée – sans exagérer ! – à l'accompagner en ville, chez Sonia. Laquelle exposait dans une semaine à la galerie d'une amie qui lui avait donné carte blanche, et n'arrivait pas à se décider sur les clichés à sélectionner. Raison même de la réunion d'urgence.

Durant le trajet, Scarlett hésita à parler de sa soirée de la veille. Parce que Louise ne comprenait pas son indécision et ses réserves envers Aidan et qu'aujourd'hui, elles étaient sans doute plus exaspérantes que jamais.

Elle savait à présent qu'elle éprouvait de forts sentiments à son égard. Sentiments qu'elle ne parvenait plus à renier, et que même cette histoire de photo ne réussissait plus à réprimer.

Au contraire, en fait. Aussi étrange que ce soit, après sa première et si vive réaction, ils s'en trouvaient maintenant renforcés. Elle repensait désormais au jeune Aidan avec une affection toute particulière. Ainsi qu'une déchirante pointe de tristesse. Et elle regrettait sincèrement d'être passée à côté de lui sans y prêter attention.

Scarlett bouillait d'envie de l'appeler. Afin de rediscuter les termes de leur possible relation... ou juste pour avoir le plaisir d'entendre sa belle voix grave. Mais elle n'arrivait toujours pas à franchir ce cap et à exécuter des gestes aussi simples et banals que composer son numéro.

C'était stupide, elle le reconnaissait volontiers. Et elle s'affligeait de son incapacité à aller de l'avant... ou vers lui, en l'occurrence.

À ce compte-là, son cas ne tarderait pas à relever de la pathologie. Scarlett s'était d'ailleurs toujours dit qu'un jour ou l'autre il faudrait qu'elle se décide à consulter un psy. Demain, elle prendrait rendez-vous.

Oui, voilà. Ça serait un premier pas. Vers la nouvelle Scarlett. Celle qui ne serait plus terrifiée à l'idée de s'attacher à un homme et de le fréquenter de manière suivie et régulière. Celle qui serait heureuse et non plus paniquée de sentir ces papillons qui voletaient dans son ventre chaque fois qu'Aidan la regardait. Celle qui ne fuirait plus, devant rien, ni personne.

Et surtout pas *lui*.

Nancy était déjà là, en train de prendre un café, lorsqu'elles arrivèrent chez Sonia. Laquelle ne semblait, en définitive, pas si stressée que ça.

Elle les fit entrer dans un salon spacieux, à la décoration résolument moderne, très orientée Pop Art, et leur servit du thé et des Spéculos – ces abominables petits gâteaux dont la dégustation d'un premier entraînait systématiquement celle d'un second, et ainsi de suite... jusqu'à ce que mort s'ensuive.

Elles discutèrent de tout et de rien, et ne se rendirent dans la pièce où elle entreposait ses tirages qu'en milieu d'après-midi.

Une salle assez vaste également, d'autant plus en plein Paris – mais Sonia paraissait avoir les moyens –, à mi-chemin entre la galerie et l'atelier d'artiste. Des portraits d'anonymes étaient exposés dans de grands cadres noirs sur les murs. Des images insolites de personnes handicapées, mutilées, des vieillards, mais aussi des gens tout à fait ordinaires. Le tout sous un angle toujours très poétique, dans une vision extrêmement sensible.

Un travail surprenant et vraiment très intéressant.

Scarlett s'attarda sur une série de petits clichés en noir et blanc montrant les différentes attitudes des gens dans la rue face à un SDF, assis à même le bitume.

Puis elle laissa ensuite son regard errer sur les tables, tandis que les filles derrière elle échangeaient à propos d'un cadre en particulier.

Et elle tomba, presque par hasard, sur une photo d'elle et d'Aidan, prise à leur insu, tandis qu'ils étaient au bar. Sur l'image, Scarlett souriait et observait son voisin avec... tendresse ? Déjà ?

Lui en revanche avait les yeux rivés en face de lui – sur Sébastien, si ses souvenirs étaient exacts. Une expression farouche, et le bras devant elle, la main, qu'on ne voyait pas, posée sur sa cuisse, dans une attitude terriblement possessive. Assez protectrice, également.

Sur le cliché, elle paraissait tout à fait d'accord avec ça, semblait même en avoir besoin...

— Qu'est-ce que c'est que ça ? interrogea-t-elle, pas vraiment ravie d'avoir été photographiée sans le savoir, en particulier à cet instant précis.

Elle paraissait si vulnérable, si émotive sur le cliché... et tellement fragile. Elle ne se reconnaissait tout bonnement pas.

Puis, quoi, ça commençait à bien faire toutes ces photos d'elle ! Allait-elle en trouver comme ça, partout, chez tout le monde ?!

— Ah oui, je voulais te la donner, expliqua Sonia comme si rien n'était plus normal. Je vous ai pris avec mon portable – avant l'arrivée du frère et ta super chute –, d'où la qualité plutôt médiocre. Mais je vous trouvais tellement mignons, tous les deux. Enfin, apparemment, je ferai mieux de la jeter, si j'en crois ce que dit Louise. Ce mec est déjà de l'histoire ancienne pour toi, c'est ça ?

— Tu imprimes des photos prises avec ton téléphone ? s'étonna Scarlett, tentant habilement de contourner la question de son interlocutrice.

Cette dernière haussa les épaules avec une certaine désinvolture et ramassa négligemment le cliché sur la table.

— Ça m'arrive parfois. Celle-ci me plaisait bien, c'est tout. D'ailleurs, puisqu'on parle de Stern, ce serait cool si tu pouvais me lâcher son 06. Oui, parce que je compte bien me mettre sur le dossier sans attendre, et ça me faciliterait la tâche. Un canon comme ça, et friqué de surcroît, on en fait profiter les copines si on n'en veut pas.

Hé ! Elle craquait là ou quoi ? Jamais de la vie !!!

Sonia s'apprêtait à déchirer la photo lorsque Scarlett l'en empêcha, récupérant le bout de papier *in extremis*.

— Non, arrête ! s'écria Scarlett, furieuse. Je vais la garder ! Si ça ne te dérange pas. Et il est absolument hors de question que je te donne le numéro de Stern. *Je* suis sur le dossier, d'accord ? Et pour ta gouverne, il n'est *pas* de l'histoire ancienne ! Pas du tout ! Je l'aime, et je t'interdis de tenter quoi que ce soit !

La bouche de Sonia s'étira soudain en un large sourire triomphant et Louise, les paupières plissées de fierté, lui tapa dans la main.

— Trop facile, commenta Nancy, restée en retrait.

Pardon… ça signifiait quoi, au juste ? C'était un genre de… coup monté ?!

— Je ne dirai pas ça, contesta Louise, avant de se tourner vers sa cousine : N'empêche qu'on t'a eue ! Tu l'as dans la peau, vilaine menteuse ! Alors maintenant, tu vas l'appeler et tu vas t'excuser d'avoir été méchante avec lui. Tu n'as pas le choix, si tu refuses encore, on s'en chargera à ta place. On est toutes témoins, on lui racontera de quelle manière tu t'es énervée quand Sonia a dit le trouver canon. Et aussi ce que tu as avoué ensuite…

Bordel. De. Merde.

Scarlett en resta comme deux ronds de flan. Qu'est-ce que c'était que ce plan ? Y avait-il seulement une expo ou le seul but de tout ça était de l'obliger à avouer qu'elle était folle d'Aidan ?

— Vous êtes… immatures ! s'indigna Scarlett, tandis que les autres ricanaient bêtement. Une bande de pétasses immatures !

Ce qui provoqua de nouveaux éclats de rire.

— Ah ouais, et toi, tu es quoi alors ? répliqua affectueusement Louise. Allez, dépêche-toi, appelle-le !

Maintenant ? Oh bon sang, mais elles étaient dingues ces filles ! C'était bien sa veine d'être tombée sur une cousine pareille, affublée d'une troupe d'amies tout aussi déjantées.

Elle quitta la pièce pour se réfugier dans le salon, loin de la bruyante manifestation d'hilarité de Louise, Sonia et Nancy. Elle sortit son téléphone – qui ne mentionnait aucun coup de fil ni message, au passage – et… hésita. Encore et encore.

Un texto, sinon. C'était déjà bien, non ?

Oui, voilà. La solution parfaite !

Elle commença à taper quelques mots, qu'elle effaça. Et recommença. Jusqu'à ce qu'elle se décide finalement à envoyer un simple : — `Coucou !`

Merde ! C'était tellement pourri ! D'autant plus après tout ce qui s'était passé entre eux… et ce sur quoi ils s'étaient quittés la veille. L'orgasme de folie qu'il lui avait donné avec ses doigts de magicien…

Et elle ne pouvait plus revenir en arrière maintenant ! Double merde !

Quelques secondes plus tard – à fixer son téléphone d'un air ahuri, mortifiée d'avoir écrit un truc aussi naze –, elle reçut une réponse :

— `Coucou Scarlett. Que me vaut l'honneur d'une telle prolixité de ta part ? J'ai bien cru ne jamais arriver au bout de ton message ;-)`

OK, il se moquait d'elle, donc… ouais, normal. Elle le méritait bien. Et il lui faisait un clin d'œil… Ce qui était plutôt drôle, en fait.

Puis il y eut une deuxième réponse :

— `Puisqu'on en est là, si tu me disais pourquoi tu es venue hier (au-delà de cette histoire de tante et de couteau sous la gorge, j'entends) ?`

— `Héloïse n'a pas eu besoin de sortir le cran d'arrêt qu'elle planque sous son` tailleur griffé, j'avais envie de te voir, c'est tout, renvoya-t-elle spontanément.

Une minute s'écoula, puis Aidan demanda :

— Vendredi non, mais samedi oui ?

Alors il lui en voulait encore d'avoir séché ce rendez-vous de travail ?

— Voilà, c'est ça, ça varie en fonction des jours de la semaine, choisit-elle de plaisanter, essayant de dédramatiser cette absence qui l'avait tant blessé.

— Très bien, je note donc, pas le vendredi. Et puis-je savoir ce qu'il en est du dimanche ?

Scarlett prit quelques points de tension, mais répondit néanmoins :

— C'est à peu près comme le samedi.

— Ce qui tombe plutôt bien, c'est à peu près ce que je voulais entendre.

Elle tapait un message lui proposant de la retrouver chez elle quand elle reçut un très directif :

— 20 h ce soir chez moi. Tout ou rien, tu te souviens ?

Bien sûr, ses règles à lui. Celles qui stipulaient qu'il n'y en avait pas. On aurait dit une provocation en duel. Et pendant un instant, elle faillit demander de quelle arme il fallait qu'elle se munisse.

— D'accord, accepta-t-elle finalement.

Qu'aurait-elle pu faire d'autre, de toute façon ?

Le temps de rentrer chez elle – histoire de s'apprêter un peu mieux, et d'enfiler cet ensemble de lingerie en fine dentelle noire, aussi inconfortable qu'élégant, et surtout très sexy, qu'elle n'avait pas osé sortir du placard la dernière fois, pour le dîner au restaurant. Puis de revenir dans Paris en voiture et ensuite de trouver une place dans le quartier huppé où vivait

Aidan. Scarlett arriva avec une bonne demi-heure de retard.

Un aimable voisin sortait de l'immeuble comme elle arrivait et lui tint la porte. Elle s'empressa donc d'entrer, puis de grimper dans l'ascenseur, toujours aussi nerveuse à l'idée de revoir Aidan.

À un moment ou à un autre, ça finirait par passer, n'est-ce pas ? Parce que ça devenait fatigant à la longue. Éprouvant, également.

Ce dernier lui ouvrit avec une expression presque aussi surprise que la veille, quand elle s'était pointée avec sa tante.

— Tu attendais quelqu'un d'autre ? le taquina-t-elle.

Il secoua la tête, très sérieux, puis avoua :

— J'ai pensé que tu t'étais peut-être dégonflée. Ou qu'on m'avait fait une mauvaise blague. Tes messages étaient un peu étranges, et ce ne serait pas la première fois que quelqu'un d'autre répond à ta place. J'ai encore en mémoire une certaine conversation téléphonique où ta cousine a accepté pour toi mon rendez-vous.

Ah, oui, c'était vrai... Sur le coup, elle avait eu la sensation qu'il s'en était rendu compte. Et c'était bien le cas.

Il la fit entrer, puis la débarrassa de sa veste.

— Navrée, mais je suis bien l'auteur des messages bizarres, grimaça-t-elle. Le discours sans fin que tu as eu tant de mal à terminer, et le reste. J'essaierai de faire mieux à l'avenir, il y aura au moins deux mots dans mon prochain texto, promis !

Elle allait se retourner quand il lui embrassa la nuque, puis souffla, là où il avait laissé sa peau légèrement humide, lui soutirant déjà des frissons de plaisir :

— Surtout pas, j'aime être salué de cette façon. C'est très... mignon. Et personne ne le fait jamais.

Ça, elle voulait bien le croire. Qui d'autre qu'elle aurait pu l'interpeller d'une manière aussi crétine ?

Et en parlant de mauvaise blague...

Scarlett pivota sur elle-même pour lui faire face, fouilla dans son sac et en sortit le cliché de Sonia.

— Tiens, une photo plus récente, bredouilla-t-elle, plus tellement sûre que ce soit une si bonne idée que ça en définitive, songeant soudain qu'il pourrait peut-être s'en offusquer. C'est lorsque nous sommes allés prendre un verre au bar, après la signature des contrats... et avant que Romain ne s'invite à la fête. Enfin bref, tu peux la ranger avec l'autre. Ou pas. C'est toi qui vois. Mais moi, je la trouve sympa. En plus, tu figures sur celle-ci. C'est quand même mieux, tu n'es pas d'accord ?

Aidan prit le cliché et l'examina avec attention, sans manifester ni enthousiasme, ni vexation à l'évocation de la vieille photo qui avait tant effrayé Scarlett.

— Je suis aussi sur l'autre, tu sais, lâcha-t-il placidement.

28

Quoi ?!

Mais comment c'était possible ? Elle avait loupé ça ?! Vraiment ?

Pouvait-elle se sentir plus mal encore qu'en cet instant ?

Il releva les yeux vers elle et poursuivit très calmement, comme si c'était on ne peut plus normal qu'elle n'ait pas remarqué ce détail :

— À l'arrière-plan, près des arbres. On ne me voit pas très bien. Mais ça n'a aucune importance. Je préfère également la nouvelle, même si j'ai l'air plutôt méchant là-dessus… encore que ça me plaît assez, finalement. Et toi, tu es merveilleuse, comme toujours. Je la rangerai avec l'autre, c'est une excellente idée. Merci.

Il l'embrassa à nouveau, sur la tempe cette fois. Puis il se dirigea vers le séjour, de sa belle démarche souple et féline, légèrement désinvolte, l'invitant muettement à le suivre.

Et mettant clairement un terme à cette conversation. Ce qui arrangeait bien Scarlett, parce qu'elle ne savait absolument plus quoi dire.

Bilan : c'était une *très* mauvaise idée ! Pourquoi avait-elle voulu reparler de ça ? C'était malin franchement, de remuer le couteau dans la plaie comme ça ! Bon sang, elle n'en ratait pas une…

Elle ferma les paupières un instant, inspira profondément, puis le rejoignit.

Aidan portait ce soir un de ces très classe pantalons noirs et une chemise bleu ardoise, un peu plus décontractée que d'ordinaire, mais très ajustée, soulignant l'étroitesse de ses hanches et sa longue silhouette élancée. Il déposa la photo sur la table basse, puis se tourna pour observer Scarlett tandis qu'elle entrait dans le salon.

Une multitude de bougies, plantées sur de hauts bougeoirs, étaient disséminées un peu partout dans la pièce et constituaient l'unique éclairage. La table était dressée là, à la place du canapé, qu'il avait repoussé. Une belle nappe blanche, de la vaisselle très chic, dont elle n'avait pas le souvenir, des chandeliers, et une rose, dans un soliflore, trônant au centre.

— Waouh, murmura-t-elle, ébahie.

— Ce n'est pas d'une très grande originalité, concéda Aidan en haussant les épaules, les mains dans les poches de son pantalon. Mais je me suis dit que ce serait toujours plus agréable que l'absence de déco apparemment si déprimante de mon appartement.

Là, tout de suite, elle avait envie de lui sauter au cou tellement elle le trouvait adorable. Et elle le fit. Elle prit son courage à deux mains et s'autorisa à aller vers lui. À passer les bras autour de sa nuque et à monter sur pointe de ses escarpins – pourtant déjà hauts – pour l'embrasser.

Aidan se figea d'abord, manifestement pris de court. Puis, très vite, il l'enlaça et se chargea d'approfondir leur baiser.

Avant de s'arracher subitement à elle.

— À ce compte-là, je ne vais jamais tenir tout un dîner, révéla-t-il dans un soupir mi-amusé, mi-fébrile. J'ai eu une nuit compliquée, figure-toi. Elles le sont toutes, depuis que tu as mis les pieds dans mon bureau. Mais la dernière…

Dans ses yeux clairs brillait déjà la petite lueur impatiente et regorgeant de désir qu'elle aimait tant, le plus puissant aphrodisiaque qu'elle ait connu.

Comme si elle en avait besoin ! Près de lui, absolument tout devenait excitant. Et là, cette phrase en suspens, elle était si érotique…

— Je vois, acquiesça-t-elle en posant les paumes à plat sur son torse aux muscles – oh bon sang ! – si fermes. Et tu vas finir par tomber malade avec toutes ces douches froides. Il faut qu'on remédie à cela, et le plus tôt sera le mieux.

Aidan inclina la tête sur le côté, ne s'attendant sans doute pas à ce qu'elle le suive sur ce terrain. Puis il lança, avec un regard de défi :

— Je suis un homme dans la force de l'âge et j'étais seul chez moi hier soir, j'ai procédé différemment pour tenter de résoudre mon problème.

Il leva un sourcil éloquent et scruta son visage, tandis qu'elle réalisait ce qu'il était en train d'expliquer et rougissait violemment. Puis, comme s'il prenait un malin plaisir à la choquer, il se pencha sur elle et chuchota :

— Je n'ai eu qu'à repenser à ce qui s'est passé dans mon entrée avant que tu partes et le tour était joué. Mais, vois-tu, ensuite, c'est ce qui a eu lieu quelques jours plus tôt dans mon lit, qui s'est imposé à moi. Et là, impossible de chasser ces images de mon esprit… quelle que soit la méthode employée. Alors tu as raison, remédions vite à cela, s'il te plaît.

OK, si ses phrases en suspens étaient érotiques, ça, cette espèce de confession, c'était… oh là, ce qu'elle avait chaud soudain !

Parce qu'on pouvait dire ce genre de trucs, vraiment, ça se faisait ?

Aidan embrassa ses joues empourprées avec une grande tendresse et marmonna :

— On dînera plus tard. Tu viens ?

Il lui prit la main et la tira doucement vers le couloir. Elle le suivit docilement, d'un pas mal assuré, chancelant dangereusement sur ses hauts et fins talons. Elle avait fait la maligne, mais à présent, elle n'en menait pas large. Pourtant, elle s'était préparée mentalement à tout ça. Qui plus est, ce n'était plus une première avec lui. Cependant Aidan avait le don de la désarmer, de la troubler. Au-delà de toute limite.

Naïvement, elle s'était imaginé qu'on était nettement plus à l'aise lorsqu'on couchait pour la seconde fois avec le même homme – ce qui ne lui était encore jamais arrivé. En fait, ça aurait été logique. Mais elle découvrait que non. En tout cas, pas elle… et pas avec Aidan.

Dans la chambre régnait à peu près la même ambiance feutrée que dans le salon, des tas de bougies étant disposées un peu partout. Et sur le lit, des pétales de roses étaient étalés…

— J'ai dit pas très original, mais j'aurais peut-être dû dire cliché, hasarda Aidan en plissant le front, guettant ses réactions.

Le moins qu'on puisse dire, c'est qu'il s'était donné beaucoup de mal. En peu de temps. Un dimanche, de surcroît.

— J'adore ce type de clichés, avoua-t-elle comme elle s'en rendait soudain compte.

Elle qui se croyait imperméable au romantisme, une de ces rares femmes capables de rester insensibles devant des fleurs, était tout à coup obligée de reconnaître que finalement, c'était tout l'inverse.

Bon d'accord, peut-être qu'en réalité, elle était comme toutes les autres. Ce n'était pas un mal non plus, après tout.

Et Aidan la gratifia d'un de ces fabuleux sourires – oh, mon Dieu, son cœur allait finir par exploser ! –, à damner une sainte.

Lequel s'effaça lorsqu'il se rapprocha d'elle, pour se muer en une expression très sérieuse, presque grave. Il leva lentement la main vers la joue de Scarlett, l'effleura, et repoussa pensivement une petite boucle de cheveux qui frôlait son menton, pour la bloquer derrière son oreille.

— À toutes fins utiles, sache que les clés sont sur la porte d'entrée et y resteront. Je suis sincèrement désolé d'avoir fait ça, l'autre jour. C'était vraiment en dessous de tout. Mais si tu es là ce soir, c'est parce que tu m'as pardonné, n'est-ce pas ? Pour ça, ainsi que pour le reste ?

— Bien sûr, confirma-t-elle d'un ton faible. Je ne t'en veux plus pour cette histoire de clés. Et quant au reste, je crois que j'ai compris...

C'était tellement évident pour elle. Qu'attendait-il au juste ? Pourquoi ne l'entraînait-il pas vers le lit ?

— J'avais besoin de l'entendre, justifia-t-il en lui caressant ensuite la main, avant de l'approcher de sa bouche et y déposer un très chaste baiser, comme en remerciement. Mais il y a encore une chose...

— Laquelle ? s'enquit Scarlett en lui effleurant à son tour la mâchoire du bout des doigts, ses hésitations la rendant de plus en plus nerveuse.

Un muscle joua sous sa peau, juste à l'endroit qu'elle venait de toucher. Il baissa les yeux et ses traits se chargèrent d'une certaine tristesse. Pas du tout en adéquation avec la situation…

Que lui arrivait-il donc ?

Après un bref silence, il prit une grande inspiration et avoua, avec une inflexion étrange, comme soudain vulnérable :

— Je sais que j'ai affirmé être capable d'encaisser autant de coups que nécessaire. Cependant, je crains m'être un peu surestimé… ou bien avoir mal jugé ta puissance de frappe. Toujours est-il que j'aimerais que tu me promettes que tu ne chercheras plus à me fuir. Ni cette nuit, ni jamais. Parce qu'après réflexion, je ne crois pas être en mesure de le supporter, finalement.

Tout ou rien. On y était. C'était vraiment concret maintenant.

Elle était venue en connaissance de cause. Elle était prête à lui donner ce qu'il voulait.

C'est-à-dire tout.

Elle était fatiguée de fuir, de toute façon. Fatiguée de faire semblant d'être quelqu'un d'autre. Cette femme froide, qui délaissait un homme dès qu'elle l'avait eu, ça n'était pas elle. Elle jouait un rôle qui n'avait jamais été pour elle. Elle ne possédait pas cette étoffe, loin de là. Elle n'était pas forte, elle était fragile. Aidan le savait. Il l'avait tout de suite vue telle qu'elle était, son armure à elle ne l'avait jamais abusé.

Non, elle, elle aimait les roses et les bougies. Même si c'était cliché. Elle aimait les mots doux d'Aidan, ses compliments… en fait, la moindre de ses attentions. Elle aimait tout de lui, jusqu'à ses manies étranges et son caractère solitaire et indifférent, auquel elle seule faisait exception.

Elle l'aimait lui. Et la dernière chose qu'elle voulait, c'était le faire souffrir.

Alors non, elle ne fuirait pas. Pas lui. Ni cette nuit, ni jamais.

Elle caressa à nouveau sa mâchoire et chercha son regard. Quand elle l'eut trouvé, elle se noya dans le vert délavé, pâle et si sublime de ses iris, et se laissa submerger par le flot d'émotions qu'il déclenchait en elle. Totalement.

Et les derniers vestiges de sa nervosité disparurent brusquement. Remplacés par autre chose. D'indéfinissable, mais de tellement agréable...

— Je te le promets, jura-t-elle. Ni cette nuit, ni jamais. Je suis à toi à présent, tout entière.

Voilà qui était un peu moins pourri comme déclaration. Et elle fut récompensée d'un nouveau sourire, différent. Moins prononcé que le précédent, mais à la fois soulagé, victorieux et ému. Magnifique. Le plus beau dont il l'ait gratifiée jusque-là.

Puis il l'embrassa. Lentement. Goûtant d'abord seulement ses lèvres, comme pour faire durer le plus possible l'instant, le savourer au maximum.

Cela dura assez longtemps, ses mains s'en tenant sagement à sa taille. Puis il fut progressivement rattrapé par sa fougue naturelle et le désir, manifestement pressant, qu'il avait d'elle. Ses doigts s'engouffrèrent fiévreusement sous ses vêtements, remontant l'ourlet de sa robe jusqu'à sa hanche d'un côté et descendant le tissu de son décolleté de l'autre. Tandis que sa langue fouillait sa bouche toujours plus hardiment.

Scarlett en profita quant à elle pour tirer sa chemise hors de son pantalon et passer les mains dessous. Pour les promener sur ses reins, ses flancs, et revenir sur son ventre, sentant sous ses caresses ses muscles se contracter de plus en plus durement.

Aidan se redressa et défit les boutons de ses poignets avec urgence, tandis que Scarlett s'attaquait aux autres. Puis il retira son vêtement et le laissa tomber au sol, se retrouvant alors torse nu.

Une vue splendide…

Puis il lança à Scarlett, étudiant sa robe avec un air oscillant entre atterrement et impatience :

— Comment s'enlève-t-elle ?

Ah oui, la fermeture éclair se trouvait sur le côté, astucieusement cachée. Elle la descendit elle-même, et Aidan recula d'un pas pour mieux la regarder faire, la bouche entrouverte, le souffle déjà court.

Elle repoussa les bretelles, l'une après l'autre, ralentissant sciemment ses gestes, se surprenant à prendre plaisir à être ainsi observée. Puis elle fit glisser le tissu le long de son corps, jusqu'à ses pieds, et l'enjamba.

Aidan déglutit et arqua un sourcil. Puis il s'éloigna encore, sans la quitter de son regard aussi perçant qu'impudique, et se laissa tomber assis sur le lit.

— Seigneur, c'est pour moi, tout ça ? s'étonna-t-il en désignant sa lingerie d'un coup de menton.

— Eh bien, *a priori*, je n'ai prévu de voir personne d'autre ce soir, rétorqua-t-elle. Donc oui, c'est pour toi.

Ses paupières s'alourdirent et il poussa comme une espèce de grognement d'approbation. Elle le rejoignit et dès qu'elle fut à sa portée, il l'attira à lui sans ménagement pour embrasser son ventre et apprécier de ses doigts la dentelle de son ensemble.

— Je ne porte pas ce genre de choses d'habitude, précisa-t-elle, comme si c'était important qu'il le sache. Je ne sais même pas pourquoi j'avais acheté ça, je ne l'avais jamais mis auparavant…

— Tu l'as acheté pour moi, forcément, murmura-t-il contre sa peau. Tu l'ignorais à ce moment-là, c'est tout.

— Oui, acquiesça-t-elle, le pensant également, aussi étrange et insensé que ça puisse être. Ça doit être ça.

Aidan traça un cercle de sa langue autour de son nombril, puis s'interrompit.

— Retire tes chaussures, réclama-t-il, avant d'ajouter, en relevant la tête : S'il te plaît.

Si c'était demandé gentiment…

Elle s'exécuta et il soupira, ravi de se retrouver le visage au niveau de sa poitrine. Il s'empressa de dégrafer son soutien-gorge et happa directement la pointe d'un de ses seins, comme affamé. Il aspira durement, à la limite de la douleur, jusqu'à ce qu'elle pousse un petit cri surpris. Puis il fit tournoyer sa langue autour de son mamelon, devenu dur et hypersensible. Et il répéta l'opération avec l'autre.

Elle ne remarqua qu'il lui avait retiré sa culotte et défait toutes les attaches de son porte-jarretelles que lorsque ceux-ci retombèrent. Puis il la saisit sous les épaules et la renversa brusquement sur le lit, s'installant aussitôt entre ses jambes.

Ne voulant pas être en reste cette fois, Scarlett plaça une main entre eux, qu'elle fit glisser le long du ventre si ferme d'Aidan. Elle suivit le petit chemin de poils sombres, jusqu'à la bosse typique, et toujours aussi impressionnante, au niveau de son entrejambe.

Il s'immobilisa pour lui faciliter les choses, mais se raidit lorsqu'elle défit sa ceinture et son pantalon, repoussant ses vêtements pour libérer son membre fièrement dressé. Puis il gémit et ferma les paupières quand elle commença à le caresser. Très doucement, parce qu'elle le sentait déjà sur la corde raide. Il mordilla son épaule, comme au supplice. Puis il ne put se retenir de donner un coup de reins dans sa paume, et un autre. Un grondement rauque roula dans sa poitrine juste avant qu'il ne se redresse, haletant.

Il se débarrassa pour de bon de son pantalon et de son boxer et revint s'agenouiller entre ses jambes. Avec des gestes volontairement lents, et légèrement tremblants, il lui retira ses bas. Il reprit son souffle et se pencha de nouveau sur elle pour déposer une pluie de baisers humides sur ses cuisses, l'incitant à s'ouvrir à lui.

Ce qu'elle fit docilement – ou plutôt bien volontiers. De toute façon, elle l'avait dit, elle était à lui.

Puis il se dirigea peu à peu vers son sexe. Qu'il embrassa, de la même manière que la dernière fois, ajoutant cependant la caresse de ses doigts. D'abord un. Puis deux.

Et Scarlett s'embrasa complètement et perdit la notion du temps. Jusqu'à ce que l'orgasme l'emporte.

Elle s'en remettait à peine qu'Aidan était déjà de nouveau sur elle. Il se plaça correctement, commença à s'enfoncer en elle, puis lui prit les deux mains pour les ramener au-dessus de sa tête, nouant fermement ses doigts aux siens. Accrochant également son regard au sien, assombri par le feu du désir, et si grave.

Scarlett passa d'elle-même les jambes autour de ses hanches, et tenta de bouger avec lui, de se cambrer, de sorte qu'il lui soit plus aisé de se loger entièrement en elle.

Il y était presque lorsqu'il se redressa, saisit son genou pour le coincer sur son épaule, puis l'autre. Il se repositionna et s'apprêtait à reprendre, la maintenant dans la posture qu'il lui avait donnée, mais elle l'arrêta, un peu paniquée :

— Euh... doucement, s'il te plaît... je n'ai pas exactement l'habitude de ça non plus.

Parce qu'avec les précédents, elle s'en était toujours tenue à un très basique missionnaire, pas de quoi fouetter un chat. Et que là, comme ça, avec lui, il y avait de quoi s'angoisser un peu tout de même.

Il battit des paupières, interdit, comme s'il ne s'était vraiment pas attendu à ce genre de réaction, et parut, l'espace d'un bref moment, hésiter à relâcher ses jambes.

Puis, finalement, il reprit avec une excessive lenteur ses mouvements, scrutant très attentivement son visage, à l'affût du moindre signe.

— Bien sûr, mon amour, souffla-t-il à travers ses mâchoires légèrement crispées. Doucement, d'accord ?

Elle acquiesça, emportée tout à coup dans un tourbillon de sensations, comme tout devenait brusquement plus intense. Plus profond aussi.

Aidan garda le même rythme jusqu'à ce que les spasmes de l'extase reviennent secouer Scarlett, si puissamment qu'elle cria et enfonça les ongles dans les draps. Massacrant quelques pétales de roses au passage.

Puis, à peine quelques secondes plus tard, ce fut lui qui poussa un gémissement rauque, les traits marqués par ce qui ressemblait presque à de la souffrance. Alors il libéra ses jambes pour retomber sur elle, épuisé.

29

Après être resté inerte quelques secondes – à tel point que Scarlett commençait à se demander s'il n'y avait pas un problème – Aidan roula sur le côté en grognant. Puis il la manipula avec autant d'aisance que si elle avait été une poupée de chiffon et la fit se retourner. Pour la prendre dans ses bras, plaquant son torse encore humide de sueur contre son dos. Il passa une jambe sur les siennes, comme pour la retenir alors qu'elle demeurait pourtant immobile. Et il referma les mains sur les siennes, emprisonnant ses doigts.

— Mon amour, marmonna-t-il, exténué, embrassant paresseusement son cou. Ma déesse. À moi. Rien qu'à moi… Je suis si heureux de t'avoir enfin, tu ne peux pas imaginer.

Scarlett comprit subitement ce qu'avait essayé de lui expliquer sa cousine. La passion flirtait forcément avec le déraisonnable, la folie. C'était ainsi. Ces mots, même si Aidan ne faisait que répéter ce qu'elle lui avait affirmé un peu plus tôt, dans un contexte bien particulier, elle les aurait jugés angoissants quelques jours encore auparavant. Entendre quelqu'un dire qu'elle lui appartenait aurait été aussi inconcevable que terrifiant. Cependant, en cet instant, elle les trouvait juste merveilleux, si doux à son oreille. Si doux pour son cœur blessé également.

Peut-être même ne l'était-il plus désormais. Cicatrisé, définitivement. Grâce à *lui*.

— L'autre jour, tu as dit que tu étais amoureux de moi, rappela-t-elle en se retournant dans ses bras pour lui faire face.

Elle avait tellement envie de l'entendre à nouveau…

Après tout, il était possible qu'il ait simplement balancé ça comme ça, sur un coup de tête, sans vraiment le penser.

Aidan eut un sourire étrange, une pointe d'amertume venant atténuer le charme presque magique de son expression. Et il répliqua :

— En effet. Et tu as répondu que toi, tu avais peur de moi.

— Ce n'est plus le cas, assura-t-elle, sincère.

— En revanche, de mon côté, rien n'a changé, chuchota-t-il, comme hésitant un peu à poursuivre, avant de risquer : Je t'aime toujours. Je t'aime comme un dingue, Scarlett.

Il fronça les sourcils, comme si le répéter n'était pas sans s'accompagner d'une certaine souffrance.

— Je crois que moi aussi, osa-t-elle alors, tandis qu'il la ramenait à lui, le plus près possible.

— Non, refusa-t-il d'une voix rauque. Je préfère que tu ne dises rien à moins d'en être tout à fait sûre. Il n'y avait pas de question. Aucune réponse n'est à fournir en retour. C'est seulement une affirmation de ma part, rien de plus.

OK, elle se jetterait à l'eau pour de bon alors, elle avait choisi *tout*, de toute façon :

— J'en suis sûre, j'ai juste un peu peur de l'avouer, en fait. Parce que, comme tu l'as dit, les mots rendent les choses plus concrètes... Mais il n'empêche que c'est la vérité. Je t'aime, Aidan.

Il étudia son visage avec tant de gravité qu'elle crut presque avoir fait quelque chose de mal, qu'il ne fallait pas. Puis il embrassa son front et la serra très fort dans ses bras. Soupirant puissamment, comme s'il avait retenu son souffle pendant très longtemps.

— Héloïse prétendait que tu ne t'attachais à personne, murmura-t-elle, ne pouvant s'empêcher d'essayer de comprendre.

— Ah, elle a dit ça ? Mais toi, tu laissais bien entendre qu'il en allait de même en ce qui te concernait, non ? Et pourtant, tu viens de me confier que j'y faisais exception. Tout comme tu es *mon exception*. Tu vois, on fait la paire. Contre toute attente, les deux handicapés du sentiment parviennent finalement à quelque chose ensemble.

Il plaisantait, mais ça n'en était pas moins vrai. Elle ne pourrait pas le contredire sur ce point.

— *Les handicapés du sentiment*, répéta-t-elle, amusée. C'est comme ça que tu nous considères ?

— Eh bien, reprit-il lentement, pesant visiblement chaque mot, toi, tu es très abîmée, c'est un fait avéré, alors... Et s'agissant de moi, c'est probablement un terme approprié. Bah, je suppose que dans sa lancée, ma charmante et si bavarde tante t'aura aussi parlé de l'institution pour débiles mentaux où on a bien failli me placer quand j'étais plus jeune.

Scarlett s'écarta un peu pour le regarder, étonnée qu'il évoque lui-même le sujet. Et consternée par le ton curieux qu'il avait employé. Un ton d'une légèreté feinte, où perçaient les accents d'une profonde humiliation.

— Pas exactement en ces termes, balbutia-t-elle. Et j'admets que je ne saisis pas. Selon elle, et je la crois volontiers, tu étais très éveillé étant enfant. Plus que la normale. Comment, dans ce cas, aurait-on pu t'envoyer dans ce genre d'endroit ?

Aidan pivota pour s'allonger sur le dos et croisa les bras derrière sa nuque, affectant de manière experte la désinvolture.

Mais elle n'était pas dupe...

— Il doit y avoir un dossier quelque part, exposa-t-il flegmatiquement, chez un certain pédopsychiatre, portant mon nom, ainsi que les mentions : « Troubles sévères du comportement / suspicion de syndrome autistique, dernier point à confirmer. » Et peut-être est-ce vrai. Jeune, je ne m'exprimais presque jamais. Et le contact social, ce n'était guère mon fort. Aujourd'hui, ça ne l'est pas franchement plus, mais je me débrouille bien mieux pour donner le change. Je m'efforce de regarder les gens dans les yeux et je fais semblant d'être quelqu'un d'autre. C'est simple, mais efficace.

Il se redressa brusquement, puis lui tourna le dos pour s'asseoir sur le bord du lit et se passa la paume sur le visage :

— Je ne sais pas ce qui me prend de te raconter ça, c'est tout sauf à mon avantage. Voilà sans doute la confirmation que je suis aussi piètre séducteur que je le supposais.

Scarlett le rejoignit et s'installa à côté de lui. Et, sans y réfléchir, elle le prit dans ses bras. Il se laissa faire d'abord, puis se pencha carrément pour venir loger sa tête dans le creux de son cou.

— Mais tu n'as pas besoin de me séduire, ni d'être en permanence à ton avantage, attesta-t-elle. Il n'y a plus de colonnes pour et contre, tu sais. En vérité, il n'y en a jamais eu.

— Dieu merci, bonjour l'ardoise dans le cas contraire, repartit-il.

Elle embrassa ses cheveux en marmonnant un « t'es bête » et crut l'entendre rire en réponse, si doucement et brièvement qu'elle n'en fut pas certaine.

Puis, tout à coup, il la renversa en travers du lit, et s'allongea derechef sur elle. Il fit courir une main le long de sa cuisse, remonta jusqu'à la lisière de sa poitrine et s'arrêta :

— Il doit être tard, tu préfères peut-être aller dîner ? Parce qu'on ne va jamais réussir à quitter le lit si tu me laisses faire.

Ayant eu très chaud précédemment – durant ces ébats, torrides, mais éprouvants –, elle demanda :

— J'aimerais surtout prendre une douche avant, si c'est possible ?

Aidan fit mine d'étudier la question, puis eut une moue taquine avant de répondre :

— Seulement si je suis convié. Après tout, il s'agit de *ma* salle de bains, je peux en restreindre l'usage comme il me plaît, non ?

Elle n'avait pas exactement envisagé ça comme ça…

— Serait-ce du chantage, monsieur Stern ?

— Absolument, mademoiselle Delorme, confirma-t-il avant d'ajouter, en murmurant à son oreille : Hmm, tu rougis à nouveau, c'est adorable. Tu es déjà choquée ?

— Exercer ce genre de pression sur l'une de vos employées est proprement scandaleux, rétorqua-t-elle en feignant d'essayer de le repousser. Et puni par la loi, me semble-t-il.

Aidan se releva et la saisit brusquement par les bras pour la contraindre à l'imiter :

— Mon avocat prendra contact avec le tien dès demain. Parce que maintenant que tu m'as mis l'idée en tête, il n'y a plus aucun moyen que tu y coupes.

Sans vraiment y réfléchir, et plus par réflexe qu'autre chose, Scarlett attrapa le drap pour tenter de s'en couvrir. Mais Aidan eut à nouveau ce petit rire rauque, si bas que c'était à peine si l'on pouvait le percevoir. Il le lui arracha aussitôt pour le rejeter sur le lit et ordonna :

— Allez, sous la douche, tout de suite !

Ce qu'il pouvait être directif parfois !

Même par jeu, ça sonnait vrai. Autoritaire. Et c'était à la fois aussi révoltant que… qu'excitant. Oui, c'était bien ça, elle devait le reconnaître. Peut-être même que ça n'était plus si révoltant finalement. Juste provocant.

Aidan guida Scarlett jusqu'à la salle de bains attenante à sa chambre, restant derrière elle, une main impérieuse posée sur son épaule. Il prit gel douche et shampooing dans l'un de ses placards, ouvrit la porte de la cabine et l'invita d'un geste à l'intérieur.

Alterner tyrannie et galanterie, quoi de plus normal ?

Il n'y avait plus aucun sourire sur le visage d'Aidan lorsqu'il referma derrière lui le battant de verre – étincelant, d'une propreté toujours aussi effrayante –, une convoitise farouche avait remplacé l'amusement sur ses traits.

OK, si elle suivait bien, ils n'étaient donc pas seulement là pour se laver. Mais, et le dîner alors ? Et quel était le plan ? Parce que techniquement parlant, Scarlett avait du mal à concevoir ce qu'ils pourraient faire là-dedans qui justifiait *ce* regard…

Aidan alluma les jets, les régla à bonne température, puis s'éloigna autant que possible pour contempler l'eau qui s'écoulait sur le corps nu de Scarlett. La cabine étant suffisamment grande pour qu'à peine quelques gouttes arrivent sur lui.

Elle le laissa la regarder un instant, sentant – encore, bordel ! – ses joues s'empourprer comme si c'était la première fois qu'il la voyait en tenue d'Ève. Ce qui était tout à fait idiot, parce que c'était loin d'être le cas... après tout, quel détail de son anatomie pouvait-il encore ignorer à présent ?

Elle s'efforça de ne pas trop le détailler, lui – même si la tentation était grande – un peu impressionnée par la vitesse à laquelle son membre – qui semblait vouloir absolument s'imposer à sa vue – s'engorgeait à nouveau.

Puis il y eut un moment où son regard sur elle devint trop intense pour être soutenu. Scarlett s'empara alors de la bouteille de gel douche et s'apprêtait à s'en verser dans la main quand Aidan l'arrêta.

— C'est à moi de faire ça, justifia-t-il, la voix feutrée par le désir.

Ah bon ? Très bien... Si c'était comme ça, elle lui rendrait la pareille avec plaisir.

Aidan lui confisqua la bouteille, versa du gel douche au creux de sa paume, et s'en enduisit les deux mains. Puis il la somma de venir à lui d'un petit mouvement de l'index. Et elle s'exécuta, s'éloignant des jets d'eau pour le rejoindre, les battements de son cœur s'accélérant subitement.

OK, ça ne s'arrêterait donc jamais...

Quand elle fut près de lui, il entreprit de savonner ses épaules, son cou, puis sa poitrine. Avec des gestes si sensuels, si lascifs, que sa peau, là où il la touchait, devint brûlante et hypersensible, comme marquée au fer rouge par le passage de ses doigts.

Il descendit sur son ventre, ses hanches, son postérieur – sur lequel il s'attarda presque autant que sur ses seins –, puis sa toison de boucles brunes... et son souffle devint rauque et anarchique.

Scarlett, qui prenait feu – presque littéralement, du moins en avait-elle l'impression –, mit un terme à la délicieuse torture qu'il commençait lentement, mais sûrement, à exercer sur elle. Et s'éloigna de lui pour revenir sous les jets.

Aussitôt, avec l'air un peu mécontent – genre chien à qui on vient de retirer son os – Aidan la rejoignit. L'eau plaqua ses cheveux noirs en arrière sur son crâne, plus encore que d'ordinaire, mettant en valeur son magnifique visage aux traits si subtilement ciselés. Et de petites rigoles se dessinèrent sur les reliefs tout en muscles secs et durs de son grand corps svelte.

Scarlett ne put davantage résister et vint se plaquer à lui pour intercepter de ses lèvres les gouttes qui glissaient le long de ses pectoraux. Aidan frémit d'abord, puis déglutit bruyamment lorsqu'elle ajouta aux caresses de sa bouche, celles de sa main, le long de son sexe déjà pleinement érigé.

Il s'inclina sur elle et vint embrasser son cou, mordillant sa peau jusqu'à presque lui faire mal, tout en grognant de plaisir. Encouragée par le léger balancement de ses hanches pour mieux aller et venir contre sa paume, Scarlett, de plus en plus audacieuse, se dégagea de son étreinte pour se baisser à son tour. Et vint lécher son ventre ferme, aux abdominaux parfaitement dessinés.

Puis elle s'agenouilla. Elle déposa d'abord quelques baisers de la base jusqu'à l'extrémité de son membre. Aidan s'appuya alors, non sans une certaine urgence, d'une main à la paroi de la cabine, et plongea l'autre dans ses cheveux. Et crispa les doigts lorsqu'elle commença à donner de petits coups de langue.

Puis elle le prit dans sa bouche et – comme elle n'avait jamais encore vraiment eu l'occasion de s'essayer à ce genre de pratique – fit ce qui lui paraissait naturel.

Une main sur son érection, l'autre sur sa cuisse, très vite, elle sentit son corps tout entier se tendre durement sous ses attentions. Il poussa un gémissement éraillé, puis un autre, et ne put retenir un coup de reins.

Subitement, il se figea.

— Scarlett, s'il te plaît, marmonna-t-il d'un ton suppliant, avant d'insister : Arrête, je t'en prie.

Et pour être sûr, il s'arracha à elle et la prit d'autorité sous les épaules pour la relever… et la repousser contre le mur.

— J'ai beaucoup trop envie de toi, souffla-t-il précipitamment, lui attrapant les bras pour les placer autour de sa nuque. Trop besoin d'être en toi…

Il lui écarta hâtivement les jambes avec son genou et la saisit à nouveau sous les aisselles. Mais elle protesta :

— Attends, qu'est-ce que tu fais ? Pas ici ! Comment… Enfin…

Non, parce que bon, outre cette histoire de différence de tailles, l'endroit était légèrement glissant. Tout ça paraissait bien dangereux quand même…

Aidan s'interrompit un instant et lui adressa un regard regorgeant de désir, dans lequel elle lut une pointe d'attendrissement également.

— Mais si, ici, revendiqua-t-il, très sûr de lui. Je te montre comment, et toi, mon amour, tu me fais confiance, d'accord ?

Facile à dire. Elle n'avait rien d'une acrobate, était-il au courant ?

Mais il tremblait et haletait, pouvait-elle vraiment le lui refuser ? À la réflexion, c'était sans doute elle qui était un peu trop cruche et empotée. Une chance qu'il ait tendance à trouver ça plus adorable qu'agaçant...

Elle acquiesça et il soupira de soulagement et d'excitation mêlés.

— Bien, approuva-t-il, alors tu t'accroches à moi et tu me laisses faire.

Suivant ses consignes à la lettre, elle se cramponna à son cou et n'opposa aucune résistance lorsqu'il lui remonta une cuisse pour la caler sur sa hanche. Puis il la souleva carrément, lui saisissant le postérieur à pleine main, incitant l'autre jambe à suivre le même chemin que la première.

Elle noua les chevilles autour de ses reins et se retrouva une nouvelle fois dos à la paroi de la douche. Aidan fit quelques mouvements pour ajuster leur position et, sans qu'elle comprenne trop comment, fut en elle en un rien de temps.

Cette étreinte-ci fut plus farouche que la précédente. Brutale même, par moments. Mais tellement fiévreuse et intense que Scarlett en oublia jusqu'à l'endroit où ils se trouvaient.

L'extase les emporta rapidement, si vivement qu'elle en planta les ongles dans le dos d'Aidan, jusqu'à l'écorcher.

Puis il la relâcha très lentement. Il la prit ensuite dans ses bras, les paupières lourdes, et se laissa glisser au sol avec elle. Assis, l'installant entre ses longues jambes, les jets de la douche s'écoulant toujours sur eux sans qu'ils y prêtent attention.

— Je vais peut-être réenvisager la séquestration, déclara-t-il au bout de quelques minutes d'un silence exténué, ajoutant d'un ton grave : Plus jamais je ne pourrai me passer de toi.

— Mais ce n'est pas prévu, promit-elle en embrassant le dos de sa main, dont les doigts étaient fermement enchevêtrés aux siens. Moi non plus, je ne pourrai plus me passer de toi dorénavant.

Elle le pensait sincèrement. Et le réaliser ne l'effraya même pas. Elle était bien trop épuisée pour ça. Encore trop ivre de plaisir… et de bonheur aussi.

30

Ils ne passèrent finalement à table qu'assez tard dans la soirée. Aidan en jean et Scarlett avec l'un de ses tee-shirts sur le dos, les cheveux encore humides tous les deux.

Pour être sûr que le repas lui plaise – et comme il avait reconnu ne pas savoir cuisiner – Aidan était retourné au restaurant où ils avaient déjà dîné une fois ensemble. Et il leur avait commandé exactement ce que Scarlett avait choisi ce soir-là.

Ce qui était un brin excessif, mais surtout très touchant. D'autant que, même si elle n'osa pas poser la question, elle se doutait que ce genre d'établissement ne devait pas exactement avoir pour habitude de vendre des plats à emporter.

Ils prirent leur temps et ne se dirigèrent vers la chambre que bien plus tard encore.

Et ils refirent l'amour. Dans le noir. Parce qu'Aidan avait éteint son chevet et qu'ils s'étaient installés dans le lit pour y dormir, mais que les choses avaient peu à peu dérapé. Inévitablement.

Ensuite seulement, ils s'étaient endormis, enfin apaisés. Lui derrière elle, la tenant contre son torse, presque un rituel maintenant.

À peine quelques heures plus tard, tandis que le soleil ne s'était pas encore levé, un brusque hoquet paniqué tira Scarlett du sommeil. Dans son dos, le souffle d'Aidan s'était curieusement emballé. Son étreinte s'était raffermie, si bien qu'il l'en étouffait presque.

Elle tenta de se dégager tout doucement, pour ne pas le réveiller. Mais soudain, il la serra plus étroitement contre lui, violemment, comme s'il avait voulu lui broyer les os en même temps que la retenir.

— Non, non, non, répéta-t-il nerveusement, d'une voix aux inflexions étranges. Ne pars pas. Non !

— Mais je ne vais pas partir, essaya-t-elle de le rassurer. J'aimerais juste pouvoir respirer correctement et tu m'en empêches.

— J'en ai assez, gémit-il, sans la libérer pour autant. Je ne veux plus être... ça. J'ai besoin de passer à autre chose, de les oublier... tous. Pour de bon. J'ai besoin de toi... tu es mon salut. Je suis mort si tu me laisses. J'étais mort avant. Personne ne peut vivre avec un poids pareil... Je ne veux plus... non...

Bordel, quoi ?!

Aidan n'était pas lui-même, c'était évident. Il n'était pas vraiment conscient. Sans doute était-il en train de faire un cauchemar ? Oui, ça devait forcément être ça.

Scarlett se tordit le bras vers l'arrière pour tenter d'atteindre son visage. Dans son cou, ses cheveux étaient trempés de sueur.

— Aidan, réveille-toi, réclama-t-elle en lui frottant la mâchoire. Allez, s'il te plaît.

Il poussa un grognement furieux, assez angoissant. Lequel se mua progressivement en une espèce de plainte sourde. Puis, enfin, il desserra sa prise sur elle.

Scarlett s'écarta pour allumer la petite lampe à côté d'elle, et, en le voyant immobile, revint s'allonger face à lui.

Il avait les yeux fermés, mais les traits crispés. Et sa respiration semblait être revenue à la normale. Devait-elle essayer une nouvelle fois de le réveiller ou bien plutôt le laisser dormir ?

Il avait dit des choses si bizarres durant cette espèce de délire...

— Je suis désolé si je t'ai fait peur, déclara-t-il les paupières résolument closes, d'un ton qui se voulait calme, mais qui ne l'était pas en vérité. Je te demande pardon, j'ignore ce qui m'a pris.

— Tu as dû faire un mauvais rêve, murmura-t-elle en lui prenant la main. Ce n'est pas grave. Mais j'aimerais que tu me regardes.

Après tout, puisqu'il était conscient à présent, pourquoi ne le faisait-il pas ?

Aidan ouvrit les yeux. Des yeux clairs à la teinte merveilleuse. Mais s'ils étaient un peu plus sombres que d'ordinaire, ils étaient également beaucoup plus brillants...

Puis, comme pour l'empêcher de poser des questions, il se jeta sur elle avant qu'elle ait le temps de dire quoi que ce soit. Il embrassa sa gorge tandis que ses mains s'affairaient à remonter avec une frénésie presque démente son tee-shirt.

— Laisse-moi te faire l'amour encore, soupira-t-il, éperdu. Je t'en prie, Scarlett. Encore une fois... juste une fois...

Du sexe plutôt qu'une conversation sensée à propos de ce qui venait de se passer ? C'était une très mauvaise idée. Et pourtant, elle ne parvint pas à refuser. Incapable de songer à autre chose qu'aux doigts audacieux d'Aidan, repoussant de manière experte les replis de son intimité pour s'introduire opiniâtrement en elle.

Quand Scarlett rouvrit un œil, le radio-réveil indiquait 8 h 45 et plus aucune trace d'Aidan dans le lit, ni même dans la chambre. En revanche, les draps avaient été remontés sur elle jusqu'à son menton et bordés de chaque côté.

Maniaque et attentionné, un bien curieux mélange.

Elle se leva, un peu déçue par ce réveil solitaire, qu'elle avait imaginé très différent…

Encore que cette nuit de débauche l'avait laissée endolorie – de partout – et qu'elle n'aurait probablement pas eu l'énergie suffisante pour remettre le couvert à nouveau.

Mais, le fait est qu'Aidan aurait dû être là. Ne serait-ce que parce que c'était ce qui se faisait après avoir partagé de tels moments, non ? Elle n'était pas exactement ce qu'on pouvait appeler une experte dans le domaine, mais tout de même, c'était là plus ou moins la base.

Elle n'hésita pas cette fois et se rendit directement à son bureau. Où elle le trouva bien évidemment en train de travailler. Une paire de lunettes à la monture noire et épaisse, très sévère, sur le nez.

Ça, ajouté à son air concentré, voire renfrogné plutôt, ainsi qu'à sa tenue stricte – chemise blanche, fine cravate et pantalon noir – et on aurait dit un expert-comptable, ou bien un contrôleur des impôts.

Mais version sexy…

Assez paradoxale, certes. Aidan démontrait toutefois que ça n'était pas totalement incompatible.

Il se débarrassa de ses lunettes dès l'instant où il l'aperçut, dans l'encadrement de la porte, semblant prendre conscience de sa présence seulement maintenant. Il s'éclaircit la gorge et baissa les yeux.

— Bonjour, marmonna-t-il, assez froidement.

D'accord…

Qu'y avait-il de changé pour qu'il se montre si distant ce matin ? Où était donc l'amant merveilleux dans les bras duquel elle avait passé cette mémorable nuit ? Avait-il fichu le camp ? Et si oui, pour combien de temps ?

— Tu as bien dormi ? s'enquit-il poliment, retournant aussitôt à son écran – beaucoup moins poliment.

Bon, très bien, message reçu. Elle gênait, c'est ça ? On était lundi, le boulot avait repris et par conséquent, il avait d'autres priorités.

Parfait !

Elle pouvait le comprendre. Mais enfin, cette attitude, c'était d'un niveau record de goujaterie !

— Ça va, rétorqua-t-elle sèchement. Je venais juste te dire que je pars… enfin, je m'habille, et ensuite je pars. Pas la peine de t'interrompre pour moi.

Elle tourna les talons, confuse et très en colère. Elle se demandait ce qu'elle avait bien pu faire de mal qui justifiait un pareil changement de comportement, lorsqu'il s'écria :

— Mais non, attends !

Scarlett pivota et vit Aidan la mine inquiète, debout devant son siège.

— Tu ne vas pas te sauver si vite tout de même, contesta-t-il, une pointe d'offense dans la voix. Tu pourrais au moins rester prendre un petit déjeuner avec moi. J'ai… j'ai décalé tous mes rendez-vous pour ça.

Et la médaille des signaux les plus contradictoires du monde revient à…

Sans rire ?! Il la regardait à peine et l'instant d'après il faisait tout pour la retenir. Que devait-elle comprendre ? Parce que là, elle était complètement perdue !

— Je préfère malgré tout rentrer maintenant, l'informa-t-elle, agacée par ces revirements.

Ça allait bien comme ça, elle n'était pas une girouette. Puis ça lui ferait les pieds. Après tout, c'était lui qui avait commencé en désertant le lit avant qu'elle se réveille. Elle aussi avait le droit d'être vexée de temps en temps.

Et c'était le cas.

Aidan souffla bruyamment par le nez et se laissa retomber dans son fauteuil. Il s'accouda à son bureau et se massa les tempes d'une main.

— Je suis désolé pour cette nuit, s'excusa-t-il alors une nouvelle fois. Je ne parviens pas à me rappeler ce que j'ai dit, mais ça ne devait pas être très cohérent, n'est-ce pas ?

Enfin il se décida à la regarder dans les yeux, l'embarras, ainsi qu'une certaine circonspection, se reflétant au fond de ses prunelles.

— Non, ça ne l'était pas, concéda-t-elle.

Elle ignorait même si les paroles étranges qu'il avait eues durant son délire lui étaient adressées…

Aidan attendit quelques secondes, puis, comprenant qu'elle n'en dirait pas plus, poursuivit d'un ton plus faible :

— Je regrette également de t'avoir sauté dessus de cette manière. Et de t'avoir… implorée. C'était assez pitoyable, je le reconnais.

Le pincement au cœur revint, brutalement, et elle fit quelques pas pour entrer dans le bureau et ainsi réduire la distance physique entre eux.

— Pas du tout, réfuta-t-elle avec véhémence. Ça n'avait absolument rien de pitoyable, enfin ! Tout va bien. Ça arrive à tout le monde de faire des cauchemars.

Enfin, ça restait cependant un peu bizarre. Mais elle ne lui avouerait pas. Il semblait bien trop gêné. Et alors elle comprit ce qui n'allait pas.

Tout ça, cette attitude soudain si froide, ça n'était que parce qu'il était mal à l'aise et s'en voulait. Rien d'autre.

Oh, Aidan...

Elle avait eu si peur. Peur que finalement cette nuit n'ait été qu'une illusion... un mensonge. Qu'elle ait rêvé ce rapprochement, ces mots qu'ils avaient échangés, cette intimité si particulière qui s'était installée entre eux.

Scarlett repéra l'étui à violon, à sa place, au fond de la pièce, et, comme attirée malgré elle, se dirigea jusque dans le coin où il reposait. Elle s'arrêta devant, s'attendant à recevoir un nouvel avertissement.

Qui ne vint pas.

Elle se tourna vers Aidan et vit qu'il guettait prudemment le moindre de ses gestes.

— Quand aurai-je droit à une démonstration ? se renseigna-t-elle spontanément – et en même temps, cela permettait de passer à autre chose, ce qui semblait préférable.

— Ce soir, si tu reviens, rétorqua-t-il du tac au tac.

D'accord, donnant-donnant donc. Mais elle n'avait pas de problème avec ça.

— Je reviendrai, promit-elle.

Aidan parut se détendre un peu et elle en profita pour prendre l'étui, bravant devant lui son interdit.

Mais il ne dit rien. Pas un mot. Et se contenta de l'observer en croisant les mains.

Elle ouvrit la boîte et sourit comme par réflexe en trouvant la deuxième photo, celle que Sonia avait prise à leur insu, par-dessus l'autre. Elle attrapa les deux clichés et reposa l'étui. Puis elle examina plus en détail la première image, celle où elle était en premier plan, et qui l'avait tant fait flipper la nuit où elle l'avait découverte.

Elle eut un nouveau coup au cœur devant la preuve formelle et irréfutable qu'Aidan avait dit vrai. Il était bel et bien sur la photo. Une grande silhouette très mince, tout en noir, appuyée contre un arbre, en retrait, mais à seulement quelques mètres d'elle.

— J'ai crocheté ton casier pour te la voler, expliqua-t-il alors. C'était complètement idiot... mais je faisais beaucoup de choses idiotes à cette époque.

— Je sais, je me souviens maintenant, affirma-t-elle, avant de poser la question qui lui brûlait les lèvres depuis quelques jours : Pourquoi moi ? Je veux dire, ça aurait pu être n'importe qui d'autre, non ?

Aidan fronça les sourcils et démentit formellement :

— Bien sûr que non. Tu sais, ce jour-là, j'ai eu la honte de ma vie lorsque je me suis rendu compte que la plus belle fille que j'avais jamais vue m'avait surpris à... à faire ce que je faisais.

En effet, dorénavant il lui suffisait d'y songer pour se rappeler très distinctement l'air horrifié qu'il avait eu ce matin-là. Lorsqu'il avait relevé la tête après s'être charcuté l'avant-bras avec ses ciseaux, et que leurs regards s'étaient croisés.

Aidan plissa le front et reprit :

— Mais tu n'as pas eu l'air dégoûté. Tu ne t'es pas détournée non plus. Tu as seulement demandé que j'arrête.

— Avec une menace...

— C'était habile, lui accorda-t-il avec un léger sourire. Toujours est-il que tu bluffais, tu n'en as jamais parlé à personne.

Scarlett secoua la tête en guise de confirmation.

— Tes amis auraient pourtant raffolé de ce genre de récits à mon propos. Au lieu de ça, tu m'as invité à votre pique-nique. Tu as insisté, comme si ma présence avait de l'importance. Et je suis venu grossir les rangs de tes admirateurs. Ça aussi, tu dois t'en souvenir à présent.

Ça sonnait presque comme une accusation. Cependant, ça n'en était pas vraiment une, elle le savait bien.

— J'étais très différente, plaida-t-elle en se remémorant le détachement amusé avec lequel elle traitait les attentions des garçons à son égard, durant ses jeunes années.

Aidan quitta son fauteuil et passa de l'autre côté de son bureau, pour venir tout près d'elle.

— C'est juste, tu possédais une confiance en toi que tu n'as plus désormais, convint-il en jetant un coup d'œil à la photo, avant de plonger les yeux dans les siens : Ce qui est dommage. Mais qui, cependant, te rend encore plus… adorable. Absolument irrésistible, en fait.

Oh là, lorsqu'il lui disait des choses comme ça, elle ne pouvait plus répondre de rien…

Les doigts d'Aidan vinrent peu à peu à la rencontre des siens, puis il caressa doucement le creux de sa paume du pouce. Et elle se sentit fondre. De partout.

— C'était déjà très fort, expliqua-t-il à voix basse, comme s'il lui confiait quelques secrets inavouables. Mais c'est devenu carrément douloureux après ce jour où tu m'as pris la main, à peu près de cette façon, alors même que je t'avais demandé de ne pas le faire.

— Je m'en souviens, murmura-t-elle, ne sachant trop quoi répondre.

— Mais tu m'as touché, et c'était tellement agréable. À la fois apaisant et… tu sais bien. Personne n'avait jamais eu cet effet sur moi jusqu'alors. Et aujourd'hui, beaucoup de choses ont changé, mais pas ça.

— Pourquoi n'es-tu pas venu vers moi ? regretta-t-elle sincèrement. Tu n'as rien dit. Tu n'as même pas essayé.

Il eut un sourire un peu triste, parce qu'il avait parfaitement conscience que ça n'aurait fait aucune différence. Que Romain, qui était entré en scène juste après cet instant volé, l'aurait emporté, quoi qu'il arrive.

— Eh bien si, la contredit-il en haussant les épaules. Je l'ai fait. J'ai simplement pris mon temps, voilà tout. Un choix qui me paraît pour le moins avisé, avec le recul.

31

Vers 15 heures, alors qu'elle s'apprêtait à rejoindre Louise pour rencontrer une nouvelle cliente, Scarlett – qui s'était pourtant interdit de tomber dans la mièvrerie – ne put résister davantage et envoya un nouveau texto idiot à Aidan :

— `Coucou Aidan ! (Note que ça fait 2 mots, outre la parenthèse, ce qui est déjà 2 fois plus que la dernière fois, comme quoi je tiens parole.)`

C'était incroyable, mais, même s'ils s'étaient quittés au matin, et bien qu'elle ait parfaitement conscience qu'elle allait le revoir dans quelques heures, il lui manquait…

Quelques secondes plus tard, elle reçut une réponse – qui la fit sourire toute seule, ce qui prouvait, si jamais elle en doutait encore, qu'elle était vraiment *très* atteinte :

— `Coucou Scarlett. (J'ai évidemment remarqué ta progression et je salue l'effort, cela me va droit au cœur.)`

Se sentant pousser des ailes, elle s'autorisa à lui avouer :

— `J'ai hâte d'être à ce soir…`

Et se mit carrément à rire en lisant le message d'Aidan :

— Et moi donc ! Impossible de me concentrer sur cette fichue réunion tant je me languis de toi. Et il faut encore que tu viennes me torturer avec tes points de suspension pleins de sous-entendus (licencieux, j'espère ?). N'as-tu donc aucune pitié ?!

— Cette question revenant souvent, je commence à me le demander. Je vais néanmoins te laisser travailler. (Tu es en réunion et tu me réponds ? Ce n'est pas très sérieux…)

— Comme il te plaira, à ce soir alors (c'est tellement barbant, et je tiens à rappeler que c'est toi, la vile tentatrice, qui t'entêtes à user et abuser de ponctuation tendancieuse. Comment veux-tu que je résiste ?)

Elle hésitait sur sa phrase d'au revoir, lorsque son écran afficha un nouveau message d'Aidan :

— Je t'aime.

Waouh, le voir écrit comme ça, est-ce que ça ne rendait pas les choses définitivement plus concrètes ?

Allez, elle pouvait y arriver elle aussi. Un peu de courage et… voilà, il n'y avait plus qu'à appuyer sur « envoyer » et le tour était joué. Son pouce erra quelques instants sur la touche. Une minute s'écoula. Puis elle prit une profonde inspiration, se sentant ridiculement vulnérable, et enfin, se lança :

— Moi aussi, je t'aime.

Ça n'était que quelques mots, qu'elle avait déjà prononcés qui plus est, mais c'était tellement difficile de les écrire. Tout ça était si nouveau. Jamais elle ne s'était ainsi laissée aller à exposer ses sentiments. Mais jamais elle n'en avait éprouvé de semblables non plus…

En rentrant chez elle ce matin, elle avait encore retrouvé dans son sac l'écrin avec le collier. Elle s'y était presque attendue en fait, comme si c'était devenu un genre de *running gag* entre eux. Avec une signification bien particulière toutefois, qui n'avait, quant à elle, rien d'une blague.

Comme convenu, en début de soirée, Scarlett retourna à l'appartement d'Aidan – avec sa brosse à dents personnelle cette fois, une tenue pour le lendemain, mais pas de chemise de nuit, préférant ses tee-shirts à lui. Si elle était impatiente de le retrouver, elle ne pouvait malgré tout s'empêcher de se demander si c'était une bonne idée de se revoir si vite. N'allaient-ils pas se lasser ? S'écœurer peut-être même ?

Tout était tellement rapide… Jamais elle n'avait imaginé être capable de tomber si brusquement et éperdument amoureuse d'un homme. Une part d'elle-même – qu'elle tentait d'oublier, mais qui était toujours là, tapie au fond d'elle – était toujours terrifiée.

Les portes de l'ascenseur s'ouvrirent tandis qu'elle essayait de chasser ces dernières pensées de son esprit. Scarlett eut alors un hoquet de surprise en découvrant Aidan, un bras appuyé sur la paroi, qui l'attendait… de pied ferme, apparemment.

Il y eut un bref moment durant lequel il l'étudia de bas en haut, puis il se précipita à l'intérieur de la cabine pour la prendre dans ses bras, la soulever du sol et l'embrasser. Passionnément. Vraiment *très* passionnément.

Elle ne réalisa qu'il l'avait sortie de l'ascenseur, puis portée jusqu'à chez lui, que lorsqu'il claqua la porte de son appartement derrière eux d'un coup de pied. Il la reposa à terre pour lui retirer avec urgence sa veste et, les sourcils incurvés, dans une expression à mi-chemin entre stupéfaction et désarroi, susurra :

— Il ne s'est pas passé une seule seconde sans que je songe à toi. Je n'ai été bon à rien aujourd'hui. Que vais-je devenir, dis-moi, si je dois constamment ainsi osciller entre enfer et paradis ?

— Eh bien, parvint-elle à répliquer entre deux baisers. Peut-être est-il temps de prendre des vacances, tu ne crois pas ?

Si elle se souvenait bien, Sébastien, son assistant, avait laissé entendre que ça n'arrivait jamais. Outre leur relation et les soucis de concentration que celle-ci entraînait, Aidan devait bien en avoir besoin.

Il lui adressa un de ces émouvants sourires, attestant qu'il l'envisageait sérieusement, puis reprit là où il en était resté. C'est-à-dire parcourir son cou de ses lèvres et de sa langue, tout en la repoussant subtilement jusqu'au salon. Où il la fit ensuite basculer sur le canapé, pour s'allonger sur elle.

Scarlett défaisait plus ou moins adroitement sa cravate quand elle aperçut du coin de l'œil le portable d'Aidan sur la table basse. L'écran illuminé, bien que silencieux, indiquait clairement un appel. « Héloïse » s'affichait en lettres blanches…

— Ta tante cherche à te joindre, on dirait, l'avertit-elle en le repoussant à contrecœur.

— Pardon ?

Il se redressa sur ses coudes et mit un certain temps avant de comprendre. Puis il blêmit et poussa un long soupir exaspéré :

— Oh non…

— Qu'y a-t-il ?

— J'aurais dû m'en douter. Je vais avoir droit à un interrogatoire en règle tel que c'est parti. J'ai eu le malheur de lui envoyer un message il y a un peu plus d'une heure. Seulement pour la remercier, rien de plus. Mais c'est suffisant, manifestement, pour attiser sa curiosité.

Aidan avait remercié sa tante pour son initiative – on ne peut plus culottée – de samedi ? C'était énorme, non ? D'autant qu'il avait été extrêmement froid avec elle ce jour-là. Normal que celle-ci désire lui parler après ça. De ce qu'elle avait confié à Scarlett, son neveu n'avait jamais fait le moindre pas vers elle…

Scarlett se dégagea de son étreinte et se releva pour s'asseoir sur le canapé, obligeant Aidan à l'imiter.

— Tu devrais la rappeler, lui conseilla-t-elle. Elle tient beaucoup à toi et s'inquiète probablement encore un peu. Je ne pense pas qu'il s'agisse de curiosité déplacée, tu sais. C'est son caractère un peu spécial qui donne cette impression. Puis, tu ne peux plus l'ignorer, maintenant qu'elle a ton adresse. Qui sait si elle ne va pas débarquer ici d'un moment à l'autre, si tu la laisses une fois de plus sans nouvelles ?

Aidan eut une moue blasée, mais elle sentait bien qu'il flanchait. Parce que malgré ce qu'il se plaisait à montrer, il n'était pas si indifférent que ça aux attentions de sa tante. Après tout, Héloïse n'était-elle pas le seul membre de sa famille à lui avoir jamais témoigné de l'affection ? Ça n'était pas rien pour lui, Scarlett en était persuadée.

— Si je comprends bien, je n'ai pas le choix ? résuma-t-il d'un air profondément contrarié.

Elle confirma d'un signe de tête et prit son portable pour le lui tendre. Aidan consulta son journal d'appel et se décida finalement à recontacter sa tante.

Il ne s'éloigna pas, demeurant assis sur le sofa, à côté de Scarlett, une main posée sur sa jambe, comme pour l'empêcher de s'écarter.

Héloïse décrocha rapidement et Aidan se mit alors à répondre par monosyllabes, extrêmement peu loquace tout à coup.

Au bout de quelques minutes, il plissa les paupières et adressa à Scarlett un regard méfiant, tandis qu'il rétorquait au téléphone :

— Oui, elle est avec moi, mais non, certainement pas. Je me chargerai très bien moi-même de la saluer de ta part.

Scarlett devina évidemment de quoi il retournait et fit un geste à Aidan l'invitant à lui passer son portable. Il secoua la tête, mais elle insista... et l'emporta.

— Bonjour Héloïse, comment allez-vous ? commença-t-elle, ayant à cœur de se montrer aimable avec le seul parent d'Aidan qui s'intéresse à lui.

— Très bien, je vous remercie. Je suis vraiment heureuse de savoir que votre souci avec mon neveu s'est arrangé. J'ai parfaitement conscience qu'il ne doit pas être facile. Et vous êtes, d'après ce que j'ai pu en voir, une jeune femme absolument charmante. Il n'empêche que je me dois de vous demander de ne plus le faire souffrir. Vous comprenez où je veux en venir, n'est-ce pas ? Avoir dû le ramasser à la petite cuillère, comme je l'ai fait samedi dernier, m'a causé énormément de peine. Il y avait bien longtemps que je ne l'avais pas vu dans cet état. Alors, je vous en prie, quoi qu'il se soit passé entre vous, faites en sorte que cela n'arrive plus.

— Je vais essayer, concéda-t-elle, ne trouvant rien d'autre à répondre à ça.

Scarlett se doutait plus ou moins qu'Aidan n'allait pas très bien ce jour-là à cause d'elle. Mais que ce soit si évident pour sa tante, et que ça ait pris une telle ampleur pour elle, la surprenait vraiment.

Cela étant, elle ne pouvait pas en vouloir à Héloïse de lui tenir un tel discours. C'était même plutôt à son honneur de tenter de protéger son neveu. Bien qu'elle s'y prenne d'une curieuse manière…

Et cette dernière, ne se démontant pas, continua sur sa lancée, énonçant la suite de sa liste d'exigences, lesquelles devenaient de plus en plus confuses :

— D'ailleurs, si vous pouviez également faire en sorte qu'il lève le pied niveau travail, ce serait formidable. Peut-être même serez-vous capable de le faire changer d'avis, de le convaincre d'emprunter un chemin différent… juste laisser tomber et enfin aller de l'avant. Ce serait un miracle, mais je l'espère de tout cœur, vous savez.

Scarlett allait demander davantage d'explications lorsque Héloïse la salua abruptement et raccrocha.

— Que te voulait-elle au juste ? se renseigna prudemment Aidan.

— Une discussion de filles, improvisa Scarlett, encore consternée.

Il leva un sourcil atterré :

— Avec ma tante ?

— Pas *ce* genre de discussion, voyons ! le rassura-t-elle, éclatant de rire devant son expression, et pour détourner la conversation, ajouta, son téléphone encore dans la main : Donc, tu as enregistré ta tante à « Héloïse » ? Elle serait très fâchée si elle savait ça ! Et moi, je suis enregistrée à quoi ?

Elle fit mine de chercher dans sa liste de contacts et s'étonna qu'il n'essaie même pas de récupérer son portable.

— Tu ne trouveras pas, affirma-t-il avec un petit sourire énigmatique. Et il vaudrait mieux, parce que cela pourrait encore t'angoisser.

Ah oui ?

Voilà qui n'était pas vraiment pour la rassurer... En même temps, Aidan ne semblait pas plus inquiet que ça. En fait, l'idée de la laisser fouiller dans son téléphone paraissait même l'amuser. Était-ce un genre de jeu ?

OK, *challenge accepted*. Si elle avait le droit d'être indiscrète, elle n'allait pas s'en priver !

Rien à « S ». Rien non plus à « D ». Ça aurait été trop facile, évidemment. Alors elle fit défiler la liste complète, d'une taille comme elle en avait rarement vu – beaucoup de clients, sans doute – à partir du début. Aucune photo. Juste des noms.

Jusqu'à ce qu'elle arrive au « M ». Une image, enregistrée à « Ma déesse ». Et son numéro.

C'était adorable, pour le moment. Beaucoup moins, lorsqu'elle appuya sur le portrait pour l'agrandir...

— Je ne vois vraiment pas pourquoi je flipperais, ironisa-t-elle, hésitant entre le ton de la colère et celui de la plaisanterie. Quoi de plus normal qu'une photo de moi en train de dormir ?!

Laquelle avait dû être prise le matin même, selon toute vraisemblance. Ses cheveux étaient en mode sauvage – ou désordre total, au choix –, à cause de leurs ébats. L'image montrait seulement son visage de profil, ses boucles étalées sur l'oreiller et sur sa joue. Elle semblait à la fois paisible et vulnérable.

Mouais, à l'instar de toute personne endormie, quoi...

Aidan se mordit la lèvre, comme pris en faute, sans se départir de son air espiègle cependant.

— Je t'avais prévenue, argua-t-il, une lueur de défi se reflétant au fond de ses prunelles. Tu étais si belle, je n'ai pas pu m'en empêcher. Et encore, si je m'étais écouté, je n'aurais pas remonté les draps.

Puis, sans lui laisser la possibilité de s'indigner, il se pencha sur elle et chuchota à son oreille :

— Je rêve d'une photo de toi complètement nue, que je pourrais reluquer à loisir.

Et il s'éloigna juste assez pour la voir rougir.

Ah d'accord, c'était ça, le jeu ? De la provocation, donc...

— Eh bien, continue de rêver, parce que ça n'est pas près d'arriver ! s'offusqua-t-elle, ne parvenant pas à se retenir de sourire malgré tout.

— Dommage, lâcha Aidan avec une petite grimace déçue. Mais ça valait le coup d'essayer.

Il s'écarta tout à fait, pour se rencogner contre le dossier, à l'opposé du canapé... le portable de Scarlett à la main.

Hé ! L'enfoiré ! À quel moment le lui avait-il piqué ?!

— Rends-moi ça ! s'exclama-t-elle en se jetant sur lui.

Mais il se releva d'un bond agile – en riant, s'il vous plaît ! – et n'eut ensuite qu'à légèrement remonter le bras pour que l'objet lui devienne tout à fait inaccessible.

Bien sûr, il lui rendait la pareille à présent. Logique, en somme. Elle aurait dû le sentir venir ! Quelle idiote !

— Outch ! siffla Aidan en haussant les sourcils. *Stern slash client* ?! Tu n'avais rien de plus impersonnel ? Voilà qui s'appelle être remis à sa place, je crois.

Merde ! Il n'était pas censé voir ça...

— Mais c'est parce que... enfin je n'ai pas... s'embrouilla-t-elle, ne parvenant pas à trouver de justification satisfaisante. Ça ne veut rien dire...

Il l'étudia un moment en pinçant les lèvres, visiblement vexé. Puis, brusquement, il s'inclina et l'embrassa dans le cou, tout en tenant le téléphone à bout de bras. Et prit une photo.

De leurs deux visages. Dans une pose d'une grande sensualité... Lui, les yeux fermés, les lèvres entrouvertes sur la peau de sa gorge, comme prêt à la dévorer. Et elle, troublée, la nuque ployant légèrement vers l'arrière, les paupières déjà alourdies par le désir.

En quelques rapides manipulations – qui paraissaient tellement évidentes pour lui –, il enregistra l'image à son nom. Nom qu'il prit ensuite la liberté de remplacer...

Par : « L'homme qui te vénère »...

— Pff, c'est un peu long, objecta Scarlett sans parvenir à se retenir de rougir de plaisir.

— Mais nettement plus approprié, fit-il valoir. À moins que tu souhaites proposer autre chose ? Que *Stern/client*, j'entends, ça, ce n'est définitivement plus possible. Je suis tout ouïe.

Il attendit un instant – sans doute cherchait-il à lui faire dire certains mots, encore un peu difficiles à prononcer pour elle. Puis il ne put résister à la tentation de parcourir plus avant la liste de ses contacts. Ses longs doigts agiles se promenèrent sur l'écran comme d'eux-mêmes et son regard se porta sur l'objet, semblant attiré malgré lui.

— Je vérifie seulement quelque chose tant que j'en ai l'occasion, expliqua-t-il, le sérieux revenant peu à peu sur ses traits. Et après j'arrête, c'est promis.

— Romain n'y est pas, et Sébastien non plus, certifia Scarlett, qui avait remarqué qu'il s'attardait sur les « R » et les « S » du répertoire. Tu le vois bien. Arrête maintenant.

Elle tendit la main, paume ouverte, pour qu'il lui rende son téléphone, ce jeu ne l'amusant plus. Mais Aidan s'entêta :

— Je préfère m'en assurer. Tu l'ignores peut-être, et c'est très bien ainsi, mais mon assistant possède aussi un nom de famille. Qui sait s'il n'est pas là, à *slash roue de secours* ?

Non, vraiment, ça ne l'amusait plus du tout. Sous couvert d'humour, la réflexion était cependant un peu blessante…

Scarlett essaya une nouvelle fois de récupérer son portable, soudain très mal à l'aise, sans qu'elle sache exactement pourquoi. Mais Aidan fit volte-face en écarquillant les yeux :

— Qu'est-ce que c'est que ça, *N° 4*, *N° 5*, *N° 6…* Seigneur, mais il y en a combien encore ?!

32

Bordel. De. Merde.

Voilà pourquoi elle était tellement embarrassée à l'idée qu'il consulte ses contacts... elle n'avait jamais songé à effacer ces conneries de chiffres !

La liste devait s'arrêter au huitième. Après, elle s'était rendu compte qu'il ne valait mieux pas échanger de numéros de téléphone avec les types avec qui elle sortait. Par mesure de précaution, sachant pertinemment comment ça se terminerait.

Il n'empêche que c'était suffisamment accablant. Et évidemment, Aidan avait tout de suite saisi de quoi il s'agissait. C'était bien sa veine qu'il soit si perspicace franchement !

Il se laissa tomber sur le canapé et cessa de faire défiler le répertoire. Puis il posa les coudes sur ses genoux, les yeux rivés sur le dernier type enregistré – N° 8 –, les sourcils froncés. Il se frotta la bouche, l'entrouvrit, prêt à parler, mais se contenta d'avancer la mâchoire inférieure, comme s'il venait de prendre un coup en pleine face.

— Ce n'est pas ce que tu imagines, se défendit Scarlett, trop dépitée pour lui confisquer l'objet à présent qu'elle en avait l'opportunité. Je ne collectionne pas les aventures, ça n'a rien à voir. Je ne suis pas du tout ce genre de filles... je ne m'envoie pas en l'air pour le fun avec le premier imbécile qui passe. En vérité, je n'ai même que peu d'expérience dans ce domaine...

— Ça, je le sais, lui accorda-t-il d'une voix éteinte – ce qui était, en dépit des circonstances, plutôt vexant, parce que ça signifiait qu'il l'avait remarqué. Et je te connais assez malgré tout pour ne rien imaginer de tel, enfin ! Puis quand bien même, ça n'aurait pas été un crime. Mais des *numéros* ?! Bon sang, c'est tellement mesquin. Dois-je m'estimer heureux finalement de ne pas en avoir ? *Slash client*, c'est ce que je pouvais espérer de mieux, c'est ça ? Outre ton répertoire téléphonique, ai-je été, moi aussi, un numéro, à un moment ou à un autre ?

Il leva vers elle un regard entre colère et tristesse, un regard bouleversant, qui lui retourna l'estomac.

Oh, mon Dieu... Elle allait devoir tout déballer. C'était inévitable. Mais elle ne l'avait pas prévu, n'avait strictement rien préparé. Elle n'y arriverait jamais.

L'idée de simplement tourner les talons et ne jamais revenir l'effleura – et tant pis, qu'il le garde, ce maudit portable ! Le premier de tous ses automatismes.

Mais c'était absurde. Elle ne pouvait pas faire ça. Elle était lâche, mais il y avait des limites. Puis, envisager de ne plus le revoir, c'était juste impossible...

Elle inspira profondément pour se donner du courage et se lança, ne réussissant qu'à marmonner, la gorge enrouée :

— Non... bien sûr que non, pas toi. Et ce n'était pas de la mesquinerie, je t'assure. C'était seulement un moyen comme un autre de me protéger.

D'essayer, ne serait-ce qu'un peu, tout en m'impliquant le moins possible. Je n'ai jamais réussi à passer une seule nuit avec un de ces hommes. Je me suis enfuie à chaque fois, juste après que les choses se sont concrétisées. Parce que je ne supportais pas cette intimité... parce que ça m'aurait rendue trop vulnérable de rester plus longtemps. Avant toi.

Aidan cilla, manifestement touché, mais pas exactement convaincu pour autant.

— Mais avec moi aussi, tu as fait ça, rappela-t-il, désemparé, cherchant à comprendre. La première fois que nous avons fait l'amour, tu n'es pas parvenue à rester non plus. Et tu ne voulais plus me revoir non plus.

Scarlett ne put alors retenir ses larmes. Cette accusation, en plus d'être vraiment injuste, était tellement douloureuse. Comment pouvait-il penser une seule seconde que leur histoire était comparable aux minables relations qu'elle avait eues par le passé ?

— Je t'ai raconté comment ça s'est passé, marmotta-t-elle, avant de se mettre à sangloter, sa dignité s'évanouissant comme peau de chagrin. Je ne voulais pas partir. Je ne l'aurais pas fait si je n'avais pas été stupidement fouiller dans les affaires que tu m'avais interdit de toucher, et trouvé la photo. Je te le jure... c'était complètement différent. Avec toi, ça l'a été dès le début. Tu es le seul... tu dois me croire...

Aidan se releva précipitamment, abandonnant le portable de Scarlett sur le canapé, et la prit dans ses bras. Avec urgence. Et la serra très fort contre lui.

— Je te crois, murmura-t-il en embrassant ses cheveux. Évidemment que je te crois, mais cesse de pleurer, je t'en supplie. Je ne veux pas que tu te mettes dans cet état à cause de moi. Surtout pas. Pardon. Je n'aurais jamais dû agir ainsi. Je ne sais pas ce qui m'a pris, mais quand j'ai eu ton téléphone entre les mains, je n'ai pas pu me retenir de vérifier... pour Romain, Sébastien... et ces enfoirés de numéros.

Donc, une insulte pour ces ex au passage ? D'accord. C'était de bonne guerre, après tout. Elle qualifiait bien les siennes d'*occasions*. Et il réemployait lui-même le terme de temps en temps, parce qu'il savait que ça l'amusait, et que ça la distinguait également – même si le fait est que ça n'était pas tellement respectueux envers ces femmes en question. Mais pour elle, il s'en fichait.

Alors comme ça, Aidan avait tendance à être jaloux ? Elle aurait pu s'en douter après réflexion. Étant donné la façon – prise d'otage brutale dans son bureau – dont il avait réagi après avoir surpris son assistant lui faire des avances.

— Je vais les effacer, proposa-t-elle, tout en s'efforçant de se ressaisir. Les *enfoirés* de numéros, je veux dire. Je ne me souvenais même plus que je les avais encore, en fait.

Elle rompit leur étreinte et eut un hoquet horrifié à la vue de la trace noire immonde de ses cils, imprimés désormais sur la chemise blanche et immaculée – du moins l'était-elle quelques minutes auparavant – d'Aidan.

Lequel baissa les yeux, avisant son vêtement, un peu étonné, puis eut l'un de ses petits rires rauques et très discrets :

— Ce n'est pas grave, voyons, affirma-t-il en revenant ensuite à son visage, pour essuyer du pouce la marque de ses larmes sur ses joues.

Puis il redevint soudain très sérieux, récupéra le téléphone de Scarlett sur le sofa et le lui tendit :

— Fais-le maintenant s'il te plaît, demanda-t-il en plissant le front, l'air préoccupé de quelqu'un qui a conscience de frôler la limite du raisonnable, mais qui ne peut s'en empêcher. J'ai un peu de mal avec la concurrence numérotée, pour être tout à fait honnête. Je veux être le seul, ici aussi.

— Tu as raison, accepta-t-elle en récupérant – enfin ! – son fichu portable.

Elle effectua la manipulation devant lui, sous ses indications – parce que finalement, elle s'aperçut qu'elle n'avait jamais effacé le moindre contact et qu'elle ignorait comment s'y prendre.

Même si c'était elle qui l'avait décidé, se retrouver à obéir à ses directives de cette façon était assez bizarre. Mais ça le rassurait. Il en avait besoin. Et elle aussi. Il était plus que temps qu'elle tourne cette page de sa vie et qu'elle laisse tout ça derrière elle.

Puis, de sa propre initiative, et toujours sous l'indiscrète – mais pas désagréable pour autant – surveillance d'Aidan, Scarlett modifia le nom sous lequel il s'était lui-même enregistré. Remplaçant « L'homme qui te vénère » par « Le seul ».

— Hmm, ça me plaît beaucoup, reconnut-il dans un soupir, avant de la serrer de nouveau contre lui.

— Attention, ta chemise, avertit-elle en s'écartant, songeant à son mascara encore humide.

— Elle n'est plus à ça près, plaisanta-t-il en s'entêtant à ramener doucement sa tête contre son torse. Puis, je n'en suis pas vraiment fier, au contraire d'ailleurs, mais il n'empêche que c'est la première fois que quelqu'un pleure pour moi. Je devrais peut-être la garder en souvenir, qu'est-ce que tu en dis ? Ça ne s'est pas fait sans douleur, toutefois aujourd'hui est le jour où je suis devenu « *Le seul* », et ce n'est pas rien.

— Mouais, relativisa Scarlett en se remémorant une vieille anecdote. Enfin, si l'on en croit une certaine secrétaire, d'autres femmes ont déjà versé des larmes pour toi, en public par-dessus le marché, à l'accueil de ton agence.

Aidan se raidit et haussa les sourcils :

— Alors ça vient de là, ces stupides rumeurs ? Ma foi, je me souviens d'une crise d'hystérie fort gênante de la part d'une *occasion* (rien à faire, Scarlett aimait qu'il préfère ce terme à un très banal « *ex* ») qui s'estimait lésée parce qu'elle n'avait tiré aucun bénéfice financier de notre brève relation. Pas très surprenant, mais en revanche assez sordide. Et il n'y a eu aucune larme, je suis formel.

OK, voilà donc le fin mot de l'histoire... Aidan ne semblait pas plus fâché que ça qu'elle lui rappelle cet incident, mais pas forcément disposé à en raconter davantage.

Et elle n'avait aucune envie d'en entendre plus, à vrai dire.

Elle s'éclaircit la gorge, essuya encore une fois le haut de ses pommettes – espérant avoir rattrapé le coup et ne pas arborer un maquillage type Courtney Love fin de soirée –, et changea de sujet de conversation :

— Dis, il me semble que quelqu'un ici m'avait promis une démonstration de ses talents au violon. Croyais-tu vraiment pouvoir y couper ?

Scarlett attendit dans le bureau, installée dans le grand fauteuil en cuir d'Aidan, tandis que celui-ci changeait de chemise – elle savait bien qu'il ne pourrait rester très longtemps avec un vêtement taché, même par elle.

Il revint sans se presser et prévint, comme s'il était un peu gêné subitement :

— Je crains que ma tante n'ait quelque peu survendu la chose, tu sais. Je ne joue habituellement que pour moi-même. Alors sois indulgente, d'accord ?

Scarlett hocha la tête et le regarda ouvrir le fameux étui et en sortir son vieux violon. Il était évident que pour lui, l'instrument avait une signification particulière. Sans doute avait-il appartenu à son vrai père, celui qu'il n'avait pu connaître...

Aidan se redressa, cala l'objet dans son cou, l'archet au bout de ses longs doigts fins et agiles, puis lui adressa un petit sourire :

— J'ai préparé un morceau pour l'occasion. Enfin, seulement à l'oreille, donc j'espère que tu reconnaîtras.

Il baissa les yeux sur son violon, et se mit à jouer.

La musique s'échappa de ses mains, magique, d'emblée.

Mon Dieu, il était si beau...

Et le temps parut s'arrêter sur les notes d'une magistrale adaptation de *My Immortal,* d'Evanescence. Ce titre sur lequel ils avaient dansé au mariage d'Héloïse. Cette chanson sur laquelle il lui avait avoué *crever d'envie de l'embrasser*... et sur laquelle elle était tombée sous son charme. Complètement. Éperdument. Irrémédiablement.

Scarlett dut lutter pour repousser le nœud qui s'était formé au fond de sa gorge tant elle fut émue.

Et elle lui sauta au cou sitôt après la dernière note :

— Merci ! C'était sublime... le plus beau des cadeaux qu'on m'ait jamais faits.

— Ah, si j'avais su, j'aurais commencé par là dans ce cas, chuchota-t-il, les lèvres contre ses cheveux. Plutôt que de t'offrir un collier dont tu ne veux désespérément pas.

Scarlett fit un pas en arrière, craignant un reproche, et vit à l'expression à la fois amusée – mais aussi quelque peu attendrie – d'Aidan que ça n'en était pas un. Pas vraiment.

— Mais si, il est chez moi, lui apprit-elle. Et j'ai décidé de le garder. Pour de bon. Figure-toi. D'ailleurs, je l'adore. Je l'ai toujours adoré.

— Bien, approuva-t-il, tant mieux si nous sommes d'accord pour le collier. Que d'avancées aujourd'hui, j'ai du mal à y croire !

Il l'embrassa, ravi, puis rangea précautionneusement le violon dans son étui, avec les deux photos.

Le regard de Scarlett se porta alors juste à côté, près de la chaîne Hi-fi, sur la pile de CD d'Aidan. Lesquels dataient pour la plupart d'au moins une dizaine d'années. Et, curieusement, un album, tout au fond, attira son attention.

Rammstein, un groupe de metal allemand qu'elle avait déjà dû entendre par le passé, mais dont elle ne se souvenait pas bien.

— C'est étrange tout de même, aimer le violon et ce genre de musique, remarqua-t-elle en extrayant le CD en question du tas.

— Mais pas incompatible, commenta Aidan, avant de se tourner vers elle et de lui arracher précipitamment l'album des mains.

Et le jeter à la poubelle. Devant une Scarlett bouche bée.

— Navré, je ne savais pas que je l'avais encore celui-là, expliqua-t-il, comme s'il n'y avait rien de plus normal. Je ne le supporte plus, j'aurais dû le balancer il y a longtemps.

Il se recomposa une expression enthousiaste, même si l'ombre voilant subtilement ses yeux clairs n'avait pas échappé à Scarlett, et proposa avec un naturel presque crédible :

— Je t'emmène dîner ? C'est l'heure, non ?

33

Ce soir-là, ils firent l'amour trois fois, presque d'affilée – malgré les courbatures persistantes de Scarlett, à qui il ne serait cependant pas venu à l'idée de se plaindre. Sur le canapé, en rentrant du restaurant, Aidan étant trop pressé pour attendre quelques secondes de plus afin d'aller jusqu'à la chambre. À nouveau dans la douche, parce qu'il semblait adorer ça. Et enfin, dans le lit, plus paresseusement.

Lui s'était endormi rapidement après, épuisé. Tout en la serrant dans ses bras, comme il avait coutume de le faire. Mais Scarlett, quant à elle, et bien qu'exténuée également, ne parvenait pas à trouver le sommeil.

Quelque chose l'en empêchait. Sans qu'elle arrive à mettre le doigt dessus.

La musique de Rammstein tournait en boucle dans sa tête, atrocement persistante… tout comme ce désagréable arrière-goût de mauvais souvenir.

Elle savait pourquoi cet album en particulier l'avait interpellée parmi les autres dans la pile. Elle savait également pour quelle raison Aidan avait réagi de cette façon et avait eu besoin de jeter ce CD devant elle. Sans avoir à se justifier plus avant, tout simplement parce que ça lui aurait été impossible.

Elle le savait tout au fond d'elle.

Mais elle ne parvenait à replacer ni mots ni images. Elle n'avait face à elle qu'un puzzle confus.

Parce que c'était lié à ce qu'elle avait voulu oublier, indubitablement. À Romain... Parce que, pour ce moment en particulier, elle y avait mis toute son énergie. Et la réussite était quasi totale.

Mais il était désormais nécessaire qu'elle se rappelle. Comme la dernière fois. C'était important.

Même si c'était aussi extrêmement douloureux...

Cela faisait partie de leur histoire, à Aidan et elle. Le passé était ainsi, on ne pouvait revenir dessus. Mais il lui fallait se le remémorer. Pour comprendre. Pour l'appréhender de manière différente, et enfin aller de l'avant.

Elle errait entre sommeil et conscience lorsque tout à coup, le souvenir éclata. Surgissant de lui-même, sans prévenir, tandis que la musique sous son crâne devenait assourdissante.

Et musique, c'était vite dit. À l'époque du lycée, elle détestait ce genre-ci, qui n'était rien de plus qu'un vulgaire boucan pour elle. Surtout cette nuit-là, après la soirée plutôt arrosée qu'elle avait passée avec Romain.

Sans la présenter comme sa petite amie – ce qu'il n'avait d'ailleurs jamais fait et qui aurait pourtant vraiment dû lui mettre la puce à l'oreille –, il l'avait emmenée à une fête chez des amis à lui. Elle avait bu pour la première fois et avait très vite ressenti les vertiges de l'alcool.

Ce qui n'avait pas manqué d'amuser Romain. Et elle aimait l'amuser, alors elle avait continué. Puis, elle avait besoin de se donner un peu de courage aussi...

Il l'avait ensuite reconduite chez lui, parce que les choses avaient été plus ou moins prévues comme ça. Ça faisait pratiquement deux mois qu'ils se fréquentaient, qu'ils s'aimaient, il était donc naturel qu'ils passent à la vitesse supérieure.

Enfin, ça, c'était ce qu'elle pensait à ce moment-là.

La musique était déjà forte lorsqu'ils étaient entrés dans la grande et très belle demeure des Stern. Qu'elle découvrait pour la première fois et qui se trouvait à quelques rues de celle de sa mère, à Antony – cette dernière imaginant bien entendu que sa fille *passait la nuit chez une copine*, selon la formule consacrée.

Mais le bruit était presque devenu insupportable une fois dans la chambre de Romain, laquelle était contiguë à celle de son frère.

— C'est encore l'autre débile et sa musique de taré ! s'était-il plaint auprès de Scarlett. Il part demain pour un nouveau lycée, loin d'ici. Et tant mieux franchement, bon débarras. Mais en fin de compte, ça ne sera jamais assez tôt. Je suis sûr que c'est pour nous saouler tant qu'il le peut encore qu'il fait ça ! Ne bouge pas, je l'étripe et je reviens.

— Non, attends, je vais plutôt aller lui demander de baisser le son moi-même, avait-elle spontanément proposé, préférant cette solution à une éventuelle dispute entre frères.

Romain avait alors eu un sourire étrange :

— Tu as raison, ça vaudra mieux. Et il sera ravi de te voir en plus, j'en suis certain.

Elle avait frappé à la porte d'où provenait l'exaspérant raffut et s'était fait recevoir par un simple : « Dégage. »

Mais elle était entrée quand même.

Et avait trouvé Aidan assis par terre, au pied de son lit. L'album de Rammstein – celui-là même qui avait attiré son attention – dans une main, et dans l'autre une cigarette – sans filtre, à l'odeur étrange, qui ne devait pas exactement en être une, à la réflexion.

Il s'était relevé précipitamment lorsqu'il l'avait vue apparaître dans l'embrasure, totalement déconcerté :

— Scarlett ?! Mais qu'est-ce que... qu'est-ce que tu fais là ?

— Je suis avec Romain, il m'attend. Je voulais seulement te demander de mettre ta musique un peu moins fort s'il te plaît, c'est possible ?

Il avait cillé, pincé les lèvres et crispé les mâchoires – d'une manière qu'elle connaissait si bien à présent. Puis il avait fermé les yeux et soupiré :

— Bien sûr. Désolé, je me croyais seul.

Aidan avait tourné le bouton de sa chaîne, puis l'avait observée un moment, comme s'il avait eu quelque chose à dire, mais que les mots lui manquaient.

Ce n'est que lorsqu'elle avait repoussé la porte de sa chambre qu'il avait fini par déclarer, d'une voix assez faible, que couvrait presque entièrement la musique – si bien qu'elle avait cru avoir mal entendu, ou alors que ça ne s'adressait pas vraiment à elle :

— Tu ne devrais pas. Ne me fais pas ça, je t'en prie...

Une requête qu'il avait formulée exactement de la même manière lorsqu'elle avait tenté de se défiler pour le mariage de sa tante. Une phrase qui avait alors fait écho en elle, sans qu'elle comprenne pourquoi.

Mais elle n'y avait prêté aucune attention à ce moment-là et avait rejoint Romain.

Des portes avaient claqué. Celle de l'entrée notamment, plus violemment. Et elle se souvenait à présent que Romain avait trouvé drôle que son frère soit d'aussi mauvaise humeur et quitte la maison en pleine nuit.

Oh non...

Scarlett se figea, soudain tout à fait éveillée.

Ce jour-là, Aidan et elle n'avaient échangé que trois phrases, ne s'étaient pas vus plus d'une minute en tout et pour tout. Juste croisés en somme. Ce qui ne représentait absolument rien pour elle.

Mais pour lui, c'était complètement différent...

Bon sang, c'était horrible, non ?!

Il était là, il avait su...

Elle comprenait mieux maintenant où il voulait en venir lorsqu'il avait parlé de douleur pour expliquer ses sentiments de l'époque. Elle commençait aussi à penser que, d'une façon ou d'une autre, Romain était au courant de ce qu'éprouvait son frère pour elle.

Scarlett se tourna dans les bras d'Aidan, rendus plus souples par le sommeil, et lui caressa le visage, apercevant à peine ses traits à travers la pénombre.

Merde.

Ce dernier souvenir... ça craignait tellement.

Si seulement les choses avaient pu être différentes. Elle avait fait le mauvais choix, était allée vers la mauvaise personne.

Un des frères Stern se moquait d'elle et l'avait fait souffrir, tandis que l'autre ne lui voulait que du bien et l'aimait sincèrement... même après ce qui s'était passé, même encore après toutes ces années.

C'était un miracle qu'ils aient pu se retrouver finalement. Elle le réalisait désormais. Tout avait changé. Et bien que ça ait été un choc de l'apprendre, elle lui était maintenant reconnaissante d'avoir orchestré leur rencontre, puis d'avoir autant insisté par la suite.

C'était lui qui avait raison, leur histoire en valait la peine. Vraiment.

— Je l'ai refait, c'est ça ? grommela-t-il tout à coup, la voix enrouée par le sommeil. Je t'ai encore étouffée ? J'ai parlé ?

— Non, tout va bien, chuchota-t-elle en embrassant son front, repoussant ses cheveux vers l'arrière. Je t'aime, c'est tout.

— Moi aussi, murmura-t-il tandis qu'elle le sentait sourire sous ses doigts. Et je voudrais que tu me réveilles chaque nuit de la même façon pour me le répéter.

— Marché conclu, accepta-t-elle, incapable de se retenir de chercher ses lèvres.

Qu'elle trouva, bien évidemment, sans problème. Aidan accueillant ses attentions avec toujours beaucoup d'enthousiasme – quand bien même dormait-il encore quelques secondes auparavant.

Il tentait de passer un bras sous elle quand Scarlett fit mine de basculer sur lui. Elle avait beau être complètement vannée par leurs précédents ébats, ajoutés à la fatigue de la veille, elle avait encore tellement envie de lui…

Elle avait besoin de lui, de la magie qui ne manquait jamais de naître de ces moments d'intimité pure, pour effacer de nouveau ce mauvais souvenir. Ou plutôt conjurer le sort, d'une certaine façon, et ainsi exorciser ses vieux démons. En fait, *leurs* vieux démons, même s'ils étaient très différents.

Étonné, Aidan n'opposa aucune résistance, mais demeura immobile. Il parut hésiter l'espace d'un instant. Puis il se résolut à s'étendre sur le dos pour lui faciliter la tâche et lui permettre de l'enjamber.

Elle s'installa sur lui et il grogna d'approbation contre sa bouche en prévision de la suite. Il était nu sous les draps et elle ne portait que son tee-shirt, aussi leurs corps furent immédiatement en contact. Déjà, elle sentait sous elle son membre se raidir. Jusqu'à rapidement se mettre à palpiter de désir.

Elle se redressa et il lui attrapa la taille de ses deux mains, à travers le coton de son vêtement, comme pour la rattraper, ou bien l'empêcher de s'éloigner. Mais elle n'en avait absolument aucune envie…

Leurs souffles s'emballèrent dans le silence de la nuit, tandis que leur danse se faisait de plus en plus sensuelle, se provoquant l'un l'autre.

Soudain, Aidan étendit un bras en travers du lit et la lumière du chevet s'alluma, surprenant Scarlett. Qui dut cligner plusieurs fois des yeux avant de s'habituer à l'éclairage pourtant ténu de la petite lampe.

Puis il se releva légèrement pour appuyer la nuque contre la tête de lit et ainsi mieux la voir.

— Retire le tee-shirt, réclama-t-il farouchement, avec une telle gravité qu'on aurait pu croire qu'elle tentait de le spolier de quelque chose d'essentiel.

Elle marqua un temps de réflexion. Parce que si l'idée de le chevaucher dans l'obscurité la séduisait, elle ignorait s'il en était de même avec la lumière allumée. Était-elle déjà si à l'aise que ça ? Si sûre d'elle ? Ça lui ressemblait si peu…

Aidan prit l'initiative pour elle – un peu comme avec la serviette de bain, finalement – et remonta brusquement les jambes, de manière à la faire basculer sur son torse.

Et il lui arracha lui-même le vêtement. Un peu brutalement d'ailleurs, si bien que des coutures se déchirèrent.

Ce qui ne sembla pas l'émouvoir outre mesure, puisqu'il jeta le tee-shirt au loin, sans un regard. Lequel restait obstinément rivé sur Scarlett.

Il profita du fait qu'elle soit inclinée sur lui pour caresser d'une main la pointe d'un de ses seins, la faisant rouler dans sa paume. Tout en s'assurant de l'autre qu'elle était prête à le recevoir.

Et jugea sans doute que ça ne devait pas être tout à fait le cas.

Ses halètements prouvaient qu'il se trouvait déjà proche de la limite, pourtant il prit malgré tout le temps de faire d'abord jouer un index en elle. Avant d'ajouter son majeur. Et d'exécuter des figures de shaman au creux de son corps, lentement, opiniâtrement, appelant la tempête.

Elle sourdait lorsqu'il cessa et substitua adroitement l'extrémité de son sexe à ses doigts. Alors il lui saisit la taille et l'invita à descendre sur lui.

Scarlett suivit ses directives silencieuses à la lettre et s'empala très doucement, la manœuvre restant toujours légèrement délicate. Et, lorsque enfin son corps fut de nouveau enclin à accepter celui d'Aidan, elle se mit à onduler lascivement, sous son regard avide.

Pour lui. Parce qu'il semblait tellement aimer ça. Mais également pour son propre plaisir.

Elle se délecta de chaque sensation qu'elle-même initiait, l'enserrant de plus en plus fermement en elle. Savoura chacun des soupirs éperdus d'Aidan, que le moindre de ses gestes suscitait, chaque crispation de ses muscles. Ainsi que ce contrôle inédit et si délicieux qu'elle exerçait soudain sur lui.

Elle menait le jeu, avait le pouvoir de le rendre fou, le torturer, comme lui le faisait si souvent avec elle. Et elle adorait ça.

Au bout d'un moment, il poussa un gémissement étrange, un peu sifflant entre ses dents serrées, l'air subitement aux abois.

— Scarlett, supplia-t-il dans un souffle éraillé, comme pour capituler à un combat qu'il ne pouvait de toute façon remporter.

Aidan ouvrit grand la bouche pour reprendre sa respiration et lui empoigna brusquement les hanches afin de l'immobiliser au-dessus de lui. Il ferma les paupières quelques secondes, le temps d'une trêve nécessaire.

Puis il ne put se maîtriser davantage et donna un coup de reins.

Cramponné à elle, il imprima ensuite à son bassin des mouvements répondant aux siens.

Donc, même ainsi, il s'arrangeait pour diriger lui-même les opérations ?

Soit. En vérité, elle n'y voyait pas vraiment d'inconvénient. D'autant qu'il était si habile. Déjà, les vagues de l'extase se rapprochaient. La guettaient. De très près.

Un grondement rauque et sauvage roula dans la poitrine d'Aidan, regorgeant d'un désir ivre, aussi urgent que brûlant, mais aussi d'une pointe de rébellion. Et il se redressa jusqu'à se retrouver assis sur le lit avec elle. Puis il la renversa en arrière et s'allongea sur elle.

Et, en quelques mouvements fébriles, les plongea tous deux dans l'abîme de l'extase, au cœur d'un tourbillon complètement dément. Leurs cris se mêlant en même temps que leurs lèvres se rejoignaient.

Aidan resta si longtemps étendu sur elle, sans bouger, qu'elle crut qu'il s'était rendormi dans cette position, leurs corps encore liés. Mais elle réalisa qu'il n'en était rien lorsqu'il revendiqua :

— Vraiment, j'y tiens, réveille-moi chaque nuit de cette façon, et je serai le plus heureux des hommes.

34

— Ne me fais pas ces yeux-là, ça n'y changera rien, protesta Scarlett en tentant de ne pas rire devant la mine implorante de Louise. Entrer dans ce salon de thé ne serait bon ni pour toi, ni pour moi, tu le sais très bien.

— Oh allez, je n'ai jamais goûté de cupcakes de toute ma vie ! allégua cette dernière. Et si ça se trouve, toi non plus. Je suis sûre qu'on rate quelque chose. J'en ai marre de passer à côté de ce genre de plaisirs, pas toi ? Sans compter que tu as fait plein de sport ces quinze derniers jours. Tu peux bien t'accorder ça, non ?

Après une nouvelle réunion avec les artisans pour faire le point sur l'avancée des travaux dans la maison d'Aidan – lesquels se présentaient on ne peut mieux –, elles s'étaient accordé un après-midi shopping en règle.

Louise devait remplacer ses jeans en 36 – ou autre équivalent américain du gabarit mannequin, quoi – par la taille supérieure, son postérieur accusant le coup de sa *retraite*. Scarlett, quant à elle, avait à renouveler la section lingerie de sa garde-robe. Afin de reléguer au fond de son placard ses ensembles simplistes contre d'autres un peu plus... eh bien, plus dans la veine de celui qu'avait tant aimé Aidan.

— Je ne suis pas certaine que le *sport* auquel tu fais allusion puisse vraiment se substituer à des séances de footing, argumenta Scarlett en avisant la jolie vitrine devant elle.

Il est vrai que c'était tentant. Et que non, en effet, elle non plus n'avait jamais eu l'occasion de goûter à des cupcakes – pâtisseries en vogue s'il en était, en passe même de supplanter le très chic macaron. La déco du salon de thé était d'ailleurs tellement chouette, avec ses couleurs pastel, mêlant astucieusement fantaisie et tendance, que rien que ça donnait envie d'y entrer.

— Pratiqué de manière aussi intensive, si, assurément ! contra Louise, avec force conviction. Les courbatures dont tu n'as pas arrêté de te plaindre (ce qui était plus qu'exagéré, elle ne s'était pas plainte tant que ça !) en sont la preuve irréfutable. Cela dit, c'est bien meilleur pour la santé que la course à pied.

Et sa cousine ponctua sa phrase d'un clin d'œil malicieux. Avant de soupirer, passant de la joie au dépit en un éclair – peut-être devrait-elle se reconvertir et se lancer dans une carrière d'actrice, nul doute qu'elle avait du potentiel :

— Sois sympa avec moi qui vais rester là toute seule à me morfondre, pendant que toi, tu seras partie en week-end romantique avec ton beau grand mâle en manque d'affection qui marque à chaque match, vilaine fille !

Scarlett ne put se retenir de pouffer de rire. Mais elle ne s'aventurerait pas sur ce terrain avec sa cousine, le peu qu'elle lui avait confié étant déjà manifestement grandement suffisant.

Elle s'abstint donc de préciser qu'Aidan était un joueur si doué qu'il lui arrivait régulièrement de mettre plusieurs buts d'affilée en une seule partie. Et d'exiger revanche sur revanche, jamais à court d'idées en matière d'expérimentation de stratégies de jeu.

— Bon, très bien, finit-elle par céder en poussant la porte du charmant petit établissement à l'intérieur si féminin et alléchant à la fois.

Scarlett partait le soir même avec lui pour un séjour de quelques jours en Bretagne. Qu'il avait pris l'initiative d'organiser, après avoir obtenu au préalable son accord. Une idée qu'il avait lancée, mais qui répondait directement à ses recommandations de vacances.

Soit les premières qu'il s'autorisait depuis... elle n'en savait rien, en fait. Il était resté très vague lorsqu'elle lui avait posé la question. Si bien qu'elle se demandait s'il lui était déjà arrivé d'en prendre.

Obnubilé comme il l'était par son travail, la négative ne l'aurait pas vraiment surprise.

Encore que, depuis presque quinze jours qu'ils étaient ensemble, il avait sérieusement revu à la baisse son rythme quotidien. Il avait également décrété qu'il ne bosserait plus le samedi désormais – soit un énorme sacrifice, même s'il ne le dirait jamais en ces termes. Et il se lamentait régulièrement d'être bien moins performant, maintenant qu'elle faisait partie intégrante de sa vie. Il la tenait même – toujours sur le ton de la taquinerie, bien entendu – pour unique responsable de ses tout nouveaux soucis de concentration.

Et elle ne pouvait s'empêcher d'aimer cette idée. Parce que ça montrait bien l'importance qu'elle avait pour lui. S'il ne manquait jamais de le lui répéter, ça en demeurait sans doute la meilleure attestation.

En outre, il n'était pas en reste en ce qui la concernait. C'était fou, mais Aidan occupait déjà une place centrale dans l'existence de Scarlett. Qui, bien que ça la chiffonne un peu, ne s'organisait plus qu'en fonction de lui et de leurs rendez-vous.

Si l'on pouvait encore appeler ça ainsi… dans la mesure où elle le rejoignait tous les soirs chez lui depuis qu'ils avaient commencé à se fréquenter de façon formelle. À peu près au moment où lui-même rentrait. Et elle ne partait qu'au matin, lorsque Aidan quittait son appartement pour se rendre à son bureau.

Au bout du compte, elle vivait déjà pratiquement chez lui…

Les choses s'étaient faites naturellement ainsi. Et si parfois, cette assiduité avec laquelle ils se voyaient – qu'elle jugeait légèrement excessive – effrayait un peu Scarlett, lui faisait toujours en sorte de la rassurer.

Ce petit séjour ensemble s'annonçait très bien, cependant, pour elle, c'était plus ou moins l'épreuve du feu. Elle n'était jamais restée aussi longtemps avec un homme – OK, le défi était plutôt limité dans son cas –, aussi, arriverait-elle à passer plusieurs jours non-stop avec Aidan ?

Si les deux dernières semaines en sa compagnie avaient été fabuleuses – hormis une microdispute au sujet d'un tiroir qu'il voulait lui laisser et qu'elle avait refusé –, rien ne garantissait que tout se passe sans encombre pour autant…

— N'empêche que je ne suis vraiment pas sûre de porter cette guêpière que tu m'as fait acheter, grimaça Scarlett en repensant à la torture qu'avait été cette séance d'essayage de lingeries dirigée par sa cousine. Ce n'est tellement pas… moi.

Louise mordit à pleines dents dans sa pâtisserie, une expression gourmande – ou plutôt vorace – sur le visage. Puis elle se concentra à nouveau sur son interlocutrice.

— Quoi ?! Tu veux dire que sous tes airs de femme fatale se cache en réalité une personne qui n'a jamais mis de dessous affriolants ? Je n'y crois pas une seconde, arrête tes bêtises ! Elle n'a rien de si terrible cette guêpière. Elle est même très classe. Et tu as bien fait de m'écouter parce qu'elle te va super bien. Stern confirmera, je pourrais parier une fortune là-dessus.

Scarlett avisa son gâteau, affligée de devoir reconnaître qu'elle renvoyait une image d'elle si loin de ce qu'elle était en vérité, et que même sa cousine s'était laissé abuser.

Mais pas Aidan, se rappela-t-elle. Jamais il ne s'y était trompé, lui.

Ils avaient pris le train ensemble le soir, récupéré ensuite une voiture de location à la gare. Et ils avaient grignoté à l'hôtel avant de se coucher – et de faire l'amour tout de même une fois, parce qu'Aidan n'était pas du style à laisser passer une occasion – puis de s'endormir, autant crevés l'un que l'autre. Il fallait dire que durant les quinze jours qu'ils venaient de passer ensemble, ils avaient accumulé un certain retard de sommeil…

Ils s'étaient éveillés tardivement le lendemain, avaient traîné plus que de raison au lit. Puis ils avaient profité du temps plutôt clément de la fin d'après-midi pour aller se balader sur les superbes côtes sauvages caractéristiques de la Bretagne. Main dans la main.

Aidan interrompit plusieurs fois leur promenade pour l'enlacer et l'embrasser, toujours aussi passionné. Ce qu'elle adorait.

Durant une pause un peu plus longue que les autres, il plongea la main dans la chevelure de Scarlett, battue par les vents et déjà mise à mal par l'air marin. Il sourit et, après avoir détaillé les mèches qu'il retenait entre ses doigts, déclara :

— Je suis fou de ces boucles, tu sais, j'aimerais que tu les laisses tout le temps ainsi.

Quoi ? Son brushing avait déjà foutu le camp ?! Ça valait le coup de se donner du mal !

Scarlett plissa les paupières, dubitative. La chambrait-il ou était-il sincère ? Parfois, ce n'était pas facile de faire la distinction, avec ce flegme à toute épreuve dont il ne se séparait presque jamais – hormis durant l'amour, là, il était totalement différent.

— Ah oui ? s'enquit-elle avec méfiance. Apparemment, tant qu'on sera ici je ne vais pas avoir trop le choix, de toute façon.

Aidan dévoila ses belles dents blanches, ravi – donc il aimait vraiment ? – et le coin de ses yeux se plissa délicieusement :

— Parfait. Deux solutions s'offrent à moi dans ce cas. Soit je te confisque ton sèche-cheveux au retour, soit je fais en sorte que nous demeurions là pour toujours, les embruns marins étant en ma faveur.

— Les embruns marins sont beaucoup moins agréables en plein hiver, j'en suis sûre. Il faudrait réenvisager la séquestration pour m'obliger à rester ici en cette saison, vois-tu.

— Ah, bien sûr. Mais qui te dit que j'ai réellement laissé tomber l'idée de la séquestration ? J'y songe bien plus souvent que tu ne crois.

Bah voyons !

Aidan plaisantait souvent de cette façon, un peu comme pour la tester en permanence en mettant ses bizarreries, ainsi que son obsession pour elle, en avant. Et elle s'y était faite, s'y était si bien habituée qu'il ne l'effrayait plus, même lorsqu'il évoquait cet épisode qu'elle avait pourtant si mal vécu.

Scarlett eut un petit rire, dans lequel il l'accompagna. Puis elle se retourna dans ses bras pour faire face au panorama grandiose qui s'offrait à eux. Il resserra son étreinte et embrassa le sommet de son crâne, retournant un peu trop rapidement au silence.

Elle avait beau sentir qu'il était heureux, elle n'avait pu s'empêcher de remarquer qu'il était également assez pensif depuis qu'ils étaient arrivés.

— Tu étais déjà venu en vacances dans le coin ? interrogea-t-elle, curieuse.

— Non, jamais. C'est la première fois. À part pour les affaires, je quitte rarement Paris.

— Mais il y a une raison pour que tu aies eu envie de venir précisément ici, non ? « Aidan », ce ne serait pas breton justement ?

— En effet.

En effet « Aidan » est d'origine bretonne, ou *en effet* il y a bien une raison ? Pourquoi était-il si vague tout à coup ?

— Tu portes le prénom de ton vrai père, n'est-ce pas ? hasarda-t-elle sur une intuition, pivotant à nouveau pour voir son visage.

Lequel était soudain très sérieux, mais sans avoir l'air triste pour autant.

— C'est Héloïse qui t'a raconté ça, j'imagine ? soupçonna-t-il.

Scarlett secoua la tête et observa le sourcil qu'Aidan ne manqua pas d'arquer, comme pour saluer sa perspicacité – surtout un coup de chance, en l'occurrence.

— Il a vécu ici ? insista-t-elle.

— D'après le peu que j'en sais, il aurait grandi dans la région, lui apprit-il d'une voix basse, mais avec un grand calme, comme si tout ça le laissait indifférent – tandis qu'elle savait pertinemment qu'il n'en était rien. Il est revenu plus tard, avec ma mère, lorsqu'elle a quitté Édouard pour vivre avec lui. Puis il est mort. Et elle a dû rentrer en région parisienne.

Pour se suicider trois ans après, tant elle était malheureuse auprès de l'homme qui avait été le père adoptif d'Aidan. Scarlett connaissait cette partie de son histoire. Mais elle ne lui dirait pas. Ces moments si rares durant lesquels il se confiait étaient bien trop précieux pour être interrompus.

— Il était musicien, continua-t-il sur le même ton. Violoniste professionnel plus exactement. Il voyageait à travers le monde pour participer à de grands concerts. Il a tout arrêté pour ne plus exercer son art qu'en tant que professeur lorsqu'il a rencontré ma mère. Le vieux violon dans mon bureau, c'était le sien. C'est bien la seule chose de lui que je possède. Ou d'eux, en quelque sorte, de mes parents.

— Tu n'as rien qui vienne de ta mère ? s'enquit spontanément Scarlett, avant de se mordre la lèvre en voyant l'expression d'Aidan s'assombrir peu à peu.

— On ne m'a pas laissé garder quoi que ce soit. Et Romain non plus d'ailleurs, de ce point de vue nous avons été logés à la même enseigne lui et moi. Édouard a tout balancé, de sorte qu'il ne reste aucune trace d'elle. Héloïse a eu la gentillesse de nous donner les quelques photos d'elle qu'elle avait, à mon frère et moi, mais cela s'arrête là. De toute façon, je ne me souviens pour ainsi dire pas d'elle, alors... J'ignore tout de mes parents, je ne les ai connus ni l'un, ni l'autre.

— Mais tu as peut-être de la famille ici, osa-t-elle, se demandant pourquoi il ne semblait pas avoir pris le temps d'y réfléchir.

L'un des coins des lèvres d'Aidan se retroussa, mais sans joie, et il haussa les épaules avec désinvolture :

— Je n'en ai aucune idée. Et je ne tiens pas à le savoir, en vérité. Les rapports familiaux, ce n'est pas mon truc, tu sais bien. J'étais seulement curieux de voir à quoi ressemblait cet endroit. Mais je n'aurais jamais pu m'y rendre seul. En fait, ça ne me serait même pas venu à l'esprit. J'espère que cela ne t'ennuie pas ? Je t'assure que l'unique but de ce séjour est d'être avec toi.

— Ça ne m'ennuie pas le moins du monde, attesta-t-elle, trop heureuse d'apprendre qu'il n'avait fait ce pas en avant que parce qu'elle était là, avec lui.

C'était bon signe, non ? Et il s'ouvrait à elle, lui révélait des choses dont il n'avait parlé à personne, elle en aurait mis sa main au feu… c'était presque inespéré.

Et c'est naturellement – et tout à fait légitimement, du moins à son sens, puisque ni lui, ni Héloïse n'avaient été clairs sur ce point – qu'elle se renseigna :

— Mais il est mort de quoi, ton père ?

Elle comprit qu'elle n'aurait pas dû aller jusque-là lorsque les bras d'Aidan retombèrent contre son corps, rompant son étreinte.

Miss pieds dans le plat un jour, miss pieds dans le plat toujours ! Et une nouvelle médaille pour elle, s'il vous plaît, celle du manque de tact et des gaffes – ça allait de pair, non ?

Il baissa les yeux et eut un sourire amer, avant de prononcer un mot, très simplement :

— Overdose.

Puis il releva la tête et planta son regard acéré dans le sien, comme s'il lui fournissait la clé de tout.

Scarlett fit un pas en arrière, par réflexe, accusant le coup. Elle avait imaginé un accident, ou bien une maladie. En fait, n'importe quoi, mais certainement pas ça.

— Ce qui me fait dire que je me suis trompé, ironisa Aidan, sur un sujet qui ne s'y prêtait pourtant absolument pas. Je sais au moins une chose à propos de ma mère. C'est qu'elle avait décidément le don pour les choix désastreux, et surtout très mauvais goût en matière d'hommes.

— Il y a sans doute des explications, avança Scarlett, tellement navrée qu'il ne puisse même pas au moins idéaliser un peu ce père qu'il n'avait pas connu. Ce n'est pas pour ça qu'il n'était pas quelqu'un de bien.

— Je ne vois vraiment pas ce qui t'autorise à le penser, contra-t-il avec une grimace désabusée. Et ça n'a plus guère d'importance désormais. Quand j'étais jeune, probablement par esprit de contradiction – à force de m'entendre répéter toutes sortes de réflexions désagréables sur le sujet –, j'avais la bêtise de me borner à croire que si c'était une fin tragique, elle restait néanmoins poétique. Aujourd'hui, fort heureusement, j'ai changé d'opinion. Je ne lui trouve franchement rien de respectable, bien au contraire.

Merde… Il n'y avait donc rien qui touche à la famille et au passé, qu'elle puisse aborder sereinement avec lui, sans réveiller toute cette souffrance ?

Ne sachant plus trop quoi dire – de peur de commettre une nouvelle boulette dont elle seule avait le secret – elle se tut et lui prit la main. Elle en embrassa le dos, noua ses doigts aux siens, satisfaite de le sentir se détendre progressivement. Puis elle se blottit dans son grand manteau noir si classe, attrapant les deux pans comme pour s'y cacher.

Et il la serra derechef contre lui.

— Je ne veux pas que tu sois triste, marmonna-t-elle, un peu dépitée de découvrir tous ces détails sordides de son histoire.

— Je ne le suis pas, je te le promets, répondit-il d'une voix douce, aux inflexions attendries. Jamais quand tu es là.

Ce qui la rassura et la ravit à la fois.

Après cette longue promenade sur la côte, ils se rendirent au restaurant. Et tout se passait merveilleusement bien… jusqu'à ce que Scarlett se sente suffisamment à l'aise pour évoquer le lycée.

Ils en étaient au dessert – qu'elle n'arrivait pas à finir, le repas ayant été relativement copieux – lorsqu'elle demanda :

— Pourquoi as-tu, durant toutes ces années, gardé la photo du pique-nique ?

Aidan reposa sa cuillère et se carra dans son siège, croisant les mains devant lui.

— Je reconnais que c'est un peu dingue, lui accorda-t-il, sans montrer aucun signe de remords ou d'embarras cependant. Mais je n'ai jamais eu le cœur de m'en séparer. Puis je l'avais volée, je te rappelle, je m'étais donné beaucoup de mal pour que ce soit le plus discret possible. Je n'allais pas balancer le seul larcin que j'ai jamais récolté de toute ma vie.

Certes, mais de là à le planquer dans l'étui de son violon, ça restait quand même un peu étrange. Et elle aurait dû se contenter de cette réponse, mais au lieu de ça, elle persista :

— Dis-moi, il y a quelque chose que j'aimerais vraiment comprendre. Depuis que je me souviens des détails, je n'arrête pas de me demander pour quelle raison Romain s'est si subitement et si tenacement intéressé à moi. Alors qu'il me croisait tous les jours au lycée et qu'il ne m'avait jamais remarquée avant qu'il ne me voie avec toi, à l'infirmerie. Tu dois bien en avoir une petite idée, non ?

Le regard d'Aidan devint soudain fuyant. Il posa le coude sur l'accoudoir, appuya son menton sur sa main et se frotta la bouche, l'air de réfléchir à la réponse à donner. Puis il laissa retomber son avant-bras avec agacement et un muscle joua sur l'une de ses mâchoires.

Quand il releva les yeux, ses traits reflétaient une colère froide et sourde. Une colère entièrement dirigée contre elle, qui la pétrifia sur le coup.

— C'est marrant qu'on en revienne encore à lui, observa-t-il d'un ton d'apparence calme, mais sous lequel couvait une profonde rancœur. Figure-toi que je m'interrogeais justement quant à la place qu'il occupe dans ton fantastique classement. Numéro un, je suppose ? Ce serait un minimum. En fait, tu sais quoi, au risque de te surprendre, j'en ai vraiment ma claque de parler en long en large et en travers de mon connard de frère.

35

Ce fut comme une douche glacée pour Scarlett, qui resta sans voix, interdite face aux attaques venimeuses d'Aidan, bouleversée d'en être soudain l'objet.

Elle avait complètement oublié qu'il pouvait être aussi comme ça…

Dur. Acide. Et méprisant.

Méchant même. Parce que cette réflexion à propos de ce qu'il appelait son *classement*, c'était juste dégueulasse. Et rappeler la place qu'y occupait Romain, l'était d'autant plus. Surtout avec ce qu'il savait de cette relation.

Il n'avait pas le monopole de la souffrance. En avait-il conscience ? Si ça restait douloureux pour lui, dans cette histoire, elle, elle s'était brûlé les ailes. Elle pansait encore ses blessures aujourd'hui, et ça aussi, il le savait. Il était mieux placé que quiconque d'ailleurs, étant le seul à qui elle s'en soit ouverte.

Et voilà tout ce qu'il faisait de sa confiance ? Il la piétinait pour retourner ce qu'elle lui avait révélé contre elle ?

C'était d'une telle cruauté…

Monsieur Mufle-Connard reprenait donc du service. Formidable !

Scarlett eut bien du mal à refouler les larmes qu'elle sentait déjà monter. Mais plutôt crever que lui montrer à quel point il l'avait blessée. S'il était furieux contre elle parce qu'elle avait osé poser une malheureuse question – somme toute légitime, merde ! –, elle le serait également.

Et il ne gagnerait pas à ce jeu-là. Non, certainement pas !

— Eh bien, tu sais quoi ? lui retourna-t-elle d'un ton qu'elle essaya de rendre le plus sec possible. S'il n'est pas possible d'en parler, laisse tomber. Qu'est-ce que j'en ai à foutre du pourquoi du comment, après tout ?! Ce n'est pas comme si l'origine de cette histoire avait la moindre importance, de toute façon. En revanche, si tu veux plus de détails au sujet de mon *fantastique classement*, ne te gêne surtout pas. Ce serait dommage de se priver dans la mesure où je tiens un dossier à la maison avec les stats de chacun ! Je te laisserai le consulter au retour, puisque ça semble tellement t'intéresser !

OK, elle avait un peu dérapé.

La maîtrise de sa voix lui avait échappé – en même temps que son calme – et elle s'était mise à crier. En témoignaient tous les regards désormais tournés vers eux...

Elle aurait voulu paraître détachée. Être aussi froide que lui. Mais ça lui était impossible. Les émotions étaient toujours exacerbées quand elle était près de lui. Et elle ne contrôlait absolument plus rien.

Tentant de se redonner une contenance, elle se leva.

Et Aidan l'imita aussitôt. D'un mouvement si brusque qu'il manqua de faire tomber son fauteuil en arrière. Les sourcils froncés, entre rage et désarroi, l'air prêt à bondir sur elle pour la retenir – ou bien pour la mordre, ça restait à déterminer.

Il ouvrit la bouche, manifestement pour renchérir, mais elle lui coupa l'herbe sous le pied :

— Tu m'excuses un instant, je dois passer aux toilettes.

Puis elle fila à toute allure à travers la salle du restaurant, aussi dignement que possible. Incapable de ne pas faire claquer les hauts talons qu'elle avait emmenés spécialement pour la soirée – et laissés dans la voiture la durée de leur promenade, pendant laquelle elle s'était sentie ridiculement petite, par ailleurs.

Elle prit tout son temps une fois seule, se lava même les mains plusieurs fois. Par désœuvrement, mais aussi parce que ça l'aidait à se détendre un peu.

Enfin vite fait, parce que cette seule pique avait suffi à la mettre totalement hors d'elle.

Il fallait dire qu'elle était vicieuse aussi, et particulièrement blessante.

De toute manière, elle n'avait pas trop le choix. Si elle se ressaisissait vraiment et parvenait à chasser sa rancune, ce serait la peine qui aurait le dessus, le sujet étant on ne peut plus sensible. Et les larmes risquaient de faire leur grand retour – comme la fois où elle s'était effondrée devant lui après qu'il avait découvert les numéros dans son portable. Ce qui était parfaitement inenvisageable.

Il était donc préférable de rester fâchée contre lui.

Très bien, ça ne serait pas très difficile en même temps.

Quand elle sortit des toilettes pour femmes, elle retrouva Aidan dans le couloir, planté juste devant la porte. Qui l'attendait de pied ferme, les bras croisés, appuyé d'une épaule au mur, dans une posture faussement désinvolte, le visage si fermé qu'elle en frissonna.

— J'ai bien cru que tu avais pris la poudre d'escampette en te faufilant par une fenêtre ou en te sauvant par une quelconque issue de secours, grinça-t-il en lui emboîtant le pas, toujours de mauvaise humeur.

Et de deux pour les piques.

Il n'y allait pas avec le dos de la cuillère quand il voulait être désagréable, lui ! Maintenant on passait donc à ses tendances fuyardes – d'accord, l'espace d'une seconde, elle y avait pensé, mais ce n'était pas une raison.

Décidément, la fin de soirée promettait. Il en avait encore beaucoup en stock ou ça s'arrêtait là ? Parce qu'elle pouvait aussi le frapper s'il insistait.

— Ce que tu peux être drôle parfois ! s'exclama-t-elle, sarcastique, en retournant à leur table.

Avant qu'il l'attrape par le coude pour l'entraîner vers la sortie et lui glisse à l'oreille :

— J'ai réglé, on rentre à l'hôtel. Je crois que cela vaudra mieux.

Merde. D'habitude, elle le remerciait toujours. Mais là... c'était carrément exclu.

En outre, ça ruinait totalement le plan qu'elle avait élaboré dans les toilettes. Lequel n'était guère sensationnel, puisqu'il ne consistait qu'à payer elle-même l'addition. Juste pour emmerder Aidan et lui montrer qu'elle le pouvait – même si elle n'était pas exactement sûre d'être en mesure d'assumer le coût de ce dîner, en vérité, étant donné qu'elle n'avait pas regardé les tarifs et qu'elle pressentait qu'ils n'avaient rien de très accessible...

Tant pis.

À la place, elle donna un coup sec pour libérer son bras de son emprise tout en s'écartant de lui, et nota un léger changement dans son attitude. Un cillement presque imperceptible. Mais qui trahissait sa surprise de se voir privé de ce type de contact, qu'il tenait apparemment pour acquis.

Ils n'échangèrent plus un mot jusqu'à la voiture, où il lui tint malgré tout la portière – sans doute pas par galanterie, mais plus pour s'assurer qu'elle monte bien dans le véhicule. Puis ils firent ensuite le trajet menant à l'hôtel dans un silence de plus en plus lourd et oppressant.

Une fois dans l'ascenseur, Aidan tenta subtilement de poser la main dans son dos. Mais elle se dégagea immédiatement, trop remontée contre lui pour passer l'éponge sur ce premier véritable accrochage depuis qu'ils avaient commencé à se voir sérieusement.

Non, il ne s'en tirerait pas à si bon compte, hors de question !

Et elle le vit alors pâlir et déglutir péniblement, sa colère refluant de manière presque palpable pour céder la place à... à autre chose. Qu'elle ne put définir sur le moment.

Des remords au moins ? Parce qu'il avait plutôt intérêt.

Une fois dans la chambre – laquelle était d'un luxe qu'elle n'aurait jamais pu s'offrir seule, ce qui commençait soudain à copieusement l'agacer –, Scarlett fila droit dans la salle de bains pour s'y enfermer. Le laissant encore un peu seul, de sorte qu'il ait le temps de préparer des excuses potables.

Quand enfin elle se décida à ressortir, en chemise de nuit – en fait, avec l'un des tee-shirts d'Aidan, parce qu'elle n'avait rien emmené d'autre – tout dans la chambre avait été curieusement déplacé.

Comme… rangé ?

Réordonné de manière exactement parallèle ou perpendiculaire.

Là, ça redevenait flippant, non ?

Aidan avait de nouveau les bras croisés, mais dans une attitude qui n'avait plus rien de désinvolte. Finis les faux-semblants. Ses doigts étaient crispés sur ses coudes et il se tenait raide comme un piquet au milieu de la pièce, la guettant d'un œil méfiant.

Et il ne disait toujours rien.

Scarlett ne se laissa pas démonter et s'obligea à ne pas prêter attention à la tension qui saturait l'atmosphère. Aidan l'inquiétait peut-être légèrement, là, tout de suite, mais il méritait bien qu'elle lui fasse encore un peu la gueule.

Elle lui adressa à peine un regard et se mit à fouiller les placards. Elle y récupéra une couverture. Puis elle alla jusqu'au lit pour prendre son oreiller. Et installer le tout sur le canapé de l'entrée.

N'y tenant plus, il la rejoignit. Mais s'arrêta sur le pas de la porte, n'osant apparemment pas franchir le seuil. D'où il continua à l'observer prudemment.

Dans le miroir, tandis qu'elle tentait plus ou moins maladroitement de s'aménager de quoi passer la nuit, elle aperçut le reflet d'Aidan. Ses traits se décomposaient peu à peu et ses mâchoires restaient durement contractées, closes sur des mots qu'il semblait ne pas pouvoir prononcer.

Quand elle eut terminé, elle se redressa pour lui faire finalement face et patienta jusqu'à ce qu'il parvienne à desserrer les dents.

— C'est une plaisanterie, j'espère ?! s'étrangla-t-il au bout de quelques secondes, sans réussir à cacher sa profonde indignation – ce qu'il n'essayait même pas d'ailleurs, ayant apparemment dépassé ce stade.

À présent, son ton n'avait plus rien de glacial. Bien au contraire. Son sang-froid légendaire n'était déjà plus qu'un souvenir. Une veine sur son front était même apparue pour la toute première fois depuis qu'elle le connaissait, prouvant bien à quel point il était tendu.

— J'ai l'air de m'amuser peut-être ? répliqua-t-elle, furieuse.

Il jeta un regard de côté et entrouvrit la bouche sur une protestation muette, comme s'il avait du mal à encaisser l'affront, ou comme s'il... paniquait ?

— Tu ne dors pas avec moi ?! insista-t-il avec une expression franchement choquée.

— Belle déduction, monsieur le génie, ironisa-t-elle, mais sans grande conviction.

Parce que l'angoisse et la confusion manifestes d'Aidan lui broyaient déjà le cœur. Parce qu'il paniquait réellement, qu'il n'y avait plus aucun doute possible à ce sujet.

— Est-ce que... articula-t-il d'une voix blanche, avant d'inspirer un grand coup et de souffler brusquement : Est-ce que ça signifie qu'on est séparé ? Parce que je...

— Non, ça signifie qu'on est fâché, coupa-t-elle, tenant à rectifier au plus vite afin de le rassurer quand même un minimum.

La nuance était importante. Capitale même.

Bon sang, mais pourquoi, subitement, se sentait-elle aussi mal ? C'était bien lui qui avait dépassé les bornes, non ? Lui qui s'était montré odieux avec ses réflexions cinglantes et indélicates. Tandis qu'elle n'avait fait que l'interroger à propos de quelque chose qu'elle était en droit de savoir.

Alors pour quelle raison avait-elle soudain l'impression de lui jouer un mauvais tour ? D'orchestrer la plus cruelle des farces qui soit ?

— Je ne veux pas être fâché, opposa-t-il simplement – presque naïvement – en plissant le front, absolument pas rasséréné par la nuance.

Donc, c'était officiel, Aidan ne savait pas du tout gérer une dispute.

Le grand P-DG arrogant et si caustique – ou également surnommé M. Connard-Mufle, à juste titre parfois –, ce même homme qu'elle avait vu affronter toute sa famille pour qui il n'était qu'une espèce de paria, avec une hauteur aussi dédaigneuse qu'impertinente et indifférente, venait subitement de perdre tous ses moyens.

Comme c'était... déroutant.

— Eh bah, il fallait y penser avant de me parler comme tu l'as fait tout à l'heure, marmonna-t-elle, luttant pour ne pas flancher complètement et se jeter dans ses bras. J'estime que je ne mérite pas que tu me dises des choses aussi blessantes.

— Blessantes ? répéta-t-il, l'air abasourdi, comme s'il peinait à réaliser qu'il avait ce pouvoir.

Il quitta le pas de la porte pour aller se laisser tomber dans un fauteuil, en face d'elle, et s'accouda sur ses genoux, penché en avant, dans une posture d'abattement.

— C'est la dernière chose que je souhaite, je suis désolé, finit-il par s'excuser tout en scrutant la moquette au sol. Je n'ai pas réfléchi, pas songé un instant à l'effet que produiraient mes mots, c'est sorti tout seul. Il m'est de plus en plus pénible de donner le change. En parler, c'est me rappeler que tu as été à lui, qu'il a eu cette place... et ça me fait toujours un mal de chien.

Scarlett s'obligea à rester à distance et s'assit sur le canapé. Tirant la couverture qu'elle y avait installée pour se couvrir, parce qu'elle commençait à avoir un peu froid.

— Il a la plus mauvaise place, en fait, rétablit-elle. Et tu devrais le savoir. Il m'a utilisée et jetée aussi sec. J'ai peut-être été stupide à cette époque, mais il n'empêche qu'il m'a humiliée, rabaissée plus bas que terre et marquée à vie. Ça aussi, ça fait un mal de chien.

— Je sais, balbutia Aidan en posant sa tête dans ses mains, ses doigts se crispant sur son crâne.

— Alors je pense avoir droit à toute l'histoire, persista-t-elle, parce qu'elle avait à l'évidence mis le doigt sur quelque chose.

Les mains d'Aidan s'ouvrirent nerveusement, avant de s'enfoncer plus avant dans ses cheveux, tandis que son front demeurait obstinément appuyé sur ses paumes, empêchant Scarlett d'apercevoir son visage.

— Je ne peux pas, gémit-il dans un soupir déchiré, comme à la torture tout à coup. Je ne peux pas te raconter ça ! Pourquoi insister autant ?! À quoi bon ?!

— Et pour quelle raison ne peux-tu pas m'expliquer au juste ? s'énerva-t-elle, n'arrivant décidément pas à comprendre ce qui générait un tel comportement.

Il releva brusquement la tête et la fusilla de son regard d'acier, lequel était redevenu presque aussi dur et froid que tout à l'heure au restaurant.

Ou ce matin-là, dans son bureau, lorsqu'il avait compris qu'elle ne se souvenait pas de lui…

Il lui en voulait de ne pas accepter de passer l'éponge et d'oublier cette histoire, c'était certain.

— Mais parce que je suis également responsable de ça ! cracha-t-il alors, comme si elle lui avait arraché ces mots contre son gré. Je suis responsable de ces blessures que tu as évoquées, ainsi que des autres. Celles dues au désastre qui s'en est suivi, dont tu n'as jamais voulu me parler, et que je redoute tant de découvrir... bien que j'en aie déjà une idée. Quand tu sauras, tu me quitteras. Et il n'y aura plus rien que je puisse faire pour que tu me reviennes.

36

— Mais c'est... n'importe quoi, bafouilla Scarlett, estomaquée par l'incohérence de ses propos. Comment tu pourrais être responsable des faits et gestes de ton frère ? Ça n'a pas de sens.

Non, vraiment, ça n'en avait aucun. Qu'est-ce qui lui prenait de croire une chose pareille, lui qui était si implacablement rationnel d'ordinaire ?!

Aidan secoua la tête, se passa une main sur la figure et poussa un soupir nerveux. Puis il parut se résigner et s'efforça de développer, d'un ton un peu plus posé, presque fataliste :

— Je suis à l'origine de son intérêt pour toi. C'est pour m'atteindre moi, qu'il t'a séduite. Pour me faire du mal. Et il s'y est fort bien pris cette fois-ci, je dois le reconnaître. Un jour, il est venu faire je ne sais quoi dans ma chambre et il a trouvé la photo que je t'avais volée. J'ai dû me battre avec lui pour la récupérer. Me battre vraiment, avec toute ma rage – Dieu sait que j'en avais à revendre –, et c'était bien mon seul avantage, parce que physiquement, je n'ai jamais fait le poids contre lui. C'est la première et unique fois où j'ai réussi à le laisser sur le carreau. Ce qu'il n'a pas *du tout* apprécié... lui qui se croyait si immensément fort et puissant. C'est ainsi que tout a commencé, puis dégénéré. Après ça, j'ai caché la photo dans l'étui de mon violon, le dernier endroit sur terre où il serait allé fouiller. Mais il n'avait pas oublié. Sans compter qu'il avait bien compris ce qu'il en était. Et il a très vite fait le lien le jour où il t'a rencontrée à l'infirmerie.

Scarlett se força à respirer calmement. Tout ça appartenait au passé, il fallait qu'elle s'en détache, qu'elle le considère avec le recul nécessaire. Il n'empêche qu'apprendre ces détails abjects n'aidait pas à faire la part des choses. Et qu'elle ne pouvait réfréner le dégoût qui l'envahissait.

— Romain me hait depuis l'enfance, poursuivit Aidan d'une voix faible. Il m'en a toujours voulu pour notre mère et il cherchait sans cesse de nouveaux moyens de me le faire payer. Tout ce que je peux dire pour ma défense, c'est que pour moi, ça n'avait absolument rien d'un jeu. Et que si j'avais su plus tôt ce qu'il en était réellement – j'entends par là ce qui s'est passé avec lui après mon départ pour ce nouveau lycée à l'autre bout de la France –, je ne t'aurais jamais forcé la main pour que tu m'accompagnes au mariage de ma tante. C'était très égoïste de ma part de t'obliger à le revoir, même si je n'imaginais pas à quel point. Ça doit te paraître vraiment sordide maintenant.

— Non, murmura-t-elle, parce qu'elle savait qu'il avait avant tout voulu être avec elle ce jour-là, que sa revanche sur Romain n'était que *la cerise sur le gâteau*, ainsi qu'il lui avait dit. Et j'ai beau t'écouter, je ne vois rien qui te rende responsable pour autant.

Elle comprenait mieux à présent. Mais elle n'avait aucune raison de lui en vouloir de quoi que ce soit.

Il lui adressa un regard quelque peu étonné, puis fronça les sourcils :

— Je suis l'élément déclencheur pourtant. Sans moi, rien de tout cela ne serait arrivé. Et il semblerait que les conséquences soient assez graves…

Bien sûr, il faisait allusion à la suite des événements. Ce qu'elle n'avait pas eu le courage de lui révéler. Mais dont il se doutait, manifestement.

— Même Romain n'est pas exactement responsable de ces conséquences-là, argua-t-elle, parce que c'était la pure et simple vérité.

Bien que ça lui coûte de l'admettre. Parce que là, en cet instant, elle aurait volontiers payé pour avoir la photo de cet enfoiré sur une cible et un jeu de fléchettes – enfin, elle aurait payé plus cher que d'ordinaire, surtout.

Un sillon inquiet s'était creusé à la verticale entre les sourcils d'Aidan tandis qu'il l'étudiait gravement, dans l'expectative. Il semblait attendre des informations primordiales. Soit sans doute des explications, soit une quelconque sentence.

— Je ne vais pas te quitter, déclara-t-elle en haussant les épaules. C'était complètement ridicule de croire ça.

Il inclina la tête, à la fois dubitatif et un peu penaud – ce qui le rendit soudain si adorable que la distance entre eux en devint pratiquement insupportable. Il se tordit les mains et battit une cadence frénétique avec son talon.

— Ah bon ? Vraiment ? voulut-il qu'elle confirme, hésitant.

Oh la vache, Aidan version mal assuré offrait un contraste saisissant avec Aidan Mufle-Connard ! Et si le second était horripilant, le premier était tellement, tellement craquant…

— Oui, vraiment, attesta-t-elle, se sentant peu à peu fondre devant lui.

— Et dans ces conditions, est-on encore fâché ? se renseigna-t-il prudemment, encore légèrement contrit. Probablement l'ai-je mérité, mais les lits séparés, c'est un châtiment assez cruel. Je ne tiendrai jamais toute une nuit loin de toi, alors que tu es si près…

Merde, c'en était trop ! Elle ne pouvait résister à ça. Et qui l'aurait pu, franchement ?!

Elle se leva et vint vers lui.

Mais il ne l'imita pas et demeura assis dans son fauteuil, circonspect, l'étudiant avec attention, comme si la réponse à sa question n'était pas évidente.

Puis il dut la trouver tout seul, ou bien la lire sur son visage, car il tendit les bras pour l'attirer à lui. Il l'enlaça avec une certaine brusquerie – parce qu'il était encore nerveux, elle le sentait bien. Puis il s'inclina et posa la tête contre son ventre, juste sous sa poitrine.

Et il la serra si fort qu'elle craignit un instant qu'il ne lui brise les reins. Mais elle ne bougea pas, ne chercha pas le moins du monde à le repousser. Ce dont elle était incapable, quand bien même lui aurait-il broyé les os avec son étreinte de fer.

Il souffla alors comme s'il avait retenu sa respiration durant toute la durée de ses aveux et lâcha :

— J'ai eu très peur…

Elle s'en était rendu compte. Jamais il n'avait paru aussi mal. Et tout ça pour une histoire aussi idiote. Comment avait-il pu penser une seule seconde qu'elle lui en voudrait pour ce que son frère lui avait fait ? Comment avait-il pu s'imaginer que c'était sa faute ?

Il n'y était pourtant pour rien si Romain s'était montré aussi dégueulasse avec elle.

Avec eux deux, en fait.

Elle savait bien qu'il l'avait séduite pour profiter d'elle, d'une manière ou d'une autre. Même si elle ignorait jusqu'à maintenant qu'il s'agissait en réalité d'une vengeance.

Mais au bout du compte, le résultat était le même. Et connaître la vérité ne changeait absolument rien. Si ce n'était qu'elle abhorrait peut-être encore davantage ce premier petit ami, décidément tellement minable.

— Il ne fallait pas, certifia-t-elle en glissant les doigts dans ses cheveux, juste pour le décoiffer un peu – et parce qu'aussi elle adorait ça –, puis elle ne put s'empêcher de relever : Et donc, quand tu es... *stressé*, dirons-nous, tu... ranges des trucs ?

Aidan frotta son front contre l'estomac de Scarlett et poussa une plainte étrange, comme s'il se navrait lui-même de ses propres comportements.

— Oui, admit-il, le visage obstinément niché contre son ventre, répétant à contrecœur, comme si devoir le reconnaître avait quelque chose d'humiliant : Lorsque je suis stressé, je range des trucs. Tu vas pouvoir ajouter ça à la longue liste de mes bizarreries.

— Très bien, dans ce cas, ça viendra juste après me prendre en photo en train de dormir, plaisanta-t-elle, préférant le prendre sur le ton de l'humour, parce qu'il semblait réellement en avoir honte.

Il se mit à rire doucement – de son rire grave et bas qu'elle aimant tant, celui qui la faisait vibrer de l'intérieur –, et renchérit, choisissant de la suivre sur le chemin de la plaisanterie :

— Et pas qu'une fois ! J'en ai tout un album désormais, intitulé « Ma déesse endormie ». J'en prends presque toutes les nuits, au point que c'en est devenu un hobby. Lequel figure parmi mes favoris, du reste.

Pardon ?!

Était-il sérieux ? Et si oui, devait-elle en être effrayée ou bien flattée ?

OK, il était sérieux, c'était clair. Et en fin de compte, si elle réfléchissait bien, elle n'en était pas si effrayée que ça. Non, pas du tout. C'était fini tout ça. Finalement, elle en était plutôt touchée.

L'idée lui plaisait… lui plaisait même beaucoup.

— Tu remontes toujours les draps, dis-moi ? s'inquiéta-t-elle cependant.

Aidan releva la tête et lui jeta un regard espiègle, non sans un soupçon de provocation :

— Pourquoi ? Serait-il enfin possible de convenir d'un arrangement dans lequel tu accepterais de revoir tes positions quant à cette photo de toi nue dont je rêve ?

Bah voyons ! Il ne perdait pas le nord, c'était le moins que l'on puisse dire.

Là encore, sous couvert de badinage, il était sérieux. Elle commençait à comprendre sa façon de fonctionner.

Et si la chose lui paraissait un peu moins improbable que la dernière fois qu'il l'avait suggéré, elle ne se sentait toujours pas le cran de se prêter à ce genre de jeu.

— Non, n'y compte pas, refusa-t-elle tout net, sans réussir à ne pas lui sourire tandis que ses mains s'aventuraient très discrètement sous son tee-shirt.

— Voilà qui est bien dommage, murmura-t-il en prenant un air dépité. Enfin, rien n'étant définitif, je me permettrai de relancer le débat de temps à autre. Sait-on jamais, j'arriverais peut-être à obtenir gain de cause, un de ces jours ?

— À moins que je sois ivre, je ne crois pas.

— Hmm, c'est une stratégie à envisager, si c'est là l'unique façon de parvenir à mes fins. Tu sais que je ne rechigne jamais à employer les grands moyens avec toi ?

Oh, ça, elle était au courant !

Et sur ces mots, Aidan se releva et la souleva pour la prendre dans ses bras d'un seul élan.

La surprenant si bien qu'il lui arracha un cri de frayeur.

Il l'embrassa aussitôt, comme pour l'apaiser, puis l'informa :

— Tu n'as pas répondu tout à l'heure, et puisque *qui ne dit mot consent*, je considère que nous ne sommes plus fâchés et qu'il est plus que temps que nous allions nous coucher.

Il la conduisit jusqu'au lit, où il la déposa précautionneusement, avant de venir s'étendre près d'elle.

Et il lui fit l'amour plus tendrement que jamais, comme s'il avait à cœur de se faire pardonner jusque dans ces gestes les plus intimes.

Ils restèrent ensuite silencieux pendant près d'une heure, sans s'endormir ni l'un ni l'autre. Enlacés, leurs membres emmêlés. Aidan parcourant son corps d'une main paresseuse, mais déterminée à enregistrer le tracé exact de la moindre de ses courbes.

Lui que le sommeil rattrapait si facilement en général après leurs ébats, semblait plongé en pleine réflexion. Tout comme elle, par ailleurs.

Il les en tira subitement lorsqu'il lança – à voix basse néanmoins, comme pour ne pas l'extirper trop brutalement de sa torpeur :

— Je sais ce qui est arrivé récemment à ta mère, mais en dehors de ça, moi, j'ignore tout de ta famille. Où est ton père aujourd'hui ? Tu n'en as jamais parlé. Ai-je une chance de lui être présenté dans quelque temps ou ça aussi, il vaudrait mieux que je n'y compte pas trop ?

OK, celle-là, elle ne s'y attendait pas du tout.

Était-ce à ça qu'il pensait depuis tout à l'heure, n'osant aborder le sujet que maintenant ?

Bon, très bien. Donc les questions avaient changé de camp ?

Mouais, c'était un juste retour des choses, après tout.

Il avait accepté de répondre à tout ce qu'elle lui avait demandé. Même lorsque c'était devenu pénible. Et elle n'avait strictement rien donné en échange, toujours aussi peu généreuse dans ce domaine. Par conséquent, il faudrait bien qu'elle s'y colle aussi, à un moment ou à un autre...

Scarlett ravala sa salive, puis s'éclaircit la gorge. Bon sang, ce que c'était difficile ! Elle n'en avait jamais parlé à personne. Mais elle le devait à Aidan, elle n'avait pas le choix. S'impliquer à fond dans cette relation signifiait forcément en passer par là.

— Il vaudrait mieux que tu oublies ça, parce que ce n'est pas près d'arriver, expliqua-t-elle d'un ton plus dur qu'elle ne l'aurait voulu. Moi, je suis sûre à cent pour cent que mon père n'est pas quelqu'un de bien. Si je n'y fais jamais allusion, c'est simplement parce que je n'ai aucune idée de l'endroit où ce fumier se cache actuellement. Il nous a abandonnées lâchement, ma mère et moi, quand j'avais cinq ans. Le fameux coup des courses que l'on attend toujours. Tu vois le tableau ?

— Je vois, fit-il simplement, tout en reprenant ses lentes caresses après une courte pause – de consternation, manifestement.

De nouvelles minutes de silence s'écoulèrent. Puis Aidan reprit, obstiné et tenace, malgré tout :

— Et ta mère, tu ne peux pas me parler d'elle ? J'ai cru comprendre que tu t'entendais bien avec elle, non ?

Allez, un petit effort, ce serait toujours plus facile que d'évoquer son salaud de paternel. Encore que...

— Oui, c'est vrai, acquiesça-t-elle, d'une voix plus douce, mais plus faible également. Je l'adorais. C'était une femme exemplaire, un modèle de force et de courage. Toujours de bonne humeur. Elle n'a jamais laissé paraître la douleur que lui a causée le départ de mon père. Si bien que, quand j'étais enfant, j'ai vraiment cru que ça n'était pas si grave que ça. C'est bien plus tard que j'ai réalisé…

Elle s'interrompit, la gorge trop serrée soudain pour poursuivre.

— Pour quelle raison être partie si loin d'elle après le lycée alors ? persévéra-t-il. Il y avait d'excellentes écoles dans la branche que tu as choisie sur Paris. Ça n'aurait pas été plus simple de rester dans la région ?

On y était… Décidément, Aidan savait précisément où creuser pour obtenir ce qu'il désirait.

— J'en avais besoin. Après… après ce qui est arrivé. Après Romain. J'avais besoin de repartir de zéro, de voir de nouvelles têtes. De ne plus avoir à croiser les gens qui étaient au courant.

— Ils étaient si nombreux que ça ? Parce que moi, je n'ai rien su.

Scarlett soupira pour chasser la tension qui l'envahissait. Elle se doutait que Romain – même si ça ne l'avait pas franchement gêné que ses camarades de classe finissent par l'apprendre – ne s'en était guère vanté auprès de sa famille.

Elle se redressa pour s'asseoir et s'adossa à la tête de lit, tout en remontant le drap sur elle.

Aidan fit de même – à ceci près qu'il ne se couvrit pas, ce qui était assez agréable, en dépit de cette conversation, qui elle, ne l'était pas – et attendit patiemment qu'elle s'explique.

— Tout le lycée a su, déplora-t-elle. Mes gentilles amies de l'époque qui sont venues me rendre visite pendant que je restais cloîtrée chez moi, souffrante, se sont chargées de raconter à tout le monde quel genre d'ennuis de santé j'avais. Après cette nuit avec Romain, durant laquelle j'ai été assez bête pour, en plus du reste, ne pas me protéger, je suis tombée enceinte. Je ne l'ai appris que quand j'ai commencé à me sentir vraiment mal. J'ai fait une grossesse extra-utérine. Il y a eu de graves complications. J'ai passé pas mal de temps à l'hôpital. Et depuis je suis à peu près sûre que je ne pourrais jamais avoir d'enfant.

Aidan se pencha sur elle et essuya délicatement les larmes qui inondaient ses joues et qu'elle n'avait même pas senties couler.

— Si tu préfères ne tenir personne pour responsable, tant mieux, mais ce n'est pas mon cas, déclara-t-il en fronçant les sourcils d'un air mauvais. Si un jour je le revois, je le tue.

37

— J'aurais plus vu le canapé par ici, qu'est-ce que tu en penses ? interrogea Louise, une main calée sur la hanche, la seconde désignant gracieusement l'autre côté de la pièce et les yeux plissés par la réflexion.

Scarlett recula afin d'avoir une vue globale du grand séjour-salle à manger de la maison d'Aidan. Sa cousine n'avait peut-être pas tort.

Les derniers meubles avaient été livrés dans la matinée et depuis, à elles deux, elles s'efforçaient d'aménager correctement – et avec goût surtout – l'ensemble. Il était un peu plus de 16 heures et l'exercice touchait à sa fin.

Elle allait pouvoir l'appeler pour qu'il vienne juger par lui-même du résultat. Et elle était un peu anxieuse. Ou plutôt *très* anxieuse.

Oserait-il lui dire si quelque chose ne lui plaisait pas ?

Pas forcément, c'était bien le problème.

Oh là là, pourvu que tout lui plaise !

Elles changèrent le grand canapé d'angle de place. Ce qui ne se fit pas sans mal, parce qu'il pesait son poids.

— Voilà, cette fois-ci, je crois que c'est bon, avisa Scarlett en s'époussetant les mains. Un petit coup de ménage pour que ça soit vraiment nickel et c'est fini.

— Stern va être content, lui qui voulait emménager rapidement, observa Louise avec satisfaction. Il peut ramener ses affaires dès ce soir s'il le souhaite.

Ça faisait plus d'un mois à présent que Scarlett et Aidan étaient officiellement en couple. Mais sa cousine ne s'était toujours pas résolue à l'appeler par son prénom. Sûrement à cause de cette distance étrange qu'il inspirait, voire instaurait avec tout un chacun.

Enfin, sauf avec elle, bien sûr...

— Sans compter que ça va être vachement plus pratique pour vous voir, vu que vous ne serez plus qu'à quelques rues l'un de l'autre, ajouta Louise avec un sourire malicieux. Cela dit, ce n'est pas comme si vous n'étiez pas tout le temps fourrés ensemble depuis le début. Je t'ai dit que nos soirées filles commençaient à me manquer un peu ? Mais je vais m'y faire, hein, parce que c'est pour la bonne cause. Je suis tellement heureuse pour toi. En plus, c'est aussi un peu grâce à moi. C'est vrai, sans mon intervention et l'aide de Sonia, tu serais peut-être encore terrée chez toi à manger de la glace et à te prendre la tête à propos de cette histoire de photo.

Scarlett fit la moue :

— Je ne mangeais pas de glace (bon, ce n'était pas faute d'en avoir eu envie...). Mais je te l'accorde, c'est aussi grâce à toi.

Louise hocha la tête, ravie de se voir attribuer quelque mérite dans cette affaire.

Puis son expression changea subitement et elle alla s'asseoir dans le sofa qu'elles venaient de déplacer. Elle examina ses ongles à la manucure parfaite avec un soupçon d'embarras, n'osant visiblement pas dire ce qu'elle avait sur le cœur.

Scarlett la rejoignit, s'installa également dans le canapé, et demanda :

— Eh bien, qu'est-ce qu'il y a ? Tu veux me parler de quelque chose ? Il y aura d'autres soirées filles, voyons. Je peux quand même me libérer de temps en temps.

— Oh, ce n'est pas ça, démentit Louise, avant de se mettre à ricaner : Et puis ton Jules m'en voudrait de te voler à lui ne serait-ce qu'un soir, j'en suis sûre. On se voit déjà en journée, et pour le moment, ça me va, ne t'en fais pas.

La question ne s'était pas encore posée, puisque ni l'un ni l'autre n'avait manifesté le désir, ni même eu l'occasion, de passer une soirée autrement qu'ensemble. Mais si ça se présentait, Scarlett espérait bien qu'Aidan n'y verrait pas d'inconvénient.

Louise se trompait, il n'était pas si possessif que ça.

Quoique... si. Il l'était, à bien y réfléchir. Mais il n'était certainement pas obtus au point de l'empêcher de passer du temps avec ses amies plutôt qu'avec lui. Du reste, pour l'instant, le voudrait-elle qu'elle n'y arriverait pas. Dans la mesure où il lui manquait dès lors qu'ils se quittaient le matin et qu'elle attendait avec impatience toute la journée de pouvoir le revoir.

Jamais elle n'aurait cru qu'elle serait aussi accro à un homme... et dépendante, inévitablement. Peut-être l'était-elle trop pour son propre bien d'ailleurs ?

Elle chassa cette dernière pensée de son esprit, récurrence de ses angoisses profondes, toujours présentes, quoi qu'elle fasse. Puis elle se concentra sur sa cousine, qui n'attendait qu'une chose, qu'elle se lance à la pêche aux infos pour passer aux aveux :

— Alors de quoi s'agit-il ?

— Je… j'aimerais… Ah, chiotte ! jura Louise, pestant contre ses propres hésitations. Ça va peut-être te paraître un peu tordu, je te préviens.

— Je ne pense pas, non, la rassura Scarlett, qui en connaissait un rayon désormais question trucs tordus.

— Il y a que je voudrais savoir si ça te gênerait que je tente ma chance avec Sébastien, tu te souviens, l'assistant de Stern, celui qui a essayé de te draguer, débita-t-elle d'une seule traite.

Scarlett roula des yeux, très surprise :

— Bah non, ça ne me dérangerait pas le moins du monde. Pourquoi ? Ça devrait ?

Alors comme ça, Sébastien plaisait à Louise ? C'était assez curieux. Presque de l'ordre de l'improbable même. Ce dernier n'étant pas du tout le genre d'hommes avec lesquels Louise sortait d'ordinaire.

— Je ne sais pas, rétorqua sa cousine en haussant les épaules. À la base, c'est toi qui lui as tapé dans l'œil, donc bon, dans ces cas-là, la seule chose à faire, c'est de s'effacer. Mais puisque tu cours un autre lièvre… Tu crois que je pourrais l'intéresser quand même ?

— Évidemment ! s'exclama Scarlett en ouvrant les mains tellement la question lui paraissait ridicule. Y a-t-il un seul mec sur terre qui ne serait pas intéressé ?! (Louise contempla soudain le plafond, comme si c'était terriblement naïf de croire ça, mais Scarlett préféra ne pas s'attarder sur ce point, elles ne tomberaient pas d'accord apparemment :) En revanche, ce qui m'étonne, c'est que toi, tu le sois. Il est informaticien, tu t'en rends compte ?

Cette fois, sa cousine pinça les lèvres et fit une grimace plutôt comique dans le but de montrer qu'elle n'était pas stupide au point de l'ignorer. Puis elle expliqua :

— J'ai décidé de revoir mes critères. Non pas à la baisse, juste de les modifier, quoi. Les sportifs ne me réussissent pas plus que ça. Et j'ai envie d'autre chose. Sébastien est sympa. Il a l'air d'être quelqu'un de posé et de sain, du moins de ce que j'ai pu en voir le soir où nous avons été prendre un verre... tu sais, ce fameux soir où tu as comme qui dirait pris une table dans la tronche...

— Merci, je m'en souviens très bien, confirma Scarlett en tentant de se composer une expression blasée, malgré son hilarité en repensant à la manière dont elle avait valdingué à travers la salle.

— Du coup, si tu pouvais – par exemple – organiser un truc pour qu'on se revoie, ce serait cool. Parce que je ne sais pas si tu t'en es aperçue, mais on ne le croise plus des masses depuis quelque temps, quand on va dans le quartier de la Défense. Bizarrement.

Mouais, *bizarrement*.

Aidan s'était bien entendu à chaque fois arrangé pour que Sébastien soit absent lors de leurs rendez-vous professionnels. Mais il changerait nécessairement d'avis lorsqu'il apprendrait que Louise avait des vues sur son assistant. Il serait trop ravi que celui-ci puisse se caser, non ?

Sa cousine partit lorsque tout fut fin prêt, lui laissant le soin de présenter elle-même le résultat de leur travail à Aidan. Il n'avait strictement rien vu de l'avancée des travaux, Scarlett préférant qu'il ne découvre l'intérieur de sa maison que lorsqu'elles en auraient tout à fait terminé.

Et ça y était, c'était aujourd'hui, le grand jour. Bon sang, ce qu'elle pouvait être tendue d'ailleurs ! C'était ridicule, non ? Parce qu'il n'y avait absolument aucune raison...

Elle redressait un cadre sur le mur d'une des chambres lorsque Aidan arriva sans prévenir, comme surgissant de nulle part. Ce qui fit bien évidemment sursauter Scarlett, qui manqua de peu de faire tomber le cadre en question.

Elle resta un instant – peut-être l'espace d'une seconde, pas plus – figée. Plantée là comme une idiote, à l'observer tandis qu'il se tenait sur le pas de la porte et… lui rendait la pareille, la dévisageant exactement de la même façon.

C'était dingue, mais il y avait ce truc, cette électricité, à chaque fois que leurs regards se croisaient. L'intensité était toujours la même. Quoique plus aiguë, plus violente encore, après quelques heures de séparation.

Les paupières d'Aidan s'alourdirent et il vint précipitamment à elle. Sans un mot, comme s'il ne pouvait résister à l'attraction qu'elle exerçait sur lui. Comme si rien d'autre ne comptait plus, maintenant qu'il était avec elle. Il l'embrassa avec frénésie, la soulevant du sol tout en grognant de satisfaction et de soulagement mêlés.

Déjà, la température montait…

Il la reposa lentement et vint appuyer son front contre le sien. Puis il s'éclaircit la gorge avant de s'enquérir, d'une voix néanmoins enrouée :

— Alors, c'est notre chambre ?

Scarlett s'écarta d'un pas, mal à l'aise tout à coup. Pourquoi exactement, elle n'en avait aucune idée.

— Eh bien, c'est *une* chambre… parmi les autres, cafouilla-t-elle, avant de se renseigner : Tu es là depuis longtemps ?

L'enthousiasme d'Aidan s'évapora tout aussi subitement.

Il avisa le sol et sa mâchoire inférieure s'avança légèrement, prouvant qu'il était vexé. Ou déçu. Rien d'agréable en somme. Puis il releva la tête et plutôt que de détailler la pièce et son aménagement, se mit à évaluer Scarlett d'un œil étrange. Presque inquisiteur, en fait.

Ce n'est qu'après s'être livré à ce curieux examen, l'air en même temps perdu dans ses réflexions, comme tentant de résoudre quelque problème complexe en esprit, qu'il se décida à répondre :

— Je viens seulement d'arriver. Je suis aussitôt monté à l'étage, je te cherchais. J'ai quitté le bureau dès que j'ai eu ton message.

En effet, ça faisait à peine plus d'une demi-heure qu'elle l'avait averti. Elle ne l'attendait pas si tôt. C'était pour cette raison qu'elle avait été si surprise lorsqu'il avait déboulé dans la pièce.

— Bien, monsieur Stern, prêt pour une visite ? s'amusa-t-elle en lui tendant la main, heureuse de voir progressivement réapparaître son magnifique sourire.

Après avoir fait ensemble le tour de la maison, ils s'arrêtèrent à la cuisine. Scarlett, ravie d'avoir reçu l'approbation de son *client* dans chacune des pièces passées en revue, leur servit deux coupes du champagne qu'elle avait acheté exprès pour l'occasion. Qu'elle espérait pas trop mauvais, même si elle n'y connaissait rien et qu'elle n'avait choisi la bouteille qu'en fonction de ses modestes moyens.

— Je vous remercie, mademoiselle Delorme, c'est de l'excellent travail, la félicita Aidan tandis qu'ils trinquaient, atténuant cependant ensuite son compliment : C'est presque parfait.

Merde ! Pourquoi *presque* ?! Qu'est-ce qui n'allait pas et qu'il n'avait pas osé relever sur le moment ?

— C'est fâcheux, parce que je vise précisément la perfection, l'informa-t-elle, s'interrogeant soudain sur ce qui était susceptible de ne pas lui convenir.

Où se situe le problème ? S'agit-il de simples réajustements, ou de modifications majeures ?

Elle avait eu tellement de mal à cerner ses goûts en matière de déco, dans la mesure où son appartement en était totalement dépourvu. Du coup, elle avait beaucoup improvisé. Et suivi son conseil… malgré elle.

Bordel, oui, c'était ça ! Sans vraiment s'en rendre compte, elle avait fait *comme pour chez elle*.

Une erreur de débutant ! Elle aurait dû se méfier davantage des consignes absurdes d'Aidan.

Il haussa les épaules comme si la réponse était des plus évidentes.

— Il manque encore quelque chose pour que je me sente vraiment chez moi ici, expliqua-t-il, manifestement volontairement évasif. Quelque chose de majeur.

Ce qui eut le don d'agacer légèrement Scarlett.

— Pourtant j'ai essayé d'être exhaustive et de répondre tout à fait à ta demande. Laquelle était on ne peut plus vague, reconnais-le. Tu voulais un mobilier complet et je ne vois pas bien ce que j'ai pu oublier…

— En fait de *quelque chose*, j'aurais plutôt dû dire *quelqu'un*, spécifia-t-il en l'interrompant. Quelqu'un, et toutes ses affaires. Peut-être est-ce plus clair ainsi ?

Scarlett faillit s'étouffer avec son champagne. Elle reposa brusquement sa coupe sur le plan de travail et articula :

— De quoi tu parles, enfin ?!

— Exactement de ce que tu imagines, répliqua-t-il, l'air soudain mécontent qu'elle s'entête à ne pas comprendre. Tu devais bien t'y attendre un peu, non ? Ou tout du moins y avoir songé ? Le contraire serait assez blessant… et de mauvais augure, quant à la suite et à mes propres espérances.

Aidan était-il confus, ou bien était-ce elle qui s'obstinait à ne pas vouloir voir où il essayait d'en venir ?

Elle eut rapidement sa réponse – elle, bien sûr – et secoua la tête comme l'idée faisait son chemin dans son esprit.

Bon sang, non, elle n'avait pas pensé un instant à ça !

Ou… peut-être que si. Mais alors uniquement de manière inconsciente. Si brièvement qu'elle n'y avait prêté aucune attention.

C'est vrai, elle était très nerveuse, mais c'était seulement maintenant qu'elle réalisait pourquoi. Il ne s'agissait pas uniquement de travail… Quelque part, elle s'y était attendue. Mais cela la terrifiait tellement qu'elle avait préféré tout simplement ne pas envisager cette éventualité.

Aidan vida sa coupe d'un trait, puis l'abandonna à son tour sur le plan de travail de marbre noir de sa nouvelle cuisine. Avant de s'y appuyer, étendant ses longues jambes devant lui et fourrant les mains dans les poches de son pantalon anthracite pour faire valoir :

— Je ne me sentirai bien ici que si tu acceptes de t'y installer avec moi. Le but était de me rapprocher de toi, géographiquement j'entends. Du moins dans un premier temps. Mais aujourd'hui, les choses sont complètement différentes. Je veux plus. Beaucoup plus.

Il cilla, comme s'il ne prenait la mesure de ses paroles qu'après coup. Puis il eut un sourire sans joie et s'obstina, mais avec un ton d'une prudence presque défaitiste :

— Étant donné ton aversion pour les tiroirs – n'aie crainte, je ne compte pas t'en reproposer un de sitôt, j'ai retenu la leçon –, je me les réserve tous, du premier jusqu'au dernier. Tu n'auras droit qu'aux étagères. Il me semble en avoir compté suffisamment pour toutes tes affaires. Mais peut-être ai-je sous-estimé le volume de celles-ci. Qu'en penses-tu ? Je suis prêt à te laisser l'intégralité du dressing si nécessaire. Ce ne sera peut-être guère trop finalement, avec toutes ces robes que tu dois posséder.

Alors c'était ça qu'il mijotait ? Et il avait su dès le début, dès qu'il avait évoqué cette histoire de chambre – afin sans doute de préparer le terrain –, que ce serait difficile.

Mais si sa réaction de tout à l'heure aurait dû le dissuader, il ne s'acharnait pas moins…

— Aidan, gémit-elle, lui arrachant aussitôt un soupir contrarié. Je t'en prie, arrête. Tu vas tout gâcher. Ça ne fait qu'un mois, qu'un *tout petit mois* que nous nous fréquentons vraiment. C'est beaucoup trop tôt pour envisager de… enfin ça, ce dont tu parles.

— Emménager ensemble, énonça-t-il avec un mouvement de recul choqué. Seigneur, tu n'arrives même pas à le dire tant ça te paraît improbable ?!

— Ce n'est pas ça, contesta-t-elle.

Pourtant si, c'était bien ça. Il avait raison. Encore et toujours.

Il arqua un sourcil, exigeant muettement qu'elle se justifie. Mais elle préféra contre-attaquer :

— Pourquoi être aussi empressé ?

Aidan se pencha en avant pour la regarder bien en face et, perdant subitement patience, s'exclama :

— Mais parce que ça fait des années que je t'attends ! Je sais que c'est toi depuis ce jour où tu m'as pris la main, au lycée ! J'en ai eu la confirmation lorsque je t'ai aperçue, après tout ce temps, aux funérailles de ta mère. Tu pleurais et cela m'était insupportable. C'est à peine si j'arrivais à me retenir de courir vers toi pour te prendre dans mes bras, au risque de passer pour le cinglé que je suis. Et il y a eu ce baiser, dans mon bureau, la Terre n'est plus sur son axe depuis... Alors je suis désolé, mais c'est faux, je m'efforce sans cesse de ne pas être trop *empressé* justement, de ne rien précipiter. Et tu bluffes parce que tu as la frousse, mais tu es parfaitement consciente que ma proposition n'est pas si déraisonnable que tu essaies de me le faire croire. Nous ne faisons pas que nous *fréquenter*, nous vivons pratiquement ensemble depuis un mois. Je ne quitte le travail que pour te retrouver et je ne te quitte que pour aller travailler. Comment appelles-tu cela, toi ?!

Et comment discuter avec lui dans ces conditions ? Il avait le chic pour la mettre au pied du mur, la forcer à affronter ses contradictions.

Mais cette déclaration... Mon Dieu, elle en était bouleversée.

Pour elle aussi, la Terre s'était décrochée de son axe lors de ce baiser. À moins qu'elle n'ait commencé à vaciller durant ce slow qu'ils avaient dansé ensemble, au mariage de sa tante.

— Je ressens la même chose, affirma-t-elle, perdue soudain. Il n'y a plus que toi. En fait, il n'y a jamais eu que toi. Tu es celui que j'attendais.

— Prouve-le et emménage ici, avec moi, la défiat-il d'un ton ferme et autoritaire, très déplaisant. Je veux plus que des mots.

Toutes les émotions que son petit discours avait fait naître en elle s'éteignirent d'un coup, tuées par son impitoyable intransigeance. Lui mettre la pression de cette façon ne servait strictement à rien. Bien au contraire...

Refroidie, et un peu en colère aussi, elle croisa les bras, et se braqua :

— Est-ce un ultimatum ?

38

Les épaules d'Aidan s'affaissèrent et le masque dur et inflexible qu'il avait arboré lorsqu'il avait annoncé ses revendications se fissura. Pour s'effriter tout à fait et retomber en morceaux quand il baissa la tête et marmonna :

— Bien sûr que non. J'ai bien trop à perdre, je ne suis pas complètement fou. Et pour rien au monde je ne voudrais que nous soyons à nouveau fâchés.

Parce qu'il avait très mal vécu leur première dispute, elle s'en souvenait parfaitement. Pourtant, il n'avait alors rien vu. Elle n'avait même pas réussi à lui faire la gueule plus de quelques heures. Nul doute que la prochaine fois elle se montrerait plus coriace… ou peut-être pas. En fin de compte, il n'avait pas besoin de grand-chose pour la faire flancher, son seul regard pouvait suffire.

Scarlett se sentait comme dans un grand huit, valdinguée entre chutes et ascensions. La colère qui l'avait si brusquement saisie quelques secondes plus tôt s'était totalement évanouie et son cœur se serrait devant l'expression attristée et découragée d'Aidan.

Merde, c'était la dernière chose qu'elle souhaitait !

— Si nous vivions ensemble, ça arriverait forcément, argumenta-t-elle, tandis que la chose lui paraissait de moins en moins invraisemblable.

— Mais ce serait différent, opposa-t-il, une timide lueur d'espoir se rallumant au fond de ses prunelles. Parce que nous aurions franchi une étape capitale et que je ne craindrai plus que tu me fausses compagnie à la moindre anicroche.

— Ça ne fonctionnerait pas, je suis beaucoup trop bordélique, tu n'as même pas idée, tenta-t-elle sans réelle conviction, grossissant sciemment le trait, afin de le tester. Et toi... enfin, tu sais bien comment tu es.

Le coin de ses lèvres se retroussa très légèrement et il lui retourna :

— Au contraire, c'est la combinaison parfaite. Je rangerai, l'ordre est une de mes spécialités, figure-toi. Si c'était un art, ou même une quelconque discipline, je pourrais affirmer sans prétention que j'y excelle. Et je suis au regret de devoir te contredire, mais si, le fait est que j'ai une petite idée de ce que ça peut donner. Je suis déjà allé chez toi, je te rappelle, et ton *organisation* – somme toute très personnelle, je l'admets – ne m'a pas franchement empêché de dormir.

Tout allait bien, il la taquinait de nouveau.

Scarlett ne put réprimer un sourire devant autant d'entêtement et de persévérance. Comme si vivre avec elle, ses humeurs et son bazar, était un privilège... n'importe quoi, vraiment !

Est-ce que ce ne serait pas plutôt l'inverse, dans la mesure où Aidan proposait qu'elle s'installe dans cette maison de rêve ?

D'accord... Le fait est qu'elle y réfléchissait à présent.

Elle soupira, à court de prétextes. Puis elle décida de pousser plus avant le débat :

— Si j'habitais ici, je pourrais faire ce genre de trucs.

Elle le rejoignit près du plan de travail, se plaça à côté de lui, à peu près dans la même position. Puis elle se hissa jusqu'à s'asseoir sur la plaque de marbre noir.

Elle arqua un sourcil devant le regard interloqué d'Aidan.

Lequel changea très vite, pour devenir soudain espiègle. Il se redressa et pivota de manière à se retrouver face à elle. Puis il retroussa sa jupe et repoussa ses jambes pour s'installer entre elles. Avant de les remonter autour de ses reins afin de mieux plaquer son bassin contre le sien. Pile à la bonne hauteur pour que leurs sexes se rencontrent, n'ayant plus pour barrière que leurs vêtements.

— Exactement le *genre de trucs* que j'approuve totalement, fanfaronna-t-il, comme s'il sortait finalement victorieux d'une âpre bataille.

— Il faut toujours que tu aies réponse à tout, blâma-t-elle sans parvenir à rester sérieuse – et encore moins de marbre lorsqu'elle sentit son érection naissante à travers son pantalon.

Il traça un chemin de baisers dans son cou, de sa clavicule jusqu'à sa mâchoire. Et elle renversa la nuque en arrière comme le feu qui couvait en elle depuis leur baiser dans la chambre se ravivait violemment.

Mais au lieu de poursuivre dans cette voie, il l'enlaça tendrement – bien qu'un peu fiévreusement également – le corps parcouru d'un léger tremblement, parce que lui aussi était déjà en proie au désir.

— De quoi as-tu tellement peur au bout du compte ? susurra-t-il à son oreille, comme si c'était le meilleur moyen pour qu'elle lui livre ses secrets les plus intimes.

Et c'était le meilleur moyen…

Incontestablement. Puisqu'elle s'entendit avouer tout à trac, sans même y avoir pensé :

— D'avoir ne serait-ce que l'opportunité de découvrir que tous les hommes sont comme mon père... ou Romain.

Aidan grogna, comme s'il s'était attendu à cette réponse, mais qu'elle l'indignait malgré tout. Il s'éloigna de quelques centimètres pour planter les yeux dans les siens. Les sourcils incurvés par le désarroi, il caressa sa joue du revers de la main :

— D'accord. Mais tu sais que c'est faux. Tu sais que moi, je n'ai absolument rien à voir avec eux. Jamais je ne pourrai t'abandonner. Comment peux-tu seulement en douter ?

Scarlett se mordit la lèvre, puis s'obligea à poursuivre jusqu'au bout :

— Peut-être que ce dont j'ai encore plus peur, c'est de découvrir qu'au final, c'est *moi* qui suis comme mon père. Après tout, je présente tous les symptômes...

Il secoua farouchement la tête, rejetant violemment cette idée :

— Non. Non parce que tu n'en auras pas l'occasion. Je ne te laisserai même pas la possibilité d'y songer. Puis tu m'as promis de ne jamais me fuir et j'ai confiance en toi.

Et à qui d'autre Aidan accordait-il sa confiance ? De ce qu'elle en savait, personne. Il n'y avait qu'elle.

— Alors c'est oui, murmura-t-elle, avant de l'embrasser tandis qu'il demeurait immobile, ayant apparemment besoin d'un peu de temps pour intégrer la nouvelle.

Scarlett était encore profondément endormie quand elle sentit des lèvres humides et chaudes se poser sur son épaule dénudée, puis des dents la mordre doucement.

— Vingt et unième jour de cohabitation en bonne et due forme et toujours pas de cataclysme, souffla Aidan contre sa peau.

— Hmm, et tu vas tenir le compte encore longtemps ? gémit-elle, peinant à s'extirper du sommeil. Tu ne vas pas le répéter chaque jour, si ?

— Mais si, ricana-t-il en tirant l'ourlet de son tee-shirt vers le haut, non content d'avoir déjà remonté celui de sa manche.

Chaque matin c'était le même rituel. Il la réveillait une vingtaine de minutes avant que le réveil sonne, à grand renfort de caresses et de baisers, et parfois – ou souvent, en fait – plus.

Scarlett donna la dernière touche au chignon lâche – mais sophistiqué – qu'elle s'était fait pour la journée et laissa le reste de ses pinces étalées partout autour du lavabo, près de ses accessoires de maquillage.

Elle ne pouvait s'empêcher de tester la patience d'Aidan quant au désordre de ses affaires. Lesquelles côtoyaient maintenant les siennes, dans cette grande et belle demeure qu'elle avait elle-même aménagée.

Mouais, vingt et un jours qu'ils s'y étaient installés ensemble donc, et elle n'arrivait toujours pas à s'y faire. Était-ce normal ? Elle ne s'était d'ailleurs pas encore décidée à propos de ce qu'il allait advenir de sa maison et de son mobilier, hérités de sa mère. Et Aidan n'avait guère osé aborder le sujet. Sans doute pressentait-il qu'il serait délicat d'en parler.

En outre, sa petite expérience de capharnaüm constant se révélait finalement très décevante. Parce que s'il arrivait à Aidan de remettre en place des choses sans importance – tel que le bloc-notes à côté du frigo, ou bien de réorganiser discrètement la pile de ses livres au pied de leur lit, il ne touchait jamais à ses vêtements étalés un peu partout dans leur chambre, sur le moindre dossier de chaise ou fauteuil disponible. Ne mettait jamais un pied dans le dressing, qui, comme promis, lui était entièrement dévolu. Et jamais, au grand jamais, ne s'aventurait à déranger quoi que ce soit dans ses produits de beauté.

Il faisait preuve d'une telle patience que c'en était presque inquiétant.

Mais peut-être se doutait-il qu'elle le faisait exprès et ne jouait-il les stoïques que par défi ? Il était si perspicace que c'était loin d'être impossible...

Elle appliqua sur sa bouche pulpeuse une bonne dose de rouge à lèvres pourpre, l'un des plus voyants qu'elle possédait, ayant à cœur d'être à son avantage aujourd'hui. Puis elle descendit rejoindre Aidan à la cuisine. Où ce dernier était en train de leur servir un verre de jus d'orange à chacun, après avoir mis la table.

Scarlett s'assit en face de lui et piqua un croissant dans le plat qu'il laissait toujours au centre, bien que son contenu lui soit en général réservé. Elle mordit dans la viennoiserie à pleines dents, avant qu'il n'ait pu faire le moindre commentaire. Le surveillant cependant du coin de l'œil. Parce que ça n'était pas du tout dans ses habitudes et qu'il le savait très bien.

Aidan lui adressa alors un grand sourire satisfait, puis ne put se retenir de remarquer, avec un détachement quelque peu suspect :

— Tu ne veux pas de tes succulentes céréales riches en fibres ce matin ?

Il s'évertuait à acheter – enfin, faire acheter, en l'occurrence, puisqu'ils avaient une personne qui s'en chargeait pour eux, comme pour le ménage ainsi que la cuisine, ce qui était assez nouveau et curieux pour

Scarlett – exactement celles qu'elle lui avait servies le jour où il avait dormi chez elle. Pensant lui faire plaisir, avait-elle imaginé au début.

Même si elle commençait à sérieusement en douter. N'attendait-il pas plutôt qu'elle craque ? Était-ce un genre de jeu ? Ou était-ce seulement par sadisme ?!

À la mine réjouie qu'il arborait ce matin, elle comprit qu'il savait exactement ce qu'il faisait. Bref, il voulait juste l'embêter.

Sale monstre perfide !

— Elles sont dégueulasses, ces céréales, et tu en avais parfaitement conscience ! s'offusqua-t-elle.

— Évidemment, j'en ai moi-même fait l'expérience, si tu te souviens bien, rappela-t-il avec une moue écœurée. Je me demandai quand enfin tu en viendrais à ces fameux croissants que je voulais que tu goûtes. Tu as tenu plus longtemps que je croyais, je te félicite.

— Tant de manœuvres pour des croissants, tu es diabolique ! s'amusa-t-elle en plissant les paupières. En plus, ce ne sont même pas ceux de ta boulangerie fétiche.

— Certes, mais ceux-là les valent bien, et je n'en suis pas moins parvenu à mes fins, persista-t-il avec un clin d'œil, avant de tiquer tout à coup : Dis-moi, tu es très en beauté aujourd'hui. Cette chemise, cette jupe, ce sont les vêtements que tu portais à notre première entrevue, n'est-ce pas ?

— En effet, c'est ma tenue *premier entretien*, acquiesça-t-elle. Je m'apprête à ajouter un nouveau P-DG dans ton genre à ma liste de clients, figure-toi. Je le rencontre cet après-midi, dans ses locaux, pas très loin des tiens d'ailleurs.

Aidan débarrassa et commença à laver leurs verres dans l'évier… alors que le lave-vaisselle ne se trouvait qu'à un bon mètre et demi de là.

OK, ça ne lui plaisait pas, apparemment.

— Et Louise sera là, bien entendu ? s'enquit-il dans son dos.

— Non, tu l'as traumatisée, j'en ai peur. Elle préfère que j'y aille seule, pour cette prise de contact. C'est une assez grosse boîte, un contrat important donc, et elle craint de dire des bêtises maintenant.

Et accessoirement, elle avait rendez-vous chez son esthéticienne parce qu'elle sortait ce soir avec Sébastien...

Aidan prit une grande inspiration, comme pour s'empêcher de dire lui aussi des bêtises, puis parut se résigner :

— Puisque tu seras dans le coin, passe ensuite me voir, d'accord ? La salle de réunion doit bientôt être prête, me semble-t-il. Si tu pouvais vérifier et t'assurer que tout se déroule correctement. Du reste, j'adorerais te voir à nouveau franchir le seuil de mon bureau dans cette tenue.

— Avec plaisir, accepta-t-elle en l'embrassant sur la joue, avant de lui tendre sa veste, parce qu'il était déjà assez en retard.

Scarlett sortit de son entretien enchantée, tout se profilait pour le mieux avec leur nouveau client. Comme prévu, elle se rendit ensuite à la tour du quartier de la Défense dans laquelle se trouvaient les locaux d'Aidan.

Elle eut alors la très mauvaise surprise de tomber sur Romain, en train manifestement d'avoiner la secrétaire de l'accueil.

— Puisque je vous répète que vous devez patienter, monsieur Stern est en rendez-vous, je le préviendrai dès qu'il en aura terminé, lui indiquait cette dernière, l'exaspération pointant dans sa voix.

— Qu'est-ce que tu fais ici ?! s'exclama Romain lorsqu'il réalisa que Scarlett se tenait derrière lui, comme statufiée.

Réaction on ne peut plus stupide, il fallait bien le reconnaître. Pourquoi diable n'avait-elle pas encore pris ses jambes à son cou ? La dernière fois qu'elle l'avait croisé, elle en était tout de même ressortie avec une plaie ouverte – enfin, une de plus, quoi.

— Je... balbutia-t-elle, avant de se ressaisir : Je travaille ici.

Romain fronça les sourcils :

— Et tu es toujours avec mon frère ou c'était seulement pour me faire marcher, comme le faux numéro ?

Bordel ! Avait-il vraiment deviné qu'ils faisaient semblant au mariage ?

Vu où Aidan et elle en étaient aujourd'hui, ça n'avait sans doute pas grande importance. Cependant la secrétaire-commère n'en perdait, quant à elle, pas une miette... Qui savait ce qu'elle irait encore lancer comme rumeur après ça ?

— On ferait mieux d'aller discuter ailleurs, avisa Scarlett en lui enjoignant de la suivre d'un geste dans la salle de réunion un peu plus loin.

Laquelle était entièrement vide, tout juste terminée.

— Qu'est-ce que *toi*, tu fais là ? s'enquit Scarlett après avoir refermé les portes derrière eux.

— Je dois absolument parler à mon frère, maugréa Romain avec une grimace mi-rageuse, mi-dégoûtée.

— C'est à propos de ton père ?

Il inclina la tête, visiblement très surpris qu'elle fasse la distinction et qu'elle n'ait pas plutôt parlé de *leur* père. Puis il croisa les bras et crispa la mâchoire – un peu comme Aidan le faisait si souvent :

— Plus ou moins, mais puisque mes messages à répétition n'y font rien, je suis venu supplier en personne mon enfoiré de frère d'arrêter ses conneries. Si tu es réellement avec lui, alors j'ai des choses à te raconter. Des choses que tu aurais dû savoir depuis un bon moment à propos d'Aidan, et qui ne sont pas du tout reluisantes.

39

On y revenait encore. Mais de quoi s'agissait-il à la fin ? N'était-elle pas déjà au courant de tout à propos d'Aidan ? Après les mots étranges de Romain, un doute atroce l'envahit.

Cela étant, c'était aussi l'occasion de lui parler ouvertement, de lui dire enfin tout le mal qu'elle pensait de lui. Et, si elle hésitait à entendre ses révélations – forcément de parti pris –, elle ne laisserait pas passer cette occasion qui lui était offerte de lui cracher tout son mépris au visage.

— Ah oui, en voilà une coïncidence, ironisa-t-elle en le toisant avec toute la hauteur dont elle était capable – talons aiguilles compris. Parce qu'il y a également des choses peu reluisantes sur ton compte que j'aurais dû savoir depuis un bon moment, et que je sais maintenant.

Les traits de Romain se crispèrent furtivement, comme s'il avait un peu honte à présent, avec le recul – à moins qu'elle ne l'ait juste imaginé ? Avant de reprendre une expression neutre.

Il croisa les bras, et ses muscles, à travers la chemise à carreaux rouges qu'il portait, parurent encore prendre du volume. Il possédait vraiment une carrure impressionnante. Même ses cuisses étaient massives dans son jean vintage, pourtant un peu large.

Quel contraste avec Aidan... En dehors de la hauteur hors norme à laquelle les deux hommes culminaient – un gène provenant forcément de leur mère –, ils n'avaient absolument rien en commun.

Romain était blond, le teint mat. Ses traits étaient virils, assez épais, et sa stature n'était pas très éloignée de celle d'un body-builder. Quand Aidan était, quant à lui, brun, très pâle, avait un visage ciselé, une silhouette sèche et élancée, aux épaules larges, mais au dessin très anguleux.

Qui aurait pu deviner qu'ils étaient frères ?

— Alors comme ça, il t'a tout déballé, vraiment ? s'enquit Romain, l'air plutôt sceptique. Il t'a expliqué qu'il faisait une fixette malsaine sur toi à l'époque du lycée ? Il gardait même une photo, cette espèce de malade. Est-ce qu'il t'a avoué ça ?

Évidemment, Romain ne pouvait considérer les faits que sous cet angle, obtus comme il était. Mais elle, elle n'en était plus là, fort heureusement.

— Ça, c'est ton interprétation, argua-t-elle, de plus en plus sûre d'elle et détachée. Je ne vois pas du tout les choses de cette manière. Premièrement, c'était une photo de *nous*. Et deuxièmement, il avait des sentiments pour moi. Ce que je ne pense pas que tu sois jamais en mesure de comprendre.

Elle soupira – de soulagement –, le malaise qu'elle craignait tant ne venant pas.

Romain ne représentait finalement plus rien pour elle aujourd'hui. Et c'était seulement maintenant qu'elle s'en rendait compte.

Elle n'aurait plus à affronter le passé, il était derrière elle. La page était tournée, définitivement.

— Bien sûr, j'ai le rôle du salaud dans cette affaire, déclara-t-il en haussant les épaules avec fatalité.

— Parce que c'est ce que tu es, assena-t-elle très calmement, s'étonnant elle-même de son indifférence face à tout ça. Et encore, les mots qui me viennent à l'esprit pour te qualifier sont bien moins tendres, crois-moi.

— Donc tu ne saisis pas, déduisit Romain en se rapprochant d'elle, se penchant ensuite vers elle, comme pour tenter de la raisonner : Tu ne vois pas que ça n'est ni plus ni moins qu'une histoire de revanche ? Que tu n'es qu'un pion, utile que pour servir les plans de vengeance machiavéliques et tordus de cette petite frappe qu'est mon frère ?

Scarlett faillit reculer de surprise, mais elle tint bon. Elle ne montrerait aucun signe de faiblesse devant ce grossier individu.

Grossier… à tendances paranoïaques, par-dessus le marché !

Décidément, il accumulait les tares, ce type ! Mais qu'est-ce qu'elle avait bien pu lui trouver au juste ?

Pfff, alors ça n'était que ça, ce qu'il avait de si terrible à lui révéler ? Une vulgaire et délirante théorie du complot ?

Il lui en faudrait bien plus pour la faire réellement douter de la sincérité d'Aidan. En outre, elle était toujours aussi convaincue que Romain méritait une bonne semonce en règle. Peu importe que ses paroles aient un impact ou non, au moins ça la délesterait d'un poids qu'elle portait depuis bien trop longtemps.

Et c'était le moment ou jamais…

— Non, mais je rêve ! s'exclama-t-elle, désabusée. C'est toi qui parles de vengeance quand tu as décidé de sortir avec moi uniquement par rivalité fraternelle ? Elle est plutôt bonne celle-là ! Est-ce que *toi*, tu réalises à quel point ce que tu as fait est méprisable ? *Tu* m'as impliquée dans ta querelle puérile, tu t'es servi de moi et tu m'as menti. C'est *toi*, et personne d'autre, qui m'as utilisée pour servir tes intérêts débiles. Tu sais ce qui s'est passé ensuite, une fois que tu en as eu fini. Tu étais là, même si tu n'en avais rien à foutre, et tu sais ce que tes conneries m'ont coûté, à moi qui n'avais rien demandé. Tu n'es qu'une sale ordure, en ça, tu n'as pas changé. Par contre, en ce qui me concerne, je n'ai plus rien à voir avec la gamine naïve que tu as connue et tu ne vaux pas la peine que celle que je suis aujourd'hui perde son temps à t'écouter.

C'est vrai, que faisait-elle à discuter avec lui ? Elle avait confiance en Aidan, non ? Il n'avait plus aucun secret pour elle, elle en était certaine. Dans ce cas, pourquoi rester une seconde de plus dans cette pièce avec ce type pour lequel elle n'éprouvait que dégoût ?

Encore que non, elle n'éprouvait strictement plus rien. Clairement. Elle n'était même pas énervée et le remettre à sa place ne lui avait procuré aucun plaisir.

Contre toute attente, Romain s'abstint de réagir à l'insulte et posa une main sur son bras. Dans un geste qui se voulait... navré ? Réconfortant ? Les deux à la fois ?

— Je suis sincèrement désolé, marmonna-t-il, les épaules voûtées, manifestement contrit – oui, c'était bien ça, elle n'hallucinait pas. Mes excuses de la dernière fois étaient peut-être un peu légères par rapport au mal que je t'ai fait. Je regrette vraiment. Et pas seulement parce que tu es devenue cette femme superbe. J'ai été un vrai connard, je l'admets. Même si je t'ai montré l'inverse, je n'étais pas complètement insensible, j'avais des sentiments pour toi moi aussi, malgré tout. Je ne jouais pas la comédie, je t'assure. Mais j'étais trop aveuglé par ma rancœur. Il n'y avait que ça qui comptait à ce moment-là de ma vie, plus que n'importe quoi d'autre. Tu sais, avec Aidan, les rapports ont toujours été si compliqués...

Devait-elle réellement avaler un truc pareil ou non ? Il avait l'air sérieux pourtant.

Et en même temps, quels qu'aient été exactement ses sentiments de l'époque, quelle importance ? Elle s'en moquait comme de sa dernière petite culotte, non ?

La vraie question, c'était comment un simple conflit entre frères avait pu dégénérer de la sorte et prendre une telle ampleur ?

D'après Héloïse, Romain avait l'admiration de son père, quand son frère ne recevait que son dédain. Dans ces conditions, qu'avait bien pu faire le jeune Aidan qui puisse justifier cette rancœur dont son aîné parlait ?

Elle n'eut pas vraiment le temps d'y réfléchir davantage. Une porte claqua soudain dans son dos et Romain se redressa en écarquillant les yeux. Puis il fit un pas en arrière.

Scarlett pivota et vit Aidan foncer droit vers eux, l'air mauvais. Une lueur inquiétante, un peu démente, s'était allumée au fond de ses prunelles, irrémédiablement fixées sur son frère. Sur lequel il se rua sans un mot.

Scarlett recula, trop impressionnée pour s'interposer – et parce qu'aussi, mine de rien, elle avait retenu la leçon lors de la séance au bar.

Elle ne put que regarder son compagnon – habituellement si tendre – prendre son élan pour lancer, avec une violence incroyable, son poing serré, aux jointures blanchies, en plein dans la mâchoire de son aîné.

Celui-ci fut si surpris qu'il n'opposa aucune résistance et s'étala de tout son long sur le sol, sonné par le choc.

— Ne pose plus jamais la main sur elle ! aboya Aidan, totalement hors de lui. Plus jamais ! Tu m'entends ?!

Tremblant de rage, il se laissa tomber à genoux et se jeta à nouveau sur Romain. Ce dernier eut à peine le loisir de se débattre que déjà son cadet empoignait le col de sa chemise pour lui assener un autre coup, encore plus rude – si tant est que ce soit possible. Puis un troisième…

Scarlett, pétrifiée par la panique – et soudain également très effrayée par Aidan, qu'elle n'avait jamais vu dans cet état, si peu maître de lui-même –, s'efforça de réagir.

Elle devait l'arrêter, à tout prix.

Elle n'avait aucune envie de découvrir s'il était sérieux ou non lorsqu'il avait affirmé qu'il tuerait son frère si jamais il le recroisait.

Quitte à essuyer une nouvelle fois les plâtres, elle se précipita sur Aidan dès qu'elle eut retrouvé l'usage de ses membres – sa tétanie, aussi subite que malvenue, dissipée. Et l'attrapa à bras-le-corps, passant les mains sous ses aisselles, pour le tirer vers l'arrière.

Elle sentit sous ses doigts les muscles de son torse, déjà durement contractés par la colère, se raidir encore à son contact.

— S'il te plaît, laisse-le, supplia-t-elle, la gorge nouée par l'angoisse.

Aidan parut tout à coup reprendre ses esprits, puisqu'il obéit. Il cessa de frapper son frère et le relâcha, poussant ensuite un long soupir haché, regorgeant de tension.

Elle ne pouvait qu'imaginer ce qu'Aidan avait cru en tombant sur Romain penché sur elle… sa main posée sur elle.

Mais de là à ce que ça justifie une réaction aussi extrême, un pareil déchaînement de fureur…

— Il ne s'est strictement rien passé, alors arrête ça tout de suite ! exigea-t-elle plus fermement.

Romain hésita l'espace d'un instant à répliquer. Puis, ayant manifestement eu son compte, il laissa sa tête retomber au sol et renversa la nuque en haletant, le visage couvert de sang.

Sa lèvre inférieure était ouverte, son nez saignait abondamment, et une plaie à l'arcade sourcilière parachevait l'ensemble, témoignant de la violence des coups d'Aidan.

Mon Dieu, comment l'homme qu'elle aimait pouvait-il être capable d'une telle sauvagerie ?

Romain reposa ses mains sur sa poitrine, paumes vers le plafond, comme pour montrer qu'il rendait les armes. Puis il se mit à rire, s'étouffant à moitié dans une toux rauque et chuintante.

Scarlett ne donna pas l'occasion à Aidan de répondre à ce qui ressemblait à s'y méprendre à de la provocation. Elle mobilisa toutes ses forces pour le soulever, l'agrippant sous les épaules, tentant de l'obliger à se relever.

Ce qu'il fit docilement, les mâchoires crispées, le corps toujours vibrant de rage.

Était-ce bien lui qu'elle tenait dans ses bras ? Parce qu'elle ne le reconnaissait plus du tout…

Et tout ça… à cause d'elle ?!

Scarlett relâcha Aidan et s'écarta, comme par réflexe, sans trop savoir quoi faire, maintenant qu'elle avait réussi à séparer les deux frères.

— Putain de merde ! jura Romain en palpant sa figure poisseuse, encore hilare, malgré la douleur. Tu n'y es pas allé de main morte ! Je ne t'avais pas vu péter un câble comme ça depuis… ah, tu sais depuis quand. Sauf que là, c'était vraiment chaud, je crois bien que tu m'as cassé le nez, frangin.

Aidan garda le silence, luttant apparemment pour recouvrer un semblant de maîtrise de lui-même.

Scarlett devait se méfier, il était évident que la situation était encore susceptible de déraper.

Puis elle se rappela qu'elle avait son sac à main sur elle et sortit un paquet de mouchoirs en papier. Elle en tira un de l'emballage plastique.

Sans adresser un regard à Aidan, qui se tenait immobile au milieu de la pièce dans une posture rigide, les poings encore serrés, elle prit l'initiative de s'avancer vers Romain.

Elle s'agenouilla à côté de lui et fit ce qui lui semblait primordial, toute rancune mise de côté, épongeant alors le sang sur son visage.

Scarlett entendit Aidan inspirer bruyamment derrière elle, puis l'aperçut du coin de l'œil, se déplacer dans la pièce. Il alla se poster devant la baie vitrée, les mains jointes dans le dos, se tordant nerveusement les doigts. Comme si la vue d'elle en train de s'occuper de son frère lui était insoutenable... comme s'il se retenait encore pour ne pas à nouveau intervenir de façon brutale.

Romain se redressa sur ses coudes et tenta, contre toute attente, de calmer le jeu, en expliquant :

— Tu es sorti de tes gonds pour rien, tu sais. Ta petite copine était en train de m'abreuver d'injures pendant que j'essayais en vain de m'excuser auprès d'elle. Quand bien même je le voudrais – et je ne dis pas que ça n'est pas tentant, loin de là –, je ne réussirais pas à te la piquer cette fois, alors calme-toi.

Les coups qu'il venait de se prendre semblaient anecdotiques pour lui. Romain paraissait même satisfait de voir son frère perdre son sang-froid de cette manière. Comme s'il préférait ça à la froideur méprisante avec laquelle il avait l'habitude de le traiter.

On aurait dit que c'était pour lui une façon comme une autre d'échanger. Il avait même l'air de ne respecter que davantage son cadet pour cette raclée en bonne et due forme…

Ce qui était très perturbant.

— Scarlett n'est pas ma *petite copine*, lâcha Aidan d'une voix blanche, sans se retourner. On n'est plus au lycée, au cas où tu ne l'aurais pas remarqué. Elle est la femme avec laquelle je vis désormais. C'est un peu différent.

Romain eut l'air étonné et avisa Scarlett, qui confirma d'un signe de tête. Puis il revint à son frère.

— Alors tu… l'aimes *vraiment* ?

Aidan ne répondit pas, mais à la place jeta à Romain un regard en biais exaspéré – et aussi plutôt menaçant. Avant d'oser enfin soutenir celui de Scarlett.

Dans ses beaux yeux clairs, elle lut immédiatement de la honte, ainsi que des traces persistantes de colère et d'amertume. Puis il ferma les paupières et se passa une main maculée de rouge sur la figure.

— Tu es peut-être capable de te relever maintenant, non ? lança sèchement Aidan à l'intention de son aîné. Ou faut-il faire venir un brancard ?

Romain prit le mouchoir propre que Scarlett venait de sortir du paquet – le deuxième –, le pressa lui-même contre son nez, et se remit péniblement debout. Puis, pensif, il examina le sol – tout neuf, et peut-être déjà taché à vie, quelques gouttes grenat s'étalant à l'endroit où il était resté allongé.

Scarlett s'empressa de les essuyer. Fort heureusement, ça ne semblait pas avoir marqué. Une pensée aussi sotte que saugrenue étant donné les circonstances…

— Ça ira, attesta Romain, avant de demander à son frère : Bon, maintenant que tu m'as bien pété la gueule, on pourrait dire qu'on est quittes. Il est temps d'arrêter tout ça, tu ne crois pas ?

Aidan eut un mouvement de recul, stupéfait par la requête de son aîné. Mais lorsque la surprise fut passée, ce fut la haine, ainsi qu'une hargne sourde, qui se dessina sur son visage.

— Oh non, je ne crois pas, feula-t-il avec un sourire dédaigneux, à la fois dangereux et effrayant. Cela ne prendra fin que lorsque *je* le déciderai.

40

Un frisson glacé remonta le long de l'échine de Scarlett, effarée de ne décidément plus reconnaître l'homme avec lequel elle avait accepté de s'installer.

Pourtant, cette facette de sa personnalité, même si elle l'avait reléguée au fin fond de son esprit, elle y avait déjà été confrontée. Lors du mariage de sa tante, Aidan s'était montré extrêmement dur et froid – et il avait ses raisons, elle le savait. Mais certainement pas aussi cruel et impitoyable…

Elle ignorait quel était le problème exactement – en tout cas, ça semblait assez grave – entre son aîné et lui, mais il ne céderait rien, clairement.

— Lorsque nous serons à genoux, conclut sinistrement Romain, sans parvenir à réprimer une moue de déception, tandis que la colère le gagnait progressivement à son tour. Donc tu ne renonceras pas ? Même si je viens jusque chez toi, te supplier au nom de ce qui fait de nous des frères ?

Aidan eut un rire de gorge des plus désagréables, affreusement dissonant :

— Enfin, à d'autres, je t'en prie ! Eût-il existé, ce lien dont tu parles est mort depuis des décennies. Tu as mis un point d'honneur à ce qu'il en soit ainsi, rappelle-toi. Et je ne vois rien, absolument rien, qui puisse changer cet état de fait.

Romain cessa d'appuyer le mouchoir sur son nez, secoua doucement la tête et marmonna :

— D'accord, si tu le prends comme ça. Je savais bien que j'aurais dû commencer par là.

Puis il fit un geste en direction de Scarlett – laquelle les aurait probablement laissés discuter entre eux, plutôt que de jouer les curieuses, si elle n'avait pas autant craint qu'ils en reviennent aux poings.

— Et y réfléchirais-tu encore un peu, hasarda Romain à l'adresse de son cadet, si je menaçais de foutre en l'air la belle relation que tu as enfin réussi à établir avec Scarlett, et à laquelle tu sembles tellement tenir ?

Aidan se raidit vivement et lança un regard furtif à Scarlett, la panique se reflétant brièvement dans ses yeux pâles. Avant de disparaître, pour laisser place à une farouche détermination. Il eut à nouveau un petit rire dédaigneux, puis il nia, bluffant de plus en plus mal :

— Mais tu n'as pas ce pouvoir. Tu ne l'as plus. Allez, à présent dégage d'ici, je t'ai assez vu comme ça !

Il se dirigea vers la porte, l'ouvrit, puis sortit son portefeuille et tendit une poignée conséquente de billets – en fait, on aurait même pu dire une liasse – à Romain.

— Prends un taxi et consulte pour ton nez. Ou va au commissariat le plus proche porter plainte, je m'en contrefiche.

— J'hallucine ou tu es en train de me filer du fric pour tenter de sauver tes miches ?! ricana Romain en croisant ses bras musclés sur sa poitrine, campé sur ses pieds, au milieu de la pièce.

Il avait raison, Aidan n'en laissa rien paraître, mais c'était ça, ni plus ni moins.

Alors il y avait bien quelque chose – de peu reluisant, manifestement ? Romain avait vu juste, son frère avait encore des secrets pour elle...

Le cœur de Scarlett se serra douloureusement à l'idée qu'il mette autant d'énergie à le lui dissimuler.

Elle se tourna vers lui, mais il feignit de l'ignorer, restant résolument focalisé sur son frère.

Le front d'Aidan se plissa en guise d'avertissement. Et son expression se fit plus dangereuse encore lorsque, à bout de patience, il répéta, d'une voix basse, mais toutefois parfaitement audible :

— Dégage.

— Sinon quoi ? le railla Romain, immobile, tandis qu'Aidan refermait lentement la porte. Tu vas me démonter la tronche ? Eh, vieux, réveille-toi, c'est déjà fait ! Et ta copine a moyennement apprécié ta petite démo, au passage. Tu l'as fait grave flipper quand tu es passé en mode boxeur fou. Et moi qui ai pris les coups, je peux dire qu'il y avait de quoi. Tiens, puisqu'on parle d'elle, juste par curiosité, Scarlett approuve-t-elle ta petite vendetta ? Franchement, ça m'étonnerait beaucoup... à moins bien sûr qu'elle ne soit pas au courant. Ah mais oui, suis-je bête, c'est ça !

— De quoi s'agit-il au juste ? s'enquit Scarlett en passant alternativement de l'un à l'autre, puis s'arrêtant sur Aidan – lequel fuyait toujours son regard.

— Rien qui te concerne, rétorqua-t-il sèchement, avant de s'adresser à son frère : Ni qu'il soit possible de prouver, par ailleurs.

Avait-elle bien entendu ? Il y avait donc certaines choses qui le concernaient lui, mais pas elle ? Pourtant, ce n'était pas sur ces bases qu'ils fonctionnaient... mais peut-être s'était-elle trompée ?

— C'est vrai, parce que tu es très fort, mais entre nous, on a largement dépassé le stade du soupçon, allégua Romain, se tournant ensuite vers Scarlett : Tu sais bien sûr que notre père possède une société de développement de logiciels de sécurité informatique lui aussi ? Société dans laquelle je travaille également, et que je m'apprête à reprendre très prochainement.

C'était assez étrange, en effet. Et alors, qu'est-ce que ça voulait dire ?

Quoiqu'elle commençait peut-être à entrevoir où Romain voulait en venir...

— Je... non, je l'ignorais, cafouilla Scarlett, guettant Aidan, tandis qu'il s'efforçait de rester parfaitement stoïque en attendant que son aîné termine, un sourcil flegmatique relevé.

Cependant, et bien que son accès de violence l'ait beaucoup surprise tout à l'heure, elle le connaissait assez pour deviner qu'il n'était pas du tout à l'aise.

— Intéressant, vraiment, commenta Romain. Donc mon frère ne t'a pas expliqué qu'il n'avait choisi de bosser dans ce secteur que pour mener la vie dure à notre père – et à moi, par la même occasion ? Et attention, je ne parle pas de simple concurrence. Non, je parle d'une mise à mort lente et fourbe. Une vengeance calculée, millimétrée et longuement planifiée. Il a voué son existence à ça. S'il travaille d'arrache-pied, sans relâche, ce n'est que pour cette raison.

Scarlett essaya à nouveau d'accrocher le regard d'Aidan, en quête d'un quelconque signe de dénégation, mais n'y parvint pas. Il fixait le vide, droit devant lui, et ses mâchoires restaient durement serrées.

Son silence était accablant.

Et tout à coup, les conseils d'Héloïse prirent tout leur sens... Parce que si celle-ci n'avait pas pris position contre Aidan – comme l'avait vraisemblablement fait le reste de leur famille –, elle n'était pas ignorante pour autant.

— Depuis des années il hacke notre système, poursuivit Romain, sans qu'on sache comment, ni qu'on puisse l'en empêcher... et encore moins le prouver. Parce qu'il ne se bat pas à la loyale. Non, il pirate en douce notre travail. Le reprend à son compte pour en faire quelque chose d'encore plus abouti. Et ensuite il nous humilie, nous torpille dès qu'on présente nos nouveaux projets en sortant dans la foulée les siens, évidemment bien meilleurs. Et pour cause. La société anciennement si florissante de notre père est à l'agonie. S'il nous refait le coup encore une fois, on est foutu.

— C'est si triste, soupira soudain Aidan, se moquant ouvertement de son aîné, avant de lui indiquer la porte d'un coup de menton. Bon, si tu as terminé, je ne te retiens pas.

Scarlett resta bouche bée. Romain venait d'expliquer que son frère trichait, qu'il n'était qu'un arnaqueur, et celui-ci ne le contredisait pas ?

Oh, mon Dieu, ça n'était pas possible...

Elle ne vivait quand même pas depuis vingt et un jours avec un escroc ?

Romain laissa retomber ses bras le long de son corps, son visage, déjà meurtri par les coups qu'il avait pris, se décomposa. Puis il s'exclama :

— Tu l'as assez puni comme ça, bordel ! Il est en convalescence et il va me laisser la société parce qu'il n'est plus capable de la gérer, sa santé est trop fragile. Tu l'as obligé à te vendre la maison en lui proposant cette somme faramineuse pour qu'il rembourse ses dettes, tu lui as pris tout ce qu'il avait, détruit tout ce qu'il avait créé. Il est sur la paille maintenant. C'est ce que tu voulais, non ? Alors ça suffit. Arrête. Que je puisse redresser tant bien que mal l'entreprise et qu'il puisse se remettre sereinement. Notre père est...

— Il n'est pas *notre* père ! corrigea Aidan, visiblement excédé d'entendre son aîné rabâcher ce mensonge.

— OK, tu as raison, accorda Romain, dépité. Il n'est que *mon* père, pas le tien, c'est vrai. Et je suis prêt à l'admettre, il méritait bien que tu l'emmerdes un peu après ce qu'il t'a fait vivre. Mais certainement pas...

— Ce qu'il lui a fait vivre à *elle* ! s'étrangla Aidan, ses traits se chargeant subitement d'une vive rancœur, tandis qu'il se mettait à faire les cent pas devant eux. Si je suis responsable du suicide de notre mère, il l'est tout autant, tu le sais très bien. J'ai payé, désormais c'est à lui ! Et il peut bien se planquer derrière toi en te plaçant à la tête de sa société que ça ne change rien !

Il y eut un long moment de silence. Oppressant. Voire carrément dérangeant.

Scarlett ne savait plus du tout quoi penser de tout ça, mais elle se sentait clairement de trop.

Aidan l'observa à la dérobée et elle fut estomaquée par la détresse qui brillait dans son regard. Non, vraiment, c'était la journée des premières. Elle ne l'avait jamais vu dans cet état non plus...

— C'est des conneries tout ça, murmura Romain en tournant les paumes vers le ciel de désarroi. Tu n'es pas...

— Va-t'en, exigea Aidan d'un ton impérieux, sans appel.

Et Romain ne broncha curieusement pas cette fois-ci. La tête basse, il se dirigea vers la porte. Il s'arrêta un court instant devant, la main sur la poignée, et, avant de l'actionner, fit valoir :

— Il a payé, tu sais. Il l'aimait, malgré tout. Il s'est très mal comporté, mais c'est quand même mon père et je tiens à lui. Je suis conscient que tu m'en veux aussi beaucoup, probablement encore plus maintenant… je suis désolé…

Là-dessus, Romain sortit et referma les portes derrière lui.

Aidan fit mine de ne rien avoir entendu et retourna se planter devant la baie vitrée.

Comme s'il était seul.

Scarlett avait le tournis tant ses émotions se mélangeaient. Elle avait assisté à toute la scène sans pouvoir intervenir, prise à témoin malgré elle. Et maintenant ?

Elle craignait de demander des explications. Celles-ci ne lui plairaient pas, elle le pressentait.

Sa relation avec Aidan était en danger, ça aussi, elle le pressentait.

Pourtant, elle ne le voulait pas. Pour rien au monde. Mais ces accusations…

Si seulement elles étaient fausses.

— Ce n'est pas vrai, n'est-ce pas ? s'entendit-elle demander, comme s'il était encore possible qu'il démente. Ce que Romain a dit à propos du piratage auquel tu te livrerais. Toi, tu ne fais pas ce genre de choses, tu ne fais rien d'illégal, n'est-ce pas ?

41

Aidan souffla bruyamment par le nez, acculé. Il redoutait manifestement la question. Cependant, il s'obstina à ne rien avouer, comme s'il avait encore affaire à quelqu'un susceptible de le dénoncer, et rétorqua d'une voix lasse, éteinte :

— Parce que tu crois que je te le dirais si tel était le cas ? Il s'agit d'un délit grave, passible d'une peine de prison.

Toujours pas de dénégation...

En revanche, il reconnaissait parfaitement savoir ce qu'il risquait. Il était donc tout à fait conscient de la gravité de ses actes, même s'il refusait d'admettre qu'il était bel et bien coupable.

Oh, mon Dieu, c'était vrai alors ? Bon sang, elle avait tellement de mal à y croire !

— Je veux que tu me répondes ! le somma-t-elle en montant d'un ton, de façon à lui faire comprendre qu'elle n'accepterait pas de nouveaux mensonges – ou non-dits, mais c'était du pareil au même avec lui.

Allait-il se retourner à la fin ? Parce qu'elle commençait à en avoir plus que marre de parler à son dos !

Scarlett hésita à le rejoindre près de la baie vitrée pour l'obliger à l'affronter, mais ne put s'y résoudre.

La distance de sécurité. Elle en avait besoin tout à coup. Il fallait à tout prix la conserver, c'était une question de survie.

Au bout d'un moment, Aidan se décida à pivoter vers elle. Lentement, de manière hachée, avec beaucoup d'hésitation. Et ses yeux mirent encore quelques secondes à quitter leur contemplation du revêtement de sol pour remonter jusqu'à son visage.

Lorsque leurs regards se croisèrent, Scarlett fut bouleversée par l'étonnante contradiction des émotions qui se reflétaient dans celui d'Aidan.

Empreint à la fois de douceur, mais exprimant en même temps une certaine dureté. Comme s'il lui en voulait de le mettre ainsi au pied du mur, mais que ce reproche muet ne pouvait éclipser la bouffée de tendresse qu'il éprouvait pour elle. Même en cet instant si délicat...

Il cilla, nettement moins fier et arrogant depuis que son frère avait quitté les lieux. Puis il reconnut finalement :

— C'est la vérité. Tout ce dont m'accuse Romain est vrai.

Scarlett recula et plaqua sa paume contre ses lèvres. Parce que même si elle en était arrivée à cette conclusion, l'entendre dire de la bouche d'Aidan était pire que tout.

— Et tu comptais me cacher un truc pareil encore longtemps ?! s'insurgea-t-elle. Merde, on vient d'emménager ensemble ! Quand m'en aurais-tu parlé ?

Aidan secoua la tête et persista, comme si ses positions étaient on ne peut plus légitimes :

— Jamais. Je te l'ai dit, cela ne te concerne pas.

L'estomac de Scarlett se tordit. Une gifle aurait eu le même effet.

Tout s'écroulait peu à peu autour d'elle...

Elle eut bien du mal à se reprendre, mais s'efforça de poursuivre, furieuse à présent :

— Ah oui, bien sûr ! Et que fais-tu de notre relation censément sincère alors, sans mensonges ni cachotteries ?! Ça aussi, c'était une belle arnaque, c'est ça ?!

— Mais ça n'a absolument rien à voir ! riposta-t-il, ajustant le ton de sa voix au sien, le peu de calme qu'il avait recouvré s'évanouissant comme neige au soleil. Ce sont *mes* affaires ! *Ma* vengeance. *Mes* démons. Rien qui n'aurait jamais dû t'éclabousser de quelque manière que ce soit.

Romain avait dit qu'Aidan vouait son existence à mener cette vendetta contre son père adoptif. Apparemment, il n'avait pas exagéré…

Voilà qui venait prouver une fois de plus qu'elle ne le connaissait pas. Du moins, pas aussi bien qu'elle le croyait. Elle avait soudain l'impression de se tenir devant un étranger. Et pour elle, qui avait eu tant de peine à lui accorder sa confiance, c'était un véritable choc.

Un de plus. Comme après qu'elle avait découvert la photo. Peut-être aurait-elle dû en rester là, tout compte fait ?

Cette pensée lui serra la gorge et elle lutta pour inspirer profondément.

— Il faut que tu arrêtes, s'efforça-t-elle d'articuler, car c'était la seule porte de sortie envisageable.

Il n'existait aucune autre issue. Et même ainsi, elle ignorait si leur couple serait capable de sortir indemne de tout ça.

Aidan ouvrit la bouche et avisa le vide à côté de lui, avant de revenir à Scarlett. La détresse de tout à l'heure réapparut soudain sur ses traits… probablement commençait-il à entrevoir où tout ça les mènerait.

— Je ne ferai pas marche arrière, refusa-t-il opiniâtrement néanmoins. Pas si près du but. Ce n'est pas possible, je regrette.

Évidemment, elle aurait pu le prévoir, il était toujours si têtu. Mais cette fois-ci c'était trop grave. Il aurait dû le comprendre. Comprendre aussi quelles seraient les conséquences...

Tandis que l'angoisse la gagnait progressivement, elle l'interrogea simplement :

— Pourquoi ?

— Mais parce que c'est ce que je suis, confessa-t-il, les sourcils incurvés de dépit, l'air à la fois déchiré et navré. C'est trop ancré en moi... ça fait partie intégrante de moi. Avant que tu reviennes dans ma vie, je n'étais rien d'autre que ça. Je ne pensais qu'à ça et je n'avais aucun autre but.

Est-ce que c'était triste ou seulement révoltant ?

Merde, malgré tout, c'était triste ! Bigrement triste !

Cependant, s'il affirmait qu'elle avait changé les choses, il laissait aussi entendre que ça n'était pas suffisant. Ce but qu'il poursuivait, il ne le lâcherait pas... même pour elle.

Après tout, c'est vrai, qui était-il réellement ?

Cet homme passionné et tellement attentionné qui lui faisait chaque fois l'amour comme si c'était la dernière, comme s'ils allaient mourir dans l'heure ? Ou bien ce personnage froidement calculateur et manipulateur, regorgeant d'amertume et obnubilé par la vengeance dont avait parlé Romain ?

Une combinaison de tout ça, sans doute, si paradoxales que soient ces deux facettes.

— Et moi alors, je suis quoi en fin de compte, là-dedans ? balbutia-t-elle, prise subitement d'un doute. Ça ressemble à s'y méprendre à une forme de revanche, non ? Au fond...

— Non ! la coupa-t-il farouchement en avançant vers elle – tandis qu'elle reculait encore. Non, je te l'interdis ! Ne dis pas ça. Rien n'est plus faux ! Toi, tu... tu es mon salut, mon espoir... mon unique espoir.

Il s'interrompit, renonçant finalement à s'approcher davantage d'elle.

À la place, il leva les mains dans sa direction, d'un air suppliant, comme s'il attendait qu'elle vienne à lui.

Puis, comme elle demeurait immobile, les doigts d'Aidan se crispèrent sur le vide et il laissa retomber ses bras le long de son corps.

Scarlett poussa un long soupir. Elle se sentait complètement vidée. De son énergie, de sa capacité de réflexion. Là, elle ne savait plus du tout où elle en était.

La situation était inextricable. Aidan avait beau lui faire encore une de ces si touchantes déclarations, et même si elle était convaincue qu'il était sincère, quelque chose s'était cassé aujourd'hui.

Quelque chose de précieux, qu'elle n'avait donné à aucun homme avant lui – enfin, si ce n'était à Romain, mais elle était si jeune et naïve que ça ne comptait pas vraiment.

Sa confiance.

Au-delà de ces considérations, elle n'aurait jamais imaginé qu'il était capable d'aller jusque-là : tricher, mentir, se moquer des lois... Le piratage dont Romain l'accusait, à cette échelle, était un délit grave, Aidan lui-même l'avait admis.

— C'est n'importe quoi ! s'emporta Scarlett, à bout de nerfs – parce que vraiment, elle ne comprenait pas qu'il s'entête dans cette voie dangereuse et insensée. Tu t'en rends compte seulement ?!

Un muscle joua sur sa mâchoire, puis il marmonna entre ses dents :

— Peut-être bien, oui. Mais il le mérite, je te prie de ne pas en douter. Il doit payer, c'est tout.

— Romain a dit qu'il était sur la paille ! tenta-t-elle de le raisonner encore. Sa société est au bord de la faillite à cause de tes manigances. Mais enfin, que te faut-il ?!

Le torse d'Aidan se soulevait et s'abaissait de plus en plus rapidement, tandis que son souffle s'accélérait. Il serra les poings, réprimant la colère qui semblait hurler en lui. Puis il y céda et s'écria, une inflexion brisée dans la voix :

— Ce n'est pas assez ! Ce ne sera jamais assez ! Lui n'a eu aucun scrupule à me dépouiller de tout dès le début ! Il ne m'a laissé aucune illusion. Dès l'âge de trois ans il a commencé à me répéter que c'était ma faute si ma mère s'était tuée. Que sans moi, jamais elle n'en serait arrivée là ! Est-ce que tu sais ce que ça fait de grandir en sachant cela ?!

Ah… les plus gros dégâts venaient donc de là. D'accord.

En effet, elle en convenait, c'était horrible. Cet homme, son père adoptif, était vraiment quelqu'un d'abominable. Elle n'en doutait pas de toute façon, mais elle devait reconnaître que là, on tombait bien plus bas qu'elle n'avait pu l'imaginer. Même Héloïse ne devait pas être au courant de ça. De cette maltraitance-là, nettement plus vicieuse que toutes les autres.

Et ça expliquait sans doute la rancœur du jeune Romain à l'égard de son petit frère. Mais lui semblait avoir compris aujourd'hui que ça ne tenait pas debout. C'était du moins ce qu'il avait laissé entendre.

— Aucun gamin de trois ans ne peut être responsable du suicide de sa mère, voyons, fit-elle valoir, parce que ça n'avait absolument aucun sens, et qu'il devait bien s'en rendre compte également, d'une manière ou d'une autre.

Il attendit de retrouver une respiration normale, puis baissa la tête. Un sillon vertical creusa douloureusement son front lorsqu'il marmonna :

— Moi, si.

Elle allait répliquer, mais elle le vit hésiter à développer. Puis il se jeta à l'eau :

— Il y avait une lettre... elle expliquait qu'elle n'arrivait plus à supporter d'avoir sans cesse sous les yeux cet enfant qui lui rappelait chaque jour davantage ce qu'elle avait perdu. Elle ne se remettait pas de la mort de mon père. Paraît-il que j'ai toujours été son portrait craché... Édouard mettait un point d'honneur à me resservir ces accusations à la moindre occasion, histoire que je ne l'oublie pas, ni moi, ni Romain. Comme si c'était possible. Cela étant, j'ai réalisé plus tard qu'il avait sa part de responsabilité, lui aussi, qu'il n'avait strictement rien fait pour essayer de la rendre heureuse... bien au contraire.

D'accord... que pouvait-elle dire après ça ?

Bordel, elle en avait les larmes aux yeux !

Et il avait dit qu'elle était « *son salut* »... c'était si fort. Cette phrase tournait en boucle dans son esprit. Ça sonnait curieusement, non ?

Aidan n'avait-il pas déjà prononcé ce mot, la nuit où il avait fait cet affreux cauchemar ?

Si, elle se rappelait à présent.

C'était donc bien à elle qu'il s'était adressé alors, sans en avoir véritablement conscience. Si elle se souvenait bien, il avait également parlé d'un poids... un poids terrible.

Et elle commençait désormais à comprendre de quoi il s'agissait. Ainsi, dans son sommeil, et de manière confuse, Aidan s'était en quelque sorte confié à elle. Ça ne l'en rendait pas moins coupable. Mais c'était troublant.

En tout cas, il devait être très mal, tout ça devait énormément lui peser pour qu'il lui révèle ce qu'il voulait à tout prix cacher, malgré lui, tandis qu'il dormait. N'était-ce pas une espèce d'appel à l'aide ?

Pourtant, ça ne changeait rien à la situation. Les meilleures raisons du monde ne sauraient justifier qu'il continue à s'adonner à ce genre de manœuvres frauduleuses.

Elle avait le cœur si lourd tout à coup qu'elle ne put s'empêcher de prendre la main d'Aidan dans la sienne. Sans réfléchir. Parce que sans ça, elle se serait probablement abstenue. Après tout, rien n'était résolu.

Il n'opposa aucune résistance, mais parut d'abord surpris. Puis il noua ses doigts aux siens, dans un silence pensif.

— Écoute, commença doucement Scarlett, ce type est une enflure. Ça, c'est certain. Ce qu'il a fait peser sur tes épaules alors que tu n'étais qu'un enfant, c'est vraiment dégueulasse. Mais, maintenant que tu es adulte et que tu es en mesure de faire la part des choses, tu sais que c'est complètement absurde, n'est-ce pas ? Tu sais que ça n'était pas ta faute, que ça n'est pas possible ? Il n'y a rien de rationnel là-dedans, tu le vois bien ?

Il eut une moue dubitative et se contenta de hausser les épaules. Visiblement, il n'était pas prêt à discuter de ça. Et sans doute était-ce plutôt avec un psychologue qu'il devrait le faire, par ailleurs.

— Tu n'es pas responsable de tout ce qui arrive autour de toi, poursuivit-elle néanmoins, en songeant à leur dispute durant leur séjour en Bretagne. Enfin, tu ne l'étais pas, jusqu'à ce que tu te mettes en tête de couler la société de ton père adoptif. Tu n'as pas besoin de ça, Aidan. Il faut que tu ailles de l'avant. Il est encore temps de tout arrêter. En plus, c'est ridicule, puisque c'est Romain qui va se retrouver à payer les pots cassés dorénavant.

Aidan arracha brutalement sa main à celle de Scarlett et sa bouche prit un pli cruel :

— Eh bien, cela fera l'affaire ! Ça me va même très bien, en fait. Tu n'es pas sans savoir que j'ai également des comptes à régler avec lui.

Oh bon sang, plus buté, tu meurs !

— Ton frère est ce qu'il est, mais il ne mérite certainement pas ça ! Il s'est excusé tout à l'heure. Auprès de moi. Mais aussi auprès de toi. Après que tu l'as roué de coups, je te rappelle. Ça ne compte pas pour toi ?

Aidan balaya ses arguments d'un geste exaspéré, puis il se remit à déambuler dans la salle de réunion vide, d'un pas nerveux, façon lion en cage.

— Oh évidemment, j'oubliais les excuses ! Mais comment… comment peux-tu dire ça ?! Rappelle-moi de quel côté tu es déjà ? À moins bien sûr que les choses aient changé pendant que vous étiez enfermés ici, rien que tous les deux, pour *évoquer le passé* ?

Une minute ! Un petit topo s'imposait.

Donc, après la démonstration de violence, la révélation de ses activités peu recommandables, Aidan en était à… une scène de jalousie ?!

S'était-elle de nouveau cogné la tête ? Parce que c'était le monde à l'envers ! Non, vraiment, on atteignait des sommets !

— Tu délires complètement, ma parole ! s'insurgea-t-elle, ajoutant, comme elle était à bout : Une chose est sûre, tu dois mettre un terme à tes manœuvres tordues et déloyales !

Il s'arrêta pour la toiser des pieds à la tête, une expression furieuse sur le visage, les yeux brillants de rage… mais pas uniquement.

Une larme dégringola le long de sa joue, qu'il essuya immédiatement, comme si elle n'avait jamais existé. Puis il cracha, d'une voix feutrée, rocailleuse, mêlant à la fois hargne et dépit :

— Sans quoi tu vas me quitter pour aller le rejoindre aussi sec, c'est ça ?

Cette fois, c'était la goutte d'eau !

Son insinuation était lamentable. Ça, ajouté au reste, c'était bien plus qu'elle ne pouvait supporter.

Elle hésita à lui coller une bonne claque dans la figure, de manière à lui remettre les idées en place – et se défouler un peu, accessoirement. Parce que bon, honnêtement, il l'avait plus que cherché, non ?

Elle décida finalement de ne rien en faire. Il y avait eu assez de violence comme ça dans cette pièce pour un paquet d'années.

Sans compter que ça ne résoudrait rien.

Alors elle lança la première chose qui lui vint à l'esprit – le genre de repartie hautement intellectuelle et des plus appropriées à la situation extrêmement complexe dans laquelle ils étaient empêtrés :

— Va au diable, espèce de crétin !

Puis elle tourna les talons en serrant son sac à main contre elle, contenant tant bien que mal sa colère.

Voilà, comme ça elle aurait insulté au total deux personnes aujourd'hui. Grande journée, vraiment !

Aidan la regarda traverser la salle et attendit qu'elle soit devant la porte pour desserrer les dents, assenant alors le coup de grâce :

— Si tu te dépêches un peu je suis certain que tu peux le rattraper. N'oublie pas tes mouchoirs surtout, il a encore grand besoin de soins, me semble-t-il.

42

Scarlett se raidit, outrée, mais ne ralentit pas l'allure et sortit de la salle de réunion la tête haute.

Connard.

Non, mais quelle espèce de... d'enfoiré de connard !!!

Elle se mordit la langue pour réprimer cette ultime injure. Parce que bon, elle avait passé le seuil et se trouvait déjà dans le couloir où d'autres personnes – tous des employés d'Aidan – s'affairaient... tout en lui jetant des coups d'œil quelque peu atterrés. Si ces derniers n'avaient pas pu entendre leur conversation, leurs cris respectifs, quant à eux, n'étaient sans doute pas passés inaperçus.

Ils s'étaient donc suffisamment donnés en spectacle comme ça. Pas besoin d'en rajouter.

Scarlett traça jusqu'aux ascenseurs, s'efforçant de rester digne alors qu'elle s'effondrait intérieurement. Cependant la colère lui donnait suffisamment d'énergie pour se tenir droite et ravaler les sanglots qui tentaient de se frayer un chemin au fond de sa gorge.

Une fois dans le hall de l'immeuble, elle ne parvint plus à se retenir – trop de colère justement, trop de tension, trop de tout... – et se mit carrément à courir, ses talons résonnant dans un fracas assourdissant sur le marbre. Attirant évidemment toute l'attention sur elle. Mais soudain, ça n'eut plus aucune espèce d'importance.

Son univers s'écroulait subitement, alors elle se moquait bien qu'on la regarde de travers.

Quand elle fut dans la rue, elle continua de s'éloigner au pas de course. Risquant à tout moment de se tordre une cheville et s'étaler en beauté devant la foule circulant dans le quartier à cette heure de l'après-midi.

La distance.

C'était primordial. Le plus de distance possible entre elle et lui ! D'urgence !

Scarlett tourna au coin d'une rue, puis d'une autre, au hasard. Elle aperçut une bouche de métro à quelques mètres de là et s'y engouffra, dévalant les escaliers plus vite que jamais.

Tout à coup, un bruit inopportun l'interrompit, l'obligeant à interrompre son petit sprint. Une sonnerie. Émanant de son sac à main. De son téléphone plus précisément.

Avec des gestes fébriles, elle attrapa son portable et en avisa l'écran. Elle tomba alors sur la photo qu'Aidan avait prise d'eux, tandis qu'il l'embrassait dans le cou.

Le seul – ou plutôt *L'autre connard,* dans l'instant – tentait de la joindre.

Grand bien lui fasse !

De rage, elle balança le téléphone devant elle. Suffisamment fort pour le briser.

Et merde !

Quelques personnes la considérèrent bizarrement et elle s'efforça de se ressaisir. Histoire de ne pas se mettre à sauter à pieds joints sur les débris du gadget hors de prix qu'elle venait de massacrer. Un sacrilège, compte tenu de ses moyens.

Merde de merde !

Scarlett ramassa ce qu'il restait de son défunt portable, le fourra dans son sac à main, puis se dirigea d'un pas plus calme – ou disons plus civilisé et un peu moins inquiétant pour ses semblables – vers les barrières.

Elle franchit les portes sans savoir où aller. Choisit une ligne... sans savoir où aller.

Et elle atterrit gare de Lyon, sans même l'avoir vraiment décidé.

Ou en fait si, peut-être qu'en réalité, elle avait parfaitement conscience de sa destination.

Parce qu'elle ne pouvait pas rentrer. Hors de question qu'elle remette les pieds dans la si grande, si belle – surtout maintenant qu'elle en avait refait toute la décoration –, si luxueuse et si horripilante demeure d'Aidan. Symbole de la première étape de sa vengeance, bien avant d'être celui du début de leur vie commune.

Elle ne pouvait pas non plus retourner dans son ancienne maison, à quelques rues de là. Il l'y retrouverait aussitôt.

Et ça, c'était tout bonnement inconcevable. Non, elle ne lui en laisserait pas l'opportunité. C'était fini. Point.

Les larmes qu'elle contenait depuis trop longtemps se rappelèrent soudain à son bon souvenir et inondèrent ses joues sans qu'elle ne puisse rien faire cette fois pour les refouler. Sa résolution la terrifiait. L'anéantissait. Mais elle n'avait pas le choix. Le revoir serait insurmontable.

C'était déjà insurmontable...

Elle avait cru que ce serait possible, l'avait souhaité tellement fort, mais en définitive, elle s'était trompée. Entre-temps, elle avait baissé sa garde, était devenue vulnérable et totalement dépendante. La chute n'était que d'autant plus rude.

Aidan lui avait menti, puis il lui avait fait comprendre qu'il tenait plus à sa sinistre revanche qu'à elle. Elle tombait de si haut... et s'écrasait pour finir en morceaux, à l'instar de son portable. Toutes ses cicatrices venaient de se rouvrir et saignaient abondamment. De nouvelles plaies, bien pires encore que les premières, s'étaient ajoutées à l'ensemble, la laissant à vif.

Mon Dieu, comme c'était douloureux ! Elle avait l'impression de se noyer.

Aidan avait eu tort ce matin, vingt et un jours de cohabitation et un cataclysme. Une tempête noire, qui mettrait probablement un temps fou à se dissiper. Enfin, s'il était possible qu'elle se dissipe. Rien n'était moins sûr.

Plus jamais elle ne lui donnerait ce pouvoir sur elle. Plus jamais il ne pourrait lui faire de mal. L'atteindre de quelque manière que ce soit.

Ni lui, ni personne.

Elle avait déjà pris cette décision des années plus tôt, après être passée entre les mains de son frère. Les Stern lui étaient décidément néfastes.

Les hommes lui étaient néfastes, de manière générale.

Elle avait raison de les craindre et préférer les quitter avant qu'ils ne le fassent. C'était la seule façon de s'en protéger. Pourquoi avait-elle dérogé à cette règle qu'elle s'était fixée déjà ?

Incapable de demeurer parmi la foule dans l'état dans lequel elle se trouvait, Scarlett s'enferma dans les toilettes de la gare. Elle paniquait complètement, elle s'en rendait bien compte.

Mais il n'y avait pas trente-six solutions. Elle devait s'enfuir. Se réfugier chez sa cousine ne suffirait pas. Cette dernière serait fichue de contacter Aidan dès la minute où elle apprendrait qu'ils étaient séparés. Elle plaiderait en sa faveur à lui, Scarlett en était convaincue.

Non, elle devait retourner là où la vie avait été calme et paisible pour elle. Sans danger. Là où il n'y avait personne qui soit susceptible de lui faire tourner la tête en quelques mots…

Pfff, en quelques mots ? En un regard, oui !

Mais comment avait-elle pu être stupide au point de se laisser entraîner dans cette histoire de passion complètement délirante ?! Elle aurait dû se douter que ça se terminerait de cette manière ! Ce genre de choses, ça n'était pas pour elle. C'était beaucoup trop dangereux.

Non, ça restait ce qu'il y avait de plus sensé – du moins était-ce ce qu'elle ne cessait de se répéter. Faire en sorte qu'il ne puisse jamais la retrouver.

Scarlett se passa de l'eau sur le visage et tenta de chasser les marques noires du rimmel qui avait coulé sous ses yeux. Elle avait bien piètre allure. Mais quelle importance franchement ?

Dès qu'elle eut à peu près retrouvé visage humain, elle quitta les toilettes pour femmes et se rendit à un guichet automatique – plus rapide et idéal quand on ignorait si on était capable d'aligner deux mots sans fondre aussitôt en larmes. Elle prit une place à bord du TGV en partance pour Marseille.

Voilà, l'épisode Paris était clos. Définitivement. Elle abandonnait. Tant pis pour l'entreprise, tant pis pour Louise – même si elle avait vraiment honte de la planter comme ça – et tant pis pour la maison de sa mère.

Elle avait eu tort de vouloir y revenir. Elle avait certes réussi à tirer un trait sur le passé et tourner enfin la page, mais le nouveau chapitre entamé se concluait par un désastre sans précédent. Qu'il lui faudrait de nouveau oublier.

Impossible…

Pourtant, elle le devait.

Elle monta dans le wagon indiqué sur son billet, hagarde, s'assit près d'une fenêtre, et posa son sac sur le siège à côté d'elle pour que personne ne vienne l'importuner. Le train se mit en branle quelques minutes plus tard, sans qu'elle n'ait eu ne serait-ce que l'idée d'en redescendre.

Puis elle s'abîma dans la contemplation du paysage aux ombres grandissantes durant toute la durée du voyage.

Une fois arrivée à destination, elle réalisa qu'elle n'avait pas sur elle les clés de son ancien appartement et que l'agence immobilière chargée de le vendre devait être fermée. Elle passerait donc le lendemain les récupérer et leur annoncer que le bien n'était plus disponible.

En attendant, elle s'engouffra dans le premier hôtel potable, mais accessible, en sortant de la gare, et y loua une chambre pour la nuit.

Dès qu'elle fut de nouveau seule, elle se laissa aller à pleurer, s'effondrant sur le lit comme si elle était épuisée.

Dans sa tête régnait le chaos. Elle n'arrivait pas à comprendre comment, en seulement une journée, tout avait pu ainsi basculer. Elle venait de perdre celui qu'elle avait cru être l'homme de sa vie – une illusion au final, rien de plus –, sa petite boîte d'architecture d'intérieur, ainsi que sa cousine – laquelle ne lui pardonnerait jamais de lui avoir fait un coup pareil, à raison !

Elle s'endormit tout habillée et ne fit surface qu'au petit matin. Elle n'avait pas dîné et pour autant elle n'avait absolument pas faim. Aussi se résolut-elle à ne pas prendre le petit déjeuner qu'elle avait pourtant réglé d'avance.

Une nuit de sommeil aurait dû l'aider à y voir plus clair, mais non. Ses idées étaient aussi embrouillées que la veille. Sinon plus.

Scarlett prit une douche et s'obligea, non sans une moue de dégoût, à remettre ses vêtements de la veille, dans lesquels elle avait dormi. Elle n'avait rien d'autre de toute façon.

Bon sang, elle n'avait vraiment plus rien ! Toutes ses affaires étaient restées à Antony, chez Aidan pour la plupart, ainsi que dans son ancienne maison. Bordel, même sa voiture était restée garée chez lui, dans son immense garage à la con !

Elle prit un taxi pour aller de l'hôtel à l'agence immobilière, parce qu'elle ne pouvait se permettre de croiser beaucoup de gens vu l'état lamentable dans lequel elle était – ses fringues étaient tellement froissées que c'en était ridicule et ses yeux étaient si gonflés qu'ils ressemblaient à ceux de Romain après qu'Aidan l'avait frappé.

Elle régla les détails pour résilier le contrat de mise en vente, récupéra ses clés, et reprit un taxi.

Puis elle retourna dans son ancien immeuble, l'endroit où elle avait passé ces dernières années. Un endroit qui ne l'avait pas connue franchement heureuse, mais jamais vraiment malheureuse non plus.

Peut-être que c'était ça, le secret, finalement. Ni heureux, ni malheureux. Pas trop d'émotions, juste dans la limite du raisonnable…

Pour l'heure, elle avait l'impression qu'on lui avait arraché non pas le cœur, mais une partie de son âme. À la place, ne restait plus qu'un vide vertigineux. Lequel existait déjà avant qu'elle tombe éperdument amoureuse d'Aidan, mais dont elle n'avait pu prendre conscience qu'ensuite. Après qu'il eut comblé ce gouffre béant, qui lui faisait si mal aujourd'hui.

En remontant le couloir du second pour se rendre à son appartement, elle tomba sur Christophe, son ancien voisin. Et ancien ami, accessoirement.

Malgré son insistance, elle avait toujours refusé de sortir avec lui. Pas parce qu'il ne lui plaisait pas – encore qu'elle n'avait jamais été sûre du contraire non plus – mais parce qu'elle n'aurait jamais pu filer à l'anglaise comme elle savait qu'elle le ferait inévitablement.

Aucune chance pour que ça se produise maintenant. Elle n'accepterait plus de rendez-vous avant très longtemps. Enfin, si jamais un jour elle envisageait d'essayer de nouveau. Ce qui était peu probable, après réflexion.

L'image d'Aidan s'imposa à son esprit, comme pour la rappeler à l'ordre alors qu'elle n'avait fait que penser à lui sans cesse depuis qu'elle l'avait quitté. Elle avait même passé la nuit à rêver de lui.

De leur dispute horrible. De ses mots qui se répercutaient encore comme en écho dans son esprit. De ses bras et de sa chaleur qui lui manquaient tant.

Elle ne s'en relèverait jamais !

Scarlett déglutit péniblement pour essayer, sinon de sourire, au moins d'arborer une expression neutre devant Christophe. Lequel la salua chaleureusement et s'étonna de la voir revenir après être partie si brutalement.

Elle n'avait pas prévenu grand monde à côté de ça, d'autant qu'elle n'avait parlé pratiquement à personne de la maladie, puis du décès de sa mère. Et peu de ses amis l'avaient appelée pour prendre des nouvelles finalement. Quant à ceux qui l'avaient fait, ils s'étaient vite lassés.

Scarlett écourta la conversation, incapable de donner le change très longtemps, et s'enferma dans son appartement à la déco impeccable, et cependant sinistrement vide.

C'était chez elle. Enfin, elle aurait dû se sentir chez elle.

Mais tout ce qu'elle ressentait, c'était cet abîme, ce manque infâme… Elle était vide, à l'instar de ce lieu où elle croyait pouvoir trouver refuge.

Comme elle était faible finalement, comme elle était fragile ! Une pauvre petite chose. Elle détestait ça…

Scarlett hoqueta de stupeur lorsqu'on toqua – de façon plutôt énergique – à sa porte, l'arrachant à ses sombres pensées. Sans doute Christophe voulait-il s'assurer qu'elle n'avait besoin de rien. Après tout, vu la mine qu'elle devait avoir, il y avait lieu de s'inquiéter.

Par prudence, elle laissa la chaînette accrochée et entrouvrit le battant.

Et faillit décéder sur place – de peur, de chagrin, de joie, de honte, aucune idée – en apercevant Aidan dans l'embrasure, sur son palier.

43

Par réflexe, elle tenta immédiatement de refermer la porte. Mais Aidan anticipa le geste et coinça son pied entre le panneau de bois et le chambranle. Et ne broncha pas lorsqu'elle le lui écrasa, l'expression de son visage ne trahissant rien d'autre que sa détermination – ainsi que peut-être une certaine fatigue également.

Elle n'eut pas vraiment le temps de le détailler, en fait. Elle était si bouleversée qu'elle se plaqua dos à la porte, incapable de le regarder en face.

Insurmontable…

La douleur était trop forte, à présent qu'il était là.

Elle aurait voulu pouvoir s'enfuir. Mais c'était impossible. Pourquoi ce foutu appartement n'était-il pas au rez-de-chaussée ?!

— Oh bon Dieu, Scarlett, tu es ici ! s'exclama Aidan dans un soupir éraillé, mêlant curieusement soulagement et consternation, puis sa voix se brisa cette fois lorsqu'il avoua : J'étais mort d'inquiétude…

— Je… je vais bien, mentit-elle, s'efforçant d'adopter un ton crédible – en vain. Va-t'en maintenant.

— Ça, c'est hors de question ! refusa-t-il en tentant d'ouvrir la porte malgré la chaîne de métal qui la reliait au mur, la maintenant seulement entrouverte.

J'ai besoin de te voir ! Il faut absolument que je te parle... Laisse-moi entrer, s'il te plaît.

En réponse, elle aurait aimé pouvoir mettre toutes ses forces à repousser le battant, de manière à lui broyer correctement le pied, histoire de le faire souffrir à son tour. Parce qu'à son sens, il ne l'aurait pas volé.

Cependant ça aussi, elle en était incapable. Le blesser, c'était la dernière chose qu'elle souhaitait, en vérité. De quelque façon que ce soit. Même en cet instant.

Pourtant, elle aurait dû en avoir envie, essayer au moins de lui envoyer quelques attaques bien senties à la figure – et Dieu sait qu'elle n'avait que l'embarras du choix. Mais non... pfff, c'était juste lamentable.

— Moi, je n'ai rien à te dire, alors fiche le camp ! s'écria-t-elle, sentant ses nerfs lâcher doucement.

Il y eut un instant de silence et Scarlett crut qu'il allait se plier à ses exigences et tourner les talons. Après tout ce qui s'était passé, ça aurait été la moindre des choses.

Même si elle n'avait aucune envie qu'il lui obéisse.

Même si elle n'avait aucune envie de lui parler non plus...

— Très bien, éloigne-toi de la porte, ordonna sèchement Aidan.

— Euh... quoi ?

Ce n'était pas sérieux tout de même ? Il n'était pas réellement en train de la menacer d'entrer de force... si ?

— Fais ce que je te dis Scarlett ! persista-t-il, encore plus farouchement.

L'instinct de survie l'obligea à obtempérer.

Et elle fit bien, puisque dans la seconde qui suivit, Aidan balança violemment l'épaule contre le battant. Si puissamment que la fixation de la chaîne de sécurité côté mur céda, emportant un morceau de plâtre avec elle. Tandis que la porte alla cogner rudement contre le butoir, lequel vacilla également.

Bordel. De. Merde.

Ce type était complètement dingue !

Et très fort... mais compte tenu de son gabarit – et accessoirement de ce qu'il était capable d'infliger au visage d'un homme de la stature de Romain –, elle n'aurait pas dû en être aussi surprise.

Scarlett resta un moment bouche bée, sciée qu'il ait osé faire un truc pareil. L'observant tandis qu'il se tenait immobile, un pied dans l'entrée, l'autre sur le palier.

Aidan semblait lui aussi au bout du rouleau. En fait, ce n'était rien de le dire.

Ses traits étaient atrocement tirés. De grands cernes violacés ombraient un regard quelque peu rougi. Et ses cheveux n'étaient plus qu'un tas de nœuds, un peu hirsute, comme s'il avait passé la nuit à fourrager dedans.

Tout comme elle, ses vêtements étaient ceux de la veille. Et tout comme les siens, ils tenaient désormais plus du chiffon qu'autre chose. Mais sur lui, qu'elle n'avait jamais vu avec quoi que ce soit de froissé, et encore moins de sale, c'était vraiment étrange.

Scarlett nota une petite éclaboussure grenat sur sa chemise, au-dessus de son torse – probablement le sang de Romain –, qu'elle n'avait pas remarquée hier.

Aidan prit une profonde inspiration, puis fit un pas vers elle, si résolu qu'il en devenait franchement inquiétant.

Elle recula aussitôt et se retrancha sur le seuil de son séjour. Prête à en refermer la porte si nécessaire, pour l'empêcher de l'approcher – même si c'était un peu ridicule, étant donné qu'il était capable de défoncer celle de son entrée...

La distance de sécurité était plus que jamais de rigueur.

Devant sa réaction effrayée, Aidan se figea et parut soudain prendre la mesure de ce qu'il venait de faire.

— Il fallait que je te voie, marmonna-t-il comme si cela pouvait justifier les dégâts causés.

Puis il se retourna brusquement, interdit, comme Christophe les rejoignait, un portable dans une main et… une batte de base-ball dans l'autre.

— Scarlett, est-ce qu'il y a un problème ? s'enquit son voisin en avisant Aidan, puis le morceau de chaîne qui pendait le long de la porte. Est-ce que tu veux que j'appelle les flics ?

Aidan prit à peine le temps de considérer le nouveau venu et ses armes de fortune, que déjà son regard se reportait sur elle, se chargeant alors d'une certaine angoisse, dans l'attente de son verdict.

— Je t'en prie, l'implora-t-il misérablement, ignorant totalement la présence de Christophe – et oubliant sa fierté coutumière, accessoirement.

Mais pourquoi fallait-il qu'il ait l'air aussi pitoyable – peut-être même plus qu'elle d'ailleurs ? Il venait de fracturer sa porte, merde ! Elle aurait dû accepter la proposition de son voisin. La prudence l'exigeait. Non, la raison !

Pourtant, elle s'entendit répondre à l'intention de Christophe :

— Non, je te remercie, ça ira. Tu peux rentrer chez toi, ne t'inquiète pas.

Son voisin inclina la tête, pas vraiment convaincu. Avant de se résoudre à faire demi-tour, remontant lentement le couloir, sur ses gardes.

Aidan referma doucement la porte derrière lui et balbutia, contrit :

— Je… hem, je m'arrangerai pour que ce soit réparé dans la journée.

Comme elle demeurait au loin, méfiante, il leva les mains à hauteur de poitrine, paumes tournées vers elle, dans un geste visant à prouver qu'il se tiendrait tranquille. Puis il s'adossa au mur de l'entrée, respectant la distance qu'elle avait instaurée.

Il s'affaissa légèrement et renversa la nuque en arrière en soupirant d'accablement :

— J'ai dit tant de conneries hier… J'aurais aimé pouvoir te demander pardon dès l'instant où tu as quitté la salle de réunion, mais tu ne m'en as pas laissé le loisir. Tu t'es enfuie si vite. Et surtout, si… *loin*.

— Comment m'as-tu retrouvée ? se renseigna-t-elle, changeant habilement de sujet, parce qu'elle refusait de revenir sur leur discussion de la veille.

Il plissa les paupières, probablement pas dupe de la manœuvre :

— J'ai d'abord contacté Louise quand je me suis rendu compte que tu n'étais pas rentrée, bien que ta voiture soit restée au garage, et que tu n'étais pas non plus dans ton ancienne maison. Ta cousine aussi a eu la peur de sa vie. Tu dois bien avoir au moins une quinzaine d'appels en absence de sa part, parmi la centaine des miens… sans compter mes messages. Mais sans doute ne les as-tu pas écoutés ?

— Mon portable est cassé.

Il eut une moue dubitative, comme s'il n'y croyait qu'à moitié.

Scarlett, qui avait encore son sac à main sous le bras, en sortit son téléphone pour attester sa bonne foi. Elle le montra de loin à Aidan, puis se dépêcha de le ranger devant son air étonné.

— Ça ne répond pas à ma question, insista-t-elle, avant qu'il se mette à l'interroger à propos de l'état déplorable de l'objet.

— Louise m'a donné le double des clés de la maison de ta mère, et une fois là-bas, sur ses conseils, je me suis permis de fouiller ton courrier pour retrouver ta précédente adresse. Celle de cet appartement, sur Marseille. Ensuite, j'ai roulé toute la nuit. J'ignorais que tu avais encore un pied à terre ici. Cela fait beaucoup de solutions de repli pour une seule et même personne, tu ne trouves pas ?

Ah cette cousine ! Il faudrait donc toujours qu'elle se mêle de tout ?!

— Manifestement, pas assez, grinça Scarlett, ce reproche étant si déplacé par rapport à la situation. Qu'aurais-je dû faire exactement pour qu'on me laisse tranquille ? Ça n'était pas assez clair comme ça ?! Je ne veux plus te voir !

Aidan changea de position, tout en restant appuyé au mur. Il se pencha en avant, accusant visiblement le coup, et pinça les lèvres tout en crispant les mâchoires. Comme s'il savait qu'il le méritait, mais que ça n'en était pas moins douloureux.

— Tu avais raison, souffla-t-il en se passant nerveusement les doigts dans les cheveux, les ébouriffant davantage – une manie qu'elle ne lui connaissait pas –, avant de concéder à grand-peine : Romain avait raison. C'était du délire. Je n'aurais jamais dû aller jusque-là… ça n'aurait jamais dû prendre une telle ampleur, occuper une telle place dans mon existence. Tu es tellement plus importante que cette stupide vengeance. J'ai eu tort de croire que je n'étais plus rien sans ça. La vérité, c'est que je ne suis plus rien sans *toi*. Je suis mort mille fois cette nuit en imaginant le pire. C'était un véritable enfer d'être aussi loin de toi, sans savoir si je pourrais te retrouver ou non, ni si tu allais bien.

Scarlett se retint d'une main au chambranle de la porte du séjour, juste à côté d'elle. S'il lui avait dit ça la veille, les choses se seraient sans doute terminées différemment entre eux.

Mais c'était trop tard. Il avait tout gâché. Et il aurait beau s'acharner, la poursuivre jusqu'à l'autre bout de la France, les morceaux de feu leur relation ne sauraient être recollés.

Aidan dut le lire sur son visage, parce qu'il secoua vivement la tête, rejetant férocement cette idée, et s'empressa d'ajouter, le front plissé par la panique et le désarroi :

— J'arrête tout. Si tu veux des preuves, je peux t'en fournir. J'ai déjà pris toutes les dispositions nécessaires. J'ai discuté avec Romain et...

— Tu as *discuté* avec Romain ? ne put-elle s'empêcher de répéter, abasourdie tout à coup.

— Oui, admit-il en avisant le sol. Hier soir, par téléphone.

— Tu veux dire que tu as enfin accepté de prendre ses appels ? voulut-elle qu'il confirme encore, ayant bien du mal à y croire.

— Non, c'est moi qui l'ai appelé, révéla-t-il à contrecœur, avant de lui adresser un regard embarrassé, hésitant à développer.

Il prit quelques secondes de réflexion, puis expliqua :

— J'ai sollicité son aide parce que je te cherchais. Nous avons passé un accord. Je lui ai fait une proposition de façon à remettre à flot sa société et réparer les dommages causés. En échange, il a juré de me prévenir s'il recevait quelque nouvelle que ce soit de ta part. J'ai promis de m'y tenir, quoi qu'il arrive. Et c'est ce que je vais faire.

Alors Aidan avait été jusque-là... pour elle ? Tout ça, uniquement pour la retrouver ?

C'était si surprenant.

Ça avait dû tellement lui coûter ! Comme de reconnaître que Romain avait raison, et lui tort, du reste.

Mais, euh... pardon ?! Pourquoi aurait-elle cherché à contacter son frère au juste ?

Scarlett réalisa subitement ce que ça impliquait également. Alors ça n'était pas juste pour la blesser qu'Aidan avait balancé ces insinuations ridicules au sujet d'elle et Romain hier après-midi ? Il y avait vraiment cru ?!

Mais qu'est-ce qui ne tournait pas rond chez lui ?!

Oui, enfin, il y avait tellement de réponses à cette question... Son prince charmant des temps modernes était loin d'être exempt de défauts, bien au contraire.

Son quoi ?! Oh merde ! Elle ne s'était toujours pas faite à l'idée qu'ils n'étaient plus ensemble. Non, il était à présent son *gros connard d'ex*, voilà ! Bien qu'elle ait de plus en plus de mal à l'insulter, même intérieurement. Tout comme elle ne parvenait pas à concevoir qu'il n'était plus qu'un *ex*...

— Et tu pensais réellement me trouver avec lui ? s'indigna-t-elle, parce qu'il était tellement plus facile de se mettre en colère. Mais enfin, Aidan, pourquoi est-ce que j'aurais fait une chose pareille ?! Qu'est-ce qui t'autorise ne serait-ce qu'à imaginer que j'aurais pu le rejoindre après notre dispute ?

— J'ai trouvé mon frère penché sur toi hier, il te *touchait*, rappela-t-il en fermant les yeux, serrant douloureusement les paupières, comme si, pour lui aussi, les blessures étaient encore à vif. J'ignore de quelle manière tu aurais réagi ensuite, mais je sais ce que j'ai interrompu. Il peut toujours s'en défendre, je ne suis pas dupe, je n'ai aucun doute à propos de ce que Romain s'apprêtait à tenter.

Il s'était donc bien imaginé le pire... Mais il se trompait et elle devait l'en convaincre. Le raisonner. Parce qu'il souffrait pour rien.

Mais ça n'aurait pas dû avoir d'importance. Ça n'en avait plus, à présent. Pourquoi alors se sentait-elle encore plus mal à l'idée qu'il se soit figuré de telles absurdités ?

— En outre, tu m'as affirmé lui avoir pardonné, poursuivit-il en rouvrant à demi les yeux pour observer à nouveau le parquet. Il est célibataire et tu es une femme sublime, bien plus encore qu'à l'époque du lycée, où tu étais déjà à son goût. Lui n'attend que ça, c'est évident. Et il était ton premier choix, alors...

Il s'interrompit en haussant les épaules d'impuissance, incapable de terminer sa phrase.

Scarlett comprenait désormais comment il en était arrivé à de pareilles conjectures. C'était vexant, mais ça n'était pas si insensé que ça, en fin de compte.

Elle allait s'expliquer, lui dire qu'il faisait fausse route, même s'il aurait mieux valu qu'elle s'abstienne de relancer cette discussion. Mais il la devança et plaida, comme en ultime recours :

— Vous voir ensemble, si proches l'un de l'autre, m'a rendu complètement malade. Je n'étais pas moi-même hier. J'ai totalement perdu les pédales. Rien de ce que j'ai dit n'était sensé. Je te demande pardon pour ces accusations minables. Et également pour... pour tout le reste. Tu sais, je n'ai jamais eu à me soucier d'être quelqu'un de bien jusqu'à présent, parce que ça n'avait aucune espèce d'importance. Mais ça a changé le jour où tu as passé la porte de mon bureau. J'aurais dû tout stopper dès cet instant. J'y ai songé en vérité, parce que j'ai commencé à en avoir honte, et que je ne voulais pas que tu découvres quel homme mauvais et haineux je pouvais être. Le problème, c'est que je n'ai été que ça si longtemps... J'ai conscience d'avoir perdu ton estime, mais je vais me battre pour la récupérer, pour la mériter vraiment. Pour *te* mériter. Je veux aller de l'avant. Je veux me débarrasser du passé, de cette rage qui me ronge de l'intérieur et qui me pourrit la vie. Mais j'ai besoin de toi pour ça.

Scarlett baissa la tête à son tour, parce que c'était elle cette fois qui n'arrivait plus à soutenir son regard. Son regard si troublant, pâle et tourmenté. Anéanti. Mais dans lequel brillait cependant une timide lueur d'espoir, survivant malgré tout.

Qu'elle s'apprêtait à tuer...

Elle avait eu trop mal.

Elle avait encore trop mal. Plus jamais elle ne lui redonnerait ce pouvoir sur elle. Elle se l'était juré.

— Non, tu n'as pas besoin de moi pour y parvenir, articula-t-elle, luttant pour avaler une bouffée d'air et conclure : Tu dois le faire seul. Je ne reviendrai pas. Nous deux, c'est fini.

44

— Non… non, répéta Aidan d'un ton faible, mais paniqué, blêmissant subitement.

Il se redressa brusquement, quittant l'appui du mur pour avancer vers elle.

— Ça ne peut pas être fini, ce n'est pas possible, nia-t-il encore tandis qu'elle s'éloignait, s'efforçant de préserver cette fameuse distance. Ne me fais pas ça, je t'en supplie.

Encore cette prière… et l'écho torturant des souvenirs qu'elle ramenait avec elle, résonnant dans son crâne.

Mon Dieu, c'était horrible. Scarlett avait l'impression qu'on lui broyait le cœur en ce moment même. Il fallait qu'il arrête, elle ne tiendrait pas sans ça. Et surtout qu'il cesse d'approcher !

— Reste où tu es ! lui intima-t-elle en tendant la main devant elle, totalement perdue.

Il s'arrêta, désemparé, son visage ciselé ayant perdu toute couleur. Puis il fit un nouveau pas, sans paraître s'en rendre compte. Et encore un autre, comme attiré malgré lui. Les traits crispés, aux abois, il se contenta de refuser :

— Je ne peux pas… Je ne pourrai jamais.

Aidan était maintenant si près…

Ce fut alors l'instinct de préservation qui la poussa à fuir. C'était sans doute la solution la plus pathétique et immature qui soit. Mais dans l'urgence, Scarlett ne réfléchit pas et prit ses jambes à son cou. Elle traversa le séjour en courant – toujours perchée sur ses talons de la veille, aussi vertigineux que dangereux –, puis la chambre, essayant d'aller se réfugier dans la salle de bains.

Mais, au lieu de dissuader Aidan, comme la logique l'aurait voulu – à défaut d'éclater de rire, il aurait au moins dû tiquer devant un comportement aussi grotesque –, celui-ci se lança à sa poursuite.

Et la rattrapa en un éclair, avant qu'elle n'ait eu le temps de se retourner pour claquer la porte derrière elle. Il la captura brutalement, l'attrapant à bras-le-corps. Puis il la serra de toutes ses forces contre lui, au risque de l'étouffer.

Scarlett hoqueta de stupéfaction tandis qu'une plainte sourde, de soulagement et de dépit mêlés, roulait dans la poitrine d'Aidan.

Ce n'est que lorsque le choc de se voir prise en chasse fut passé, que Scarlett songea à se débattre et se mit à ruer furieusement.

Elle lui donna un rude coup de coude dans les côtes, puis un second, lui envoya durement son talon dans le tibia. Mais il ne voulut rien savoir et ne céda pas d'un pouce.

— Lâche-moi ! protesta-t-elle piteusement.

— Non, jamais, s'entêta-t-il, incliné sur elle, la bouche sur ses cheveux. J'en suis incapable. Peu importe où tu t'enfuiras, je te retrouverai toujours.

— Aidan..., gémit-elle, déchirée de l'intérieur tant ce contact révoltant lui était également – et paradoxalement – salutaire.

Sa chaleur. Son odeur. La pression de ses bras... C'était tout ce qui lui avait tant manqué !

Comment vivre sans ça ? S'en était-elle réellement crue capable ?

Bon sang, elle n'arrivait même plus ne serait-ce qu'à l'envisager ! Comment allait-elle pouvoir s'en sortir ?

Comme s'il craignait par-dessus tout qu'elle ne finisse par lui échapper, l'étreinte d'Aidan se resserra encore. Devenant alors si puissante et éperdue qu'elle en fut douloureuse. *Physiquement* douloureuse. Probablement lui laisserait-elle quelques bleus d'ailleurs.

Pourtant, Scarlett ne pensait plus à s'y soustraire.

En fait, elle ne pensait plus à rien…

Si ce n'est à ce corps immense, plaqué contre le sien, et au désir violent qu'il éveillait en elle.

Aidan déposa un baiser au sommet de son crâne. Puis il se fraya un chemin entre ses cheveux et l'embrassa juste derrière l'oreille, là où la peau était si fine et si sensible.

— Je ferai n'importe quoi pour toi, marmonna-t-il, désespéré. J'irai en personne présenter mes excuses à Édouard s'il le faut. Ainsi qu'à Romain, par la même occasion. Je leur céderai même ma foutue société, si cela peut me permettre de te récupérer. Tu n'as qu'un mot à dire et je m'exécute.

Son humiliation la plus complète contre une nouvelle chance ?!

Comme si c'était ce qu'elle souhaitait ! Il était vraiment dingue…

— Ça ne va pas ou quoi, je ne veux pas que tu t'abaisses à ça ! se récria-t-elle en avisant le miroir au-dessus du lavabo à côté d'elle, à la recherche de son regard. C'est bien la dernière chose que je veuille. Je n'ai jamais prétendu que tu n'avais pas de bonnes raisons d'être aussi amer et d'en vouloir autant à ton père adoptif et à Romain. Quant à ta société, c'est toi, et personne d'autre, qui l'as créée. Tu as travaillé dur pour ça et elle t'appartient de plein droit. Tu n'as pas à t'en défaire, enfin !

Aidan releva le nez, un peu surpris, et leurs yeux se croisèrent un instant dans la glace. Il cilla, puis ses mains, qui la tenaient si étroitement enlacée contre lui, l'une accrochée à sa hanche, l'autre à son buste, se mirent peu à peu à bouger. Ses doigts s'écartèrent et commencèrent à repousser le tissu de ses vêtements, comme si c'était plus fort que lui. Plus fort que tout.

— Que veux-tu alors ? se renseigna-t-il, l'air totalement dérouté, tant par ses propos que par son propre comportement. Que dois-je faire pour que tu me reviennes ? Pour que tu rentres avec moi... à la maison ?

— Je n'en sais rien, murmura-t-elle en frissonnant à la fois d'angoisse et de plaisir. Mais s'il te plaît, arrête. Tu nous fais du mal à tous les deux.

La confusion régnait dans son esprit. Elle réalisa tout à coup qu'elle n'était même plus sûre de lui en vouloir tant que ça finalement.

Elle l'aimait encore tellement...

À la maison.

Cet endroit existait-il seulement ? Elle aurait tant souhaité que oui. Mais ça ne tenait qu'à elle, non ?

Aidan fronça les sourcils et, les prunelles soudain assombries, s'obstina :

— Non, impossible, je ne peux pas m'arrêter.

Elle le sentit trembler derrière elle, puis perçut très nettement son érection se presser contre le haut de son postérieur. Il se pencha à nouveau sur elle et embrassa voracement son cou, son souffle déjà affolé agitant quelques mèches de ses cheveux.

— S'il te plaît, balbutia-t-elle dans un frémissement, ignorant ce qu'elle réclamait au juste.

En guise de réponse, Aidan lui mordit la nuque dans un grondement, assez fort pour lui infliger une légère douleur, ainsi que pour lui faire comprendre qu'il ne désarmerait pas, qu'il irait jusqu'au bout...

Et Scarlett trouva cela aussi choquant que... qu'excitant. Une vive décharge électrique courant le long de sa colonne vertébrale, pour ensuite diffuser une enivrante chaleur à l'ensemble de son corps.

Son corps, toujours prisonnier d'Aidan, totalement à sa merci.

Une de ses mains parvint à se faufiler sous son haut, remonta habilement – non sans déformer quelque peu le vêtement cependant –, et se glissa dans son soutien-gorge pour s'emparer de son sein droit. Tandis que son autre bras restait fermement enroulé autour de sa taille, afin de la maintenir contre lui, immobile.

— Rentre avec moi, ordonna-t-il d'une voix rocailleuse, mais tellement impérieuse. Il ne peut en être autrement, tu es à moi.

Puis les doigts qu'il avait enfoncés dans sa hanche pour la retenir, la quittèrent lentement, pour se promener sur son ventre. Et descendre encore. Il retroussa sa jupe en un rien de temps et s'immisça tout aussi rapidement sous sa culotte.

Déconcertée, à la fois en proie à un vif désir, mais également outrée qu'Aidan ose aller jusque-là, Scarlett lui saisit l'avant-bras pour le retenir.

C'est alors qu'il captura brusquement son poignet et l'éloigna sans douceur de l'endroit qu'il convoitait. Le lui ramenant ensuite dans le dos, une expression farouche sur le visage, tandis que d'un genou, il la forçait à écarter les jambes.

Puis il la relâcha presque aussitôt et écarquilla les yeux, soudain bouleversé. Il souffla un grand coup, chassant tout l'oxygène de ses poumons, luttant visiblement pour reprendre le dessus sur ses pulsions.

Un profond dépit se refléta dans ses prunelles lorsqu'il regarda Scarlett dans le miroir.

— Je... Oh bon sang, je suis désolé, s'excusa-t-il encore, d'un ton cassé. Je suis exténué et je... j'ai tellement envie de toi. Je déraille complètement à l'idée que tu ne veuilles plus jamais de moi. C'est insupportable. J'ai l'impression de vivre un abominable cauchemar, duquel il est impossible de se réveiller.

Le petit muscle au bas de sa joue qu'elle aimait tant se mit à remuer sous sa peau déjà ombrée de barbe tandis que ses mâchoires se crispaient d'appréhension. Comme si finalement, c'était maintenant que tout se jouait.

Mais n'était-ce pas le cas ?

Scarlett ne voulait pas qu'il s'éloigne. Elle ne le voulait plus. Elle était trop bien, ainsi pressée contre lui. Il l'avait certes un peu malmenée, mais... c'était si bon, en vérité.

Son corps parlait pour elle. Elle n'avait pas la force d'aller à l'encontre d'une attirance aussi puissante. Ni de s'acharner à tenter l'impossible pour essayer de se débarrasser de cette passion dévorante, si dévastatrice soit-elle. C'était comme ça. Elle aurait beau se raisonner, se convaincre que leur relation était dangereuse, tellement semée d'embûches, il n'en restait pas moins qu'elle ne saurait s'en priver.

Scarlett prit la main d'Aidan, qui errait toujours près d'elle, et capitula :

— Tu as raison, je t'appartiens. Tu es le seul. Je n'ai jamais aimé que toi... et rien ne peut détruire ça. Rentrons ensemble... parce qu'il ne peut pas en être autrement, c'est vrai.

Aidan battit des paupières, d'abord incrédule. Et les ferma ensuite doucement, demeurant silencieux le temps de prendre la pleine mesure de son aveu.

Puis il enfouit le nez dans ses cheveux et aspira une énorme goulée d'air, comme s'il était subitement de nouveau libre de respirer normalement.

Sans se redresser, il prit délicatement sa joue en coupe et lui fit lentement pivoter la tête vers lui, rapprochant ainsi ses lèvres des siennes. Il s'attarda dans cette posture, leur haleine se mêlant l'une à l'autre, tandis qu'ils s'effleuraient à peine. Puis, enfin, au bout d'une attente interminable, il s'autorisa à goûter sa bouche.

Son baiser fut très tendre et sa langue s'insinua très progressivement vers la sienne, pour venir la caresser de la manière la plus érotique qui soit. Achevant de la convaincre qu'elle ne pouvait pas se passer de lui. Déjà, elle se consumait de l'intérieur, se liquéfiait, totalement vaincue après la précédente séance.

Il ne cessa pas de l'embrasser lorsqu'il dégrafa d'un geste expert son soutien-gorge, puis releva son haut sous ses épaules pour ensuite venir pétrir sa poitrine.

La température monta encore d'un cran quand Scarlett commença à onduler contre son membre, dressé entre ses fesses. Aidan haleta, mais ne put détacher totalement sa bouche de la sienne. Et se mit à l'embrasser de plus en plus férocement, à mesure que le désir l'aiguillonnait.

Scarlett sentit même ses dents érafler avidement ses lèvres tandis qu'il repoussait l'élastique de sa culotte vers le bas. Faisant rouler le sous-vêtement le long de son postérieur, jusqu'à ce qu'il dégringole à ses pieds et qu'elle l'enjambe.

— J'ai tellement besoin de toi, susurra-t-il alors. Je n'existe plus sans toi, je ne me sens vivant qu'auprès de toi.

Elle eut à peine le temps d'intégrer ses mots qu'il glissa la main entre ses jambes et introduisit d'un geste fébrile un index en elle. Avant de le retirer et de revenir à la charge en joignant le majeur, plus empressé que d'ordinaire.

Scarlett se cambra contre lui, s'abandonnant totalement. Elle renversa la nuque en arrière, ignorant leur reflet alors que lui n'en détachait pas le regard, et s'efforça de répondre, la voix atrocement chevrotante :

— Moi non plus... je ne peux pas vivre sans toi...

C'était la vérité pure et simple.

Elle aurait préféré que ça ne soit pas le cas et réussir à rester fâchée. Mais au bout du compte, elle en était incapable.

Aidan approuva d'un grondement primitif qui fit vrombir sa poitrine, et la vibration se répercuta dans tout le dos de Scarlett contre lequel il se tenait serré. Puis il murmura avec urgence, ses doigts s'activant avec de plus en plus de frénésie en elle :

— J'ai besoin d'être en toi, tout de suite.

Elle tourna la tête vers le miroir et le vit en sueur et pantelant, sous le joug d'une fièvre bien particulière, l'air à la torture.

Mais il attendait son assentiment, craignant peut-être qu'elle ait encore changé d'avis.

— Je suis à toi, assura-t-elle.

— Pour toujours ? voulut-il qu'elle promette, une expression grave, presque sévère, sur le visage.

— Pour toujours...

— Bien, soupira-t-il en poussant encore plus loin en elle son index et son majeur, avant de les retirer, laissant Scarlett tremblante.

Il lui enleva son haut et son soutien-gorge, comme si, malgré son impatience, cette étape était indispensable. Il l'embrassa à nouveau dans le cou – parce qu'il ne se lassait pas d'y laisser sa marque, devinait-elle. Et lui caressa le dos de manière à lui faire comprendre qu'il souhaitait qu'elle s'incline au-dessus du lavabo.

Ce qu'elle fit docilement. Même si elle se demandait comment elle parviendrait à tenir dans cette position tant ses jambes, sur ses hauts talons, étaient flageolantes.

Aidan lui prit ensuite les poignets et plaça ses mains en avant, de façon à ce qu'elle s'appuie à la faïence murale, de part et d'autre du miroir. Elle l'entendit ouvrir son pantalon, sans se soucier de le baisser davantage, ni même de retirer sa chemise.

Oh là, là, si elle avait su qu'un jour elle ferait ça comme ça, dans cette salle de bains… probablement n'y aurait-elle même pas cru.

Il retroussa sa jupe à la hâte sur ses reins. Puis il s'empoigna d'une main, écarta du pouce les replis de son intimité, et, dans un élan viril, plongea en elle profondément, d'un coup puissant et assuré. Très exigeant.

Il s'accrocha à ses hanches, puis se logea plus loin encore, obligeant le corps de Scarlett à l'accueillir tout entier, sans autre préambule.

Elle soupira, surprise par sa fougue, mais également par la folle onde de plaisir qui l'étreignait déjà, succédant si promptement à l'inconfort. Et Aidan s'immobilisa pour l'observer à travers le miroir, lui lançant un regard farouche, incroyablement possessif.

Un regard qui la grisa, l'électrisant des pieds à la tête.

Il parut lutter un instant pour se maîtriser, voulant faire durer ce moment dans les limites du raisonnable. Mais c'était peine perdue, ils le savaient aussi bien l'un que l'autre.

Il entama d'abord un très lent va-et-vient, le temps de reprendre sa respiration. Une torture pour tous les deux. Puis, très vite, il perdit le contrôle et son rythme s'emballa sans transition. Ses mouvements devinrent sauvages, aussi brutaux qu'exaltés.

L'extase rafla Scarlett presque sans prévenir, très rapidement. Si vivement que ses cris se transformèrent en une sorte de sanglots. Aidan ne put tenir plus longtemps et la rejoignit aussitôt, saisi tout aussi violemment, s'agrippant à ses cheveux d'une main, les doigts de l'autre refermés sur sa hanche.

Il se pencha ensuite sur elle, encore frissonnant, passa les deux bras autour de sa taille, et l'entraîna en arrière. Jusqu'à la cloison, contre laquelle il s'appuya, avant de se laisser glisser au sol avec elle, l'installant entre ses jambes. À nouveau, il la serra contre lui.

— Je n'en reviens pas que tu aies fui jusqu'à Marseille, lâcha-t-il au bout de quelques minutes à écouter le silence, trop exténués l'un comme l'autre pour parler. Ne me fais plus jamais ça, s'il te plaît. Je ne dis pas que je ne l'ai pas mérité, mais c'était la pire nuit de ma vie.

Scarlett se tordit le cou pour le voir et fut étonnée qu'il ait encore l'air si triste. En tout cas, il ne lui reprochait pas de ne pas avoir tenu sa promesse de ne jamais filer à l'anglaise. Et c'était tant mieux, parce que ça aurait été assez malvenu.

Elle embrassa sa joue râpeuse et pivota pour se blottir contre son torse.

— Je ne le ferai plus jamais, jura-t-elle, sincère.

Ça ne servait à rien, elle l'avait compris maintenant.

— Pour ma part, je n'en reviens pas que tu aies fracturé ma porte, ajouta-t-elle, espérant obtenir un petit sourire.

Mais Aidan baissa la tête et poussa une plainte exaspérée, regorgeant de honte.

— J'étais désespéré, Scarlett, se défendit-il malgré tout.

Elle passa la main dans la broussaille de ses cheveux, s'amusant un peu de les voir dans un tel désordre, puis lui fit relever le menton. Et riva ses yeux aux siens, toujours autant émerveillée par leur éclat.

— En fait, je me suis trompée, je voulais dire que je n'en reviens pas que tu aies discuté avec ton frère.

Aidan haussa les épaules. Il était épuisé, c'était flagrant. Et après tout, quoi de plus normal après avoir passé la soirée à la chercher partout, à négocier avec Romain, à fouiller son courrier – une idée de Louise, donc –, puis à traverser la France en voiture ?

— Il n'y a plus aucun meuble ici, se sentit-elle obligée de préciser, comme il ne semblait pas prêt à bouger.

— C'est vrai, remarqua-t-il soudain, examinant la pièce en fronçant les sourcils. Tu n'as pas dormi chez ton voisin à la batte de base-ball tout de même ?

Il la taquinait, mais elle perçut une légère note d'inquiétude dans sa voix toutefois.

— Pfff, non. Je suis allée à l'hôtel. Et on ferait bien d'y retourner parce qu'il y a quelqu'un ici qui a vraiment besoin de repos.

Cette fois Aidan sourit et Scarlett en éprouva une joie si intense qu'elle sut à cet instant, sans plus aucun doute possible, qu'il était l'homme de sa vie, en dépit de tout ce qu'ils venaient de traverser.

— En effet, il faut absolument qu'on se trouve une chambre, rétorqua-t-il avec ce petit air espiègle qu'elle aimait tant.

C'est donc ce qu'ils firent. Aidan se réserva le droit de choisir lui-même l'hôtel, bien qu'il ne connaisse pas la ville. Optant bien évidemment pour un établissement nettement plus luxueux que celui dans lequel elle avait passé la nuit.

Il aurait dû s'écrouler sitôt le pied dans la chambre, mais non. Au lieu de ça, il lui refit l'amour sous la douche – un genre d'habitude, il fallait croire. Puis, à nouveau lorsqu'ils furent dans le lit.

Et tellement de fois dans la journée, entre deux pauses dédiées au sommeil, qu'elle ne les compta plus. Comme si le sexe à l'excès pouvait conjurer ces heures sombres de séparation, qu'ils avaient l'un comme l'autre si mal vécues…

Ils restèrent à l'hôtel encore la nuit suivante, repartirent le lendemain matin de bonne heure, et arrivèrent le soir à Antony. Dans cette grande et belle maison qu'il avait fait construire, puis qu'elle avait elle-même aménagée, et où elle se sentait finalement bel et bien chez elle.

Épilogue

Scarlett enfila l'un de ses corsages les plus décolletés, puis alla s'asseoir sur le lit et fixa l'écran noir de son téléphone – le nouveau, celui qu'Aidan avait insisté pour lui offrir dès qu'ils étaient rentrés de leur escapade improvisée sur Marseille, comme s'il avait été responsable de ce qui était arrivé à l'ancien. D'ordinaire, il mettait moins de temps à répondre, même s'il était en réunion ou en rendez-vous.

C'était un peu ridicule, mais là, ça commençait à la stresser un peu... non, beaucoup. Elle se sentait gourde tout à coup.

Puis un message arriva :

— ...(*reste sans voix*)

Ah, d'accord. Il devait donc apprécier ce premier petit cadeau d'anniversaire... N'empêche qu'elle aurait bien aimé des mots. Il n'en était jamais à court d'habitude.

Suivit un second SMS, avant même qu'elle ait pu commencer à rédiger une quelconque réponse :

— (*s'éclaircit la gorge, essaie désespérément de se remettre*)

Puis un troisième :

— Sans exagérer, et bien que ce ne soit pas exactement ce que j'avais demandé, je pense être vraiment le plus heureux des hommes. Le plus gâté, également.

Scarlett sourit toute seule. Elle n'eut pas le temps de taper quoi que ce soit que déjà, un quatrième message s'affichait :

— OK, impossible de travailler plus longtemps dans ces conditions. Viens me rejoindre au plus vite, s'il te plaît. Promis, je n'essaierai pas d'abuser de toi dans mon bureau (à moins que je ne puisse m'en empêcher, j'avoue que je ne réponds plus de grand-chose à présent).

Cette fois, elle se mit à rire – toute seule, toujours. Elle termina de se préparer, ravie de l'effet qu'avait eu l'image qu'elle venait d'envoyer à Aidan, en guise de cadeau d'anniversaire. Enfin, elle en avait un deuxième en réserve. Un peu plus consistant que cette photo d'elle en talons, bas et guêpière – celle-là même qu'elle avait achetée avec Louise et qu'elle n'avait jamais osé porter jusqu'ici – qu'elle avait prise elle-même avec son téléphone, face au miroir du dressing.

Laquelle avait dû s'effacer de l'écran d'Aidan quelques secondes après s'être affichée, grâce à l'application spéciale dont Scarlett s'était servie. C'était un peu vache, mais nécessaire. Parce que bon, elle avait ses limites. Déjà, même s'il arrivait qu'Aidan le réclame encore de temps en temps, elle n'était vraiment pas sûre de pouvoir un jour le laisser prendre une photo d'elle nue. Et que même si elle venait de franchir une certaine étape en lui en envoyant une d'elle en lingerie, elle préférait s'assurer qu'il n'en reste aucune trace.

Elle arriva dans les locaux du quartier de la Défense aussi rapidement que possible. Soit en fait seulement avec une petite heure d'avance par rapport à l'horaire auquel elle était censée rejoindre Aidan, avant de se rendre ensemble chez Héloïse pour la soirée.

Sept mois et douze jours de cohabitation et pas de deuxième cataclysme... C'est ce qu'il lui avait soufflé à l'oreille ce matin, avant même qu'elle ait eu le temps de lui souhaiter son anniversaire. Parce que oui, Aidan tenait toujours le compte, et non, à son grand dam, il ne s'était pas lassé. Ce qui était aussi agaçant que touchant...

Mais aujourd'hui était un jour spécial. C'était la première fois que Scarlett avait l'occasion d'offrir quelque chose à Aidan et elle s'était vraiment cassé la tête pour essayer d'être originale et lui faire plaisir. Elle avait dépensé une petite fortune dans une Playstation dernière génération, quasi certaine qu'il aimerait.

Après tout, elle l'avait surpris plusieurs fois devant des émissions de jeux vidéo, tandis qu'elle n'en avait jamais aperçu l'ombre d'un seul chez eux.

Elle sortit de l'ascenseur, fit quelques pas, et croisa Romain, qui sortait du bureau de son frère. Ce dernier se trouvait juste derrière, sur le pas de sa porte, un peu raide, tandis qu'il les observait.

— Hé, salut la belle ! lança Romain en s'approchant spontanément de Scarlett.

Il fit mine de vouloir lui faire la bise, puis se redressa en levant les mains à hauteur d'épaules, dans un geste prouvant son innocence. Avant de se tourner vers Aidan.

— Tu peux rengainer frangin, regarde, je garde mes distances, le taquina Romain, avec une bonne humeur sincère. C'est que j'aimerais pouvoir sortir d'ici en un seul morceau cette fois !

Parce que lors de leur dernière altercation – Dieu merci, il n'y en avait pas eu d'autre depuis –, Aidan lui avait bel et bien brisé le nez. Curieusement, Romain aimait en plaisanter.

Aidan, un peu moins. D'ailleurs, il ne rit pas. N'esquissa pas l'ombre d'un sourire à l'intention de son frère, toujours aussi froid et sur la défensive avec celui-ci. Toutefois, il poussa un soupir mi-agacé, mi... amusé ?

Peut-être bien. Ce qui, sans en avoir l'air, serait une avancée considérable.

Quand Scarlett arriva à sa hauteur, elle l'embrassa rapidement, et son beau visage aux traits ciselés s'illumina enfin.

— Joyeux anniversaire, répéta-t-elle encore, d'un ton sensuel.

Aidan referma la porte de son bureau – à la déco parfaite, depuis qu'elle était passée par là – derrière elle. Et tourna la clef dans la serrure.

— J'ignorais que ça pouvait être aussi génial, un anniversaire, susurra-t-il à son oreille tout en la débarrassant de sa veste. Je ne peux plus m'arrêter de te mater, depuis que j'ai reçu ta photo. Je crois que je vais la mettre en fond d'écran.

Scarlett pivota vers lui et ricana :

— Alors ça, ça m'étonnerait ! J'ai pris mes précautions pour que tu ne puisses pas faire ce genre de choses – que je craignais que tu fasses, justement.

Un des coins des lèvres d'Aidan se retroussa en même temps qu'un de ses sourcils s'arqua, lui donnant un air d'une incroyable arrogance.

— Oh, et tu pensais vraiment que je ne verrais pas le coup venir, mon amour ? Je t'en prie, je sais encore faire une capture d'écran.

Mouais, normal quoi... tel est pris qui croyait prendre. D'un côté, elle l'avait cherché.

Scarlett poussa un long soupir désabusé, parce qu'elle avait cru pouvoir jouer les malignes. Mais comme d'habitude, Aidan gagnait. Elle devrait se faire une raison pour cette histoire de photo. Puis bon, c'était son anniversaire après tout.

— Tu te rends compte que pendant deux mois, nous allons avoir le même âge ? demanda-t-elle afin de changer de sujet, après cet écrasant échec. Cette idée me plaît bien, je vais me sentir un peu moins vieille.

— Ah oui, c'est vrai, la railla-t-il en la repoussant doucement vers son bureau. Ces dix mois d'écart qui nous séparent font de toi la pire cougar que je connaisse !

Parce qu'il en connaissait beaucoup ?!

Les pensées de Scarlett ralentirent soudain lorsqu'il la saisit par la taille pour la faire asseoir sur son bureau. Puis son cerveau cessa de fonctionner quand Aidan commença à parcourir son cou de baisers de plus en plus voraces, tout en repoussant son corsage.

Il avisa d'un œil affamé la petite partie de sa lingerie qu'il avait réussi à découvrir et grogna plaintivement :

— Tu es toujours contre le sexe sur mon lieu de travail ou serait-il possible que tu fasses une exception pour le jour de mon anniversaire ?

Le moins que l'on puisse dire, c'est qu'il ne perdait pas le nord.

Elle avait refusé plusieurs fois de faire l'amour ici, parce que c'était un peu trop dangereux à son sens. Elle avait tant de mal à se contrôler, à retenir ses cris dans ces moments-là... Et ils s'étaient suffisamment donnés en spectacle comme ça la fois où ils s'étaient disputés dans la salle de réunion.

Hors de question d'alimenter encore les ragots des employés, de quelque manière que ce soit.

— C'est donc pour ça que tu voulais que je vienne plus tôt ? déduisit Scarlett. Navrée de devoir te décevoir, mais non, il n'y aura pas d'exception. Il faudra attendre ce soir, après le dîner.

Aidan eut une moue un peu boudeuse tandis qu'il rajustait correctement le haut de Scarlett. Puis il se redressa et reprit son sérieux :

— J'aurais été bien bête de ne pas tenter. Mais non, en fait, ce n'était pas pour cette raison.

Il détourna curieusement les yeux et parut réfléchir. Scarlett suivit son regard, attendant qu'il s'explique, et remarqua une bouteille de whisky, posée juste derrière l'un de ses écrans d'ordinateur.

— Euh, dis donc, tu bois au boulot maintenant ?

Aidan fronça les sourcils, surpris, comme arraché un peu trop vivement à ses pensées, puis saisit finalement l'allusion.

— C'est un… un cadeau de Romain, bafouilla-t-il en haussant les épaules de circonspection. Cette journée est décidément des plus étranges. D'ordinaire, moi-même j'oublie, c'est ma tante qui me rappelle mon anniversaire. Mais cette année…

Il ne termina pas sa phrase. Au lieu de ça, il l'étudia bizarrement et se frotta la mâchoire.

— Tu veux dire que ton frère ne t'a jamais rien offert jusqu'à présent ? se renseigna-t-elle en se laissant glisser du bureau, comme il repassait derrière.

À nouveau, il sembla ailleurs. Puis il répondit, avec un détachement un peu cynique, comme il avait coutume de le faire dès qu'il parlait de sa famille :

— En dehors d'une poignée de Legos collants quand nous étions enfants, non. Du moins, je n'en ai pas le souvenir.

N'empêche, elle n'en revenait pas. Romain avait pensé à l'anniversaire de son frère et s'était déplacé pour venir lui remettre en personne son présent

– même s'il aurait sans doute pu trouver mieux que de l'alcool, mais bon…

C'était déjà énorme, non ? Ils n'auraient peut-être jamais une relation de frères digne de ce nom, cependant ils progressaient.

— Enfin bref, peu importe, il y a quelque chose dont j'aimerais te parler, et qui ne peut plus attendre, lança abruptement Aidan. J'aurais voulu procéder autrement, mais tu as accepté ce dîner chez Héloïse et je suppose qu'il est trop tard pour annuler.

Scarlett confirma d'un hochement de tête, un peu confuse, parce qu'elle avait cru bien faire.

— Pour autant, je ne compte pas laisser passer l'occasion, poursuivit Aidan en fouillant dans l'un de ses tiroirs. Étant donné ce que tu m'as déjà offert tout à l'heure, je me dis que tu es plutôt bien disposée à mon égard aujourd'hui.

Il déposa une petite boîte carrée devant elle, puis contourna son bureau pour la rejoindre. Au fond de ses prunelles s'était allumée cette subtile lueur angoissée qu'elle commençait à connaître.

— Je sais, c'est vraiment perfide de ma part d'espérer que tu ne puisses rien me refuser le jour de mon anniversaire, grimaça-t-il, soudain très tendu. Sans compter que tu vas très certainement flipper en reconnaissant le bijou.

Euh… est-ce que c'était bien ce qu'elle était en train d'imaginer ?!

Scarlett resta interdite, complètement figée, un certain moment. Moment durant lequel le visage d'Aidan devint très pâle.

— Ah, sursauta-t-il, avant de marmonner pour lui-même : Quel idiot…

Il reprit la boîte, posa un genou au sol et l'ouvrit devant elle.

Elle découvrit alors une superbe bague en or blanc, ornée d'une émeraude. Parfaitement assortie au collier qu'il lui avait offert lors de leur premier rendez-vous – qui n'en était pas vraiment un.

— Est-ce que ça signifie que tu as acheté l'ensemble en même temps ? interrogea-t-elle, encore sous l'effet de la stupéfaction.

— C'est possible, hasarda-t-il en plissant le front. J'avais conscience que ça ne plaiderait pas en ma faveur, mais...

Tout à coup, elle fut de nouveau libre de ses mouvements et ne put alors se retenir de se jeter sur lui pour l'embrasser.

— Oui, murmura-t-elle contre ses lèvres, avant de le répéter encore : oui, oui !

Bien sûr qu'elle acceptait ! Il était l'homme de sa vie, celui à côté duquel elle voulait se réveiller chaque matin. Celui dont elle ne pourrait plus jamais se passer...

— Sérieusement ? s'étonna Aidan en s'éloignant pour la regarder dans les yeux. Parce que je n'ai pas posé la question, mais pour être tout à fait clair, c'est une demande en mariage tout ce qu'il y a de plus officielle. Même si je reconnais que c'est assez brouillon, voire confus, et que j'aurais pu nettement mieux faire...

— J'ai dit *oui*, réitéra-t-elle, formelle.

Un sourire éblouissant illumina les traits d'Aidan, sans doute le plus beau qu'il lui ait jamais adressé, et il l'embrassa à son tour, l'enlaçant avec sa fougue coutumière.

Bon, compte tenu des circonstances, peut-être allait-elle finalement revoir ses positions quant à cette histoire de sexe au bureau...

11368

Composition
NORD COMPO

Achevé d'imprimer en Espagne
par BLACKPRINT CPI IBERICA
2 février 2016.

Dépôt légal février 2016.
EAN 9782290127827
OTP L21EPLN001948N001

ÉDITIONS J'AI LU
87, quai Panhard-et-Levassor, 75013 Paris

Diffusion France et étranger : Flammarion